J. S. Mo
Finde mich – be

D1100676

j.s. monroe

finde mich

bevor sie es tun

Thriller

Deutsch von Christoph Göhler

blanvalet

Die Originalausgabe erschien 2017 unter dem Titel
»Find me« bei Head of Zeus Ltd., London.

Sollte diese Publikation Links auf Webseiten Dritter enthalten,
so übernehmen wir für deren Inhalte keine Haftung,
da wir uns diese nicht zu eigen machen,
sondern lediglich auf deren Stand zum Zeitpunkt
der Erstveröffentlichung verweisen.

Verlagsgruppe Random House FSC® N001967

1. Auflage
Neumarkter Straße 28, 81673 München
Redaktion: René Stein
Umschlaggestaltung: © Johannes Wiebel | punchdesign
Umschlagmotiv: © rumumba/photocase.de
WR · Herstellung: sam
Satz: KompetenzCenter, Mönchengladbach
Druck und Bindung: GGP Media GmbH, Pößneck
Printed in Germany
ISBN 978-3-7341-0502-9

www.blanvalet.de

Für Hilary

Obwohl ich alt vom Fahren bin
Durch Ebenen und Hügelland,
Ich finde noch, wohin sie ging,
Und küss sie, nehm sie bei der Hand …

W.B. Yeats,
aus »Das Lied des irrenden Aengus«

Ich entdeckte ihn vor ein paar Minuten, in der Ecke, die aufgestellten Flügel aufeinandergelegt wie Hände beim Gebet. Hat er nach einem einzigen Blick auf mein Leben beschlossen, seine Schönheit vor mir zu verbergen? Ich kann es ihm nicht verdenken.

Dad hat mir beigebracht, Schmetterlinge zu lieben. Wenn sich einer ins Haus verirrte, ließ er alles stehen und liegen, fing ihn ein und entließ ihn wieder in die Freiheit. Als wir gestern mit seinem Boot draußen waren, entdeckte er einen – einen Silberfleck-Perlmuttfalter, sagte er – auf einem Segelsack in der Sonne. Er rief mich zu sich, doch bevor ich ihn erreicht hatte, flog der Schmetterling davon. Schweigend beobachteten wir, wie er davonflatterte, sorgenfrei und tapfer – und viel zu weit vom Land entfernt, um zu überleben.

Ich weiß nicht genau, was das hier für einer ist. Am liebsten würde ich ihn zwingen, seine Flügel zu öffnen, etwas Farbe in mein ausgewaschenes Leben zu bringen, aber das wäre ein brutaler Übergriff. Und davon gab es schon zu viele.

»Er ruht sich nur aus«, sagt Dad. Ich habe ihn nicht kommen sehen, doch seine Stimme hat mich noch nie erschreckt. Er war in den letzten Wochen oft hier, und er verschwindet so geräuschlos, wie er auftaucht. »Die Maserung auf der Flügelunterseite wirkt als Schutz vor Feinden, damit man sie nicht so leicht entdeckt.«

Ich werde versuchen, ungesehen zu bleiben, und alle Schönheit, die in mir überdauert hat, für Jar zu bewahren. Und mit Dads Hilfe werde ich eines Tages meine Schwingen wieder in der Sonne ausbreiten.

Teil eins

1

Fünf Jahre sind seit ihrer Beerdigung vergangen, doch Jar erkennt ihr Gesicht auf den ersten Blick. Sie steht auf der Rolltreppe nach oben, er auf der nach unten. Nach einer weiteren Nacht im falschen Stadtviertel wird Jar schon wieder zu spät zur Arbeit kommen. Beide Rolltreppen sind voll besetzt, doch für ihn ist es, als hätten sie den ganzen U-Bahnhof für sich allein, als führen sie still aneinander vorbei, als gäbe es außer ihnen beiden keinen Menschen auf der Welt.

Instinktiv will Jar Rosa etwas zurufen, nur um im Getöse der Rushhour ihren Namen zu hören. Aber er erstarrt, unfähig, etwas zu tun oder zu sagen, und verfolgt stumm, wie die Rolltreppen sie auf die Straßen Londons spülen. Wo will sie hin? Wo ist sie gewesen?

Sein Herzschlag beschleunigt sich, die Handfläche auf dem schwarzen Gummihandlauf beginnt zu schwitzen. Wieder versucht er sie zu rufen, doch ihr Name bleibt ihm in der Kehle stecken. Sie sieht verwirrt, verängstigt, ratlos aus. Der dichte Helm, der einstmals ihr Haar gewesen war, ist verschwunden und einem rasierten Schädel gewichen, der absolut nicht zu dem Bild in seinem Kopf passen will. Und sie hält sich weniger aufrecht als in seiner Erinnerung, was auch daran liegen mag, dass sie unter dem Gewicht des alten Rucksacks mit der blumengemusterten Zelthülle leidet. Ihre wild zusammengewürfelte Kleidung – ausgebeulte Haremshosen, Fleecejacke – sieht verdreckt aus, aber er würde sie selbst noch an ihrem Schatten auf einem Ginsterbusch wiedererkennen. Grünblaue Augen, die unter ernsten Brauen tanzen. Und dazu diese schmalen, ironisch geschwungenen Lippen.

Sie sieht die Rolltreppe hinunter, vielleicht hält sie nach jemandem Ausschau, und verschwindet im Strom der vorbeihastenden Pendler. Eine offene Zeitungsseite segelt auf einem warmen Windstoß an Jar vorbei, während er den Blick über die Menschen unter ihm wandern lässt. Zwei Männer drängen durch die Menge, schieben die Passanten mit der ruhigen Selbstsicherheit zur Seite, wie nur Autoritätspersonen es vermögen. Hinter ihnen klappt eine Reihe von Digitalreklamen um wie Spielkarten.

Frustriert sieht Jar links und rechts an einem Knäuel von Touristen vorbei, die vor ihm die Treppe versperren, so als könnte er den Stau damit auflösen. Steht in den London-Reiseführern denn nichts über rechts stehen, links gehen? Er reißt sich zusammen, denkt an seine ersten Tage, frisch aus dem Flieger von Dublin, wie er sich unsicher in der Stadt bewegte. Und dann hat er es geschafft, schlittert unten um das Ende der Rolltreppe herum wie ein Kind, bevor er wieder hochstürmt, auf der mittleren Treppe, zwei Stufen auf einmal nehmend.

»Rosa!«, ruft er, als er an die Sperren kommt. »Rosa!« Aber seiner Stimme fehlt die Überzeugung, sie hat zu wenig Nachdruck, als dass sich jemand umdrehen würde. Es ist schwer, über fünf Jahre den Glauben zu bewahren. Er läuft durch den überfüllten Schalterbereich und sagt sich, dass sie wahrscheinlich nach links abgebogen ist, in die Haupthalle der Paddington Station.

Ein paar Minuten zuvor war er – knapper bei Kasse, als er es eine Woche vor dem Zahltag sein dürfte – hinter einem ahnungslosen Pendler durch die Sperre gehuscht. Jetzt muss er das Spiel wiederholen, diesmal heftet er sich an einen älteren

Mann. Es macht ihn weder stolz noch glücklich, dass er sich problemlos durchmogeln kann. Er zeigt dem Mann, wo er sein Ticket einführen muss, nur um dann hinter ihm durch die Sperre zu schlüpfen. Betrug, getarnt als jugendliche Hilfsbereitschaft.

Er läuft bis in die Mitte der Halle, wo er unter dem hohen, weitgespannten Gewölbedach von Brunels schmucklosem Bahnhofsbau stehen bleibt und, die Hände auf die Knie gestützt, nach Luft schnappt. Wo ist sie abgeblieben?

Und dann sieht er sie wieder, auf dem Weg zum Bahnsteig eins, wo abfahrtbereit der Zug nach Penzance steht. Unter Flüchen und Entschuldigungen schlängelt er sich durch die Menschenmenge, immer bemüht, sie und ihren Rucksack im Auge zu behalten.

Als er um die Ecke eines Grußkarten-Verkaufsstands schießt, sieht er, wie sie weiter vorn, neben den Erste-Klasse-Waggons des Zuges, über ihre Schulter schaut. (Früher schoben sie sich gegenseitig Karten aus Läden wie diesem unter den Türen ihrer Collegezimmer durch, um mit ihrer studentischen Ironie Eindruck zu schinden.) Instinktiv dreht er sich ebenfalls um. Die beiden Männer kommen auf sie zu, einer mit dem Finger am Ohr.

Jar sieht wieder zum Bahnsteig. Ein Bahnangestellter bläst energisch in seine Pfeife und befiehlt Rosa zurückzubleiben. Rosa ignoriert die schrille Warnung, schwingt die schwere Tür auf und schließt sie hinter sich mit einer Endgültigkeit, die durch den ganzen Bahnhof hallt.

Jetzt hat auch er die Waggons erreicht. »Zurückbleiben!«, ruft die Aufsicht wieder, denn der Zug hat sich schon in Bewegung gesetzt.

Er rennt zur Tür, aber sie geht bereits durch den Waggon, sucht nach einem freien Platz und entschuldigt sich dabei kurz, als sie gegen einen Fahrgast stößt. Er bleibt mit dem schneller werdenden Zug auf gleicher Höhe und sieht, wie sie den Rucksack ins Gepäcknetz wuchtet und sich dann ans Fenster setzt. Erst jetzt scheint sie zu merken, dass hinter der Scheibe jemand ist, trotzdem schenkt sie ihm keine Beachtung, während sie sich auf ihren Platz setzt, nach einer vergessenen Zeitung greift und zur Gepäckablage aufsieht.

Inzwischen ist der Zug zu schnell für Jar, trotzdem schlägt er im vollen Lauf mit der flachen Hand gegen das Fenster. Sie sieht mit erschrocken aufgerissenen Augen auf. Ist es wirklich Rosa? Plötzlich ist er sich nicht mehr sicher. Ihr Blick flackert nicht auf, nichts deutet darauf hin, dass sie ihn erkennt, dass er für sie die Liebe ihres Lebens war, so wie sie für ihn. Sie starrt ihn durch das Fenster an: eine Fremde einen Fremden, bis er schließlich strauchelt, langsamer wird und atemlos stehen bleibt.

2

Cambridge, Sommersemester 2012

Ich weiß, ich sollte das nicht aufschreiben – es sollte keine Aufzeichnungen, keine Kondensstreifen am Himmel über Fenland
geben, wie meine Beraterin sagen würde –, aber ich habe schon
immer Tagebuch geführt und muss mir das einfach von der
Seele reden.

Ich war heute Abend wieder mit den Schauspiel-Leuten
unterwegs. Sieht so aus, als könnte ich die Gina Ekdal spielen,
wenn ich will. Ich sage mir immer wieder, dass ich das alles nur
für Dad mache.

Okay, nicht alles. Gleich nachdem wir ins Pub kamen, habe
ich eine E eingeworfen. Die Kerzen auf dem Tisch brannten
wie Kruzifixe – prachtvoll, vielleicht sogar prophetisch –, aber
es lief nicht so, wie ich gehofft hatte. Ich glaube, ich habe Sam,
den Regisseur, geküsst und vielleicht auch Beth, die die Mrs.
Sørby spielt. Wenn Ellie nicht eingegriffen hätte, hätte ich die
ganze Besetzung abgeknutscht.

Ich werde das Zeug nicht noch einmal ausprobieren, aber
ich bin entschlossen, die Zeit, die mir hier noch bleibt, bis zum
letzten Augenblick auszukosten. Ich weiß, ich bin nicht für
diese Leute, für dieses Leben geschaffen, trotzdem läuft es
wesentlich besser als in meinen ersten beiden Trimestern hier
(»Michaelmas« und »Lenz«, wie Dad sie stur nannte – ich blei-
be lieber bei den Jahreszeiten). Es ist so leicht, an die falschen

Leute zu geraten, und viel schwerer, sich aus so einer Clique wieder zu lösen, ohne dabei alle vor den Kopf zu stoßen oder total überheblich zu wirken.

Nach dem Pub gingen wir was essen, obwohl ich keinen Hunger hatte. Ich weiß nicht mehr wo, irgendwo unten am Fluss. Ich war immer noch ziemlich blau – bis es ans Zahlen ging.

Und ich ihm begegnete. Warum jetzt, wo mir nur noch so wenig Zeit bleibt? Warum nicht im ersten Trimester?

Er umrundete langsam den Tisch, während wir nacheinander bezahlten. Vierzehn Leute, vierzehn Einzelrechnungen, ist das zu glauben? Aber der Typ beschwerte sich kein einziges Mal, nicht einmal, als ich an der Reihe war und meine Karte nicht funktionierte.

»Die Maschine hängt«, sagte er so leise, dass ich ihn kaum verstehen konnte. »Wir haben hier hinten kein Netz. Am besten kommst du mit vor zur Kasse.«

»Verzeihung?«, sagte ich und sah zu ihm auf. Ich bin nicht klein, aber der Typ war riesig, ein Bär von einem Mann mit glattrasiertem Kinn und weichem irischem Zungenschlag.

Er beugte sich vor und vergewisserte sich, dass ihn sonst keiner hören konnte. Sein Atem war warm, und er duftete frisch. Vielleicht nach Sandelholz.

»Wir müssen deine Karte noch mal näher bei der Kasse probieren.«

Etwas an seinem Blick und seinem onkelhaften, aufmunternden Lächeln ließ mich vom Tisch aufstehen und ihm zur Kasse folgen. Außerdem gefielen mir seine großen, sauberen Hände, der unauffällige Ring am Daumen. Dabei war er überhaupt nicht mein Typ. Der breite Kiefer endete in einem zu spitzen Kinn, und sein Mund wirkte irgendwie verkniffen.

Erst als wir außer Hörweite waren, drehte er sich zu mir um und erklärte mir, dass meine Karte nicht akzeptiert worden war.

»Theoretisch müsste ich dir die Karte abnehmen und zer-schneiden.« Er grinste. Sobald er lächelte, leuchtete sein großes Gesicht auf. Die Proportionen entwickelten sich sehr zu sei-nem Vorteil: Das Kinn wirkte dann weicher, und die Wangen hoben sich.

»Und was machen wir jetzt?« Ich war froh, dass wir allem Anschein nach unter einer Decke steckten. Ich bin schon seit meinem ersten Tag hier pleite.

Er sah mich an und erkannte erst in diesem Moment, wie betrunken ich wirklich war; jedenfalls glaube ich das. Und dann sah er zum Tisch hinüber.

»Sind das die Theaterleute?«, fragte er.

»Wie hast du das erraten?«

»Kein Trinkgeld.«

»Vielleicht lassen sie was auf dem Tisch liegen.« Plötzlich hatte ich das Gefühl, meine neuen Freunde verteidigen zu müssen.

»Das wäre das erste Mal.«

»Dann bist du also kein Schauspieler«, sagte ich.

»Nein, ich bin kein Schau-*spieler*.«

Er betonte die zweite Silbe besonders und brachte mich da-mit in Verlegenheit. »Und was tust du so, wenn du nicht gerade meine Freunde beleidigst?«, fragte ich.

»Ich studiere.«

»Hier? In Cambridge?«

Es war eine dumme, herablassende Frage, und er sparte sich die Antwort.

»Außerdem schreibe ich ein bisschen.«

»Toll.« Dabei hörte ich ihm kaum zu. In Gedanken war ich schon wieder bei meinem Anteil der Rechnung und der Tat-sache, dass ich sie unmöglich bezahlen konnte. Die anderen aus der Truppe sollten nicht wissen, dass ich pleite bin, selbst wenn das mehr oder weniger eine Berufskrankheit ist. Und ich kann ihnen nicht erzählen, dass meine finanziellen Sorgen – all meine Sorgen – bald ausgestanden sind. Niemandem kann ich das erzählen.

»Die anderen Gäste haben genug Geld in der Trinkgeldkasse gelassen, dass ich das übernehmen kann«, sagte er.

Ein paar Sekunden fehlten mir die Worte. »Und warum solltest du das tun?«, stammelte ich schließlich.

»Weil ich glaube, dass du zum ersten Mal mit diesen Leuten abhängst und ihnen imponieren möchtest. Wenn du nicht zahlen kannst, könnte dich das deine Rolle kosten. Und ich freue mich schon auf die Aufführung. Ibsen ist nicht so übel, weißt du?«

Wir sahen einander schweigend an. Als ich gefährlich zu schwanken begann, hielt er mich am Ellbogen fest. Mir war auf einmal sterbensübel.

»Alles okay?«, fragte er.

»Kannst du mich heimbringen?« Meine Stimme – lallend, flehend – klang total falsch, so als würde ich jemand anderem beim Reden zuhören.

»Ich habe erst in einer Stunde Feierabend.« Er sah auf Ellie, die sich inzwischen zu uns gesellt hatte. »Ich glaube, deine Freundin muss an die frische Luft«, sagte er zu ihr.

»Hat Rosa schon gezahlt?«, fragte Ellie.

»Alles erledigt.« Er gab mir die Karte zurück.

Und das ist alles, woran ich mich erinnern kann. Ich weiß nicht mal, wie er heißt. Mir bleibt nichts als ein erster Eindruck: ein Mann, der sich von der Welt nicht hetzen lässt, der das Leben in seinem eigenen, gemessenen Tempo lebt – ein Gemütsmensch, wie Dad immer sagte. Ob sich unter dieser ruhigen Schale vielleicht gebändigte Wildheit, gezügelte Leidenschaft verbirgt? Oder ist das nur Wunschdenken meinerseits?

Jetzt schäme ich mich dafür. Wir hatten beide kein Geld, aber während er, der irische Schriftsteller, der für seinen Lebensunterhalt als Kellner arbeitet und klaglos knickrige Studenten bedient, kann ich bloß nicht zahlen, weil ich meine Kreditkarte bis übers Limit strapaziert habe.

Ein Teil von mir – ein großer Teil – hofft, ihn wiederzusehen, gleichzeitig will ich ihn nicht in das hineinziehen, was mich erwartet. Ich fürchte immer noch, dass ich die falsche Entscheidung gefällt habe, aber ich sehe keinen anderen Ausweg.

3

Jar sitzt an seinem Schreibtisch und liest die Entschuldigungs-
mails der Kollegen, die genau wie er die tägliche Besprechung
um halb zehn Uhr morgens geschwänzt haben. Jeden Tag
staunt er, mit welcher Chuzpe die unglaublichsten Ausreden
hervorgebracht werden. Gestern verschickte Tamsin eine
Rundmail, dass sie zu spät kommen würde, weil sie von der
Feuerwehr aus ihrem Bad befreit werden müsste – Stichwort
für zahllose Frotzeleien über Feuerwehrmänner, als sie schließlich mit gerötetem Gesicht und falsch zugeknöpfter Bluse an-
gerauscht kam.

Heute ist die Ausbeute prosaischer. Bens Waschmaschine
habe den Küchenboden überschwemmt; Clive schiebt einer
Kuh auf den Gleisen die Schuld daran zu, dass sich sein Zug
aus Herefordshire verspätet; und das hier von Jasmine: »Bin
ohne Geldbeutel aus dem Haus, musste noch mal umkehren,
komme später.« Maria, die Grande Dame der Redaktion, ist
besser in Form: »Der Göttergatte hat die Pausenbrote der Kinder verputzt, muss erst neue machen.« Nicht schlecht, denkt
Jar, aber immer noch keine Konkurrenz für Carls unvergleich-
liche Absage nach dem letzten Festival in Glastonbury: »Muss
mich erst wieder finden. Könnte ein paar Tage dauern.«

Carl ist Jars einziger echter Verbündeter im Büro, immer für
ein Feierabendbier zu haben, gnadenlos gut gelaunt, stets mit
Kopfhörern um den Hals (wenn er mit Teeholen dran ist, geht
er durchs Büro und formt mit beiden Händen ein großes T).

Wenn er nicht gerade auf der Unterhaltungs-Website, für die sie beide arbeiten, den Musikkanal bespielt, gibt er den DJ mit Schwerpunkt Jungle. Jedem, der ihm sein Ohr leiht, erklärt Carl, dass Jungle keineswegs retro sei, dass er nie aus der Mode gekommen und heute beliebter ist als je zuvor. Er besitzt ein ungesund profundes Wissen über Computer und vergisst oft, dass Jar sich weder für die Entwicklung von Apps noch für Programmier-Paradigmen interessiert.

Jar hatte mit dem Gedanken gespielt, von Paddington Station aus eine Rundmail ans Büro zu schicken, um seine eigene Verspätung zu erklären, aber dann hatte er Bedenken bekommen, wie das aufgenommen würde: »Hab gerade meine Freundin von der Uni gesehen, die sich vor fünf Jahren umgebracht hat. Alle sagen mir, ich würde fantasieren, ich müsse nach vorn blicken, aber ich weiß, dass sie irgendwie, irgendwo am Leben ist, und darum werde ich nicht aufhören, sie zu suchen, bis ich sie gefunden habe. Sie war nicht bereit zu sterben.«

Carl hat er alles erzählt, den anderen nicht. Er weiß, was sie denken. Was tut ein preisgekrönter irischer Jungautor, dessen erste Kurzgeschichtensammlung zwar kein Erfolg an der Ladenkasse, aber doch bei den Kritikern war, hier im siebten Kreis der Bürohölle in Angel, wo er Clickbaits über Miley Cirus schreibt, um Webtraffic auf ihrer Site zu generieren? Sein Pech, dass das Erste, was er hochladen sollte, ein Artikel über Schreibblockaden war: zehn Autoren, die ihr Mojo verloren hatten. Manchmal fragt er sich, ob er je eins hatte.

In den letzten Monaten hat er Rosa immer häufiger gesehen: Am Steuer eines vorbeifahrenden Autos, im Pub, oben im 24er-Bus (vorderste Reihe, wo sie immer gesessen hatten, wenn sie in London waren und nach Camden hochfuhren). Die Erscheinungen haben einen eigenen Namen, jedenfalls laut dem Hausarzt seiner Familie drüben in Galway: Trauerhalluzinationen.

Sein Vater hat da andere Vorstellungen und redet aufgeregt von *Spéirbhean*, der Himmelsfrau, die in visionären irischen Gedichten aufzutauchen pflegte. »Wie kannst du nur so unsensibel sein?«, schimpft seine Mutter, aber Jar stört das nicht. Er ist auf einer Linie mit seinem Dad.

Nach Rosas Tod verbrachte er viel Zeit zu Hause in Galway City und versuchte, Sinn in das Geschehene zu bringen. Sein Vater führt eine Bar im Latin Quarter. Oft saßen sie bis spät in die Nacht zusammen und sprachen über die Visionen, vor allem eine an der Küste von Connemara (geredet hat ausschließlich er, Dad hörte schweigend zu). Manche sind Fehlalarme, das weiß er selbst, aber es gibt andere, an denen er nicht rütteln kann …

»Alter, du siehst aus wie der Tod«, sagt Carl und lässt sich auf seinen Stuhl fallen, der unter seinem Gewicht zischend zusammensackt. »Als hättest du gerade ein Gespenst gesehen.«

Jar sagt nichts und loggt sich in seinen Computer ein.

»Mann, entschuldige, Kumpel«, sagt Carl und schiebt ein paar Promo-CDs auf seinem Schreibtisch hin und her. »Ich dachte …«

»Ich hab dir Kaffee mitgebracht«, unterbricht Jar ihn und reicht ihm einen Latte. Er will seinen Freund aus der peinlichen Situation retten. Carl ist ein pummeliges Babyface mit blonden Dreadlocks und einem Engelslächeln, der die nervtötende Angewohnheit besitzt, in seinen Mails alle möglichen Abkürzungen zu verwenden (»übr« statt übrigens); außerdem sagt er dauernd Sachen wie »bashen«, »porno« und »gefaked«, aber er ist der am wenigsten intrigante Mensch, den Jar kennt.

»Cheers.« Es entsteht eine verlegene Pause. »Wann und wo denn?«, fragt Carl.

»Ich mache heute das Doodle«, sagt Jar, ohne auf ihn einzugehen.

»Bist du sicher?«

»Es ist Ibsen. Ein alter Kumpel von mir.«

Sie wechseln sich dabei ab, Artikel über das jeweilige Google-Doodle zu schreiben. Theoretisch sollten sie immer am Abend zuvor auf die australische Startseite von Google gehen und der schlafenden Welt in Europa auf diese Weise um elf Stunden zuvorkommen, aber oft vergessen sie das. Die Storys sind irgendwo auf der Website versteckt, wo niemand sie findet, aber sie jagen zuverlässig den Traffic nach oben, weil die Menschen aus Langeweile das verschönerte Tageslogo der Suchmaschine anklicken.

Eine halbe Stunde später hat Jar wesentlich mehr als nötig über Ibsen hochgeladen, größtenteils über die Figur der Gina Ekdal in der *Wildente* und über die außergewöhnliche Aufführung eines Studentenensembles in Cambridge vor fünf Jahren. Nun steht er mit Carl wieder unten auf der Straße, in einer Durchfahrt neben dem Büroeingang, wo es nach abgestandenem Bier und Schlimmerem riecht und sie vor dem Regen geschützt sind.

»Frischt ganz schön auf«, füllt Jar das Schweigen. Er spürt, dass Carl gleich ein peinliches Thema ansprechen will, und sieht sich um, um irgendwie davon abzulenken. »Pizzaesser auf vier Uhr.«

»Wo?«, fragt Carl.

Jar nickt zu einem Mann hin, der auf der anderen Straßenseite auf dem Bürgersteig entlanggeht und in das untere Ende seines Smartphones spricht, das er waagerecht vor dem Mund hält wie ein Pizzastück. Carl und Jar schauen ihm lächelnd nach. Diese Leute, die irgendwie komisch in ihr Handy sprechen, sind ihr Ding, wie die Verstohlenen, die hinter vorgehaltener Hand flüstern, oder die Wechsler, die das Handy zwischen Ohr und Mund hin- und herschieben. Der Pizzaesser allerdings ist einer ihrer Lieblinge.

»Ich weiß, es geht mich nichts an«, sagt Carl und zieht an

seiner Zigarette, während der Mann in der Menge verschwindet. Er hält die Zigarette zwischen pummeligem Daumen und Zeigefinger wie ein Kind, das mit Kreide schreibt. »Aber vielleicht solltest du dir überlegen, ob du nicht zu wem gehst, du weißt schon, wegen Rosa.«

Jar starrt in die Ferne, die Hände tief in der Wildlederjacke vergraben, und sieht zu, wie sich vor ihnen der Verkehr durch den Regen und die aufspritzende Gischt wälzt. Er sehnt sich auch nach einer Zigarette, aber er versucht gerade aufzuhören. Wieder mal. Rosa hat nie geraucht. Er ist nur mit nach unten gekommen, um Carl Gesellschaft zu leisten, um ihm zu zeigen, dass er ihm das von vorhin nicht nachträgt. Und um sich vor der Elf-Uhr-Besprechung zu drücken.

»Ich wüsste vielleicht wen, der dir helfen könnte«, fährt Carl fort. »Eine Trauertherapeutin.«

»Hängst du wieder mit Bestatterinnen ab?«, fragt Jar und denkt dabei an Carls jüngstes unseliges Experiment im »Trauer-Dating«. Aus der Theorie heraus, dass bei Bestattungen die Luft nur so vor Pheromonen schwirrt – »in der Lust liegt Trauer und in der Trauer Lust« –, hatte sich Carl bei ein paar Totenwachen eingeschlichen, um dort mit etwas Glück die Liebe zu finden, nicht unbedingt bei der Witwe, aber vielleicht bei einer in Schwarz gekleideten verwirrten, sexy Seele.

»Sie hat rechts geswipt.«

Jar sieht seinen Freund überrascht an.

»Okay, hat sie nicht. Sie hilft mir bei einer Story.«

»Über Tinder?«

»Sie dachte, ich würde mich für ein paar Experimente interessieren, die sie gerade mit Musik im Wartezimmer von psychiatrischen Praxen machen. Die Leute sind gleich viel relaxter, wenn ein bisschen Jungle Marke Oldschool läuft.«

»Eher springen sie aus dem Fenster.« Jar holt kurz Luft. »Die Sache ist die, seit heute Morgen bin ich noch überzeugter, dass

Rosa noch am Leben ist.« Er nimmt Carl die Zigarette ab und inhaliert tief.

»Aber sie war es nicht, oder?«

»Sie hätte es sein können, genau darum geht es.«

Sie stehen schweigend nebeneinander und schauen dem Regen zu. Die Hoffnung ist ein kleines, zerbrechliches Pflänzchen, denkt Jar, das nur zu leicht von anderen zertrampelt wird, auch wenn er es Carl nicht verdenken kann, dass er skeptisch ist. Er zieht noch einmal an Carls Zigarette und gibt sie dann zurück. Sie wollen gerade wieder hoch ins Büro, als Jar im Augenwinkel eine Bewegung registriert, einen großen Mann, der auf der Straßenseite gegenüber hinter dem Starbucks-Schaufenster Platz nimmt. Schwarze Jacke von North Face, hochgeschlagener Kragen, unauffällig braunes Haar, unscheinbares Gesicht. Gesichtslos und leicht zu vergessen, nur dass Jar ihn nun schon zum dritten Mal innerhalb von zwei Tagen bemerkt.

»Hast du den Typen schon mal gesehen?« Jar nickt zum Starbucks hin.

»Kann ich nicht sagen.«

»Ich bin todsicher, dass er gestern Abend im Pub war. Und gestern in meinem Bus.«

»Verfolgen sie dich wieder?«

Jar antwortet mit einem ironischen Nicken, er hat damit gerechnet, dass sein Freund sich über ihn lustig machen würde. Er hat Carl schon früher erzählt, dass er sich beobachtet fühlt.

»Wusstest du, dass jeder Dritte an Paranoia leidet?«, fragt Carl.

»Nur jeder Dritte?«

»Die beiden anderen behalten ihn im Auge.«

Jar versucht sich an einem Alibi-Lachen, auch um zu zeigen, dass er okay ist, dass er sich alles nur einbildet, aber es missglückt ihm.

»Dieses Gefühl, als ich sie da auf der Rolltreppe stehen sah …« Er wartet ab und erlaubt sich einen letzten Blick auf den Mann. »Rosa ist irgendwo da draußen, Carl, ganz sicher. Und sie sucht nach einem Weg zurück.«

4

Cambridge, Herbsttrimester 2011

Zwei Wochen bin ich jetzt hier, und ich vermisse Dad mehr
denn je. Ich dachte, ein Tapetenwechsel, ein Neuanfang würde
den Kreislauf durchbrechen, aber dem ist nicht so. Nicht mal
der Nebel der Fresher's Week, der Erstsemesterwoche mit
ihren endlosen Partys, kann meine kolossale Trauer verhüllen.
Wir waren ein eingespieltes Team, Salz und Pfeffer, More-
cambe and Wise (sein liebstes Comedy-Duo), und offenbar
vertrauter als irgendeiner meiner Freunde mit seinem Vater.
Vom Schicksal zusammengeschmiedet, ohne dass wir je gefragt worden wären. Es hatte sich einfach so ergeben.

Gestern im Pickerel wurde ich richtig sauer, als die anderen
über ihre Eltern herzuziehen begannen. Dann wollte das Mädchen aus dem Zimmer nebenan, das auch Englisch studiert,
die dösige Josie aus Jersey, wissen, wie es bei mir ist. Natürlich
schlug meine Antwort auf die allgemeine Lästerstimmung, es
entstand eine kurze Pause im angesäuselten Pubgequatsche,
niemand wusste, was er sagen sollte, wo er hinschauen sollte.
Einen Moment lang sah ich mich selbst wie von oben und
fragte mich, ob das die Perspektive ist, aus der mein Dad die
Dinge inzwischen betrachtet.

Als ich vor fünf Minuten von der Sonne geweckt wurde, die
durch die billigen Collegevorhänge schien, war er noch am
Leben gewesen, und wir waren gemeinsam in Grantchester

unterwegs zum Mittagessen. Ich wollte ihm von meinen ersten Wochen in Cambridge erzählen, in welchen Clubs ich jetzt bin, wen ich kennengelernt habe. Und dann fiel es mir wieder ein.

Dad hat ständig von Cambridge erzählt. Ein einziges Mal waren wir zusammen hier, im Sommer, eine Woche vor seinem Tod. (Es ist immer noch ein merkwürdiges Gefühl, das zu schreiben.) Er war quirlig wie immer. Dad strahlte eine unglaubliche Lebenslust, eine energiegeladene Intelligenz aus. Am liebsten hätte er mir Cambridge auf seinem Klapprad gezeigt (mit dem er immer zur Arbeit fuhr) oder wäre mit mir gejoggt (er hatte den hageren Körper eines Bergläufers). Stattdessen marschierten wir quasi im Laufschritt, und ich konnte nur mit Mühe folgen.

Zuerst zeigte er mir das, was er als »sein College« bezeichnete und wo zu seiner Zeit nur Männer zugelassen waren. Ist das zu glauben? Es ist ein tröstlicher Gedanke, dass er vor mir hier war, dass er auf denselben Wegen gegangen ist, dieselben ehrwürdigen Höfe durchquert hat. Und dann mietete er uns einen Stechkahn, weil er meinte, dass das hier so üblich sei. Wenigstens hatte er keinen Strohhut auf.

Im Gegensatz zu sonst gab es an diesem Tag auch ruhigere Momente, in denen er mir erzählte, dass es in der Arbeit Probleme gebe. Er sprach nie viel über seinen Job, und gewöhnlich fragte ich ihn nicht danach. Ich wusste nur, dass dieser Job uns in verschiedene Botschaften auf der ganzen Welt geführt hatte, mit Schwerpunkt in Südostasien. Dad arbeitete für die Politische Abteilung des Außenministeriums, an die er Berichte schickte, die aber nie ein Mensch lese, wie er immer voller Ironie behauptete.

Vor zwei Jahren hatten sie ihn dann nach London versetzt. Ich bin mir nicht sicher, ob es eine Beförderung war, aber gelegentlich ging er immer noch auf Reisen. Ich war alt genug, um währenddessen für mich selbst zu sorgen. Und alt genug, um ihn zu offiziellen Veranstaltungen zu begleiten, wenn er in London war, so auch zu einer Gartenparty im Buckingham Palace letztes Jahr. Er hatte dabei denselben Blazer getragen wie an jenem Tag auf dem River Cam.

»Ich muss nach Indien«, sagte er und duckte sich unnötigerweise, während wir unter der Clare Bridge durchfuhren.

»Du Glücklicher.«

Ich bedauerte meinen Tonfall. Ich wusste, dass er nicht gern lang weg war.

»Ladakh«, ergänzte er lächelnd in der Hoffnung, dass das den Schlag irgendwie abmildern würde.

Wir hatten einst eine glückliche Reise dorthin unternommen, nach Leh, wo wir in den Hippiecafés auf der Changspa Road abhingen und jungen Israelis dabei zuschauten, wie sie auf ihren Enfield Bullets in die Stadt geknattert kamen, um nach dem Wehrdienst in den Bergen Ruhe und Frieden zu finden. Möglicherweise ist es mein Lieblingsfleck auf der ganzen Welt. Irgendwann will ich einen Job, in dem ich so viel reisen kann wie Dad.

Ich sah, wie er zu einem entgegenkommenden Stechkahn hin nickte. Zwei stolze Eltern im Bug, die sich von ihrem vergötterten Sohn durch die Backs staken ließen. Bestimmt hätte Dad beruflich mehr erreichen können, wenn er nicht darauf bestanden hätte, immer für sein einziges Kind da zu sein. Er hat mich praktisch allein großgezogen, nur mit der Hilfe der einen oder anderen Ayah.

»Versprich mir, dass du alles ausprobierst, wenn du erst hier bist«, sagte er.

Ich weiß noch, dass mir sein Tonfall nicht gefiel und die Vorstellung, dass er immer noch unterwegs sein könnte, wenn ich »rauf« nach Cambridge ziehen würde, wie er es eigensinnig nannte. Aber vielleicht spielt mir die Erinnerung im Nachhinein Streiche, auch wenn er an diesem sonnigen Nachmittag irgendwie nicht er selbst war; er gab sich reservierter, scherzte weniger.

»Schreib dich bei allen Clubs und Vereinigungen ein«, ermahnte er mich mit aufgesetzter Unbeschwertheit. »Gib allem eine Chance, dem ganzen verdammten Leben hier. Ich weiß noch, dass ich in ein und derselben Nacht der Labour Party, der SDP und den Konservativen beigetreten bin.«

»Bist du darum so gut im Stechkahnfahren? Weil du in einem Punting-Club warst?«

»Ich habe es gelernt, weil ich bei deiner Mutter Eindruck schinden wollte. Als ich sie das erste Mal mitnahm, blieb die Stange im Schlamm stecken – so was passiert schnell. Ich hätte mich nur nicht daran festklammern sollen, als das Boot abtrieb.«

»Dad!«, rief ich mit gespielter Empörung. Ich sah ihm an, dass ihn die Erinnerung eher glücklich als traurig machte, denn ein Lächeln spielte um seinen Mundwinkel, aus dem er mir immer dann alberne Bemerkungen zuflüsterte, wenn es ernst wurde. »Es heißt ›Ma'am‹ wie in ›Spam‹, und vergiss nicht zu knicksen«, hatte er mir beispielsweise zugeraunt, Sekunden bevor ich vor der Queen zum Knicks ansetzte und dabei mit meinen spitzen Absätzen im Rasen des Buckingham Palace versank.

Ich kann mir nur schwer vorstellen, dass ich das irgendwann können werde: lächeln, wenn ich an ihn denke. Im Moment will ich mich einfach nur auf meinem schmalen Collegebett zusammenrollen und sterben.

5

Als Jar aus dem Lift tritt, ist ihm sofort klar, dass irgendwas nicht stimmt. Seine Wohnungstür steht offen, ein leuchtendes Dreieck durchschneidet scharf die Dunkelheit im Treppenhaus. Sein Atem geht schneller.

»Warte hier«, sagt er zu Yolande, die er noch vor wenigen Sekunden im Aufzug geküsst hat. Sie haben sich in einem Pub oben an der Brick Lane kennengelernt, wo er nach der Arbeit gern einen Zwischenstopp einlegt. Ein Muster, das sich in den letzten Monaten herausgebildet hat. Nach einer »Trauerhalluzination«, wie er die Tatsache, dass er Rosa heute Morgen gesehen hat, wohl nennen muss, sucht er meist Trost bei einer Fremden. Ein fehlgeleiteter Versuch, einen Neuanfang zu machen: Eine Fremde gibt ihm irgendwie das Gefühl, weniger untreu gegenüber der Erinnerung an Rosa zu sein.

Er schiebt die Tür weiter auf, aber etwas dahinter klemmt und versperrt die Tür. Er stemmt sich dagegen und spürt dabei, wie das Blut in seinen Schläfen pocht. Die Wohnung – ein großer Raum mit einer Kochnische am hinteren Ende und dem Bett am anderen – wurde verwüstet, aus den Regalen, die sämtliche Wände überziehen, sind die Bücher gerissen und liegen nun verteilt auf dem Boden. Mehrere Regale wurden noch dazu aus ihrer Verankerung gerissen und ragen jetzt wie vom Sturm entwurzelte Bäume in den Raum. Er schließt die Augen und versucht, sich zu erklären, was passiert ist.

Aufgebrochene Türen sind in seinem Wohnblock nichts

Ungewöhnliches, die jüngste Serie von Wohnungseinbrüchen wird auf die *Crackheads* im Norden der Hackney Road geschoben. Nic Farah, dem Fotografen aus dem Stockwerk unter ihm, hat man letzte Woche den Computer geklaut. Und ein paar Tage davor wurden aus einer Wohnung im sechzehnten Stockwerk, also vier unter seinem, ein Fernseher und ein Soundsystem gestohlen. Als halbherzige Vorsichtsmaßnahme hat sich Jar angewöhnt, seine zwölfsaitige Gitarre unter dem Bett zu verstecken.

Er steigt über das literarische Schneegestöber auf dem Boden und bückt sich nach der Ausgabe der Sportreportagen von Con Houlihan, die seinem Vater gehört. Er weiß instinktiv, dass nichts fehlt. Deswegen waren sie – wer immer »sie« auch sind – nicht hier. Er beugt sich neben dem Bett nach unten. Der Gitarrenkoffer liegt noch darunter. Er will schon wieder aufstehen, als er es sich anders überlegt und den angeschlagenen Koffer hervorzieht. Alles, um sich abzulenken, um zu verhindern, dass sich die Gedanken in seinem Kopf weiter im Kreis drehen. Beruhigt durch das Gewicht des Koffers, öffnet er ihn auf dem Bett. Das Instrument ist noch da, unbeschädigt, was zusätzlich bestätigt, dass dies kein gewöhnlicher Einbruch war. Solch gute Gitarren lassen sich leicht verkaufen.

»Ich nehme an, es sieht hier nicht immer so aus.« Yolande ist in der Tür stehen geblieben. Ihre Stimme klingt wie geschliffen. Jar ist erschrocken, wie schnell er sie vergessen hat. »Soll ich die Polizei rufen?«

Er hätte sich in der Bar von ihr verabschieden und gehen sollen, statt sie hierher mitzubringen. Genau genommen ist sie nicht einmal eine Fremde. Sie ist ihm aufgefallen, als er das letzte Mal im Verlag war. Sie war mit einem Karton Bücher an ihm vorbeigegangen, um sie von einem Autor signieren zu lassen, der weit populärer ist, als er je sein wird. Und dann stand sie heute Abend in der Bar. Es wäre unhöflich gewesen, sie nicht zu begrüßen und wenigstens ein paar Takte mit ihr zu reden.

»Nein«, sagt Jar. Er schlägt ungeduldig einen Akkord auf der Gitarre an, bevor er sie wieder wegpackt. »Sie haben nichts mitgenommen.«

»Woher willst du das wissen?«

»Weil nichts mehr zum Mitnehmen *da* ist.« Jar lässt die Verschlüsse des Gitarrenkoffers zuschnappen und geht im Zimmer auf und ab.

»So viele Bücher«, sagt sie, ohne ihn aus den Augen zu lassen. Und morgen kommen noch zwei, denkt Jar: Colin Barretts *Junge Wölfe*, als Kompensation für die Story über Jennifer Lawrence diese Woche, und *Rosaleens Fest* von Anne Enright für ein Quiz über One Direction. Vergebliche Bemühungen, eine Art kulturelles Gleichgewicht zu wahren. Langsam geht ihm der Platz aus.

»Ich kann dir beim Aufräumen helfen«, sagt Yolande, die plötzlich neben ihm steht und eine Hand auf seine Schulter gelegt hat.

Jar zuckt unter der Berührung zusammen. Sie ist zu gut, als dass sie Platz in seinem Leben hätte. Während er beobachtet, wie sie ein Buch aufhebt, fällt ihm in all dem Chaos etwas ins Auge. Ein Foto von Rosa. Ein Foto, das nicht hier sein dürfte. Er bewahrt keine Andenken an sie in der Wohnung auf, hier erinnert nichts an sie. Das ist seine feste Regel. Hat jemand es hiergelassen, als eine Art Visitenkarte? Doch dann fällt ihm ein, dass er das Foto in Cambridge immer als Lesezeichen verwendet hat. Es muss aus einem der Bücher gefallen sein.

Er bückt sich, hebt es auf und starrt auf ihr Gesicht. Rosa wusste immer, wie sie seinen Blick auf sich lenken konnte. Ihm gefällt es, wie strebsam sie auf diesem Foto aussieht: An ihrem Schreibtisch sitzend und auf einem Stift kauend, ohne in die Kamera zu blicken. Er hat in den letzten fünf Jahren so viele

Bilder von ihr betrachtet, dass er schon Angst hat, er könnte langsam vergessen, wie sie wirklich aussah, seine Erinnerung könnte irgendwann ausschließlich von Fotos geprägt werden.

»Ich sollte heimgehen.« Yolande beugt sich über seine Schulter. Ihre Stimme schreckt ihn aus seinen Gedanken. Wie lange hat er auf das Foto gestarrt?

Er weiß, dass ihr eine Entschuldigung oder zumindest eine Erklärung zusteht, aber er weiß nicht, wo er damit anfangen soll.

»Okay«, sagt er nur und wendet sich ab von Rosas anklagendem Blick: fast noch ein One-Night-Stand, den du mies behandelt hättest.

Jar sieht Yolande an. Ein anderer Abend, ein anderes Leben, und sie würden jetzt ausgiebig und betrunken miteinander vögeln, würden im Bett übereinander herfallen, nachdem er sie mit einer irischen Ballade auf der Gitarre betört hätte, einem jener Lieder, die er so oft in seinem alten Schlafzimmer gehört hat, wo die Stimme seines Vaters aus der familieneigenen Bar in Galway durch die Decke bis nach oben zu ihm gedrungen war.

»Tut mir leid. Soll ich mit runterkommen und dir ein Taxi anhalten?«

»Nicht nötig«, sagt sie. »Ehrlich.«

Aber er besteht darauf, und so fahren sie schweigend zusammen im Lift nach unten.

Draußen auf der Straße stoppt sie selbst ein Taxi, trotzdem wartet er, bis sie eingestiegen und in der Nacht verschwunden ist – nach Mile End, wenn er sich recht erinnert –, bevor er mit frisch erwachter Entschlossenheit zu seinem Wohnblock zurückgeht. Oder frisch erwachter Angst? Was heute Abend in seiner Wohnung passiert ist, bedeutet, dass jemand beginnt – er weiß immer noch nicht so recht, wer –, ihn ernst zu nehmen. Jemand, der wissen will, wie viel er über Rosa in Erfahrung gebracht hat. Und der ihn möglichweise aufhalten will. In der Ferne schlägt eine Lieferwagentür. Er drückt den Knopf für den zwanzigsten Stock und tritt wieder aus der Aufzugkabine, kurz bevor die Tür zugleitet. Ohne abzuwarten, bis die leere Aufzugkabine nach oben in die Nacht entschwebt ist, verlässt er den Wohnblock durch den Hinterausgang und kürzt quer über ein fremdes Grundstück zu einer Reihe von Garagen ab.

Im Lauf der Jahre hat er gelernt, dass Paranoia eine Art korrosive Krankheit ist, die wie Säure die Kanten seines Verstandes wegätzt, trotzdem gestattet er sich heute Abend eine Gewissheit: Seine Wohnung wurde nicht von gewöhnlichen Einbrechern verwüstet. Das Chaos glich einer Inszenierung, viel zu methodisch für Crackheads. In den letzten Tagen hatte er das Gefühl, dass man ihn observiert, ihm von der Arbeit nach Hause folgt, ihn aus Cafés heraus im Auge behält, doch bislang hat er dieses Gefühl immer abgetan. Der heutige Abend ändert alles.

Er schließt die verriegelte Seitentür der Garage auf, tritt ein und schaltet die Leuchtstoffröhre an. Seine Vorsichtsmaßnahmen kommen ihm auf einmal viel weniger absurd vor. Es hätte ihn überrascht, wenn die Garage ebenfalls verwüstet worden wäre, trotzdem ist er erleichtert, dass er sie exakt so vorfindet, wie er sie gestern verlassen hat. Er setzt sich an den Computer, schaltet ihn an und sieht sich in dem kleinen, kalten Raum um. Hier ist ihm Rosa immer besonders nah.

Die eine Porenbetonsteinwand wird von drei mit Tesafilm aneinandergeklebten nautischen Karten der Nordküste von Norfolk beherrscht. Mit rotem Marker wurden Pfeile darauf eingezeichnet, um die Strömungsverläufe anzuzeigen; weiter westlich gelegene Strände wie Burnham Deepdale und Hunstanton wurden eingekringelt. Neben der Karte hängt eine amtliche topografische Karte von Cromer. Grüne Stiftlinien führen zu Fotos und Überwachungskamera-Momentaufnahmen, die ordentlich an eine daneben angebrachte Korkwand gepinnt sind.

Die Wand hinter dem Computertisch besteht aus einem Flickenwerk an Fotos. Links hängen die Bilder von Rosa an der Universität. Rechts die unbestätigten, teilweise ausgekreuzten Sichtungen seit ihrem Tod. Die Frau in Paddington Station, die er für Rosa hielt, hat er in der Hektik nicht fotografieren können. Stattdessen heftet er ein Foto des Bahnhofs an die Wand, malt daneben mit rotem Marker ein Fragezeichen und fügt dann das Datum hinzu.

In dem Bemühen, sein sonstiges Leben wenigstens halbwegs normal zu gestalten, hat er alles, was mit ihr zu tun hat, hierhin verfrachtet und aufbewahrt: die zahllosen offiziellen Auskunftsersuchen ans St Matthew's (ihr College), an die Polizei und das Krankenhaus und dazu seine Korrespondenz mit dem Gerichtsmediziner (der nicht der Auskunftspflicht gemäß dem Freedom of Information Act unterliegt). Er verwahrt hier auch Persönlicheres: ein schlichtes, aber sündteures Nachthemd (ein Geschenk ihrer Tante, nachdem Rosa in Cambridge aufgenommen worden war), ihr Lieblingsparfüm (ein Duft, auf den sie auf dem Gewürzmarkt von Istanbul gestoßen war), eine der witzigen Karten, die sie unter seiner Collegetür durchgeschoben hat.

Wer in seine Wohnung kommt, nimmt an, dass er sein Leben wieder im Griff hat. So soll es sein, er will, dass seine Mitmenschen glauben, er sei über sie hinweg. Niemand braucht zu wissen, dass er sich nirgendwo so lebendig fühlt wie hier in diesem zugigen Verschlag, umgeben von Bildern jener Frau, die er mehr liebte, als er zu lieben für möglich gehalten hätte. Wenn jemand ihn hier überraschen würde, hielte man ihn wahrscheinlich für einen Stalker. In gewisser Hinsicht ist er das auch, nur dass die Frau, die er jagt, offiziell seit fünf Jahren tot ist, nachdem sie hundertdreißig Meilen von hier, in Cromer an der Nordküste von Norfolk, in einer wilden Nacht in den Tod sprang.

Er checkt seine privaten Mails. Sein Vater hat ihm am Wochenende ein paar Zeilen über Hurling geschickt und dazu einen Link zu einem Spielbericht in der *Connacht Tribune*. Jars Cousin hat gespielt. »Eher geht ein Kamel durchs Nadelöhr, als dass Conor irgendwann punktet. Komm uns bald besuchen, Dad.« Jar muss lächeln und will gerade das Account wechseln, um seine Arbeitsmails durchzugehen, als sein Blick auf eine weitere Nachricht zwischen den ganzen Werbemails fällt.

Sie stammt von Amy, Rosas Tante, einer Kunstrestauratorin, die in Cromer lebt. Amy und Rosa standen sich immer nahe, doch nachdem Rosas Vater gestorben war, wurde die Verbindung noch enger. Rosa genoss es, zwischendurch dem brodelnden Studentenleben in Cambridge entfliehen zu können, und fuhr oft übers Wochenende in das Seebad.

Jar wurde zwar eingeladen, sie zu begleiten, doch das war nicht immer einfach. Amy sieht ihrer Nichte so ähnlich, dass es schon wehtut. Außerdem hat sie den Großteil ihres Lebens unter Medikamenteneinfluss gestanden und sich von einer Depression zur nächsten gehangelt. Allerdings schien Amy regelmäßig aufzublühen, sobald Rosa bei ihr war. Dann saßen die zwei still im gefilterten Sonnenlicht des Wohnzimmers, wo Amy Rosas Arme und Hände mit komplexen Hennamustern bemalte und mit ihr über Rosas Dad plauderte.

Jar gibt ihr keine Schuld an dem, was später passiert ist, und ist mit ihr in Verbindung geblieben, auch weil ihre Beziehung – genau wie die von Amy und Rosa zuvor – in der beiderseitigen Trauer zu wachsen schien. Amy ist eine Verbündete, sie ist genauso paranoid wie Jar und der einzige Mensch in seinem Umkreis, der nicht an Rosas Tod glaubt. Sie hat keine Erklärung, keine Theorie dafür, nur einen »sechsten Sinn«, wie sie es nennt, weshalb der aufgekratzte Tonfall der Mail heute Abend umso verlockender klingt:

> Jar, ich wollte dich anrufen, habe dich aber nicht erreicht. Wir haben etwas auf dem Computer gefunden, das dich interessieren könnte. Es hat was mit Rosa zu tun. Falls du mich besuchen kommen willst, ich bin die ganze Woche hier. Ruf an.

Jar sieht auf die Uhr und spielt mit dem Gedanken, Amy gleich jetzt anzurufen – es ist zwar spät, aber er weiß, dass sie schlecht schläft. Dann fällt ihm ein, dass sein Smartphone oben in der Wohnung am Ladegerät hängt. Er wird es gleich morgen früh probieren – aus dem Zug nach Norfolk. Nach dem Einbruch heute Abend könnte ihm die Zeit davonlaufen.

6

Cambridge, Sommersemester 2012

Eine Woche ist vergangen, seit ich *ihn* im Restaurant gesehen habe. Wenn mich damals wer gefragt hätte, wie ich mir unser Wiedersehen vorstelle, hätte ich wohl kaum »am Ufer des Cam und splitternackt wie am Tag meiner Geburt« geantwortet. Aber genauso ist es gestern Abend gekommen, ohne dass ich wirklich sagen könnte wie.

Immerhin kenne ich jetzt seinen Namen. Er heißt Jarlath Costello, »Jar« für seine Freunde, und stammt aus Galway. Sein Vater führt eine Bar in der Innenstadt, seine Mutter ist psychiatrische Krankenschwester in Ballinasloe. Jar hat am Trinity College in Dublin irische Literatur studiert und macht jetzt seinen Master in moderner und zeitgenössischer englischer Literatur. Er ist ein paar Jahre älter als ich, genau wie ich dachte. Und zehnmal vernünftiger.

Nachdem wir mit der Probe fertig waren, ging die ganze Truppe auf einen Drink in den Eagle, wo Watson und Crick damals ihr DNA-Ding abgezogen hatten. Später, als der Abend langsam zu Ende ging, machten drei von uns – Beth, Sam (unser Regisseur) und ich – einen Spaziergang an den Backs entlang. Es war eine warme Juninacht und der Mond so voll, dass er Schatten warf.

»Wie sieht's aus, hüpfen wir rein?«, fragte Sam und sah mich dabei an. Er hat in den vergangenen Tagen schwer mit mir geflirtet, und ich kann nicht sagen, dass mich das gestört hätte, wobei ich allerdings Gewissensbisse habe, was meine Motive angeht. Schon jetzt umgibt ihn als Regisseur eine gewisse Aura, es herrscht eine unausgesprochene Gewissheit, dass er in ein paar Jahren ein großes Tier in der Welt des Theaters sein wird.

Beth zögerte und wartete meine Reaktion ab. Mir war klar, dass sie ebenfalls ein Auge auf Sam geworfen hatte, aber ich hatte das so gut wie möglich verdrängt. Ich war fest entschlossen, dass es unserer hoffentlich wachsenden Beziehung nicht im Weg stehen sollte. Ich bin immer noch damit beschäftigt, mir zu beweisen, dass ich all das tun kann, was Studenten so tun sollen: sich betrinken, nackt baden, Freunde fürs Leben finden, jede Menge wilden Sex haben, vielleicht sogar etwas lernen.

Offenbar zögerte ich mit der Antwort zu lang, denn im nächsten Moment zog Beth sich aus und rannte im milchigen Mondschein übers Gras, mit schockierend weißem – und viel zu wohlgeformtem – Körper.

»Kommt schon«, trieb sie uns und auch sich selbst an. Nun hatte sie die Initiative ergriffen und uns herausgefordert, und ich würde auf keinen Fall zurückstehen.

Ohne eine Sekunde zu vergeuden, rannte ich aufs Flussufer zu und riss mir dabei die Kleidung vom Leib, in der Hoffnung, dass der Akt des Ausziehens so weniger schamlos aussehen würde als im Stehen. Ich schaute mich nicht um, ob Sam uns folgte. Ich wollte so schnell wie möglich zu Beth ins Wasser.

Peinlich wurde die Sache erst, als sich mein Höschen an meinem Zeh verfing und ich die letzten Meter vor dem Sprung ins Wasser hüpfend überbrücken musste. Unwillkürlich fiel mir auf, dass bei mir das Wasser höher spritzte als bei Beth, und das ärgerte mich. Und noch mehr ärgerte ich mich, dass es mir überhaupt aufgefallen war.

Der Fluss war viel kälter, als ich gedacht hatte, aber ich riss mich zusammen und schwamm zu Beth, die unter der Clare Bridge Wasser trat und nach Sam Ausschau hielt.

»Kommt er?«, fragte ich so teilnahmslos, wie ich nur konnte. Ich hätte mich so gern umgedreht, aber das hätte so ausgesehen, als wäre ich genauso daran interessiert wie Beth, Sam nackt zu sehen.

»Wie ist es?«, rief Sam. Er war immer noch in seinen Kleidern.

»Kommst du nicht rein?«, fragte Beth.

»Die werden auf dem Gras nur nass«, sagte er und sammelte unsere beiden Kleiderhaufen ein. Dass Sam mein Höschen aufhob, machte mich komischerweise verlegener als die Tatsache, dass er mich nackt gesehen hatte. Doch er hob die Sachen ganz nüchtern auf, wie eine Mutter, die die Schmutzwäsche eines Teenagers einsammelt, und legte sie auf eine Bank, die ein Stück vom Flussufer zurückversetzt stand.

Beth drehte sich zu mir um. Ich sah ihr an, dass sie das Gleiche dachte wie ich: Sam hatte nie vorgehabt, ins Wasser zu gehen.

»Du bist ein Feigling, Sam«, rief Beth ihm zu. »Ein dicker, fetter, fauler Feigling.«

»Er hätte die Sachen genauso gut liegen lassen können«, sagte ich.

»Er will uns casten«, erkannte Beth und schwamm zum Ufer zurück.

Ich trat Wasser und sah zu, wie Beth ihren tropfnassen weißen Arsch aus dem Wasser hievte und über den Rasen zu der Bank schlenderte, auf der Sam unsere Kleider abgelegt und dann Platz genommen hatte. Sie gab sich keine Mühe, besonders schnell zu gehen oder sich zu bedecken.

Plötzlich fand ich das nicht mehr witzig, ich hatte keine Lust, mich »casten« zu lassen und Sams kritischem Blick auszusetzen.

»Willst du die ganze Nacht drinbleiben?«, fragte er.

Wenn es sein muss, dachte ich. Eine bessere Freundin als Beth hätte mir die Kleider ans Ufer gebracht. Sie hatte das Spiel gewonnen und hätte sich als Siegerin zumindest großherzig zeigen können, doch sie hatte sich schon wieder angezogen und saß jetzt neben Sam, der den Arm um ihre Schultern gelegt hatte und sie wärmte.

Und dann sah ich zu, wie sie aufstanden und Arm in Arm davonspazierten.

»Wir sehen uns im College«, rief mir Beth über die Schulter zu. »Komm einfach nach.«

Na sicher. Ich blendete die sich einschleichende Kälte so gut wie möglich aus und sah mich um, schaute auf die im Mondschein leuchtenden legendären Backs, auf die majestätisch aufragende Silhouette der King's College Chapel. Ich sollte mich in Cambridge amüsieren, dachte ich, meine Zeit hier genießen, aber ich tat es nicht. Bei diesem Gedanken schloss ich wieder Frieden mit meinem Entschluss. Ich vermisste Dad so sehr, dass es schmerzte.

Weiter unten am Cam, am Queen's College, wurde das Semesterende gefeiert. Das ferne Wummern der Musik und das Johlen der Studenten wehte über den Fluss. Ich würde gern einmal zur Feier unseres Colleges gehen, wenigstens glaube ich das, aber das Ticket ist zu teuer. Ich wurde schon dreimal gefragt und wäre auch eingeladen worden, aber irgendwie schmeckt das nach einer vertraglichen Verpflichtung zum Sex.

Ich dachte an den Tag, an dem Dad mich über den Fluss gestakt hatte, das letzte Mal, dass ich ihn lebend sah. Das Nacktbaden hätte er bestimmt gutgeheißen, aber Sams Verhalten sicher nicht, und das von Beth noch weniger. Ich hatte mir das selbst zuzuschreiben.

Plötzlich fühlte ich mich verletzlich, denn die Sachen auf der Bank lagen unangenehm weit weg. Aus der Ferne näherte sich eine Gruppe von Studenten. Und in diesem Moment sah ich, wie *er* über mir die Clare Bridge überquerte.

Es stand außer Frage, dass es Jar war, sein mächtiger Körper zeichnete sich deutlich im Mondschein ab. Und seine langen Schritte wirkten zielgerichtet, so als wollte er im Leben vorankommen, statt wie ich Wasser zu treten (und auf ein Ende zu warten, das gar nicht schnell genug kommen konnte). Immerhin ging er allein, die Hände tief in den Hosentaschen verschränkt.

Sollte ich tiefer ins Wasser tauchen, fragte ich mich, und darauf hoffen, dass er mich nicht sah, oder lieber meinen Mut zusammennehmen und ihn rufen, damit er mir meine Sachen brachte?

»Hallo!«, rief ich, denn auf einmal merkte ich erst, wie sehr ich mittlerweile fror. Ich musste aus dem Wasser.

Im ersten Moment reagierte er nicht, dann blieb er stehen, als wollte er die Stimme zuordnen und müsste sie dazu aus einem tiefen Verlies in seinem Dichterhirn hervorholen.

»Hier unten. Das Mädchen, das sein Essen nicht bezahlen konnte.« Eine lausige Eröffnung, aber etwas Besseres fiel mir in dem Moment nicht ein.

Inzwischen beugte sich Jar über die Mauer, die Arme um eine der großen Steinkugeln geschlungen, die beide Brüstungen zieren.

»Lass mich mal raten.« Er wirkte kein bisschen überrascht, dass ich um Mitternacht splitternackt im Fluss badete. »Ist das Method Acting? Irgendein schräges Casting?«

»Irgendwie schon. Nur dass ich die Rolle nicht mehr will.«

»Du siehst total durchfroren aus.«

»Kannst du mir meine Sachen bringen?« Sein Kommentar hatte zur Folge, dass mir sofort gefährlich kalt wurde. »Da drüben auf der Bank.«

»Du kannst von Glück reden, dass keiner damit abgehauen ist.«

Ich schwamm zum Ufer und verfolgte dabei, wie Jar über die Brücke und zur Bank ging, wo er meine Sachen aufhob. Wir erreichten gleichzeitig das Ufer.

Jar bemühte sich, nicht in meine Richtung zu blicken, sondern streckte den Arm mit den Sachen aus und drehte mir den Rücken zu. »Ich lege sie dir hierhin.«

Kurz fragte ich mich, ob ich vielleicht schon zu durchgefroren war, um mich aus eigener Kraft aus dem Wasser zu ziehen. Meine Arme schmerzten so, dass ich beim ersten Versuch wieder zurücksank.

»Geht's?«, fragte Jar und drehte den Kopf zur Seite, als würde er jemanden ansprechen, den er im Dunkeln nicht richtig erkennen konnte.

Ich hätte ihn gern um Hilfe gebeten, aber das wäre zu peinlich gewesen. Stattdessen nahm ich meine ganze Kraft zusammen und hievte mich aufs Trockene.

»Ich schaff's schon.«

Wir hatten beide den näher kommenden Tross betrunkener Studenten im Auge behalten, der jetzt auf dem Weg am Fluss entlang auf uns zuhielt. Jar, ganz Kavalier, baute sich zwischen ihnen und mir auf. Ich ignorierte so gut wie möglich die Rufe und Pfiffe und zog mich eilig an, ohne mich lang mit meinem BH aufzuhalten.

»Gerade noch rechtzeitig. Alles okay?«

»Mir ist scheißkalt.«

»Hier, nimm die«, sagte er und hielt mir seine Jacke hin. »Nimm schon«, ergänzte er, als ich zögerte.

Ich wickelte mich in seine riesige Wildlederjacke und nahm den Geruch von Sandelholz wahr, genau wie im Restaurant, während wir in Richtung King's College spazierten, fort von der Gruppe Studenten, die sofort wieder das Interesse verloren hatten.

Wir hatten nicht abgesprochen, wohin wir gingen. Ich wollte mich einfach bewegen, um mich wieder aufzuwärmen, und er war offenbar damit einverstanden. Bald hatten wir das King's College durchquert, befanden uns wieder im Ort und plauderten dabei über seine Kindheit in Galway, seine Jahre am Trinity College und seinen Umzug nach England. Und die ganze Zeit wog ich unbewusst ab, wie lange ich noch weiterfrieren wollte, um mich vor der Entscheidung zu drücken, was wir jetzt tun sollten, wohin wir gehen würden: zu ihm, zu mir oder getrennte Wege. Es stellte sich heraus, dass Jar neben seiner Masterarbeit begonnen hatte, einen Roman zu schreiben. Er war gerade spazieren gegangen, um das Ende im Kopf auszuarbeiten.

»Jemand hat mir mal gesagt, einen Roman zu schreiben sei, wie einen Witz zu erzählen«, meinte er, während wir die Hobson Street hinaufgingen. »Du kennst zwar die Pointe, aber es gibt unzählige Wege, dorthin zu gelangen.«

»Aber du kennst die Pointe doch gar nicht.«

»Mein Vater liebte *The Two Ronnies*, die liefen ständig in seinem Pub – wenn er nicht gerade *Dave Allen* schaute. Und seine Lieblingsstellen waren die, in denen der Kleine in dem riesigen Sessel saß und endlose, komplett verwickelte Geschichten erzählte. Der eigentliche Witz war gar nicht so wichtig, es ging mehr um die Art, wie er ihn erzählte. Ich dachte, das Ende wäre unwichtig.«

»Und ist dir heute Abend ein guter Schluss eingefallen?«

»Dazu ist es noch viel zu früh«, sagte er. »Meine zwei Hauptfiguren sind sich gerade erst begegnet.«

7

Jar hat auf Amys Mail geantwortet, dass er die Sache nicht am Telefon besprechen, sondern sie lieber persönlich sehen würde, und sitzt jetzt im Bus von King's Lynn nach Cromer. Er hat den Frühzug von King's Cross genommen, auch wenn er dazu seinen Notgroschen aufbrauchen musste (den er in seiner Wohnung in einer persischen Teekanne aufbewahrt – auch den haben die »Einbrecher« nicht angerührt).

Er spürt eine Woge des Adrenalins, sobald der Cromer Pier in Sichtweite kommt, so wie jedes Mal. Vor fünf Jahren war auf der städtischen Überwachungskamera zu sehen, wie Rosa um ein Uhr nachts auf die viktorianische Seebrücke zusteuerte, unter der die raue See gegen die Eisenpfeiler schlug. Kurz darauf rief ein Mann, der niemals ausfindig gemacht werden konnte, bei der Polizei an und erklärte, er hätte gerade gesehen, wie jemand vom Ende des Piers gesprungen sei. Die Feuerwehr wurde alarmiert und das städtische Rettungsboot ausgeschickt. Unter dem Pier gibt es eine tückische Strömung, die in dieser Nacht von Osten nach Westen verlief und alles und jeden im Wasser auf die offene Nordsee und weiter zum Wash getragen hätte. Keine der Kameras auf und vor dem Pier, die – wie sich später herausstellte – teilweise ausgefallen waren, hatte aufgezeichnet, dass jemand den Pier verlassen hätte.

Jar ist seither noch mehrere Male in Cromer gewesen, hat Amy besucht, dabei hier hoch über der brodelnden Gischt gestanden und sich auszumalen versucht, was sich hier abgespielt haben könnte – ob die Frau, die er liebte und die ihn seinem sicheren Gefühl nach ebenfalls geliebt hatte, tatsächlich beschlossen haben könnte, ihrem Leben hier ein Ende zu setzen. Die Trauerfeier hatte man bis nach der amtlichen Untersuchung des Todesfalls verschoben. Alle rechneten fest damit, dass Rosas Leichnam an einem der Strände entlang der Nordküste angespült würde, aber sie wurde nie gefunden.

Als der Fall nach längerem Abwarten schließlich untersucht wurde, genügten dem zuständigen Untersuchungsrichter Rosas Abschiedsbrief an Amy, bei der sie die Nacht verbracht hatte, der eingegangene Notruf, der Polizeibericht und eine charakterliche Beurteilung durch ihren Dekan im College, in der er ausgiebig darauf einging, wie sehr sie um ihren Vater trauerte, um sie für tot zu erklären. Dass ihr Tod als Unfall und nicht als Suizid eingestuft wurde, war ein schwacher Trost.

Sie hatte auch Jar einen Brief geschrieben, der dem Untersuchungsrichter ebenfalls vorlag. Es war eine Mail in ihrem Entwurfsordner (in dem auch die Mail an Amy gelegen hatte), und sie war nicht lang. Er kennt die Worte auswendig:

Jar, es tut mir so leid. Danke für das unbegreifliche Glück, das du in mein Leben gebracht hast, und für die Liebe, die wir geteilt haben. Ich hoffe, du findest irgendwann den Frieden, den ich in dieser Welt nicht finden konnte. Der Tod meines Vaters war letzten Endes doch mehr, als ich ertragen konnte, aber schon jetzt mit dem Wissen, was vor mir liegt, fühle ich mich ihm näher. Ich wünschte nur, ich müsste dich nicht zurücklassen, Babe, du warst die erste wahre Liebe meines Lebens und die letzte.

Jar hat sich oft gefragt, ob sie absichtlich eine stürmische Nacht abgewartet hat, um hinunter zum Pier zu gehen. In ihren letzten Wochen am College hatte er ihr geholfen, einen

Essay über die Vermenschlichung der Natur in der Literatur zu schreiben. Offenbar war sie damals aufgewühlter, als ihm bewusst war – das akzeptiert er inzwischen –, trotzdem ergibt ihr Tod nach wie vor keinen Sinn für ihn.

Er steigt aus dem Bus und geht direkt zu dem Hotel, in das Amy ihn bestellt hat: das Hotel de Paris, eine Zeitschleuse in die Vorkriegsjahre, die gern von Reisebussen angesteuert wird. Er ist früh dran und wollte ursprünglich erst zum Pier gehen, doch die Wahl des Treffpunkts – warum treffen sie sich nicht bei ihr zu Hause? – macht ihn nervös. Vielleicht schlägt ihm auch das Seebad aufs Gemüt, das völlig zu Unrecht aus der Mode geraten ist: die morgendämmerungsgleiche Stille in den leeren Straßen, die vielen geschlossenen Geschäfte, die Katerstimmung nach der Party.

Im Hotel, von dem aus man auf den Pier sehen kann, weisen holzgetäfelte Schilder zum »Ladies Powder Room« und dem »Games Room«. Es gibt eine Art Bänkelsänger-Galerie über der Rezeption, einen schwindelerregend gemusterten Teppich, Kristalllüster und schwere goldgerahmte Porträts an den Wänden. Jar geht durch zur Cocktailbar, an Werbeplakaten für die Happy Hour und Bacardi sowie an einer Glasvitrine voller Prosecco- und Pinot-Grigio-Flaschen vorbei.

Amy ist ebenfalls zu früh dran und sitzt schon bei einer Tasse Kaffee in der hintersten Ecke der fast leeren Bar. Jar schluckt schwer, Rosas augenschmerzender Widerschein droht ihn zu Fall zu bringen, bevor sie auch nur ein Wort gewechselt haben: die gleichen hohen Brauen und langen, dunklen Haare, ein für die Jahreszeit zu warmer lila Samtmantel und bohèmehafte kniehohe Stiefel. Allerdings fehlt Amy Rosas Verspieltheit, über ihr schwebt stattdessen eine Schwere, die Jar auch einst über seiner Mamó kurz vor ihrem Tod beobachtet hat: der Blick ermüdet von jahrelangen Schmerzen. Sie hat einen ihrer schlechten Tage, denkt er.

»Bin ich zu spät dran?«, fragt er und schließt die Augen, bevor er sie auf die Wange küsst.

»Ich hab's nicht eilig«, antwortet sie. Jar fällt wieder ein, wie sich die Zeit um Amy zu verlangsamen scheint, wenn sie so ist. »Kaffee?«

Eine gelangweilte Kellnerin mit Schürze tritt durch eine Schwingtür, die missbilligend hinter ihr zuknallt. Jar fährt zusammen, doch Amy scheint den Schlag nicht einmal zu hören. Er bestellt einen doppelten Espresso und lässt den Blick durch den leeren, hohen Raum wandern: über die dunkel lasierte Bar, die verschnörkelten Stuckleisten, die Zeichnung eines Rettungsboots. Ihn durchzuckt schmerzliches Heimweh nach der Bar seiner Eltern in Galway, nach seinem Vater.

»Das Fest ist nun zu Ende«, blafft sein Vater gern, wenn er die Bar schließt, und stellt sich dazu mitten im Gedränge der Einheimischen und Touristen auf einen Stuhl. »Oder, in den unsterblichen Worten William Shakespeares: Habt ihr verfluchten Vollidioten eigentlich alle kein Scheiß-Zuhause?« (Er kann einer Ziege das Herz aus dem Leib fluchen, sein Dad.)

Manchmal scheint es Jar, als hätte er seine ganze Kindheit darauf verschwendet, auf einem Barhocker zu thronen, mit dem Finger über die Tropftasse unter dem Zapfhahn zu fahren und seinem Dad zuzuhören, wie er mit den Gästen plauderte, amerikanischen Touristen von den vierzehn Stämmen Galways erzählte und sie dabei mit dem Zauber gälischer Gastfreundschaft umgarnte. Hätte seine Mutter nicht darauf geachtet, ihn allabendlich ins Bett zu schicken, wäre er bis zum Morgengrauen aufgeblieben. »Und wie soll der Lütte je was von der Welt erfahren?«, hatte sein Vater dann regelmäßig protestiert und ihm dabei durchs Haar gewuschelt.

»Du siehst gut aus«, lügt Amy. Jar weiß, dass er nicht in guter Verfassung ist. Tiefe Schatten um die Augen, zu viel auf den Hüften.

»Du inzwischen aber auch«, gibt er die Lüge zurück. Heute sieht sie älter aus als ihre gut vierzig Jahre, das Haar weist deutlich mehr graue Strähnen auf als sonst. Und sie wirkt auf einmal ängstlich, so wie sie sich im leeren Raum umsieht. Jar dreht sich um, erwartet, jemanden zu sehen, aber sie sind allein.

»Zum Glück hast du noch einen freien Tisch gefunden«, sagt er.

Amy schenkt ihm das nachsichtige Halblächeln einer Todgeweihten. Sie trägt mehr Make-up als sonst, aber nicht einmal damit kann sie die dunklen Ringe unter ihren Augen kaschieren. Rosa trug nie Make-up, sagt er sich.

»Ich hab dir was mitgebracht«, fährt Jar fort und zieht ein Buch aus der mitgebrachten Jutetasche – *Wo Himmel und Berg sich begegnen: Zanskar und Himalaja*.

Sie nimmt es entgegen, blättert darin herum und hält bei einem Bild inne, auf dem ein barfüßiger Pilger gefährlich nah am gefrorenen Ufer des Zanskar-Flusses entlanggeht. »Das wäre doch nicht nötig gewesen«, sagt sie. Wieder ein halbes Lächeln, diesmal aber aufrichtiger.

»Es war eins von Rosas Lieblingsbüchern«, ergänzt er.

»Danke, Jar«, sagt sie. »Wie geht's mit dem Schreiben voran?«

»Katy Perry nimmt mich zu sehr in Anspruch.«

Das klingt mehr nach einer Rechtfertigung, als Jar beabsichtigt hat. Er ist es gewohnt, dass er nach seiner Schriftstellerei gefragt wird, aber er kann immer noch nicht zugeben, dass er seit Rosas Tod kein Wort mehr an seinem Roman geschrieben hat.

»Und wie geht's Martin?«, fragt er. Amys Mann arbeitete früher als Pharmakologe bei einem Forschungsunternehmen und leitete dort im Auftrag verschiedener Pharmafirmen präklinische Versuche, ist aber vor einiger Zeit aus seinem Job ausgeschieden.

»Arbeitet immer noch freiberuflich und schreibt weiterhin

Bewerbungen. Fährt mehr Rad denn je. Und ist fest entschlossen, seinen Roman zu Ende zu bringen. Du kennst das.«

Jar nickt. Er hat Martin länger nicht gesehen, aber das war keine bewusste Entscheidung. Sie haben sich gleich bei der ersten Begegnung angefreundet, nachdem Martin erklärt hatte, dass ihm Jars Kurzgeschichtensammlung sehr gut gefallen hätte und er selbst hoffnungsvoller Schriftsteller sei. Auf den ersten Blick war es keine logische Verbindung, weil Jar über Martins zweite allumfassende Leidenschaft – das Radfahren – ebenso wenig wusste wie über die pharmazeutische Industrie, doch Martin war, wie sich herausstellte, eine Art Universalgenie. Man hatte ihm einen Studienplatz für Englisch in Cambridge angeboten, nachdem er die Bewerbungskommission mit seinen Theorien über die »Medikalisierung der Identität« in der Beat-Generation beeindruckt hatte, doch dann hatte er sich für die Praxis, für die Welt der Pharmakologie entschieden und sich dabei auf Psychopharmakologie spezialisiert.

Außerdem teilt Martin Jars Vorbehalte gegen Psychotherapien. Amy hätte gern, dass Jar wegen seiner Trauerhalluzinationen Hilfe sucht – sie kennt ein paar gute Therapeutinnen und Therapeuten –, doch er ist davon wenig angetan.

Er will Amy gerade nach ihrem Job fragen – sie arbeitet inzwischen wieder zwei Tage pro Woche als Bilderrestauratorin am Fitzwilliam in Cambridge –, doch sie kommt ihm zuvor.

»Ich weiß, ich bin ein bisschen paranoid, aber ...« Sie zögert.

»Willkommen im Club.«

»Hast du in letzter Zeit das Gefühl gehabt, dass du beobachtet wirst?«

Er lächelt, ohne ihrem Blick auszuweichen. Manchmal meint er, sie sollten tatsächlich einen Club gründen, nur sie beide. (Motto: »Selbst Paranoiker haben Feinde.«)

»Ich fühle mich jeden Tag beobachtet«, sagt er. »Manchmal von Rosa, gewöhnlich von anderen, erst gestern von einem

Mann, der im Fenster eines Starbuck's saß. Und gestern Abend ist jemand in meine Wohnung eingebrochen.«

»Das hättest du gleich sagen sollen, Jar. Das tut mir so leid.«

»Es wurde nichts gestohlen.«

Amy sieht ihn an und wartet auf eine Erklärung, doch es kommt keine. Jar hadert mit sich, ob er seine neueste Verschwörungstheorie ausbreiten soll, nach der bei ihm eingebrochen wurde, um festzustellen, wie viel er inzwischen über Rosas Tod weiß. Amy ist selbst an ihren besten Tagen extrem empfindlich, und er will sie nicht erschrecken.

Er sieht dabei zu, wie sie mit dem eingepackten Keks spielt, der neben ihrem Kaffee liegt. Ihre Nägel sind abgekaut, ungeliebt. Als er Rosa einst nach Cromer begleitet hatte, hatte sich Amy zu ihnen beiden gesetzt und seine Nägel silbern lackiert.

»Und du?«, fragt Jar und legt die Hand auf Amys Arm. Es tut ihm weh, sie so zu sehen. »Fühlst du dich auch beobachtet?«

»Wir mussten immer wachsam sein, als Martin noch gearbeitet hat.« Sie starrt dabei aus dem Fenster, ein Blick weit in die Vergangenheit. »Wir waren stets auf der Hut und haben möglichst viel registriert.«

Jar wusste, dass Tierrechtsaktivisten auf Martins Arbeit aufmerksam geworden waren. Dass Martin sich für die Pharmaindustrie entschieden hatte, war der Hauptgrund dafür, dass Rosas Vater sich kurz nach ihrer Hochzeit mit ihm überworfen hatte und warum auch Rosa ihn nicht so gern getroffen hatte. Das und die Geschwindigkeit, mit der Martin Amy wegen ihrer Depressionen und Angstzustände Medikamente verabreicht hatte.

»Die Polizei riet uns damals immer, auf der Straße und rund ums Haus die Augen offen zu halten«, fährt Amy fort.

»Ist Martin immer noch ein Ziel?«

»Eigentlich nicht mehr. Wir gehen trotzdem auf Nummer sicher.«

»Und?«

Amy setzt sich auf und erwacht zum Leben, als wäre ihr plötzlich wieder eingefallen, warum sie hier ist: »Ich hatte bloß in den letzten Tagen das Gefühl, dass unser Haus observiert wird, das ist alles.«

»Was sagt Martin dazu?«

»Er sagt, das sei zu erwarten: Paranoia ist eine häufige Entzugserscheinung. Ich versuche wieder mal die Dosis zu verringern.«

»Das ist gut«, sagt Jar.

»Ich gehe zu einer Therapeutin. Martin ist nicht gerade begeistert, wie du dir vorstellen kannst. Ich habe es schon einmal probiert, als er aus dem Job ausschied und ich glaubte, unser Leben würde neu anfangen, doch dann ...« Ihr versagt die Stimme. »Das mit Rosa hat mich doch sehr zurückgeworfen.«

»Verständlich.« Jar wartet ab. Wegen ihrer Medikamente vergisst Amy manchmal, wie viele Stunden sie schon über Rosa gesprochen haben, und redet mit ihm wie mit einem Fremden. »Das hat uns alle umgehauen. Wieso glaubst du, dass ihr beobachtet werdet?«

»Wir haben viele Überwachungskameras und Alarmanlagen rund ums Haus, aber hauptsächlich meinetwegen. Ich bin bei uns diejenige, die sich Sorgen macht. Martin meint, dafür sei das Leben zu kurz.«

Ihre Worte hängen peinlich in der Luft. Und beide wissen es.

»Du hast in deiner Mail Rosa erwähnt«, lenkt Jar das Gespräch zum Thema zurück.

Bevor sie fortfährt, sieht Amy sich erst um und wendet sich ihm dann wieder aufmerksam zu.

»Vor zwei Tagen habe ich meinen Laptop bei uns im Ort zur Reparatur gebracht. Ich versuche allmählich, selbständiger zu werden. Der Laptop war von einem Tag auf den anderen tot, und ich wollte wissen, ob noch was zu retten war. Martin drehte gerade seine Runde mit dem Rad, also rief ich ihn an und erzählte ihm, was ich gemacht hatte. Er ist eigen mit unseren Computern, deshalb war mir klar, dass er Bescheid wissen wollte. Wie sich herausstellte, war die Festplatte defekt. Die meisten Dateien konnte der Mann vom Computerservice retten, nur nicht einen älteren Ordner, auf den er keinen Zugriff bekam.«

Amy hebt eine Plastiktüte zu ihren Füßen auf und drückt sie ihm unter dem Tisch in die Hand, als wäre es Stoff und sie ein Drogendealer.

»Das ist die Festplatte, oder was davon übrig ist. Der Mann hat alles, was er retten konnte, auf meinen neuen Computer übertragen.«

Jar hält die Tüte in der Hand und widersteht der Versuchung, einen Blick hineinzuwerfen.

»Nimm sie«, sagt sie.

»Ich verstehe das nicht.«

»Als ich Martin später noch einmal anrief, kam er direkt von seiner Radtour heim. Er nahm die Festplatte mit in seinen Hobbyraum. Zwar konnte er den Ordner auch nicht öffnen, aber dafür den Namen wiederherstellen.«

»Und?«

»Der Ordner heißt ›Rosas Tagebuch‹.«

Einen Moment fühlt es sich an, als würde Jar unter dem Tisch keine Plastiktüte, sondern Rosas Hand halten. Sie ist mit ihnen im Hotel, erzählt ihnen von Ladakh, von ihrem Traum, eines Tages im Winter hinzufahren und am eisigen Zanskar entlangzuwandern.

»Sie muss die Dateien auf meinen Laptop geladen haben, als sie in dieser letzten Nacht bei uns war«, sagt Amy. »Sie hat den Laptop oft für ihre Mails benutzt, wenn sie hier war. Wahrscheinlich ist es nichts weiter, aber …« Ihre Stimme versiegt mitten im Satz.

Jar bedauert sie, bedauert die verzerrte Welt, die sie beide bewohnen, in der es keine harmlosen Zufälle gibt, nur Verbindungen. Beide erkennen durchaus, wie merkwürdig es ist, dass Rosa ihr Tagebuch auf den Computer ihrer Tante überspielt hat.

»Wir dachten, du kennst vielleicht jemanden, der den Ordner öffnen kann«, fährt sie selbstbewusster fort. »Vielleicht einer deiner Technikkollegen aus der Arbeit. Dieser Carl, von dem du immer redest. Ich weiß, Martin war nicht immer einer Meinung mit Rosa...« Sie ringt sich ein Lächeln ab. »Aber am nächsten Tag, nach einer besonders langen Tour – er sagt immer, das Nachdenken erledigt er grundsätzlich beim Radfahren –, kam er ganz aufgeregt zurück und sprach zum ersten Mal beinahe, na ja, liebevoll von ihr. Er meinte auch, du seist der Einzige, der Rosa wirklich verstanden hat.«

Jar senkt den Blick.

»Vielleicht hatte er einfach ein schlechtes Gewissen. Später am Abend verkündete er dann, wir sollten dir das Tagebuch übergeben. Es wäre nur richtig und anständig, sagte er, schließlich wart ihr ein Paar. Er hat mich gebeten, es dir zu geben.« Sie verstummt kurz und dreht ihren Ehering. »Ich glaube, Rosa wollte, dass es irgendwann gefunden wird, Jar. Vielleicht enthält es ein paar Antworten.«

8

Cambridge, Sommertrimester 2012 (Fortsetzung)

Wir landeten erst spät am Abend in Jars Zimmer. Über eine Stunde waren wir durch die Straßen von Cambridge spaziert, hatten dabei einen Stopp in der All Saints Passage eingelegt und einen Kebab gegessen, den wir uns teilten und gemeinsam bereuten. Schließlich fragte er mich, was ich gern tun würde.

Mir war nach meinem Bad im Cam immer noch ein bisschen kalt, aber ich wollte nicht, dass unser Abend endete. Er ist ein guter Zuhörer, vielleicht ließ ich ihn auch nur nicht zu Wort kommen. Er hat etwas an sich, das mich dazu brachte, mir alles von der Seele zu reden, mehr, als ich irgendwem erzählt habe, seit ich in Cambridge angekommen bin. Wenn ich nur über die eine Sache reden könnte, die alles beherrschend über meinem Leben hängt und den Horizont erhellt oder verdunkelt – ich weiß inzwischen nicht mehr, was von beidem.

»Kannst du mir deine Radierungen zeigen?«, fragte ich und hakte mich zum ersten Mal bei ihm ein. Er sah mich an und lächelte dann, während auf der King's Parade eine Gruppe betrunkener Studenten an uns vorbeidrängte.

»Müsste ich das nicht fragen?«

»Dann mach.«

»Würdest du gern hochkommen auf einen …« Noch ein Student rammte gegen seine Schulter, schob seinen breiten Körper beiseite, doch er reagierte gar nicht. Stattdessen verzog er die Lippen zu einem stillen Lächeln.

»Einen was?« Ich lächelte ebenfalls.

»Kaffee«, sagte Jar. »Aber ändere das zu Whiskey.«

Verglichen mit meiner war seine Studentenbude geräumig und außerdem erheblich aufgeräumter. Große Fenster mit Blick auf die King's Parade, ein eigenes Schlafzimmer neben dem einigermaßen großen Wohnzimmer – die Art von *Brideshead*-Unterkunft, die man vor Augen hat, wenn man an Cambridge denkt. Ich schlenderte herum, strich mit der Hand über das abgenutzte dunkelrote Ledersofa und den Ledersessel. Er hatte sogar einen Kamin. An den Wänden reihten sich die Bücher – Yeats, Synge, Heaney –, und auf einem Schreibtisch in der Ecke stand sein zugeklappter Laptop unter einer Arbeitslampe, die beschämt den Kopf hängen ließ. Auf dem Fenstersims waren mehrere Flaschen mit irischem Whiskey aufgereiht, und an einer lehnte eine Villagers-CD.

Ich hatte immer noch keine Ahnung, wo der Abend hinführen würde, aber ich fühlte mich in Jars Gesellschaft wohl, so wohl, dass ich ihn fragte, ob ich meine feuchten Sachen ausziehen und sie zum Trocknen aufhängen könnte.

»Ich würde dir auch ein Bad einlassen, aber das liegt meilenweit weg am anderen Ende des Flurs«, sagte er und reichte mir dabei seinen Paisley-bedruckten Morgenmantel, der hinter der Tür gehangen hatte. »Wir möchten doch nicht, dass die Nachbarn jetzt schon reden. Du kannst dich da drin umziehen.« Er nickte zum Schlafzimmer hin.

»Nicht nötig«, sagte ich. Wir standen im Wohnzimmer. »Du hast unten am Cam sowieso schon alles gesehen.«

»Ich habe nicht hingeschaut. Möchtest du einen Whiskey?«

»Nicht mal gelinst?«

Er ging wortlos zum Fensterbrett, nahm eine Flasche und ein Glas und schenkte großzügig ein.

»Hier, das wird dich aufwärmen«, sagte er und reichte mir das Glas. »Zwölf Jahre alter Redbreast – irischer Single Pot Still Whiskey. Sherryfass aus Bourbon-Eiche, erste Füllung. Fruchtig und rassig mit Eichenvariationen.«

»Wie könnte ich da widerstehen?«, flüsterte ich. Wir standen uns jetzt gegenüber.

»Das sagt jedenfalls mein Dad dazu. Er schenkt mir immer an Neujahr eine Flasche Whiskey, und zwar mit einer ausführlichen Beschreibung der Geschmacksnoten.«

»Wo ist dein Glas?«, fragte ich.

»Ach, ich habe schon mehr getrunken, als mir in diesem Leben zusteht.«

»Das ist unfair.«

»Ich kann mich nicht beschweren.«

»Für mich, meine ich.«

»Außerdem kann ich besser schreiben, wenn ich nüchtern bin.«

»Ich wusste nicht, dass du heute Nacht noch schreiben wolltest.«

Wir standen jetzt so dicht voreinander, dass sich unsere Gesichter fast berührten.

»Anscheinend hört es nie auf. Lass dir helfen«, sagte er und knöpfte mein Hemd auf. Seine großen Finger – mit sauberen, geschnittenen Nägeln – bewegten sich ruhig und gelassen. Ich fragte mich, ob es ihn überraschte, dass ich nichts darunter trug und ob er mich bereits als feministische BH-Verweigerin eingestuft hatte.

Ich nippte an dem Whiskey, spürte, wie er in meinem Mund brannte, aber schluckte ihn noch nicht hinunter. Als er mir das Hemd von den Schultern schob und dabei unbeirrt auf meine Lippen sah, beugte ich mich mit geschlossenen Augen vor, um ihn zu küssen – zum ersten Mal seit meiner Ankunft in Cambridge wirklich studentenmäßig-selig-glücklich – und den

Whiskey mit ihm zu teilen. Er ließ ihn in seinen Mund fließen und schluckte.

»Du lässt dich aber leicht verführen«, flüsterte ich.

Er zog mich sanft an seinen Körper, küsste mich auf den Hals und dann wieder auf den Mund. Wir lösten uns kurz, während ich ihn aus seiner Jacke und seinem Hemd befreite. Ich hatte es nicht eilig, ich genoss das gemessene Tempo, das jedoch sofort anzog, als wir uns wieder küssten und ich seine nackte Haut auf meiner spürte. Ich schob meine Hand in seine Jeans und hielt ihn fest, während er seine Finger vorn in meinen Slip gleiten ließ. Kichernd stolperten wir in einem tölpelhaften, eiligen Tanz zum Bett. Kurz hielt er über mir inne, und in diesem Moment hätte ich ihm gern alles erzählt; doch mir war klar, dass das unfair gewesen wäre: Die Last meines gewählten Weges muss ich ganz allein tragen.

Hinterher lagen wir im Bett, tranken noch mehr Whiskey, und ich entschuldigte mich bei ihm, falls ich ihn rückfällig gemacht hatte. Er war mir nicht wie ein Alkoholiker vorgekommen, weder trocken noch trinkend. Ich wollte, dass er mir mehr über seine Vergangenheit in Dublin erzählte, das exzessive Leben, das so gar nicht zu seiner ruhigen Art passte.

»Eigentlich ist es ganz einfach«, sagte er, als hätte er meine Gedanken gelesen. »Mein Vater hat eine Bar in Galway, und von daher habe ich mein ganzes Leben getrunken. Dann habe ich in Dublin studiert, wo ich weitertrank, gewöhnlich im Pav, der Sportbar auf dem Campus, aber manchmal auch außerhalb der Universität im John Kehoe's, wo sie das beste Guinness von ganz Dublin servieren.«

»Und heute?«

Er sah auf den Whiskey in seinem Glas. »Der erste Tropfen, seit ich hier angekommen bin.«

Ich stupste ihn in die Rippen und nickte zu den vielen Flaschen hin, die auf dem Fensterbrett standen.

»Reine Medizin. Mein Leben läuft inzwischen besser, viel geordneter.«

»Bis heute Abend.«

»Das ist was anderes. Ich bin nicht allein.«

Er legte den Arm um mich, und wir lagen in einvernehmlicher Stille unter dem Laken, mein Bein über seinem, bis er sich zur Seite drehte und mich mit seinem Blick fixierte.

»Du verschweigst mir was«, sagte er, ohne jeden Vorwurf. Mein Magen zog sich zusammen.

»Ich habe schon ewig niemandem so viel erzählt wie dir heute Abend.«

»Bist du glücklich?«

»Heute Abend auf jeden Fall.« Glücklicher, als er je erfahren wird, trotzdem hatte er mit seiner Frage den magischen Teppich unter unseren Füßen weggerissen.

»Und schläfst du oft mit Leuten, die du gerade erst kennengelernt hast?« Er lächelte. Ich hörte ihm nicht mehr zu. Was hatte ich da getan?

»Rosa?«

»Nie«, antwortete ich, doch er spürte, dass sich etwas verändert hatte. Die Vertrautheit dieser Nacht hatte sich in Luft aufgelöst.

»Ich auch nicht.«

Schweigend lagen wir da.

»Kann ich was aufschreiben?«, fragte er, so als würde er wissen wollen, ob er das Licht ausmachen sollte. »Ich denke immer, es wird mir später schon wieder einfallen, doch das tut es nie.«

»Wie spät ist es?«

»Spät. Bleib heute Nacht hier. Bitte.«

Ich sah zu, wie er aus dem Bett aufstand und den Morgenmantel überstreifte, den ich vorhin getragen hatte. Er ging zu seinem Schreibtisch, klappte seinen Laptop auf und begann sofort zu tippen. Es war nicht gerade ein Zuschauersport, trotzdem blieb ich liegen und fragte mich, was er wohl gerade schrieb.

»Bin gleich fertig«, sagte er über die Schulter zu mir.

Vielleicht schmeichle ich mir selbst, aber ich konnte nicht anders, ich stellte mir vor, dass er über uns schrieb, das erotische Kribbeln unserer ersten Begegnung. Meine Augen begannen sich zu füllen, und ich presste die Lippen zusammen, bis es wehtat. Ich wusste, dass ich ihm gegenüber unfair war. Ich habe mir geschworen, niemanden an mich heranzulassen, schon gar nicht jemanden wie Jar.

Ich stand ebenfalls auf, ging durchs Zimmer, legte die Arme um seine Schultern und küsste ihn auf den Scheitel.

»Ich muss gehen«, brachte ich noch heraus, während in meinen Augen die Tränen brannten.

9

Jar geht zehn Minuten nach Amy, die darauf bestanden hat, dass sie das Hotel getrennt verlassen. Ihre Furchtsamkeit ist eher beunruhigend als bestärkend, ein Spiegel seiner eigenen Paranoia.

Er geht in Richtung Strand, sagt sich, dass er seine Lunge mit Seeluft füllen und der *rauschenden Brandung* lauschen will. Doch schon bald zieht ihn der Pier mit unwiderstehlicher Kraft an.

Er sollte für ihn keine tiefere Bedeutung haben – Rosa ist dort nicht gestorben, ermahnt er sich –, doch als er am Pavilion Theatre vorbeigeht und am äußersten Ende der Seebrücke stehen bleibt, gleich neben dem Schuppen für das Rettungsboot, fängt er ungewollt an zu schluchzen, und seine Knie knicken ein. Er hat länger nicht mehr geweint und lässt den Tränen freien Lauf. Die Ereignisse der letzten paar Tage stecken ihm in den Knochen, haben ihn akzeptieren lassen, was er schon immer wusste. Er wird niemals sein Leben wiederaufnehmen können, solange er nicht weiß, was Rosa zugestoßen ist.

Die Hände ums Geländer gekrampft, starrt er auf die Pfeiler tief unter ihm, von denen abgerissene Angelleinen wie Spinnweben im Wind wehen. Es ist ein tiefer Fall bis zur Wasseroberfläche – mindestens dreizehn, vierzehn Meter. Jar versucht, nicht darüber nachzudenken, wie lange ein Körper bis zum Aufschlag auf den Wellen brauchen würde. Neben ihm hängt ein Rettungsring und daneben ein Schild mit der Aufschrift »Springen verboten«; dahinter wiederum ein Notruftelefon. Ob Rosa mit dem Gedanken gespielt hat, es zu benutzen?

Er schaut hinaus aufs Meer, wo in der Ferne Windradsilhouetten den Horizont durchbrechen, dreht dann um und geht auf eine Gruppe von einheimischen Anglern und Touristen zu, die sich hier versammelt haben: Einige fischen mit durchsichtigen Eimern und grell orangefarbenen Spulen nach Krabben; andere angeln mit Ruten. Ein Mann macht eine Pause auf einer Bank, die eher nach einer Bushaltestelle aussieht. Zu seinen Füßen liegen eine geköpfte Makrele und ein kurzes Messer mit schwarzem Griff, und in der Hand hält er ein halb leeres Glas Guinness. Neben ihm entdeckt Jar ein iPad, zweifellos um jeden Fang zu dokumentieren, und eine leere Flasche Lucozade.

Jar hört ein Handy klingeln und begreift erst nach ein paar Sekunden, dass es sein eigenes ist.

»Jar, hier ist Amy. Wo bist du?«

»Auf dem Pier.« Er schirmt das Handy mit der Hand vor dem Wind ab.

»Du musst von hier verschwinden, aus Cromer verschwinden.«

Jar dreht sich um und lässt den Blick über die Gruppe der Angler wandern, die sich unter ihren Kapuzen verstecken. Einer fängt seinen Blick auf.

»Ist irgendwas passiert?«, fragt er, und sein Magen zieht sich zusammen.

»Die Polizei ist hier.«

»Wo?«

Jar sucht die Küstenstraße nach flackernden Blaulichtern ab. »Was ist denn los?«

»Sie haben meinen neuen Computer mitgenommen. Und

sie wollen die alte Festplatte haben. Sie suchen nach Rosas Tagebuch, Jar. Das habe ich im Gespür.«

»Hast du ihnen irgendwas erzählt?« Seine Gedanken überschlagen sich: Berechnungen, Konsequenzen.

»Martin glaubt, dass der Computermann ihnen einen Tipp gegeben hat.«

»Wegen Rosa? Aber wieso?«

»Vielleicht dachte er, ihr Tagebuch könnte ein Beweismittel sein, was weiß ich. Er hatte sich nach Rosa erkundigt, er wusste alles über ihren Tod.«

Bevor er etwas darauf erwidern kann, ist die Verbindung unterbrochen. Plötzlich fühlt sich Jar nackt auf dem Pier. *Sie suchen nach Rosas Tagebuch, Jar. Das habe ich im Gespür.* Sie – die Unbekannten, die in seine Wohnung eingebrochen sind, der Mann im Café gegenüber seiner Arbeit – wollen nicht, dass er erfährt, was Rosa in jener Nacht zugestoßen ist, sie wollen nicht, dass er Rosas Version der Ereignisse liest. Sind sie ihm im Zug von London aus gefolgt, haben sie sein Treffen mit Amy im Hotel observiert? Er geht auf der anderen Seite des Piers zurück, wobei er sich möglichst weit von den Anglern entfernt hält, und seine Gedanken brodeln wie die Wellen unter ihm.

»Jar! Wo gehst du denn hin?«

Jar bleibt wie angewurzelt stehen und dreht sich um. Zehn Schritte hinter ihm, etwa dort, wo er gerade noch stand, steht eine Frau mit abgewandtem Gesicht auf der untersten Sprosse des Geländers und hat die Arme hoch über den Kopf gereckt.

»Findest du es nicht auch toll, wenn der Wind die Wellen so hochpeitscht?«, ruft sie ihm zu.

»Rosa«, sagt Jar und geht auf sie zu. »Komm bitte da runter.«

»Das erinnert mich an Cornwall, wenn die See über die Hafenmauer bricht.«

»Jetzt machst du mir Angst«, sagt Jar und beginnt zu rennen, weil Rosa inzwischen eine Sprosse höher gestiegen ist und sich weiter nach vorn gegen den Wind lehnt, um das Gleichgewicht zu halten.

»Mach dir keine Sorgen, ich fange nicht gleich an zu singen.« Lächelnd dreht Rosa ihm den Kopf zu und breitet die Arme zu beiden Seiten aus, als würde sie die Szene aus Titanic nachspielen wollen. »Mach nur Spaß.«

Jar packt sie um die Taille und hält sie fest, das Gesicht an ihren Rücken gepresst. Dann dreht sie sich ganz um und gleitet von der Sprosse zu Boden, schließt ihn in die Arme und schmiegt ihr Gesicht in seine Halsbeuge.

»Alles okay?«, fragt eine Stimme. Jar dreht sich um, ein Mann ist an seine Seite getreten. Es ist der Angler, der seinen Blick aufgefangen hatte.

»Alles in Ordnung«, sagt Jar. »Es geht mir gut.« Er lockert seinen Griff um das Geländer. Sonst steht niemand bei ihnen.

In der Post, auf dem Weg zum Bus, kauft Jar einen gepolsterten Umschlag. Anschließend ruft er Carl an, wobei er das Handy unters Kinn klemmt, während er zum Stift greift.

»Ich bin's, Jar. Gibst du mir deine Privatadresse?«

Die Festplatte passt nur ganz knapp in den Umschlag, die scharfen Kanten drücken gegen die Polsterung, doch es wird reichen müssen.

»Alles okay? In deiner Mail an die Gruppe stand, du wärst in die Notaufnahme gefahren, nachdem du dir mit einer Wäscheklammer die Zunge gequetscht hast.«

»Alles wieder bestens.« Jar hofft, dass seine jüngste Ausrede für etwas Heiterkeit im Büro gesorgt hat. »Ich brauche nur deine Adresse. Du wohnst in der Gibson Street, stimmt's?«

»Nummer neun«, bestätigt Carl und nennt ihm noch die Postleitzahl in Greenwich. »Willst du mir Blumen schicken? Wie lieb von dir.«

10

Immer wenn du glaubst, du wüsstest endlich, wie jemand hier tickt, merkst du, dass du gar nichts weißt. Ich dachte, Phoebe wäre meine Freundin, meine erste richtige Freundin an der Uni, aber heute Abend beim Essen in der Großen Halle haben sich die Dinge in eine für mich völlig unerwartete Richtung entwickelt.

Phoebe und ich kamen seit unserem Kennenlernen während der Fresher's Week gut miteinander aus – sie teilt meine Vorbehalte gegen die Leute aus den Trinkerclubs, gegen die verkappten Schwulen und ihre Initiationsriten. Sie trinkt schon mal gern einen oder auch drei, aber dazu muss sie keinem Studenten-Dining-Club aus dem achtzehnten Jahrhundert beitreten, und sie schert sich nicht um ihr Gewicht oder ihre ungekämmten Haare, die im Nacken ausrasiert sind und die sie mit einem knallbunten Stirnband nach oben gebunden trägt, als wären sie ein Büschel Dornengestrüpp.

Außerdem ist sie in einer politisch radikalen Studentenvereinigung aktiv, was wahrscheinlich ganz gut für mich ist, und behauptet, dass der Geheimdienst schon eine Akte über ihre Anti-Establishment-Aktivitäten angelegt hat. (»Das ist eher ein Ehrenabzeichen«, antwortete sie, als ich sie fragte, ob sie sich deswegen Sorgen mache. »Wenigstens weißt du Bescheid, falls ich irgendwann tot aus dem Cam gefischt werde.«)

Sie ist außerdem einer der nettesten Menschen, die ich kenne, und eine gute Zuhörerin (bei mir muss man das sein). Eines Tages, als ich mich besonders niedergeschlagen wegen Dad fühlte, klopfte sie zufällig bei mir an und fragte, ob ich ein Ladegerät fürs Handy hätte, das sie sich ausleihen könnte. Sie merkte gleich, dass ich geweint hatte, umarmte mich und marschierte dann los, um mir eine Wärmflasche zu machen (wie ihre Mutter sie immer macht, wenn sie traurig ist).

Es endete damit, dass wir die ganze Nacht redeten, über Dad und den Tod, darüber, dass man sich wünscht, die Welt würde einen gewissen Respekt zeigen und innehalten, statt sich gnadenlos weiterzudrehen, wenn jemand stirbt. Ich erzählte ihr, wie wir in Dads Todesnacht einen Werbeanruf von einem Internet-Provider bekamen. »Ist Mr. Sandhoe zu sprechen?«, fragte die Stimme. Der Callcenter-Agent konnte nichts dafür, wir müssen schließlich alle Geld verdienen. Ich hätte am liebsten aufgeschrien und ihn angebrüllt, dass mein Dad gerade gestorben war, stattdessen legte ich ohne ein weiteres Wort den Hörer auf und begann zu weinen.

»Das war ziemlich reif von dir«, sagte Phoebe, während draußen der Morgen anbrach. »Ich hätte ihn angeschnauzt, er soll sich verpissen und sich selbst ficken.« Sie saß auf meinem Schreibtisch, hatte die Arme um die Knie geschlungen und trank aus einer kleinen Flasche Drambuie, die ich irgendwo aufgetrieben hatte (so verzweifelt waren wir).

Jedenfalls fand ich mich heute Abend beim Dinner in der Großen Halle auf einem Platz gegenüber Nick wieder, einem Studenten im zweiten Jahr, der sich einzig und allein dorthin gesetzt hatte, um mich anzumachen. Eigentlich hatte ich mit ein paar anderen Leuten zum Essen gehen wollen, aber alle hatten mich versetzt, und er hatte gesehen, dass ich ganz allein war.

Nick ist für seine Versuche bekannt, Erstsemesterstudentinnen ins Bett zu kriegen. (Seine liebste Masche ist es, die Mädchen zu fragen, ob sie mit ihm in die Badewanne möchten, wobei er so unschuldig tut, als würde er ihnen eine Partie Scrabble vorschlagen.) Ich war fest entschlossen, kein Interesse zu zeigen, doch dann begann er mich einzuwickeln. Vielleicht war es das Ambiente. Das Essen in der Großen Halle ist ein befremdliches, mittelalterliches Ritual, aber eine jener Erfahrungen, die Dad wohl vorschwebten, als er mich dazu drängte, alles auszuprobieren. Es gibt kein elektrisches Licht, nur Kerzen in silbernen Kandelabern – auf den Tischen, nicht in der Luft schwebend wie bei Harry Potter –, und alle müssen ihre Talare anlegen. Kellner mit weißen Handschuhen tauchen mit Essenstabletts aus dem Dunkel auf, wir bestellen Wein, der in den Kellern gelagert wird, und auf allen Tellern ist das College-wappen aufgedruckt. Und was das Tischgebet angeht: Es dauert eine gute Minute, bis einer der Professoren es rezitiert hat – auf Latein selbstverständlich.

So saß ich also da und merkte, wie ich mich – wider besseres Wissen – von diesem Jungen einwickeln ließ, der sich altklug über Ladakh und das dortige Pantheon präbuddhistischer Götter ausließ, obwohl er noch nie dort gewesen war. Er schien auch alles über Neemu zu wissen, das Dorf, in dem Dad und ich uns einst an die Höhe akklimatisiert hatten, nachdem wir von Delhi nach Leh geflogen waren. Und er erzählte voller Selbstbewusstsein vom Nubra Valley, dem Kargil-Konflikt 1999 und davon, wie gern er ein winziges Grenzdorf namens Turtuk besichtigen würde, von dem er einmal gelesen hatte – zufällig dasselbe winzige Dorf, das Dad und ich einst besichtigt hatten.

»Man sagt, nirgendwo seien die Aprikosen so süß wie in Turtuk«, meinte er.

Ich konnte nur nicken. Im Rückblick eine erbärmliche Reaktion. Inzwischen ist mir klar, dass Nick sich höchstwahrscheinlich durch meine Facebook-Seite gescrollt und sich dann bei

Wikipedia schlaugemacht hatte. Aber er hatte mich am Haken, und darum bemerkte ich nicht, wie Phoebe zu uns an den Tisch kam.

Ich spürte, dass sie kurz verdattert war, während Nick zur Seite rutschte und Platz machte, damit sie sich neben ihn setzen konnte. Erst letzte Woche hatte ich mich ätzend darüber ausgelassen, dass Nick ausnahmslos jede Ersti in St Matthew's flachlegen wolle. Aber dann geschah etwas Unerwartetes. Sie setzte sich neben ihn, und die beiden küssten sich auf den Mund.

Ich wandte mich ab und sah gleich darauf wieder zu Phoebe, die mich lächelnd ansah. Ihre runden Wangen waren gerötet wie reife Braeburns, und ich nahm Alkohol in ihrem Atem wahr. Ich wartete stumm auf eine Erklärung, bekam aber keine. Der Wein hatte ihre Lider gerötet, sie sah eher verletzlich als triumphierend aus.

»Seit letzter Woche«, sagte sie. »Wir sind seit letzter Woche zusammen.«

»Oh, super«, sagte ich und tupfte meine Lippen mit der Serviette ab. Ein ungleicheres Paar könnte man sich kaum vorstellen, aber vielleicht verstehe ich Nick auch nicht wirklich. Angeblich hatte er in der Freshers' Week eine Altphilologie-Studentin namens Genevieve überredet, sich in seinem Zimmer nackt mit ihm auf den Boden zu legen, umgeben von über hundert Kerzen. Sex hatten sie keinen: Es ging ihm nur um das Tableau.

Und jetzt, heute Abend, ist mein Kopf voller kleinlicher, irrationaler Gedanken. Warum hat Phoebe mir nicht erzählt, dass sie mit ihm geht? Eigentlich sollte ich mich für die beiden freuen. Nick ist nicht mein Typ – bei dem Essen machte ich nur höfliche Konversation. Aber ich weiß, dass ich, während wir zusammen im Kerzenschein saßen und über Indien plauderten, ein paar Minuten lang vergessen habe, dass Dad tot ist.

11

»Ich hab mich gestern Abend mit ihr getroffen«, sagt Carl und streckt ihm eine Visitenkarte hin. »Mit dieser Trauertherapeutin, von der ich dir erzählt habe.«

»Die, die in ihrem Wartezimmer Jungle laufen lässt?«, fragt Jar und nimmt die Karte. Er liest den Namen ab: »Kirsten Thomas.« Sie sitzen unter dem Westway und schauen einer Gruppe von Kindern beim Skateboard-Unterricht zu. Hinter dem Drahtzaun, am anderen Ende des Skateparks, rollen die Hammersmith- und City-Züge an Graffiti-überzogenen Mauern vorbei in Richtung Paddington.

»Kirsten ist eine ältere Frau, die zufällig total heiß ist«, fährt Carl fort.

»Darum geht es beim Therapieren eigentlich weniger«, gibt Jar zurück.

»Aber es klingt gleich wesentlich interessanter, wenn sie dir sagt, du sollst dich auf die Couch legen.«

»Das war Freud.«

»Der hätte auch nicht nein gesagt.«

»Wozu?«

»Was mit seiner Therapeutin anzufangen. ›Darf ich Mutter zu dir sagen?‹«

Jar weiß, dass er mit seinem Freund mitlachen sollte, vor allem, nachdem Carl sich solche Mühe gibt, ihm zu helfen, aber er ist nicht in Stimmung.

»Diese Kirsten«, fährt Carl fort und badet dabei fast in ihrem

Namen, »hat sich ganz zufällig auf Trauer spezialisiert. Auf Trauerhalluzinationen. Und sie ist Amerikanerin. Habe ich das schon erwähnt? Eine Hot American, so wie die Pizza. Hast du eigentlich Hunger?«

Jar nimmt einen Schluck von seinem Latte. Carl hat immer Hunger.

»Und nur der Vollständigkeit halber: Sie hat meine Theorie über das Bestattungsfeier-Daten nicht verworfen. Sie meinte, es sei geschmacklos und respektlos und schamlos, aber wissenschaftlich solide.«

Jar hofft inständig, dass Carl eines Tages die wahre Liebe findet, schon allein für die Trauernden Londons.

Sie sitzen inzwischen seit dreißig Minuten hier und versuchen sich vor dem eisigen Wind zu schützen, der sich wie ein Taschendieb durch den tiefer gelegten Skatepark stiehlt. Carl hat versprochen, dass sich das Warten lohnen würde.

Jar ist am Donnerstag aus Cromer zurückgekommen, froh darüber, dass ihm niemand in den Bus nach King's Lynn oder in den Zug nach London gefolgt ist. Am Freitag war er nicht in der Arbeit, sondern tauchte lieber in seiner Wohnung ab. Jetzt ist es Samstagmorgen, und er ist das erste Mal wieder draußen.

Trotz seines formidablen Computertalents ist es Carl nicht gelungen, Rosas Tagebuch zu öffnen, aber die Herausforderung reizt ihn nach wie vor, und er kennt jemanden, der es können muss. Darum hocken sie wie zwei Fremdkörper unter all den Westlondoner Vätern und geben sich redlich Mühe, nicht den Eindruck zu erwecken, sie würden sich für kleine Jungs interessieren.

Einen klobigen Kopfhörer auf den Ohren hebt Anton, dem die prall gefüllte Rastamütze ballongleich hinter dem Kopf hängt, die gespreizte Hand, als er auf seinem Skateboard an ihnen vorbeifliegt. Jar sieht auf die Uhr. Hinter Anton folgt wie Entenbabys ihrer Mutter eine Schar kleiner Kinder – nicht älter als sechs, denkt Jar –, die sich unter ihren überdimensionierten, wackelnden Helmen auf ihren winzigen Boards vorwärtsstoßen.

Die Väter sitzen bei ihm und Carl auf der Tribüne: Banker aus Notting Hill, vermutet Jar, die ihre Basecaps verkehrt herum aufgesetzt haben und Freizeitjacken mit gepolsterten Ellbogen und Schultern tragen. Einige Mütter warten draußen in ihren auf dem Gehweg aufgebockten SUVs, weil sie das schäbige Ende ihres Viertels lieber aus dem sicheren Auto heraus inspizieren.

Als die Stunde zu Ende ist, rutscht eins der älteren Kinder von seinem Board, das daraufhin Richtung Tribüne schießt und vor Carls Füßen zum Stillstand kommt. Carl bückt sich, wirkt dann aber unschlüssig, ob er es zurückgeben soll. Er schaut auf und sieht, dass der Junge unversehrt ist und auf ihn zukommt.

»Darf ich mal?«, fragt Carl den Jungen.

Der Junge schmunzelt, protestiert aber nicht.

»Hältst du das für schlau?«, fragt Jar.

»Ich hab früher die besten Nollies hingelegt«, sagt Carl, steigt auf das Board und rollt überraschend elegant davon.

»Vor zehn Jahren. Mit *fünfzehn*!«, ruft Jar ihm nach. Aber zu spät. Zum Bersten gefüllt mit Selbstvertrauen, versucht Carl das Board in der Luft zu drehen und knallt schwer auf den Boden. Der Junge, der ihm das Board geliehen hat, eilt zu Carl, um ihm aufzuhelfen.

»Nichts passiert«, sagt Carl. »Mein Stolz ist gebrochen, aber sonst nichts.«

Fünf Minuten später stehen sie im hinteren Teil des Skateparks in einem rostigen Schiffscontainer, in dem die Boards repariert werden. Anton übernimmt nach dem Ende der Stunde die Führung und leitet sie vorbei an einer Werkbank voller Decks, Trucks und Wheels ans andere Ende, wo auf einem Schreibtisch drei Computer stehen. Zwischen unzähligen Werkzeugen liegt die Festplatte, die Amy Jar übergeben hat.

Anton setzt sich auf den Drehstuhl und wippt mit einem Knie, während er wie ein aufgedrehter Börsenmakler zwischen den Bildschirmen hin und her wechselt.

»Nix von wegen: Datei is beschädigt«, sagt er mit schwerem jamaikanischem Akzent. Jar braucht eine Sekunde, um sich einzuhören. »Verschlüsselt issie.«

»Wie meinst du das?«, fragt Jar und sieht dabei Carl an, der weit weniger überrascht aussieht. »Ich meine, ich weiß, was verschlüsselt heißt, aber …«

»Jemand hat sie wie eine beschädigte Datei aussehen lassen«, erklärt Carl.

In den folgenden fünf Minuten übersetzt er, allerdings nicht Antons Rasta-Patois, sondern hauptsächlich technisches Kauderwelsch. Aus irgendeinem Grund, den nur Rosa kennt, wurde jeder Tagebucheintrag separat verschlüsselt. Anton hat die ganze Nacht durchgearbeitet und konnte zwei Einträge entschlüsseln.

»Billig wird das nicht«, flüstert Carl. Jar meint, leise Freude in der Stimme seines Freundes herauszuhören.

Anton hat den Kopfhörer wieder aufgesetzt, lässt Musik laufen und nickt dazu. (Carls Kopfhörer hängt um dessen Hals.) Er reicht Jar einen Memorystick mit den beiden Tagebucheinträgen. Dann schreibt er eine Hotmail-Adresse mit Passwort auf einen Zettel. Jeden Tagebucheintrag, den er entschlüsselt hat, wird er auf dem Hotmail-Account im Entwurfsordner abspeichern, wo Jar ihn dann abrufen kann. Auf diese Weise werden die Tagebucheinträge nicht per E-Mail übers Internet übertragen.

Jar fragt sich, ob die beiden ihn verarschen wollen – Carl behauptet, die Entwurfsordner-Methode würde grundsätzlich von terroristischen Zellen verwendet, die vermeiden wollen, dass ihnen die Geheimdienste auf die Spur kommen –, aber anscheinend nehmen ihn beide Männer ernst.

Nachdem sie sich auf ein Honorar geeinigt haben – das Carl vorschießt –, verlassen sie den Skatepark und spazieren zurück in Richtung Ladbroke Grove, wobei sie zwischendurch Halt machen, um sich unter der Überführung des Westway über die Portobello Road an einem Straßenstand ein paar Vinylplatten anzuschauen.

»Ich hätte gedacht, dass er mehr verlangt«, sagt Jar.

»Ihn reizt die Herausforderung. So eine Verschlüsselung sieht man nicht jeden Tag. Wenn man nicht gerade fürs GCHQ arbeitet. Die wollten ihn rekrutieren, hast du das gewusst?«

»Der Geheimdienst? Anton?«

»Er hat abgelehnt. Wollte niemanden ans Messer liefern.«

Jar will nicht undankbar erscheinen, aber der Memorystick brennt ihm ein Loch in die Hosentasche. Jedes Mal, wenn er die Finger darum schließt, hält er Rosas Hand – so wie in Cromer, als Amy ihm unter dem Tisch die Festplatte übergab.

»Ich sollte dann mal los«, sagt er so lässig wie möglich. »Nächste Woche bekommst du dein Geld zurück. Zahltag.«

Carl stöbert weiter in alten Jungle-Platten: DJ Dextrous, Remarc, Ragga Twins.

»Ich muss dich das fragen, Jar. Hatte Rosa an ihrer Uni irgendwas über Algorithmen und Schlüsselgenerierung belegt?«

»Nicht dass ich wüsste.« Die Frage beschäftigt Jar auch. Woher wusste Rosa, wie sie die Dateien verschlüsseln musste? Er kann sich nicht entsinnen, dass sie je das leiseste Interesse an Computern gezeigt hätte.

»Und warum sollte sie ihr Tagebuch auf einen fremden Computer laden?«

»Sie wollte nicht, dass es gefunden wird. Jedenfalls nicht sofort.«

»Oder gelesen wird. Ich weiß, es geht hier um Rosa, und ihr

beide wart ein Paar und alles, trotzdem liest du damit ein fremdes Tagebuch, stimmt's?«

»Glaub nicht, dass ich mir das nicht schon selbst gesagt habe.«

»Hey, Rebel MC!« Carl hebt ein altes Album in die Luft. »Ras Tafari.«

Jar lächelt ihn an und dreht sich weg. Keine Frage, in einem anderen Leben wird Carl als Rastafari zurückkehren.

Carl stellt die Platte zurück und lehnt sich an den Plattenstand. »Das wird eine Menge Sachen lostreten«, sagt er. »Wenn du ihr Tagebuch liest.«

»Vielleicht eine Erklärung.«

»Ist es nur das, worauf du hoffst?«

»Ein Warum wäre schon schön, selbst wenn ich kein Wie bekomme«, erklärt Jar.

»Ruf Kirsten an. Bitte.«

Jar bringt es nicht über sich, ja zu sagen, aber bevor er geht, wirft er Carl noch einen Blick zu, der andeutet, dass er eventuell anrufen könnte.

Gerade als er in den Ladbroke Grove einbiegt, klingelt sein Handy. Es ist Amy. Jar hat mehrmals versucht, sie anzurufen, seit sie sich in Cromer getroffen haben, aber seit ihrer Warnung war ihr Telefon abgeschaltet. Einen Moment glaubt er, die Leitung sei tot, doch dann spricht sie.

»Sie versuchen ihm was anzuhängen, Jar. So ist er nicht.«

»Wie denn? Ich kann dich kaum verstehen.«

Jar bleibt gegenüber dem U-Bahnhof stehen und sieht den Ladbroke Grove auf und ab, während er den Empfang seines Smartphones checkt. Amy klingt, als wäre sie betrunken.

»Geht es um die alte Festplatte?«, fragt er.

Im Verlauf der nächsten Minuten ergründet Jar mühsam, was passiert ist. Martin wurde verhaftet, ihm wird vorgeworfen, er habe Bilder, deren Besitz unter Strafe steht. Eine lächerliche Beschuldigung, sagt Amy, ein Trick, aber es reicht, um sie wieder Pillen nehmen zu lassen. Und es gibt noch eine weitere Komplikation.

»Martin hat ihnen nichts von der alten Festplatte erzählt«, sagt sie.

»Und wo sucht die Polizei die inzwischen?«

»Im Müll.«

Gut, denkt Jar. Sehr gut. »Und wo ist Martin jetzt?«

»In Norwich. Sie verhören ihn immer noch. Was sollen wir jetzt tun, Jar? Hier geht es nicht um irgendwelche Bilder. Sie sind hinter dem Tagebuch her, und sie glauben, dass er es versteckt hat. Früher oder später wird er es ihnen sagen müssen, er wird ihnen erklären müssen, dass ich die Festplatte dir gegeben habe.«

»Ich brauche mehr Zeit, Amy. Noch ein paar Tage.«

»Konntest du das Tagebuch öffnen?«

»Teilweise. Es braucht eine Weile, die Dateien zugänglich zu machen. Aber sie können Martin nicht anklagen, wenn er nichts angestellt hat.«

Es bleibt kurz still, bevor Amy antwortet, und währenddessen hängt Jars »Wenn« still im Äther.

»Ich rufe dich wieder an«, sagt sie.

Als Jar auf den Bahnsteig tritt, kommt ihm kurz der Gedanke, dass Martin möglicherweise tatsächlich verbotene Bilder auf seinem Computer haben könnte. Natürlich keine Fotos von seinen eigenen Kindern, den zwei merkwürdigen geretteten Hunden, die er früher besaß – »Raucher-Beagles« nannte Rosa sie. Aber das passt nicht zu ihm, so ist Martin nicht. Die Polizei interessiert sich für Rosa, nicht für ihren Onkel – und für Jars Bemühungen, einen Beweis dafür zu finden, dass sie noch am Leben ist. Und jetzt haben sie auch ihn im Auge, können es kaum erwarten, das Tagebuch in die Hände zu bekommen, weil sie genau wissen, dass Rosa ihm etwas Wichtiges mitteilen wollte.

12

Cambridge, Frühjahrstrimester 2012

Ich bin nicht nach Cambridge gekommen, um Trinkspiele zu studieren. Und ich interessiere mich auch nicht für Rugby (auch wenn Daddy es liebte). Warum also habe ich gestern Abend mit einer Gruppe von Rugbyspielern aus unserem College und ihren Privatschul-Groupies abgehangen, deren Vorstellung von Abendunterhaltung darin besteht, dass sie sich im Pickerel die Kante geben und sich anschließend mit Sambuca die Schamhaare flambieren?

Ich will nirgendwo anecken, das ist mein Problem. Und wenn in meinem Wohnheim am Freitagabend alle losziehen, fände ich es irgendwie unhöflich, mich zu drücken, die Spaßbremse zu spielen, indem ich behaupte, ich hätte zu tun. Niemand bleibt gern allein zurück, wenigstens nicht im ersten Jahr. Und ich dachte, es würde mir guttun, aus meinem Zimmer rauszukommen. Ich habe in letzter Zeit zu viele Stunden hier drin verbracht, im Dunkeln, bei zugezogenen Vorhängen, und dieses Tagebuch geschrieben, weil ich hoffte, es würde mir helfen, die Dunkelheit zu erhellen, die mein Leben immer fester im Griff hält.

Wenigstens konnte ich mich gestern Abend relativ früh wieder absetzen. Als alle mit ihren leeren Biergläsern Fernglas spielten, schlich ich mich nach draußen, schlenderte über die King's Parade und versuchte mir auszumalen, wie Mum und

Dad sich hier kennengelernt hatten. Ich wünschte, ich hätte Dad öfter nach ihrer Studentenzeit gefragt.

An dem Tag, als er mit mir Kahn gefahren war, hatten wir auch einen Tee im Kettle Pot gegenüber der King's Chapel getrunken. Dad hatte den Arm um meine Schultern gelegt, als er mich ans Erkerfenster und zu einem Tisch mit Blick auf die berühmte Kapelle führte. Er bestand darauf, dass wir dort saßen, weil er sich dort, wie er erklärte, zum ersten Mal mit Mum getroffen hatte.

»Dein Dekan ist ein guter Mann«, sagte er und häufte zu viel Marmelade auf sein heiß gebuttertes Crumpet.

»Du kennst ihn?«, fragte ich erstaunt. Dr. Lance: bärtig, ernst, weltweite Autorität für Goethe.

»Wir haben zusammen angefangen«, sagte Dad. »Nach dem Studium blieb er hier und wurde Akademiker.«

»Beim Bewerbungsgespräch fand ich ihn ganz okay.«

Tatsächlich hatte er kaum Eindruck bei mir hinterlassen, und ich konnte mir nur mit Mühe sein Gesicht vor Augen rufen. Als ich bei ihm vorsprach, hatte ich erwartet, dass er irgendwas Aufsehenerregendes tun würde – die Zeitung auf seinem Schreibtisch in Brand setzen, mitten im Gespräch aus dem Fenster springen –, doch es blieb bei einem ganz sachlichen Austausch, der nichts mit dem Mythos zu tun hatte, das einem Oxbridge-Bewerbungsgespräch nachgesagt wurde.

»Einige der besten Leute im Außenministerium wurden auf seine Empfehlung eingestellt.«

»Ich werde das beherzigen, wenn ich auf Jobsuche gehe.«

»Ich habe ihn gebeten, ein Auge auf dich zu haben.«

»Dad«, seufzte ich, doch er hatte nicht unrecht. Ich war in meinem Leben schon ein paar Mal von der Schule geflogen, unter anderem von meiner letzten, allerdings erst nach der Prüfung, außerdem war der Laden ein Sauhaufen gewesen.

»Im positiven Sinn. Die meisten Studenten bekommen ihren

Dekan nur zu sehen, wenn sie etwas angestellt haben. Er wird auf dich aufpassen. Falls du jemals Hilfe brauchen solltest.«

»Darf ich dich was fragen, was über uns?«, fragte ich mit vollem Bauch nach unserem Crumpet-Festmahl.

»Sicher.«

Ich zögerte, weil ich ein schlechtes Gewissen hatte, Mums Tod anzusprechen. Ein Jahr nach meiner Geburt hatte sie sich das Leben genommen. Unser Hausarzt meinte, niemand könne etwas dafür – eine Wochenbettdepression –, aber Dad hatte sich das nie vergeben. »Hättest du richtig Karriere gemacht, wenn Mum nicht gestorben wäre?«

Er lachte und warf dabei den Kopf in den Nacken wie auf dem Foto von seiner Hochzeit, das ich immer noch habe und auf dem sein Trauzeuge eine Rede hält. Sein Lachen war ansteckend und ohne jede Unsicherheit. »Weißt du da etwa mehr als ich?«

»Ich meine nur, viele Menschen in deiner Situation hätten sich mehr Hilfe geholt.«

»Deine Mum und ich hatten uns geschworen, dich allein großzuziehen. Wenn du mich fragst, ob ich beruflich dann eine andere Richtung eingeschlagen hätte …« Er überlegte. »Das kann ich dir nicht beantworten.«

»Also, es tut mir leid, falls du meinetwegen zurückstecken musstest.«

»Red keinen Unsinn. Du kannst nur die Karten ausspielen, die dir ausgeteilt wurden. Wenn Mum nicht gestorben wäre, hätten wir vielleicht noch mehr Kinder bekommen und weniger Geld gehabt. Wer weiß? Vielleicht hätte ich mir einen ganz anderen Job gesucht, nicht innerhalb des Außenministeriums.«

»Es muss wahnsinnig schwer gewesen sein. In den Monaten danach.«

»Das ist ja eine fröhliche Unterhaltung.«

»Ich will das eben wissen«, beharrte ich.

»Natürlich. Ein neues Kapitel, nicht mehr meine kleine …«

Ich schnitt ihm mit einem strafenden Wag-es-bloß-nicht-Gesicht das Wort ab. Wieder wurde es still. Wir hatten uns immer miteinander wohlgefühlt, wir mussten nicht reden, wenn uns nicht danach war.

»Hast du je mit dem Gedanken gespielt, Schluss zu machen so wie sie?«, fragte ich schließlich.

Bevor er antwortete, sah er mich stumm an, mit ernstem Gesicht, traurig. Ich hatte ihn das noch nie gefragt, und ich weiß auch nicht, wieso ich ihm ausgerechnet jetzt diese Frage stellte. Es war eine grausame, egoistische Frage. Ich wusste genau, dass er jahrelang gelitten hatte, dass es Tage gegeben hatte, an denen er heimgekommen war und kein Wort gesprochen hatte, an denen er bis tief in die Nacht in seinem Arbeitszimmer gesessen hatte und morgens mit rotgeränderten Augen wieder aufgestanden war, während beim Altglas eine leere Whiskeyflasche gelegen hatte.

»Manchmal sah es so aus, als wäre es der leichteste Ausweg. Aber sie wäre stinksauer gewesen!« Er lachte wieder, diesmal weniger überschwänglich. »Und die Vorstellung, dass du uns beide verlierst, hätte ich nicht ertragen.«

Ich legte meine Hand auf seine. »Danke.«

Seine Augen wurden feucht. »Dafür musst du für mich sorgen, wenn ich alt und inkontinent werde.«

Dr. Lance will mich morgen sprechen. Wir treffen uns mehrmals pro Trimester – seit Dads Tod spüre ich, wie verantwortlich er sich für mich fühlt –, aber ich habe so eine Ahnung, dass unser Treffen diesmal anders ablaufen wird. Er hat mir eine süße Nachricht geschrieben, ihm sei zur Kenntnis gebracht worden, dass ich nicht glücklich sei (mit unterstrichenem »glücklich«). Das Understatement des Jahres.

In den letzten Tagen habe ich oft über Dads damalige Antwort nachgedacht, was ihn davon abgehalten hat, es Mum gleichzutun und sich ebenfalls das Leben zu nehmen. *Manch-mal sah es so aus, als wäre es der leichteste Ausweg.* Wäre Dad »stinkwütend« auf mich? Und war er je wütend auf Mum? Ich hätte nie gedacht, dass man sich so elend fühlen, dass man jemanden so vermissen, dass einem das Leben so enttäuschend vorkommen kann. Vielleicht weil mir bewusst ist, wie sehr er sich gewünscht hätte, dass ich mich hier amüsiere.

Die neue Collegeberaterin wird morgen auch dabei sein. Ich wusste gar nicht, dass wir eine haben, bis mir jemand erzählte, dass sich die Jungs reihenweise als suizidgefährdet ausgeben, nur damit sie zu ihr dürfen. Offenbar ist sie umwerfend. Ein Geschoss, wie Dad gesagt hätte.

13

Jar hat grundsätzliche Zweifel, was Carls Frauengeschmack angeht, aber bei Kirsten Thomas muss er Carl recht geben. Es ist Montagmorgen, Jar sitzt in einem hohen Raum in einem klassizistischen Stadthaus an der Harley Street und lässt seinen Blick länger auf ihr ruhen als eigentlich angemessen, während sie ihm ihre Konditionen darlegt.

»Die erste Sitzung wird bei mir grundsätzlich nicht berechnet«, erklärt sie leichthin. Neuengland, tippt Jar. Vielleicht Boston. »Aber Ihnen möchte ich ein besonderes Angebot machen.«

Ich dir auch, denkt er und erwidert ihr Lächeln, bevor er sich zusammenreißt: Jessas, du benimmst dich schon wie Carl. Er nimmt die Umgebung in sich auf und fragt sich, ob alle psychologischen Praxen in der Harley Street so aussehen. Sie sitzt hinter einem riesigen Eichenschreibtisch, er hockt auf einem Stuhl in der Mitte des hellen, luftigen Raumes. Ein Kronleuchter hängt unter der hohen Decke, die Kieferndielen sind frisch abgeschliffen.

Eine Couch gibt es nicht – er macht sich gedanklich eine Notiz, das Carl zu erzählen –, dafür aber eine Récamière und einen einzelnen Sessel, die vor dem großen Fenster arrangiert wurden. Eine Holzjalousie schirmt den Raum vom Londoner Straßenleben ab. In der Ecke hängt ein Waschbecken, außerdem sticht ihm eine Schachtel mit Papiertaschentüchern ins Auge, die neben dem Sessel auf dem Boden steht. Er denkt an all die Menschen, die in diesem Raum gesessen und eine Stunde lang ihre Probleme ausgepackt haben, nur um sie alle wieder einzupacken, bevor sie auf die Straße traten.

»Ich arbeite gerade an einer Abhandlung, bei der Sie mir vielleicht helfen könnten. Sie lautet ›Verlustverarbeitung bei Kreativen: Trauerreaktionen, Trauerhalluzinationen und Lebensqualität‹.«

»Packender Titel.«

»Ich habe mich schon früher mit Trauer befasst, aber jetzt interessiere ich mich speziell dafür, wie sie sich auf Künstler auswirkt. Zum Beispiel Romanautoren.«

»Sie glauben, wir bilden uns das nur ein? Erfinden das alles?«

Jar will nicht aggressiv klingen, aber allein die Andeutung, dass bei ihm die Fantasie etwas durchgehe, geht ihm gegen den Strich.

»Ganz und gar nicht, im Gegenteil. Vielleicht manifestiert sich dieser Zustand bei Künstlern umso deutlicher.«

»Und was genau bieten Sie mir an?«

»Sechs einstündige Sitzungen umsonst, beginnend ab morgen. Ehe mein erster regulärer Patient eintrifft. Sind Sie ein Morgenmensch?«

Jar antwortet nicht. Stattdessen hat er nur Augen für ihre kurzen blonden Haare und blauen Augen, wobei er versucht, ihr Alter zu schätzen: Mitte vierzig? Ihrem Gesicht fehlt das Außergewöhnliche, es hat die gefälligen Züge eines Zeitschriftenmodels: hohe, akzentuierte Wangenknochen, breiter Mund, Stupsnase. Sie hat nichts Mysteriöses oder Exotisches an sich, aber positiv vermerkt er, dass sie keinen Wert darauf legt, ihre unbestreitbaren Vorzüge herauszustellen. Dezent geschminkt – vielleicht etwas Lipgloss auf den vollen Lippen –, und absolut nicht aufreizend gekleidet: eine hochgeknöpfte cremefarbene Bluse unter einer braunen Jacke, knielanger Rock. Keine Absätze.

»Ehrlich gesagt, weiß ich gar nicht genau, warum ich hier bin«, beginnt Jar statt einer Antwort.

»Das ist okay.«

»Mein Freund ...«

»Carl, er hat Sie hergeschickt. Das freut mich. Er hatte es mir versprochen.«

»Eigentlich hätte ich erwartet, dass draußen Musik läuft«, sagt Jar mit einer Kopfbewegung zur Tür hin. »›Therapy‹ von All Time Low, was in der Richtung.«

»Britischer Humor, wie?« Sie lächelt schmal.

»Genauer gesagt irischer. Wir neigen dazu, in allem das Komische zu sehen, selbst im Tod.«

Das Wort Tod bringt ihr Gespräch zur Ruhe wie ein Ölfilm das Wasser, und genau das hat Jar beabsichtigt. In einer stummen Aufforderung, zum Thema zurückzukehren, zum Geschäftlichen zu kommen, sieht er zum Fenster. Und dabei registriert er eine Marotte an ihr: Hin und wieder holt sie scharf Luft, so als würde sie erschrecken.

»Wenn Sie mit meinem Angebot einverstanden sind«, beginnt sie von Neuem, »hätte ich gern, dass Sie hier auftauchen und mit mir reden.«

»Da, wo ich herkomme, ist Reden dasselbe wie Leben.«

Was redet er da? Bringt er allen Ernstes seine irischen Wurzeln ins Spiel, um die amerikanische Blondine zu beeindrucken?

»Ich würde auf Dublin tippen«, sagt sie.

»Galway City.« Er sollte es dabei belassen, das ist ihm klar, aber er kann nicht anders. »Irlands *kulturelles Herz*«, ergänzt er. »Geburtsort des verstorbenen, großen Peter O'Toole.«

Sie hält seinem Blick stand, sieht dann weg und holt vor ihrer Erwiderung kurz Luft, wobei sie wieder dieses komische Geräusch macht.

»Ich bin ausgebildete Psychoanalytikerin, Jar. Ich arbeite mit freier Assoziation, einer von Sigmund Freud entwickelten Methode. Sie erzählen mir alles, was Ihnen gerade in den Sinn kommt, und ich suche darin nach unbewussten Faktoren, die Ihr Verhalten erklären könnten.«

Carl lag gar nicht so falsch, denkt er.

»Sie müssen mir alles über Ihre Trauer und über Ihre Sichtungen erzählen«, fährt sie fort. »Damit werden Sie mir helfen und sich selbst auch, da bin ich ganz zuversichtlich.«

»Wie viel hat Carl Ihnen bereits erzählt?«

»Können wir einfach sagen, gar nichts?«

»Wenn es die Sache erleichtert. Aber ich würde darauf wetten, er hat Ihnen erzählt, dass meine Freundin – Rosa Sandhoe – vor fünf Jahren starb, dass wir an der Universität für kurze Zeit zusammen waren und dass ich mich nach ihrem Tod in einem fehlgeleiteten Versuch, über ihren Tod hinwegzukommen, ins Koma getrunken habe. Die Wahrheit ist nicht so einfach. Wir waren zwar nur wenige Monate zusammen, aber wir liebten uns mit einer Leidenschaft, die ich nie zuvor und nie wieder danach erlebt habe. Inzwischen trinke ich nicht mehr ganz so viel, aber ich vermisse sie immer noch jeden einzelnen Tag. Mehr noch, ich glaube, dass sie noch am Leben ist. Ich habe Rosa als glücklichen Menschen gekannt, auch wenn sie ihren Vater verloren hatte – ein Suizid hätte ihrem Wesen widersprochen, und diese Überzeugung hat sich verstärkt, nachdem ich sie immer wieder gesehen habe und mir diese Sichtungen in den letzten Monaten immer realer vorkamen.«

Hat er zu viel gesagt, zu viel verraten? Bevor er hier ankam, hatte Jar sich vorgenommen, dass es Grenzen geben würde. Er würde nicht über Rosas Tagebuch sprechen, wenigstens nicht ausdrücklich, obwohl dessen Fund – und die Folgen, die das für ihn haben könnte – ihn hierhergeführt haben. Er fühlt sich schon schuldig, weil er es liest. Anton hat inzwischen sechs dechiffrierte Einträge hochgeladen: Ihre erste Begegnung im Restaurant, das nächtliche Bad im Cam, ihre erste Nacht – und er hat nicht vor, Rosas Vertrauen weiter zu missbrauchen, indem er den Inhalt mit jemandem teilt. Obendrein beunruhigt ihn ihre Darstellung der Ereignisse.

»Also haben wir einen Deal?«, fragt Kirsten lächelnd.

Eine Stunde später sitzt Jar in der abgeschlossenen Garage am Computer und will gerade zum dritten Mal den Tagebucheintrag lesen, den Anton zuletzt in den Entwurfordner gestellt hat, als sein Handy klingelt. Es ist Amy, sie klingt nüchterner als bei ihrem letzten Telefonat. Sie sprechen über Martin – die Polizei hat ihn wieder freigelassen, ohne dass Anklage erhoben wurde –, und dann über die Festplatte. Vier Tage sind vergangen, seit Amy sie in Cromer in seine Hand gedrückt hat.

»Er musste ihnen sagen, dass wir die Platte dir gegeben haben«, sagt sie. »Es tut mir leid. Ganz offensichtlich sind sie hinter Rosas Tagebuch her.«

»Wie viel hat er ihnen verraten?«

»Deinen Namen und deine Adresse. Er konnte nicht anders. Konntest du schon was davon lesen?«

Jar fühlt, wie ihm schon jetzt die Zeit zwischen den Fingern zerrinnt. Er erzählt ihr von Anton und wie er die Einträge nacheinander entschlüsselt, bevor er sie dann in einem Entwurfsordner speichert.

»Sag diesem Anton, er soll alle Dateien kopieren«, schlägt Amy vor, während Jar sich bei Hotmail einloggt, um den Entwurfsordner zu öffnen. »Nur deswegen kommen sie zu dir. Und Jar?« Sie hält kurz inne. »Ihr Tagebuch wird bei dir einiges aufrühren. Ich weiß, du möchtest das nicht, aber du solltest ernsthaft überlegen, ob du nicht Hilfe suchst. Mit einem Therapeuten redest. Ich kann dir ein paar empfehlen.«

»Mache ich schon. Heute hatte ich die erste Sitzung.«

»Wie schön. Und bei wem?«

»Einer Amerikanerin in der Harley Street.« Jar ist selbst beeindruckt, wie das klingt.

»Hat es geholfen?«

»Wir fangen gerade erst an. Ich lasse es dich wissen.«

Sie plaudern noch ein paar Minuten, dann sagt Amy, dass sie im Lauf der Woche nach London kommen und sich dann gern mit ihm treffen würde. Jar ist einverstanden, und sie legen auf.

Die Tagebucheinträge treffen ohne jede Systematik im Entwurfsordner ein. Der Eintrag, den er jetzt auf dem Schirm hat, betrifft Rosas zweites Trimester in Cambridge. Jar hasst sich dafür, aber er muss jeden Eintrag erst einmal kurz überfliegen, ob sie ihn erwähnt, ihm eine Nachricht, vielleicht einen Brotkrümel des Trostes hingeworfen hat.

Als er diesen Eintrag das erste Mal las, stellte er mit einem Stich der Enttäuschung fest, dass er aus dem Frühjahrstrimester stammte, das vor ihrer ersten Begegnung lag. Und vor einem wichtigen Treffen mit dem Collegedekan Dr. Lance, einem Mann, dem Jar in den letzten fünf Jahren allzu oft geschrieben hat. Einem Anwerbeoffizier in Oxbridge für die Geheimdienste, wenn man den Gerüchten glauben darf: die alte Leier, viel Schultergeklopfe beim Sherry. Jar weiß von Dr. Lance nur, dass er nie auf seine Briefe, Anrufe oder Mails reagiert hat und sich weigert, Jar zu empfangen, wenn er persönlich auftaucht.

Er scrollt zurück zum Anfang des Dokuments und beginnt zu lesen, wieder einmal schockiert, wie viel Trauer Rosa vor ihm verborgen hatte, wie schlecht er sie tatsächlich kannte.

Spielte sie ihm etwas vor, als sie an diesem heißen Sommertag mit einer Flasche billigem Cava auf dem Fahrrad in die Grantchester Meadows fuhren? Sie hatte ihn mit gespielter Fassungslosigkeit angesehen, weil er gefragt hatte, ob sie Gläser mitnehmen sollten – sein Dad hat einen Tick mit den Gläsern im Pub, früher ließ er sie Jar jeden Morgen vor Schulbeginn polieren (»Man kann nie wissen, vielleicht besucht uns ja der Papst.«).

»Du bist so altmodisch«, hatte sie ihn aufgezogen und einen tiefen Schluck aus der Flasche genommen, bevor sie sich am Flussufer in die Sonne gelegt hatte. Nie war er glücklicher gewesen als an diesem Tag, während er mit ihr im tiefen Gras gelegen und sie sich ihre gemeinsame Zukunft ausgemalt hatten. Hatte ihr das genauso viel bedeutet? Schrieb sie darüber? Er war und ist bis heute überzeugt, dass auch sie glücklich war, und das macht die Diskrepanz zwischen ihrer Erinnerung und seiner noch bestürzender.

14

Eine merkwürdige Sache, diese Maibälle. Sie finden im Juni statt, nicht im Mai, und kosten mehr, als die meisten Studenten sich leisten können. Ich hatte nie zuvor einen Champagnerbrunnen gesehen, nicht mal auf den Diplomatenfeiern, zu denen Dad mich mitgenommen hatte. Doch gestern Nacht war es endlich so weit, und ich konnte beobachten, wie die Leute ihren Kopf darunter hielten, bis sie würgen mussten (Waterboarding für Reiche).

Alle anderen in meinem Jahrgang schienen zu unserem Collegeball zu gehen, also dachte ich mir, auch egal: Dad wäre entsetzt gewesen, wenn ich nicht teilgenommen hätte. Außerdem hatte ich drei Einladungen auf dem Tisch, alle mit freiem Eintritt.

Schließlich entschied ich mich für Tim, den Gutaussehenden, nachdem ich vorab klargestellt hatte, dass ich zu Hause einen Freund hätte. Er war so rückhaltlos damit einverstanden, dass ich Gewissensbisse bekam. Aber ich sagte mir, dass meine Lüge nur der Wahrheit diente: um alle sexuellen Erwartungen zu dämpfen (seine wie meine).

Wenn ich ehrlich bin, hatte ich auch beschlossen hinzugehen, weil ich dachte, dass es mir guttun würde. Ich hatte Jar seit unserem Nacktbade-Abenteuer nicht mehr gesehen, aber er ging mir trotzdem nicht aus dem Kopf. Ich musste mir immer wieder vorsagen, dass es kein guter Zeitpunkt ist, mich zu verlieben. Dass ich Jar gegenüber unverzeihlich grausam wäre, falls er auch nur halb so oft an mich denkt, wie ich an ihn denke (wobei – wie ich mir auch immer wieder ins Gedächtnis rufen muss – es genauso gut sein kann, dass ich ihn nicht die Bohne interessiere).

Tim bestand darauf, dass wir erst mit ein paar guten Freunden auf seinem Zimmer Cocktails tranken, bevor es zum Ball gehen sollte, der gleich gegenüber auf der anderen Straßenseite veranstaltet wurde. Ich war schon mehrmals bei ihm gewesen. Die Räumlichkeiten sind ganz nett, aber nicht mit Jars zu vergleichen. Als ich in meinem cremefarbenen Taftkleid auftauchte, das ich in einem Secondhand-Shop auf der Bene't Street gefunden hatte, war die Party bereits bis auf den Flur geschwappt. Ganz kurz fragte ich mich, ob er noch mehr Leuten ein Ticket gekauft hatte. Tim ist einer der beliebtesten Studenten auf dem College, was teilweise »Tim's Bar« zu verdanken ist, einem improvisierten Ausschank in seiner Bude, bei dem er jeden Freitag allen und jedem Cocktails serviert. Sein Vater ist Weinhändler in der City, von daher ist es für ihn kein Problem, an Unmengen von Alkohol zu gelangen. Geld ist auch kein Problem. Dazu ist er sportbegeistert, wenn auch eher in Richtung Cricket als Rugby, außerdem sieht er aus wie ein griechischer Gott, und trotzdem hätte ich nach unserer ersten Begegnung keinen Gedanken mehr an ihn verschwendet, wenn er nicht gleichzeitig an einer hochgradigen Schwerhörigkeit leiden würde.

»Ich dachte, ein stilles Tête-à-Tête könnte dich vielleicht verschrecken«, sagte er und küsste mich auf beide Wangen, nachdem ich ihn in einer Ecke entdeckt hatte, wo er Cocktails mixte. Wie alle anwesenden Männer trug er einen schwarzen Smoking mit weißer Fliege.

Seine Aussprache ist meist gut verständlich – ein paar Worte klingen leicht nasal –, aber um zu verstehen, was sein Gegenüber sagt, muss er sich aufs Lippenlesen und das schwache Hörvermögen in seinem linken Ohr verlassen. Bei unserer ersten Begegnung fühlte ich mich geschmeichelt, dass er so an meinen Lippen hing, bis mir aufging, dass er das immer tut. Er muss die Lippen immer sehen können.

»Moscow Mules«, sagte er und deutete auf die vielen vollen Gläser auf dem Tisch. »Schnapp dir einen, solange noch welche da sind.« Dann legte er den Arm um meine Schulter und rief zu meiner großen Verlegenheit in den Raum: »Leute, das ist Rosa, mein Date für heute Abend.«

Alle Anwesenden jubelten, Gläser wurden erhoben, und ich merkte, wie es mich unter der Haut kribbelte. Mir blieb nichts anderes übrig. Ich kippte meinen Moscow Mule in einem Zug runter und griff mir den nächsten.

»Du bist also Rosa Sandhoe«, sagte jemand in einem viel teureren Kleid als meinem. Sie war an den Tisch gekommen, um sich Nachschub zu holen, und hatte mit ihren breiten Schultern eine Statur, als würde sie rudern; dazu ein kräftiges Kinn und rötliches Gesicht. »Kannst dich glücklich schätzen.« Mir schwante, dass Tim ein begehrterer Fang war, als ich gedacht hatte. Dann wurde ihr Lächeln hart. »Vergiss nicht, beim Stöhnen die Lippen zu bewegen.«

Zehn Minuten später standen wir vor der Porter's Lodge in der Schlange, um uns anzumelden. Drinnen konnten wir schon die angeheiterten Feiernden und die Musik hören: Sitar und Tabla und im Hintergrund das Wummern von Elektrobeats.

Der First Court verschlug mir den Atem. Er war in einen luxuriösen Rajasthan-Palast verwandelt worden, mit spiegelbesetzten Tüchern, die im Scheinwerferlicht funkelten, unzähligen Räucherstäbchen und Bildern von Elefanten mit juwelenbesetzten Sänften, die auf die mit Efeu überwucherten Gebäude projiziert wurden.

Der Sitarspieler und die Tablaspielerin saßen im Schneider-sitz auf Samtkissen in der Ecke, während die Kellner Champagnerflaschen öffneten, die in gestaffelten Reihen auf dem Tisch wie eine Armee von Marionetten standen. Im Zentrum des Geschehens jedoch erhob sich ein überwältigender Champagnerbrunnen, der sich über drei Becken ergoss. Einige Kellner tunkten die Gläser in die Becken und reichten sie den neu ankommenden Gästen, während andere den Brunnen immer wieder befüllten, indem sie theatralisch Flaschen über der obersten Schale ausgossen.

»Ich hoffe, es stört dich nicht, dass heute keine Top-Band spielt«, sagte Tim, als wir unsere Gläser entgegengenommen hatten und in den Second Court weitergingen. »Das Trinity hat zwanzig Riesen für Pixie Lott hingelegt, da trinke ich lieber den ganzen Abend Champagner.«

»Ich dachte, die Villagers würden spielen«, sagte ich verwundert.

»Nicht gerade U2, oder?«

Damit rief er mir gerade rechtzeitig ins Gedächtnis, wie unterschiedlich wir waren. Jar hatte mir damals in seinem Zimmer die neue Band aus Dublin vorgespielt, und seither höre ich praktisch nichts anderes mehr. Für mich war der Auftritt der Villagers das Highlight des ganzen Abends.

Wir beschlossen, eine Runde zu drehen und zu schauen, was alles angeboten wurde, bevor wir uns mit seinen Freunden hinten im Scholar's Orchard zum Spanferkelessen trafen. Das exotische Bühnenbild setzte sich im Second Court fort, wo es marokkanisch angehaucht war. In den halbdunklen Ecken lagerten die Studenten auf großen Kissen, rauchten Wasserpfeife und schauten den Bauchtänzerinnen zu, die ihre Rundungen erzittern ließen.

Phoebe war mit Nick dort, der neben ihr auf einem Teppich saß. Sie trug kein Ballkleid – zu bourgeois für sie. Wir hatten uns nach dem Dinner in der Großen Halle noch ein paar Mal getroffen, aber es war nicht mehr dasselbe gewesen. Die Vertrautheit war dahin. Dass sie immer noch mit Nick zusammen war, machte ihn mir sympathischer. Er hätte mit jeder in St Matthew's gehen können, aber er hatte sich für Phoebe entschieden, nicht wegen ihres Aussehens, sondern weil sie war, wer sie war: eine pummelige Politaktivistin. Ich lächelte ihr im Vorbeigehen zu. Sie sah aus, als wäre sie schon ziemlich dicht, paffte mit glasigen Augen an ihrer Wasserpfeife und schien mich gar nicht wahrzunehmen. Nick grüßte mit erhobener Hand, das Gesicht von einer Qualmwolke umhüllt wie ein müder Indianerhäuptling.

Auf unserem Spaziergang durch den Fellows' Garden, der sich am Cam entlangzieht, trafen wir auf Feuerschlucker und Zauberer. In den Bäumen hingen Hängematten, marokkanische Laternen und LED-Girlanden, die wie Glühwürmchen sanftes Licht verbreiteten, und im Schatten glühten Holzkohlegrills. Unten am Fluss gab es einen kleinen Jahrmarkt und ein schwimmendes Casino, das Tim später unbedingt besuchen wollte, wie er mir erklärte. Außerdem wollte er ins Comedy-Zelt. Und zur Wahrsagerin. Mir hatte es dagegen die stille Disco angetan, vielleicht auch die Spa-Area.

»Ein guter Maiball zeichnet sich durch kurze Warteschlangen aus«, sagte Tim, als wir an einem Crêpestand vorbeikamen. (Er hatte letztes Jahr drei Bälle besucht und geht dieses Jahr auf zwei.) Andere Buden verkauften Hotdogs, Waffeln, Burger, Austern und Zuckerwatte. Später, in der Morgendämmerung, würde es Räucherlachs mit Rührei geben, ein volles englisches Frühstück, Räucherhering und Kedgeree. Keine Schlangen, keine Bezahlung erforderlich. Alles war gratis (mehr oder weniger).

»Danke«, sagte ich und hakte mich bei Tim unter, als wir zum Scholars' Orchard zurückgingen. Es war richtig herzukommen, dachte ich. Schließlich ging es genau darum in Cambridge, oder? Zumindest durfte ich dieses Leben kennenlernen, wenn auch nur kurz.

Nachdem wir den Scholars' Orchard betreten hatten, stießen wir auf das Mädchen mit den breiten Schultern, das mich in Tims Zimmer angesprochen hatte. Sie war betrunken und schaffte es, mich von Tim loszulösen, während er mit ihrem Partner plauderte.

»Und wie findest du ihn?«, fragte sie und hakte sich energisch bei mir ein.

»Tim?« Ich versuchte, in seiner Nähe zu bleiben, doch sie war kräftiger als ich und lenkte mich unerbittlich unter die Obstbäume. Ich wollte kein Aufsehen erregen, also ließ ich es geschehen.

»Nur zur Warnung«, sagte sie. »Er lässt die Augen offen, wenn er dich fickt, er steht darauf, deinen Mund zu beobachten, damit er dich stöhnen hört. Beim ersten Mal kann das ganz schön irritierend sein.«

»Ich sollte zurückgehen«, sagte ich und schaute über die Schulter zu Tim, der sich immer noch mit ihrem Partner unterhielt.

»Das ist dein erster Ball, oder?«, fragte sie und drückte ihren Arm noch fester gegen meinen.

»Du tust mir weh.«

»Entschuldige.« Sie löste ihren Griff ein wenig. »Auf jedem Maiball wird es irgendwann ruhiger. Nach dem Essen und bevor die Hauptband zu spielen anfängt. Dann erwartet er eine Rendite auf seine Investition.«

»Da liegst du falsch«, sagte ich. *Ich muss von ihr weg*, dachte ich, aber sie war viel stärker als ich.

»Und er mag es grob und laut. Es gibt hinten im Fellows' Garden ein stilles Eck, da geht er immer hin. Hinter dem Casinoboot. Pass auf, dass du dann bereit bist. Dann tut es nicht so weh. Und vergiss nicht, die Lippen zu bewegen, wenn du stöhnst.«

Die letzten Worte sprach sie mit übertriebenen Mundbewegungen aus und fuhr sich dabei mit der Zunge über die Vorderzähne.

»Alles okay?«, fragte Tim, als wir wieder zu ihnen stießen. Er legte locker den Arm um meine Schultern. »Hannah wollte dich doch nicht vom rechten Weg abbringen, oder?«

Ich lächelte belämmert, während er einen Blick mit der Ruderin wechselte, die mich noch eben fest untergehakt gehalten hatte.

Im Kerzenschein des Speisepavillons aßen wir wilden Seebarsch, bis mir nach den Anfangscocktails, den von Tim ausgesuchten Weinen und Hannahs Worten der Kopf schwirrte. Irgendwann schlug Tim vor, zum Casinoboot zu spazieren. Mein Magen hob sich gefährlich. Hannah, die mir schräg gegenübersaß, zog eine Braue hoch und nippte an ihrem Wein.

Während um uns der Morgen anbrach, hatte ich mir in meiner Fantasie allerhöchstens eine unschuldige, angesäuselte Knutscherei auf der Tanzfläche ausgemalt, aber mehr auch nicht. Tim hatte sich bis zu diesem Zeitpunkt wie der perfekte Gentleman verhalten, und wenn Hannah nicht gewesen wäre, hätte ich keinen Grund zu der Annahme gehabt, dass er mehr von mir wollen könnte.

Als wir in Richtung Fellows' Garden schlenderten, glitt Tims Arm von meinen Schultern abwärts an meine Taille. Ich sagte mir, dass ich nicht mehr besonders sicher auf den Beinen war und er mich nur festhalten wollte, falls ich stolperte.

Als wir den Garten betraten, lagen überall auf den Teppichen unter den Bäumen Pärchen, zum Teil noch wach, zum Teil schon im Tiefschlaf. Hannah und ihr Begleiter hatten sich abgesetzt, um eine Bootsfahrt im Mondschein zu unternehmen.

»Rosa, ich brauche einen klaren Kopf, bevor ich mein Familienerbe am Roulettetisch verspiele«, sagte er. »Sollen wir noch ein bisschen spazieren gehen? Unten am Fluss?«

Mir wurde übel. *Sei nicht so prüde*, ermahnte ich mich. *Und Hannah sieht Gespenster, sie ist bloß eifersüchtig.* Ich sah Tim an, meinen gutaussehenden Begleiter mit immer noch makellos gebundener weißer Fliege unter dem Stehkragen, ich sah die Lichter in den Bäumen, den Mondschein auf dem Wasser, die Jeunesse dorée von Cambridge in ihrer ganzen privilegierten Pracht.

Dad hätte das geliebt, vor allem, weil es so vergänglich war: ein flüchtiger Augenblick voller jugendlicher Verheißungen und naiver Träume, bevor wir zurück in die Welt treten und erkennen, dass nichts davon real ist.

Warum kann ich Cambridge nicht einfach wie alle anderen genießen? Stattdessen habe ich mich entschieden, allem den Rücken zuzukehren. Ich hoffe bei Gott, dass Dad das verstehen würde.

»Warte hier«, sagte ich. »Ich bin gleich wieder da.«

15

Nachdem Jar fertiggelesen hat, googelt er noch einmal »Kirsten Thomas«, um sich zu vergewissern, dass er vorhin nichts übersehen hat, als er ihren Namen vor seinem Treffen mit ihr an diesem Morgen zum ersten Mal in die Suchmaschine eingegeben hatte.

Sie hat vier Jahre an der University of South Carolina School of Medicine studiert und ist eine qualifizierte freudianische Psychologin, zertifiziert durch das American Board of Psychiatry and Neurology. Den Referenzen auf der Website nach zu urteilen, werden ihre Praxisräume in der Harley Street hauptsächlich von Amerikanern aufgesucht, die in London leben. Sie selbst ist vor einem Jahr nach England gekommen.

Jar steht auf, streckt sich, bis die Finger beinahe die Garagenwände berühren, und fragt sich im Stillen, ob Rosas Beraterin wohl noch an ihrem alten College arbeitet. Rosa hat nie erwähnt, dass sie irgendwo Hilfe gesucht hätte (das war das Problem). Oder dass Dr. Lance sich irgendwie Sorgen um ihr Wohlbefinden gemacht hätte. Inzwischen ist er nicht mehr ganz so wütend auf das St Matthew's, dem er immer Herzlosigkeit und Nachlässigkeit unterstellt hat.

Auf der Website des Colleges ist keine Beratungsstelle aufgeführt. Stattdessen werden die Studenten ermutigt, mit ihren Tutoren, dem Collegekaplan, der Krankenschwester oder der Sozialbetreuerin zu sprechen. Die Universität insgesamt bietet zwar psychologische Beratung an, aber Rosa hat ausdrücklich von einer *Collegeberaterin* gesprochen. Ein kleiner Unterschied, trotzdem hat Jar das Gefühl, dass er wichtig ist.

Nachdem er den Computer runtergefahren und die Tür hinter sich verriegelt hat, geht er zurück zu seiner Wohnung und wirft dabei einen prüfenden Blick vom einen Ende der Straße zum anderen, bevor er in den Lift steigt. Seit seiner Rückkehr aus Cromer hat sich das Gefühl, dass er beobachtet wird, zwar verstärkt, aber er ist fast sicher, dass sie seine Garage noch nicht entdeckt haben. Dadurch kann er den Einbruch in seine Wohnung leichter verdauen: Sie haben nach Hinweisen auf Rosa gesucht, nach seinen Recherchen, und nichts gefunden, doch ihm ist klar, dass sie wiederkommen werden, weil sie um jeden Preis die Festplatte in die Finger bekommen wollen.

Ihm ist auch klar, dass er sich mal wieder im Büro zeigen sollte, nicht zuletzt, weil ihm allmählich die glaubhaften Ausreden ausgehen und er wahrscheinlich bald gefeuert wird. Normalerweise verkriecht er sich am Montagvormittag gern in seiner Wohnung, packt Büchersendungen aus, löst ein kryptisches Kreuzworträtsel, checkt seine Amazon-Statistiken, aber seit dem Einbruch fühlt er sich in seiner Wohnung nicht mehr sicher oder geborgen.

Carl freut sich, ihn zu sehen, als er kurz vor der Mittagspause aufschlägt. (Er ist so spät dran, dass selbst die Rolltreppen nach oben stillstehen.) Und er freut sich noch mehr, als Jar ihm von seinem morgendlichen Besuch bei Kirsten erzählt.

»Keine Couch«, sagt Jar und setzt sich an einen Artikel über eine Shortlist für den nächsten Literaturpreis. (Am schlimmsten sind Longlists, denkt er: all diese ganzen verlinkten Titelangaben.)

»Ich wette, du hast sie trotzdem aus ihrem Höschen gequatscht«, sagt Carl. »Den Charme voll aufgedreht.«

»Es war ein Treffen gleichgesinnter Geister.«

»Natürlich. Ich hoffe, sie hilft dir.«

»Danke, ganz ehrlich.« Jar müht sich mit seinem Computer ab. »Hattest du heute Schwierigkeiten, dich einzuloggen?«

»Nicht mehr als sonst.«

Jar hat sich daran gewöhnt, dass die Bürocomputer bocken, aber diese Meldung hat er noch nie gesehen: »Ihr Konto wird bereits von einem anderen Benutzer verwendet.« Er liest den Text vor, aber so laut, dass Carl ihn hören muss. Carl kennt sich mit solchen Sachen aus. Er beugt sich zu Jars Schreibtisch und wirft einen Blick auf den Bildschirm.

»Hast du dich vielleicht zu Hause eingeloggt und vergessen, dich abzumelden?«, fragt er.

»Ich logge mich nie außerhalb der Arbeitszeit ein, Carl. Aus Prinzip. Ich bin nicht mal sicher, ob ich weiß, wie das geht.«

Carl steht auf, stellt sich vor Jars Tastatur und tippt rasend schnell etwas ein. Er loggt sich aus dem webbasierten System aus und sich mit dem Standard-Usernamen in das Firmensystem ein.

»Das ist definitiv deine ID«, sagt er. »Der Computer arbeitet einwandfrei.« Carl loggt sich wieder aus. »Probier's noch mal.«

Jar tippt seinen persönlichen Usernamen und das Passwort ein, und sofort poppt auf dem Bildschirm dieselbe Meldung auf wie zuvor.

»Bist du sicher …«, fragt Carl zweifelnd.

»Ganz sicher.«

»Dann solltest du in der IT anrufen. Weil in diesem Moment jemand in deinem Account ist.«

»Meinst du das ernst?«

»Wahrscheinlich ist es nichts weiter. Aber andererseits könnte es auch sein, dass jemand aus dem oberen Management deine Mails liest. So was soll schon vorgekommen sein.«

Keith drüben in der Technik interessiert sich eher dafür, Candy zu crushen als Jars Problem zu lösen, doch nachdem er sich angehört hat, was Jar zu berichten hat (ohne sein Spiel zu unterbrechen), rät er ihm, sich mit dem offiziellen Firmen-Usernamen einzuloggen.

»Habe ich schon probiert«, sagt Jar und sieht auf Keith herab. »Ich sitze neben Carl.«

Carls Name ändert alles. Carl versteht mehr von IT als die IT-Abteilung. Keith setzt sich auf und zeigt zum ersten Mal Interesse an Jars Problem. »Was ist dein Username?«, fragt er, während er das Candy-Crush-Fenster in der Taskleiste verschwinden lässt und das Login-Fenster der Firma aufruft.

»JarlathC.«

»Passwort?«

»Ist das normal? Das einfach so zu verraten?«

»Soll ich dir jetzt helfen oder nicht?«, fragt Keith genervt.

»Rosa081192«, antwortet er leise.

Ohne den Blick vom Bildschirm zu wenden, greift er nach seinem Telefon und wählt eine andere Nebenstelle an.

»Ich glaube, die Syrer sind wieder da«, sagt er.

Jar wird gebeten, Keith in einen Bereich des Bürogebäudes zu folgen, von dessen Existenz er bis dahin nichts geahnt hat: hinunter in die verästelten, schlecht ausgeleuchteten Eingeweide des Gebäudes neben dem Postraum, wo es keine Fenster gibt und die Luft muffig ist. Hier also werden all ihre technischen Hilferufe ignoriert, denkt Jar, als er die vielen Bildschirme und fahlen Gesichter dahinter sieht.

Jar schaut zu, wie sich Keith und zwei andere vor einem Bildschirm versammeln.

»JarlathC«, sagt Keith zu dem Mann an der Tastatur. Dann zu Jar: »Das Passwort noch mal?«

Jar ist es noch unangenehmer, es hier herauszuposaunen. »Ich tippe es ein«, sagt er bestimmt.

Die IT-Spezialisten machen ihm widerwillig Platz, als er sich vorbeugt und »Rosa081192« eintippt. Ihm ist klar, dass alle mitbekommen, welche Tasten er anschlägt, trotzdem ist es ein kleines Aufbegehren.

»Und wie heißt ›Rosa‹ zu Hause?«, fragt Keith.

»Und vergiss bloß ihren Geburtstag nicht«, sagt jemand anderes.

Jar ignoriert sie und sieht auf den Bildschirm. Wieder leuchtet die Meldung auf: »Ihr Konto wird bereits von einem anderen Benutzer verwendet.«

»Und du bist ganz bestimmt nirgendwo anders eingeloggt?«, fragt Keith.

Jar will gerade antworten, als ein Typ an einem Bildschirm links von ihnen einwirft: »Ist er nicht. Die IP-Adresse weist auf die USA hin.«

»Die Syrer sind gute Spoofer«, sagt Keith zu Jar. Und dann, an einen seiner Kollegen gewandt: »So viel zu deinem neuen Paketfilter, Raj.«

Jar wünschte, Carl wäre hier und könnte ihm übersetzen. Erst letzte Woche hat ihm sein Freund von einer Gruppe von Hackern erzählt, die sich Syrian Electronic Army nennt. Sie sind Sympathisanten von Bashar al-Assad und haben die Computersysteme mehrerer englischer Medienkonzerne attackiert. Hier allerdings scheint es um ihn persönlich zu gehen. Und dann geschieht etwas, bei dem ihm der Mund trocken wird.

»Das ist mein Posteingang«, sagt Jar und starrt auf den Bildschirm, auf dem plötzlich sein Mailkonto zu sehen ist. »Wie habt ihr es geschafft, euch einzuloggen?«

»Wir sind nicht eingeloggt«, eröffnet ihm Keith. »Aber wir können beobachten, was sie da treiben, aber wir können sie nicht ausloggen. Nicht ohne den Mailserver der gesamten Firma runterzufahren.«

»Und was tun sie da?«, fragt Jar.

»So wie es aussieht, greifen sie remote auf dein Mailaccount zu und durchsuchen deine Nachrichten.«

»Aber das ist doch illegal?«

Rundum wird geschnaubt. Vielleicht vertreiben sie sich damit ihre Zeit, denkt Jar: indem sie den Angestellten zuschauen, wie sie sich gegenseitig Mails schicken und über das obere Management herziehen. Er muss eindeutig herrischer gegenüber der IT-Abteilung auftreten.

»Sollten wir einen Gruppen-Alert rausschicken?«, fragt Keith.

»Das sind nicht die Syrer«, sagt Raj.

Jar beobachtet, wie auf dem Bildschirm der Ordner mit den gesendeten Nachrichten geöffnet wird: Arbeitsmails an Carl, seinen Verleger, andere Kollegen und freie Mitarbeiter, vermischt mit Hunderten von Mails an Dr. Lance, Amy, die Datenschutzbehörde, den Seenotrettungsdienst, die Küstenwache von Cromer, die Vermisstenstelle der Polizei, das Außenministerium. Er fragt sich, ob noch jemand im Raum diese Nachrichten registriert und darüber stutzig wird. So ziemlich jeder schreibt Privatmails in der Arbeit, oder? Der Cursor scrollt die Liste abwärts, dann zuckt er unversehens in die obere rechte Ecke, loggt sich aus dem Mailprogramm aus und schließt dann Jars Account.

»Wenn sie gut sind, haben sie gemerkt, dass wir sie beobachten«, sagt Keith, als hätte er eben eigenhändig den Feind vertrieben.

»Wissen wir, wer es war?«, fragt Jar.

»National Security Agency?«, schlägt Keith publikumswirksam vor. »Ich würde dir raten, dir eine neue Freundin zuzulegen.«

16

Eigentlich hatte ich direkt zur Porter's Lodge gehen, mich vom Ball abmelden und über die Straße zu Jar gehen wollen. Ich wusste, dass das nicht die feine Art war – weder gegenüber Tim, der womöglich nur die ehrenhaftesten Absichten gehabt hatte, noch gegenüber Jar, der es definitiv nicht brauchen konnte, dass ich um zwei Uhr morgens wieder in sein Leben platzte –, aber ich versuche so wahrhaftig wie möglich zu leben, solange ich das kann, ganz gleich, wie wenig Zeit mir noch bleibt.

Im First Court ging es längst nicht mehr so zivilisiert zu wie vorhin, eine Studentin trank, zu beiden Seiten von zwei Jungs gehalten, kopfüber aus dem Champagnerbrunnen und hatte dabei den Kopf derart in den Nacken gelegt, dass sie an dem Blubberwasser würgen musste und ihre Brüste oben aus ihrem Kleid platzten.

Als ich zur Porter's Lodge kam, prallte ich mit Nick zusammen, der bei unserer letzten Begegnung mit Phoebe Wasserpfeife geraucht hatte. Er sah verstört aus, und seine Augen waren groß vor Angst.

»Rosa, hast du Phoebe gesehen? Ich kann sie nirgendwo finden.«

Ich hatte ihn noch nie so aufgeregt gesehen, hatte bis dahin nicht begriffen, wie viel er wirklich für sie empfand. »Wo hast du sie denn zuletzt gesehen?«, fragte ich und blickte dabei zur Porter's Lodge.

»Im Second Court. Sie wollte mit mir im Fellows' Garden spazieren gehen. Ich habe ihr gesagt, sie soll kurz warten, während ich unsere Gläser auffülle. Und als ich zurückkam, war sie verschwunden. Das war vor einer halben Stunde.«

»Sie wirkte tatsächlich ein bisschen …«

»Sie war heute Abend nicht sie selbst, Rosa. Als hätte sie ihr Mojo verloren. Ehrlich gesagt ziemlich beängstigend. So viele schräge Bemerkungen. Hilfst du mir, sie zu suchen?«

Ich wollte nicht in den Fellows' Garden zurückkehren und dort womöglich Tim über den Weg laufen, aber ich konnte ihn nicht einfach stehen lassen.

»Okay«, sagte ich, und ehe ich michs versah, ging ich zurück durch den First und Second Court.

Sobald wir in den Fellows' Garden kamen, spürten wir beide, dass etwas passiert war. In einer entfernten Ecke an dem vom Cam abgewandten Ende war ein Gedränge entstanden, auf das zwei Security-Angestellte mit Walkie-Talkies an uns vorbei im Laufschritt zuhielten.

Wir folgten ihnen zusammen mit einer Gruppe neugieriger Studenten. Merkwürdig, wie man spürt, dass etwas Schlimmes passiert ist, noch bevor es einen empirischen Beleg dafür gibt. Als würde etwas in der Luft liegen, oder als hätte man einen metallischen Geschmack im Mund. Die LED-Girlanden in den Bäumen über uns wirkten auf einmal gar nicht mehr sanft und einladend, und die Grills glühten viel wütender als zuvor.

Direkt an der Gartenmauer, wo keine Lichter mehr brannten, hatte sich die Menge versammelt. Weil der Rasen hier so abgenutzt war, hatte man den Bereich an diesem Abend mit einem Zaun aus Holz und Schnüren abgesperrt. Als wir näher kamen, lösten sich immer mehr Menschen aus der Gruppe, die Hand auf den Mund gepresst. Es herrschte keine Panik, doch eine betäubende Stille breitete sich durch den Garten aus wie ein schwerer Nebel. Instinktiv griff ich nach Nick und schob meinen Arm in seinen.

»O Gott, o Gott«, flüsterte er immer wieder. Ich konnte von unserem Standort aus nichts sehen, doch er löste sich von meinem Arm und schob sich durch die Menge. Schon jetzt versuchte ein Wachmann Platz zu schaffen. »Alles zurück. Alle *zurück*treten.«

Und dann sah ich sie, in einem Baum links von uns, ihr Körper hing an einem der unteren Äste, und ihr Kopf baumelte schlaff nach vorn. Sie bewegte sich, aber nur, weil der andere Wachmann ihre Knie umgriffen hatte und ihr Gewicht zu stützen versuchte, um den Druck der Schlinge um ihren Hals zu lindern.

Ich ertrug den Anblick nicht mehr. Nick war nach vorn gestürzt und half dem Wachmann jetzt, ihren Körper anzuheben. »Jemand muss einen Krankenwagen rufen – bitte«, hörte ich ihn rufen, aber es war zu spät. Alle außer Nick schienen das zu begreifen.

Ich sank in einem Stoßgebet auf die Knie und sah mich um: Schweigen, Fassungslosigkeit, Tränen. So also fühlt es sich für die an, die zurückbleiben, dachte ich.

Ich möchte nicht, dass mein Tod das auslöst, dass er das Leben anderer zerreißt, aber das habe ich nicht mehr zu bestimmen.

17

»Empfinden Sie es als tröstlich, wenn Sie Rosa sehen?« Kirsten sitzt an ihrem Schreibtisch.

»Frustrierend.«

Jar sitzt auf dem Sofa vor dem Fenster in Kirstens Behandlungszimmer in der Harley Street und quält sich durch seine erste frühmorgendliche Therapiestunde. Nach dem beunruhigenden Vorfall mit seinem Arbeitsaccount ist er gestern noch mit Carl losgezogen und hat für einen Montagabend entschieden zu viel getrunken. Das Tageslicht ist Folter für seine Augen.

»Sprechen Sie mit ihr?«, fragt sie.

»Wenn ich sie sehe?«

»Es ist nicht ungewöhnlich, dass sich Trauernde an einen geliebten Menschen wenden, wenn sie eine Halluzination erleben, dass sie ihn in ein Gespräch zu verwickeln versuchen.«

»Gelegentlich.«

»Können Sie mir davon erzählen?«

Jar bleibt stumm und lauscht der Straße draußen: Ein Moped knattert vorbei, und in der Ferne verhallt eine Polizeisirene. Er hatte noch keine Zeit, den Vorfall auf dem Pier zu verarbeiten, wo er Rosa auf dem Geländer stehen sah. Er schließt die brennenden Augen und erinnert sich an ein anderes Mal, als sie am Meer aufgetaucht war.

»Ich war mit einem Freund meiner Familie in Cleggan an der Küste von Connemara. Es war kurz nach Tagesanbruch, und ich machte einen Spaziergang hoch zum Cleggan Head, um von oben über die Bucht zu schauen und über die Inseln, die wie riesige Lilien im Meer verstreut liegen. Ich weiß noch, dass es zwischendurch sumpfig unter meinen Füßen wurde. Genau da sah ich sie. Ganz am Rand meines Blickfelds, links von mir, ging sie neben mir her. Ich wollte nicht den Kopf drehen und sie ansehen, ich hatte Angst, dass sie dann verschwinden würde. Es war ein tröstliches Gefühl, ganz eindeutig, sie bei mir zu haben. Die Trauerfeier lag erst wenige Wochen zurück und steckte mir immer noch in den Knochen.«

»Was haben Sie zu ihr gesagt?«

»Sie hat zuerst gesprochen und dabei auf etwas angespielt, was ich kurz nach unserer ersten Begegnung in Cambridge gesagt habe, als ich ihr erzählte, ich sei ein ›Bogger‹ – das ist jemand, der nicht aus Dublin kommt, sondern aus dem Sumpf. Ein Landei. Sie lachte darüber und meinte, sie hätte das Wort ›Bogger‹ noch nie gehört.«

»Was genau hat sie gesagt?«

»Sie sprach mich an, als ich im Schlamm kurz ins Rutschen kam. ›Tollpatschiger Bogger‹, meinte sie. ›Wärst du mal in Dublin geblieben.‹ ›Dann hätte ich dich nie kennengelernt‹, erwiderte ich. Danach sagte sie nichts mehr. Dafür redete ich immer weiter, fragte sie, was sie von der Musik hielt, die wir für ihre Trauerfeier ausgewählt hatten. Beim Auszug aus der Kirche wurde ›What a Wonderful World‹ gespielt.«

Es wird still. Er hört Kirstens Füller über das Papier kratzen, dann wieder dieses eigentümliche Luftholen. Er fragt sich, ob sie beim Sex auch so nach Luft schnappt, vielleicht lauter oder keuchender. Mühsam blendet er das Bild aus, verschließt die Tür zu diesem Gedankengang und konzentriert sich wieder auf ihre Fragen.

»Warum finden Sie es frustrierend, sie zu sehen?«

Wieder wird es still. Er hat das Gefühl, in die Ecke gedrängt zu werden, so als wäre er ein Zeuge der Verteidigung vor dem Staatsanwalt.

»Weil Ihnen klar ist, dass Sie halluzinieren?«

Ohne es zu wollen, nickt Jar. Die Stimmung im Raum verändert sich unmerklich, die eintretende Stille wirkt auf einmal nicht mehr peinlich, eher wie eine Einladung zum Nachdenken. Das ist ihr Job, denkt er: Die Menschen so weit zu bringen, dass sie sich öffnen wollen. Geschickt, manipulativ. Deswegen die Schachtel mit Taschentüchern zu seinen Füßen. Er hört sie einatmen, dann spricht sie wieder.

»Warum sind Sie heute hergekommen, Jar?«

Er spürt ein Pochen hinter den Lidern. Soll er ihr erzählen, wie seine Überzeugung, dass sie noch am Leben ist, sein Leben zerstört? Soll er erzählen, dass ihre Liebe füreinander stärker war als das Locken des Meeres vor Norfolk, dass dieser augenscheinliche Suizid ihrer Persönlichkeit widersprochen hätte? Dass er immer noch zu viel trinkt und den Verdacht hat, auf Schritt und Tritt verfolgt zu werden? Dass er zum Zyniker geworden ist, zu einer abgestumpften Hülle, ausgebrannt von einem Job, den er hasst, oder vom Erlöschen seines einst so vielversprechenden Talents, einen Satz kunstvoll an den anderen zu fügen?

Oder gesteht er ihr, dass ihn die Aussicht lockt, jede Woche eine Stunde über Rosa sprechen zu dürfen? (Selbst wenn es mit einer älteren Frau ist, die Rosa definitiv abgelehnt hätte – sie hatte eine tief sitzende Abneigung gegen gefärbte Blondinen.) Anfangs hat Carl ihm noch zugehört, doch Jar merkt ihm an, dass ihn das Thema inzwischen langweilt. Er kann es Carl nicht verübeln. Amy hört ihm noch zu. Genau wie Dad, doch Jar bekommt ein schlechtes Gewissen, wenn er ihm gegenüber von Rosa spricht; seine Eltern sind zu alt, als dass sie sich noch um ihren erwachsenen Sohn Sorgen machen sollten. Kirsten dagegen muss ihm zuhören, das ist ihr Job.

»Über sie zu reden, hält die Erinnerungen wach«, bietet er ihr schließlich an.

»Und auch die Hoffnung, dass sie noch am Leben sein könnte?«

Er antwortet nicht darauf.

»Ich will ehrlich zu Ihnen sein, Jar«, sagt sie. »Bisher hat noch niemand, mit dem ich über Trauerhalluzinationen gesprochen habe, geglaubt, dass der geliebte Mensch noch am Leben ist. Alle betrachten ihre Halluzinationen eher als eine himmlische Spur, einen am Horizont zurückgebliebenen Kondensstreifen.«

Wo hat er den Ausdruck schon mal gehört?

»Sie meinen eine Erscheinung? Das ist keine Gespenstergeschichte.«

Während er sich das Gehirn zermartert, hört er wieder ihren Füller über das Papier kratzen und schließt aus dem Geräusch, dass ihre Handschrift ausgreifend und wohlgeformt ist.

»Ich werde Ihnen eine ganz offene Frage stellen. Ich will nicht unsensibel sein, aber ich brauche Ihre spontane Antwort, die erste, die Ihnen in den Kopf schießt.«

»Nur zu.« Hier kommt Sigmund, denkt er.

»Was hätten Sie empfunden, wenn Rosas Leichnam aufgetaucht wäre?«

Jar stutzt. Trotz ihrer Vorwarnung wirft ihn die Frage aus der Bahn.

»Argwohn«, sagt er leise, aber fest. Sie sehen sich schweigend an. Kirsten schiebt ihren Stuhl zurück, steht auf und setzt sich neben ihn auf das Sofa.

»Das tut mir leid«, sagt sie und legt kurz die Hand auf seinen Unterarm. Die Geste hat nichts von einem Flirt an sich, trotzdem ist er nicht vorbereitet auf die unvermeidliche Intimität, die damit verbunden ist, auf die Nähe ihres Gesichts, ihren Zitrusduft. Sie legt den Notizblock auf ihren Schoß und zieht den Rocksaum – sitzt er höher als gestern? – über die Knie.

»Damit diese Sitzungen uns beiden etwas bringen, muss ich Ihre momentane psychische Verfassung erfassen, und dazu muss ich gelegentlich intime Fragen stellen und Ihre Antworten analysieren. Das ist Teil der freiassoziativen Methode, von der ich gestern sprach. Danach können wir intensiver auf die Halluzinationen eingehen. Ist das okay für Sie?«

Jar nickt, wendet sich ab und ihr dann wieder zu. Sie sieht ihn immer noch an.

»Wieso ›Argwohn‹?«, fragt sie.

Er bemerkt, dass der zweite Knopf ihrer Bluse offen steht. Offenbar ist er von selbst aufgegangen, als sie vom Schreibtisch zum Sofa gewechselt hat. Auf keinen Fall hat sie ihn absichtlich geöffnet – alles an ihrem Verhalten wirkt professionell, neutral, bar jeder Sexualität –, aber die aufblitzende nackte Haut lenkt ihn ab, reicht aus, um ihn unvorsichtig werden zu lassen, ihr mehr anzuvertrauen, als er eigentlich beabsichtigt hat.

»Weil ich glaube, dass ihr Tod nur vorgetäuscht wurde.«

»Von wem vorgetäuscht?«

»Wenn ich das wüsste, wäre ich nicht hier.«

Er sieht auf die Uhr, ärgert sich plötzlich über das Gespräch, über sie und Carl, der ihn bearbeitet hat hierherzukommen, und über die Leichtigkeit, mit der er sich ablenken ließ.

»Ich bin zwar keine Spezialistin, aber ist es nicht ziemlich schwierig, seinen Tod vorzutäuschen?«, bohrt sie nach.

»Ich habe es noch nie probiert.« Allerdings hat er sich schon mit dem Thema beschäftigt, und zwar intensiver, als sie je erfahren wird, hat alle Permutationen und Praktiken studiert, von einem Mailänder namens Umberto Gallini, der (gegen eine astronomische Gebühr) Menschen verschwinden lassen kann, bis hin zum »Kanu-Mann« John Darwin. Auf See verschollen zu gehen ist als Methode so geeignet wie jede andere.

»Sind Sie von Natur aus ein argwöhnischer Mensch?«, fragt sie.

»Früher war ich es nie.«

»Was macht Sie sonst noch misstrauisch?«

Der Verkehrspolizist auf der anderen Straßenseite, der ihn dabei beobachtete, wie er an ihrer Haustür geklingelt hat. Die Umzugsmänner, die heute Morgen vor seiner Wohnung im Treppenhaus herumhingen.

»So viele Fragen.« Er muss schwer schlucken.

Inzwischen ist es ihm wieder eingefallen. Der erste Tagebucheintrag, den Anton ihm geschickt hat: *Es sollte keine Aufzeichnungen, keine Kondensstreifen am Himmel über Fenland geben.*

»Ist es nicht so, wie Sie erwartet haben?« Sie steht vom Sofa auf und kehrt an ihren Schreibtisch zurück. Ihre Hüften schwingen leicht, wenn sie geht.

»Ich weiß nicht, was ich erwartet habe«, sagt er und ringt sich ein Lächeln ab, während sich seine Gedanken überschlagen. *Keine Kondensstreifen am Himmel über Fenland.* »Entschuldigen Sie. Ich will nicht undankbar klingen. Natürlich ist es ein gutes Gefühl, über alles sprechen zu können. Sprechen hat mir immer geholfen.«

Nur dass es keineswegs ein gutes Gefühl ist und sie das genau weiß. »Wirklich?«, fragt sie.

»Ich sehe durchaus, dass es hilft«, lügt er. Er muss von ihr wegkommen.

»Das ist schön. Ich weiß Ihre Ehrlichkeit zu schätzen. Darf ich Ihnen eine letzte Frage stellen: Hat Rosa Ihnen einen Brief, irgendeine Erklärung zukommen lassen?«

»Einen Abschiedsbrief, meinen Sie?«

»So wollte ich es nicht nennen.«

»Hat sie.«

Wo soll das hinführen? *Ich wünschte nur, ich müsste dich*

nicht zurücklassen, Babe, du warst die erste wahre Liebe meines Lebens und die letzte. Er hat sich geschworen, Rosas letzten Brief niemals mit jemandem zu teilen.

»War Ihnen das Schreiben eine Hilfe?«

»Es war zweischneidig.«

»Aber sie war ein Mensch, der gern schrieb?«

»Wie meinen Sie das? Ihre Essays hat sie jedenfalls immer erst auf den letzten Drücker verfasst.«

Die nächste Frage sieht Jar nicht kommen.

»Was ist mit irgendwelchen Aufzeichnungen? Hat sie je Tagebuch geführt?«

Die Worte hallen in der kühlen, stillen Luft nach. *Hat sie je Tagebuch geführt?*

»Es zu lesen, kann den Hinterbliebenen unter Umständen helfen«, ergänzt sie.

Er sieht auf, erwidert ihren eindringlichen Blick. Wie viel weiß diese Frau? Wie viel hat Carl ihr erzählt?

»Ein Tagebuch?« Er denkt an ihre jüngsten Einträge über Phoebe und den Collegeball, die er letzte Nacht gelesen hat, und hofft, dass im Entwurfsordner schon die nächsten warten. »Nein, sie hat nie Tagebuch geführt.«

18

Ich war nicht die Einzige, die früher ging. Auf Anraten der Polizei beschloss das Veranstaltungskomitee, den Maiball vorzeitig zu beenden.

Auf dem Weg nach draußen traf ich weder auf Nick noch auf Tim. Ich hätte ihn suchen können, hätte den Vorfall mit Phoebe als Entschuldigung nehmen können, warum ich nicht zum Casinoboot zurückgekommen war, wo ich ihn stehen gelassen hatte, doch ich wollte so schnell wie möglich vom College weg.

Ich ging über die Brücke und dann in Richtung King's Parade, in der Hoffnung, dass Jar es mir nicht verübeln würde, wenn ich ihn mitten in der Nacht aus dem Bett klingelte. Auf den Straßen liefen viele Ballbesucher in Galakleidung umher – Cambridges privilegierte Diaspora. Ein Mädchen in Tränen, das von seinem Partner getröstet wurde. An der Mauer neben der Porter's Lodge des King's College stand ein Pärchen, das sich murmelnd unterhielt, eine Flasche Champagner zu ihren Füßen.

Ich musste mehrmals läuten, bis Jar im Morgenmantel die Tür öffnete. Es war zwei Uhr morgens, ich trug ein Ballkleid und war in Tränen aufgelöst, aber er ließ mich ein, ohne auch nur ein Wort zu sagen. Sobald die Tür ins Schloss fiel, sank ich schluchzend in seine Arme. Er hielt mich fest, bis ich zu weinen aufgehört hatte, dann führte er mich sanft nach oben zu dem Ledersofa in seinem Wohnzimmer und schob dort ein paar Kissen und ein Laken beiseite.

Bei einem Whiskey erzählte ich ihm, was passiert war, erst von Phoebe, dann von Tim. Auf einmal erschienen mir meine Vorbehalte gegen Tim kleinlich, verglichen mit der späteren Tragödie im Fellows' Garden.

»Wenn sie Phoebe so schnell gefunden haben, hat sie vielleicht noch eine Chance«, sagte Jar.

»Bestimmt nicht. Sie war schon tot, Jar, da bin ich ganz sicher. Der Krankenwagen fuhr ohne Sirene weg.«

»So spät in der Nacht ist auch kein Verkehr.«

»Ihr Kopf hing so schwer nach unten.« Das Bild von ihr im Baum ging mir nicht aus dem Kopf. Jar schenkte mir noch einen Whiskey ein.

»Du darfst dir deswegen keine Vorwürfe machen, Rosa.«

»Ich hätte ihr eine bessere Freundin sein können. Und Nick. Er wird sich von diesem Schlag nie erholen. Sein Gesichtsausdruck, als er sie sah ...«

Jar drückte mich an seine Brust, und ich begann wieder zu weinen, sicher geborgen in seinen warmen Armen. Ich hätte auf keinen Fall zum Ball gehen sollen, dachte ich, und erst recht hätte ich an dem Abend nicht einfach verschwinden und zu Jar gehen dürfen.

Während ich so an ihn gekuschelt saß und mir dachte, dass ich nirgendwo lieber auf der Welt wäre, hörte ich im Schlafzimmer hinter uns ein Geräusch. Ich schluckte schwer und setzte mich auf.

»Ist noch jemand hier?«, brachte ich flüsternd heraus und fragte mich dabei, ob mein Abend noch schlimmer werden konnte. Ich hätte ihm keinen Vorwurf machen können, wenn er ein Mädchen in der Wohnung gehabt hätte.

»Meine Cousine Niamh«, sagte er und wischte eine Träne

aus meinem Auge. Ich war nicht sicher, ob nicht ein wissendes Lächeln um seine Mundwinkel spielte. »Sie ist für ein paar Tage aus Dublin hergekommen.«

Ich musste wieder weinen. »Halt mich fest, Jar«, sagte ich. Und lass mich nie wieder los.

»Ich hätte Tim nicht einfach stehen lassen und abhauen sollen«, sagte ich, als ich halbwegs die Fassung wiedergefunden hatte. »Wer weiß, vielleicht wollte er wirklich bloß ein bisschen im Casino spielen?«

»Und diese Hannah ist Tims Ex, nehme ich an?«

»Wahrscheinlich.«

»In diesem Fall würde ich kein Wort von dem glauben, was das Flittchen erzählt.«

Unten läutete jemand an der Haustür.

»Ganz schön was los heute Nacht«, sagte Jar und stand vom Sofa auf, gerade als seine Cousine in der Schlafzimmertür erschien. »Niamh, das ist Rosa. Rosa, Niamh.«

Niamh kam zu mir und setzte sich neben mich. »Alles wieder okay?«, fragte sie, eine Hand auf meinem Arm. Gott, war es so offensichtlich? Ich sah offenbar völlig erledigt aus.

»Ich mache mir einen Tee, möchtest du auch einen? Wo wir schon alle wach sind.«

»Dann nur zu«, sagte ich. Niamh hatte freundliche Augen, so wie Jar, und ihr irischer Akzent war ausgeprägter, aber im Gegensatz zu ihrem muskulösen Cousin war sie klein und knabenhaft. Wenn ich mich recht erinnere, hatte er einmal erwähnt, dass sie Künstlerin sei.

Während sie einen Wasserkocher aus dem Schlafzimmer holte, fragte ich mich, ob sie unser Gespräch mitgehört hatte. Mir fehlte die emotionale Kraft, ihr von Phoebe zu erzählen.

Ich hoffte so, dass Phoebe überlebte. Es gab eine Chance, hatte Jar gesagt. Sie kann nicht lang gehangen haben.

»Wer ist da gekommen?«, fragte Niamh.

Wir lauschten beide. Ich konnte Jar sprechen hören, aber nicht den Besuch. Dann wurde die Tür geschlossen, und Jar kam wieder nach oben. Ich hob den Kopf, sah ihn in der Tür stehen und an seiner Seite Tim, mit offener weißer Fliege, roten Augen, zerzausten Haaren.

»Ich wollte mich nur überzeugen, dass du okay bist«, sagte er belämmert.

Ich sah erst Tim und dann Jar an und fragte mich dabei, wie Tim mich gefunden und warum Jar ihn ins Haus gelassen hatte.

»Wie wär's mit einem irischen Whiskey?«, fragte Jar ihn und lächelte mich gleich darauf an, als wollte er mir versichern, dass er alles unter Kontrolle hatte.

»Oder einem Tee?«, fragte Niamh.

Tim sah erst mich, dann Jar an. »Einen großen Whiskey bitte.«

Kurz fragte ich mich, ob Jar und Tim sich kannten, aber wie sich herausstellte, wollte Jar Tim nur eine Möglichkeit geben, sich zu erklären. Ein Anflug von männlicher Solidarität, was mich wurmte, aber Jar wusste auch, wie schlecht ich mich fühlte, weil ich Tim einfach hatte stehen lassen. Vor allem aber glaube ich, dass ihm Tim genau wie ich und jeder andere, der auf dem Ball gewesen war, leidtat. Bei einer neuen Flasche von zwölf Jahre altem Yellow Spot (»geröstete Gerste, frisch gemähtes Heu, ein Hauch von Traube«) ermutigte er uns, über Phoebe zu sprechen.

Als es draußen hell wurde, machte Jar uns allen Rührei mit Speck, unser alternatives Maiball-Frühstück, das wir zu viert verschlangen, als hätten wir seit Tagen nichts gegessen. Er legte auch die Villagers auf, die ich beim Ball nicht zu sehen bekommen hatte.

In einem stillen Augenblick auf dem Sofa entschuldigte Tim sich für Hannahs Äußerungen und meinte, sie hätten mich hoffentlich nicht durcheinandergebracht. Jar hatte mit seinem Urteil über sie natürlich recht. Die beiden waren früher ein Paar, und sie hat ihm nie verziehen, dass er sich von ihr getrennt hat. Er wusste gar nicht, dass ich ihn hatte sitzen lassen, er hatte angenommen, ich hätte nach dem grauenvollen Ereignis im Fellows' Garden die Flucht ergriffen. Ich beließ es dabei.

»Woher hast du gewusst, dass ich hier bin?«, fragte ich.

»Ich habe ein paar Leute auf der Straße gefragt, ob sie ein wunderschönes Mädchen gesehen hätten, das allein im Ballkleid herumirrt.« Er verstummte und sah zu Jar und Niamh, die gemeinsam abspülten. »Also ist Jar der Erwählte?«

Ich nickte, unter leisen Gewissensbissen, weil ich Tim falsch eingeschätzt hatte, und in stiller Dankbarkeit gegenüber Jar, weil ich seinetwegen wenigstens notdürftig mit diesem Abend abschließen konnte, wie meine Beraterin sagen würde.

Ich hätte gern gewusst, ob Dr. Lance Phoebe jemals zu sich bestellt hat, ob sie unsere scharfe Collegepsychologin irgendwann kennengelernt hat. Phoebe hatte immer ein kompliziertes Verhältnis zu Autoritäten. Mir ist mehr denn je bewusst, wie glücklich ich mich schätzen kann. Es hätte durchaus sein können, dass ich von diesem Baum heruntergehangen hätte.

19

Jars Kopf wird wieder klar, sobald er auf die Harley Street und in den Alltag tritt. Der Himmel ist von einem elektrischen Blau, die Menschen befinden sich auf dem Weg zur Arbeit, umklammern ihren Coffee to go, sprechen in ihr Handy, haben Ledertaschen übergehängt. Ein paar rennen auch, mit leichten Rucksäcken auf dem Rücken. An der Ecke hält eine Frau mit orange getönter Haut – nichts als Pelzmantel und kein Höschen, denkt Jar – ein Taxi an.

Er könnte ebenfalls einen Kaffee vertragen, vielleicht einen Espresso, denkt er sich, während sein Blick im Vorbeigehen über die Messingtafeln an den Türen der Stadthäuser aus dem neunzehnten Jahrhundert wandert, allesamt Schnappschüsse der Hypochondrien und Eitelkeiten der Reichen: Zahnimplantate, Kolon-Hydrotherapie, Schönheitschirurgie, Achtsamkeits-Hypnosetherapie, Krampfaderverödung, Schröpftherapie, Bleaching. Jar ist noch glimpflich davongekommen.

Trotzdem ist ihm die Sitzung bei Kirsten an die Nieren gegangen. Er findet die Richtung, in die ihre Fragen gehen, befremdlich, selbst für eine Freudianerin: Ob Rosa Tagebuch geführt hat? Und dieser Verweis auf die *Kondensstreifen am Himmel*. Es beunruhigt ihn noch mehr, dass er sich ihr anvertraut hat, dass er sich für einen Moment von ihrem Eros in Bann schlagen ließ.

Erst als er die Ecke zur New Cavendish Street erreicht, bemerkt er den Wagen, der neben ihm hält. Im nächsten Moment gehen die Türen auf, zwei Männer treten auf den Bürgersteig und versperren ihm den Weg.

»Jarlath Costello?«, fragt der eine.

Jar nickt.

»Polizei«, sagt der Mann und lässt eine Marke aufblitzen. Jar meint die Worte »Metropolitan Police« herauszuhören, aber sicher ist er sich nicht. »Bitte steigen Sie ein.«

»Worum geht es denn?«, fragt Jar mit klopfendem Herzen. Aber bevor er eine Antwort bekommt, nähert sich von hinten ein dritter Mann, packt seine Arme und fesselt ihm mit Handschellen die Hände auf dem Rücken.

»Jessas, das ist doch absurd«, sagt er, während sein Kopf nach unten gedrückt und er auf die Rückbank des Wagens geschubst wird.

»Jarlath Costello, ich verhafte Sie unter dem Verdacht eines Sexualvergehens und der Verbreitung verbotener pornografischer Inhalte«, sagt der Mann neben ihm auf der Rückbank. »Sie sind nicht verpflichtet, Fragen zu beantworten, es kann aber Ihre Verteidigung beeinträchtigen, wenn Sie auf eine Frage hin etwas verschweigen, worauf Sie sich später vor Gericht berufen. Alles, was Sie aussagen, kann gegen Sie verwendet werden. Haben Sie das verstanden?«

»Nein, ich verstehe überhaupt nichts«, sagt Jar, dabei weiß er genau, was hier abläuft. Die Polizei ist hinter der Festplatte her, die Amy ihm gegeben hat. Eine andere Erklärung gibt es nicht. Er lässt den Kopf gegen die Nackenstütze sinken und versucht ruhig zu bleiben, während er verarbeitet, was das zu bedeuten hat. Endlich, nach fünf Jahren, nehmen die Behörden seine Nachforschungen zu Rosas Tod ernst.

Er fühlt sich unangebracht euphorisch, während sie durch den Verkehr im Westend rasen. Am Oxford Circus schaltet der Fahrer die Sirene ein. Das Heulen klingt, als käme es von einem anderen Auto, aus einer anderen Welt.

Jar hat noch nie viel von der Polizei gehalten, schon gar nicht, als niemand dort Rosas Verschwinden untersuchen wollte. Auch darum hat er den Einbruch in seine Wohnung nicht gemeldet.

Die Sirene verstummt. Er sollte einen Anwalt verlangen, denkt er. So was tun die Leute in so einer Situation. Aber er braucht keinen. Er will nur, dass sie es endlich aussprechen – *wir wollen Rosas Tagebuch, weil es erklären könnte, was tatsächlich passiert ist, nämlich dass sie noch am Leben ist –*, und schon ist er glücklich.

Als der Wagen das Polizeirevier in der Savile Row erreicht, wird Jar grob in die Eingangshalle gezerrt, in der man ihm Brieftasche und Handy abnimmt und ihn erkennungsdienstlich behandelt. Danach wird er in eine leere Zelle geführt, wo er sich auf den nackten Beton setzt und mit dem Rücken an die Wand lehnt.

Wenigstens ist er allein und kann alle Szenarien durchspielen, wobei es eins gibt, das hartnäckig wiederkehrt. Er wurde wegen der Verbreitung verbotener pornografischer Schriften verhaftet, was nahelegt, dass sie genug Material für eine Anklage gegen Martin, Amys Mann, gesammelt haben. Falls der Computermann nicht nur Rosas Tagebuch, sondern tatsächlich verbotene Bilder auf der Festplatte gefunden hat, dann sieht es finster für ihn aus. Und für Anton. Und Carl. Jar möchte niemanden in diese Sache hineinziehen.

Zwei Stunden nach seiner Verhaftung wird er aus der Zelle geholt und in ein kleines Vernehmungszimmer geführt, das mit einem Tisch, einem Aufnahmegerät und zwei Holzstühlen ausgestattet ist. Ein großer, kantiger Mann sitzt auf dem Stuhl hinter dem Tisch und steht auf, als Jar eintritt.

»Miles Cato«, sagt er mit schottischem Akzent. Aus dem Grenzland, denkt Jar und versucht, sich nicht von der höflichen Begrüßung beirren zu lassen: der ausgestreckten Hand, der Erwähnung des Vornamens, der weltmännischen Haltung, dem gestreiften Anzug. Er ist anders als alle Polizisten, die Jar bisher begegnet sind, und für einen Briten verdächtig freundlich.

Sie setzen sich an den Tisch. Miles beugt sich mit verschränkten Armen zum Aufnahmegerät und nennt seinen Namen sowie Zeit und Ort der Vernehmung. Jar wirft einen Blick auf das unscheinbare Gerät. Kein Lämpchen blinkt, nichts deutet darauf hin, dass es eingeschaltet ist.

»Ich glaube nicht, dass das Ding etwas aufnimmt«, sagt Jar.

»Das tun sie meiner Erfahrung nach nie.«

Jar zuckt unter dem schmallippigen Lächeln zusammen. Darum bestehen die Leute auf einem Anwalt, denkt er.

»Das mit vorhin tut mir leid«, sagt Miles Cato und fährt sich mit der Hand durch das schüttere, sandblonde Haar, während er den Stuhl zurückschiebt. Die Holzbeine scharren über den Betonboden, und Jar fühlt sich für einen Augenblick in ein kaltes Klassenzimmer in Galway zurückversetzt. »Je eher wir hier wieder rauskommen, desto besser. Darf ich Sie Jar nennen?«

Seit seiner Verhaftung wurde er immer nur mit Jarlath angesprochen. Woher weiß Cato, dass man ihn Jar nennt?

»Warum bin ich hier?«, fragt Jar.

»Wir brauchen Ihre Hilfe.«

»Wer ist ›wir‹?«

Miles ist Jars Einschätzung nach Oxbridge-Absolvent, Anfang vierzig, und könnte mit seiner teuren Bräune eher Banker als Polizist sein. Die cochenilleroten Socken und braunen Budapester sehen auch nicht so aus, als wären sie schon mal Streife gegangen. Er geht nicht auf Jars Frage ein. Jedenfalls nicht direkt.

»Ich nehme an, Sie kennen Martin, auch wenn Sie Amy möglicherweise besser kennen. Er wurde kürzlich verhaftet, weil er verdächtigt wird, verbotene pornografische Bilder zu besitzen. Sind Sie vertraut mit solchen Dingen?«

Die Frage wird ihm ganz sachlich vorgelegt, so als würde Miles sich erkundigen, ob er Zucker in seinen Tee nimmt.

»Natürlich nicht, verflucht noch mal.«

»Wir glauben, wir sprechen hier von Level vier, eine Stufe unter der allerschlimmsten. Nicht schön.«

»Wenn Sie meinen. Amy hat mir erzählt, er wurde wieder entlassen.«

»Amy hat uns sehr geholfen. Sie hat uns erzählt, dass sie sich letzten Donnerstag mit Ihnen in Cromer getroffen hat und dass sie Ihnen ihre alte Festplatte übergeben hat. Soweit es mich angeht, hätte man Sie heute nicht festnehmen müssen. Auf der Festplatte befindet sich das Collegetagebuch von Amys verstorbener Nichte – auch wenn die Datei beschädigt ist, wie ich gehört habe –, und sie dachte, Sie würden es vielleicht gern lesen, weil Sie beide an der Universität ein Paar gewesen waren. Rührend.«

Miles bietet ihm ein kurzes, gekünsteltes Lächeln an. Jar mag ihn nicht, er mag seine Adlernase nicht und die Richtung, die das Gespräch nimmt. Rosa spielt hier keineswegs die Hauptrolle, sie bleibt bestenfalls eine Randfigur.

»Allerdings können Sie beide nicht wissen, dass wir Martin schon seit einiger Zeit auf dem Radar haben und dass wir glauben, er könnte auf der Festplatte einen Ordner mit strafbaren Bildern gespeichert haben. Der Mann, der Amys Computer reparierte, stieß dabei auf einige …« Er zögert. »Ungewöhnliche Datenspuren auf einer mobilen externen Festplatte, und dann entdeckte er einen Katalogverweis auf einige verschlüsselte Bilddateien auf einer weiteren Festplatte – möglicherweise der, die Sie bekommen haben. Er rief uns an und löste damit Alarm aus.«

Oder hat er jemanden wegen des Tagebuchs angerufen, rätselt Jar, und mit seinem Anruf irgendwo in Whitehall die Alarmsirenen ausgelöst? Woraufhin Miles Cato, wer er auch sein mag, sofort losgezogen ist?

»Es ist nicht der erste Tipp, den er uns gegeben hat. Kaum zu glauben, was man alles findet, wenn man Privat-PCs repariert.« Miles macht eine Pause. »Sie müssen uns nur die Festplatte aushändigen, Jar. Wir interessieren uns nicht für Rosas Tagebuch.«

Miles blufft, er hat sich schon ausgerechnet, dass es zu spät ist, Jar am Lesen zu hindern. *Wir interessieren uns nicht für Rosas Tagebuch.* Jar versucht die Worte auszublenden, sie aus seinem Kopf zu tilgen. Miles will von ihm hören, wie viel er weiß, ob Rosa in ihrem Tagebuch verraten hat, warum und wohin sie verschwunden ist.

»Haben Sie nicht schon genug Material, um Martin anzuklagen?«, fragt Jar.

»Noch nicht. Er versteht genug von Computern, um seine Spuren zu verwischen. Aber wir glauben, er hat geschlampt, als er einige verschlüsselte Bilder auf den Computer seiner Frau lud. Ich nehme an, Sie haben die Festplatte jemandem übergeben, der sich darauf versteht, beschädigte Dateien zu retten. Wir wollen die Platte wiederhaben, Jar. Intakt. Es handelt sich um potenzielles Beweismaterial, wichtiges Beweismaterial.«

Beweismaterial, dass sie noch am Leben ist, denkt Jar. »Mitsamt dem Tagebuch?«

Jar fixiert Miles, fahndet in seinem Gesicht nach einem Hinweis darauf, dass er recht hat, dass es hier in Wahrheit um Rosa geht. Doch Catos Miene bleibt ausdruckslos, undurchdringlich.

»Genau so, wie Sie die Festplatte von Amy bekommen haben«, sagt er kühl. »Sie haben Zeit bis heute Abend einundzwanzig Uhr.«

»Und wenn ich es nicht so schnell besorgen kann?«

»Wir gehen heute noch an die Öffentlichkeit. Eine Verhaftung macht sich nie gut, schon gar nicht, wenn es dabei um schwere Pornografie geht.«

20

Cambridge, Frühjahrstrimester 2012

Nachdem unser Termin mehrmals verschoben wurde, habe ich mich heute endlich mit Dr. Lance getroffen. Die Collegeberaterin, eine Amerikanerin namens Karen, streckte gegen Ende unserer Unterhaltung den Kopf durch die Tür und hat kurz mitgeplaudert, aber auf sie komme ich gleich zurück.

Ich weiß immer noch nicht recht, warum Dr. Lance mich wirklich sehen wollte. Das Gespräch lief anders als unsere gewöhnlichen Unterhaltungen, bei denen wir betreten zusammensitzen, die selbstgebackenen Kekse seiner Frau essen und grünen Tee trinken, während er mich fragt, ob es mir gut geht, ob ich mit jemandem über Dads Tod sprechen möchte.

Er ist zunehmend besorgt, weil ich bisher alle Hilfsangebote abgelehnt habe, von der Beratungsstelle der Universität, als ich hier ankam, bis zu dem Termin bei unserer Hausärztin letzten Sommer, direkt nach Dads Tod. Wahrscheinlich war es einfach kein gutes Timing. Dad starb einen Monat vor meinem ersten Trimester, und ich musste mich entscheiden: Entweder ich verschob den Umzug nach Cambridge um ein Jahr und versuchte, erst alles zu verarbeiten (eindeutig zu viel Bauchnabelschau), oder ich stürzte mich ins Leben und hoffte darauf, dass die Aufregung rund um das neue Studium mich ablenken würde (wofür ich mich später mit Problemen herumschlagen würde).

Ich wählte Letzteres, und irgendwie erschien es mir kontraproduktiv, mich zur Beratung anzumelden, während ich den Schmerz gleichzeitig mit Freshers'-Week-Partys abzutöten versuchte. Natürlich hat das nicht geklappt. Meine ersten beiden Trimester in Cambridge waren von Anfang bis Ende eine einzige Katastrophe: zu viel Druck, als dass ich mich amüsieren konnte, und die Wirklichkeit Welten von meinen hohen Erwartungen entfernt. Dazu das ständige Gefühl, dass andere woanders mehr erreichen.

Ich hätte mit dem Studium warten sollen, bis ich über Dads Tod hinweggekommen wäre. Inzwischen ist mir das klar. Ein Jahr, zwei Jahre, so lange es eben dauert. Stattdessen habe ich seinen Tod verleugnet, habe ihn in die hinterste Ecke meines Ichs geschoben und ihn dort gären lassen, bis er immer längere Schatten über mein Leben warf.

Diesmal kam Dr. Lance direkt zur Sache. Kein peinliches Schweigen, während wir darauf warteten, dass sein sterbenslangsamer Wasserkocher zu blubbern begann. Er hatte gehört, dass ich unglücklich war, und schien zu glauben, dass es mich aufmuntern würde, wenn er mir von Dad erzählte – ihrer gemeinsamen Zeit am College, der einzigartigen Arbeit im Außenministerium und so weiter.

Ich brach sofort in Tränen aus. Vielleicht hatte er meine Reaktion insgeheim beabsichtigt. Er wollte meine Trauer herausspülen, und es funktionierte: Monate voll mit unterdrücktem Schmerz, in denen ich niemanden zum Reden hatte. (Ich hatte mit Dad immer über alles gesprochen, was mir Sorgen machte, sogar während meiner »Terrorjahre«, wie er sie nannte, als mich die Pubertät in ein Teenagermonster verwandelte.)

Dr. Lance wirkte nicht wie ein Mann, der Gefühlsausbrüche gewohnt ist, aber er hätte nicht netter oder weniger verlegen reagieren können: Er bot mir ein (sauberes) kariertes Taschentuch an und legte die Hand auf meine Schulter, bis ich die

Fassung wiedergefunden hatte. Vielleicht hat er es seinem geliebten Goethe zu verdanken, dass er im Angesicht der Trauer so gefasst bleibt.

»Verzeihung«, sagte ich und schnäuzte mich.

»Schon gut. Ich muss um Verzeihung bitten, weil ich nicht früher gemerkt habe, dass etwas nicht stimmt. Sie wirkten immer so gefasst. Und unabhängig – bis vor Kurzem. Nach Ihrer letzten Supervision waren alle sehr besorgt.«

Wahrscheinlich weil ich meinen Marlowe-Aufsatz über *Hero und Leander* nicht fertiggestellt hatte, aber das sagte ich nicht. Unter seinem gestutzten roten Bart mit den silbernen Strähnen stemmte Dr. Lance die Fingerspitzen gegeneinander.

»Ich bin wirklich der Meinung, dass Sie mit jemandem sprechen sollten, Rosa. Wir haben inzwischen eine exzellente psychologische Betreuerin am St Matthew's, was Ihnen die Sache erleichtern sollte, weil Sie jetzt nicht mehr über den Sozialdienst der Universität gehen müssen.«

»Ich vermisse ihn jeden einzelnen Tag«, sagte ich. Mein Gesicht glühte, mein Mascara war verlaufen.

»Natürlich. Das tun wir alle.«

»Und ich fühle mich so schuldig, weil ich mich hier nicht amüsiere, weil ich nichts von dem tue, was er sich für mich gewünscht hätte.«

»Man steht hier unter massivem Druck, diese drei Jahre zu den besten des ganzen Lebens zu machen. Aber das sind sie auf keinen Fall, für mich jedenfalls waren sie es nicht. Was mit ein Grund dafür ist, dass ich noch hier bin.«

»Manchmal fühlt es sich an wie eine Sonnenfinsternis, wie eine Dunkelheit, die über die Felder tritt, so als würde die Sonne mitten am Tag erlöschen, wenn ich eigentlich am glücklichsten sein sollte.«

»Hatten Sie zwischendurch Suizidgedanken?«

Ich stutzte, überrascht über diesen plötzlichen Kurswechsel.

»Es ist tragisch, wie viele junge Menschen wir in diesem zerbrechlichen Lebensabschnitt verlieren«, ergänzte er. Ich fragte mich, ob er gleich auf Mums Tod zu sprechen kommen würde, obwohl sie erst ein paar Jahre nach der Uni gestorben war. Die drei waren in Cambridge offenbar eine Art Gang gewesen.

»Dad hatte sie, in seinen düstersten Momenten. Wir haben einmal darüber gesprochen. Ich müsste lügen, wenn ich behaupten würde, ich hätte nie daran gedacht.«

»Karen ist ausgebildete Trauertherapeutin. Ich habe sie gebeten, heute kurz vorbeizuschauen. Ist es in Ordnung, wenn ich sie dazubitte?«

Ich nickte und schaute dann zu, wie er zum Telefon griff und sie anrief.

Zwei Minuten später schüttelte ich Karens Hand, und wir wurden von Dr. Lance zu dem Sofa vor seinem Kamin geleitet.

»Ich werde Sie Karens fähigen Händen überlassen«, sagte er, die Finger leicht auf meiner Schulter, bevor er aus dem Zimmer ging.

Ich fühlte mich ein bisschen überrumpelt, weil mir bewusst war, wie verheult ich aussehen musste, aber bestimmt war Karen an tränenfleckige Studentengesichter gewöhnt.

Ich begriff sofort, warum alle Jungs auf dem College Depressionen vortäuschen, um einen Termin bei ihr zu bekommen. Karen hat blondes, schulterlanges Haar, beneidenswert hohe Wangenknochen und taubenblaue Augen. Sie ist auf augenfällige Weise schön. Nichts, was man ihr vorwerfen könnte, nehme ich an. Genauso wenig wie die Tatsache, dass sie Amerikanerin ist. Ich konnte ihren Akzent nicht richtig einordnen – Ostküste? –, aber sie strahlte etwas aus, das sofort tröstlich, aber nicht bevormundend wirkte.

»Dr. Lance hat mir schon von Ihnen erzählt«, sagte sie. »Und von Ihrer Mutter und Ihrem wunderbaren Vater. Ich glaube, wenn Sie es möchten, kann ich Ihnen helfen.«

»Das möchte ich gern«, sagte ich.

»Uns stehen diverse Möglichkeiten offen«, ergänzte sie. »Verschiedene Wege, Ihr Leben besser zu machen.«

Nur eins war nervtötend an Karen: Jedes Mal, bevor sie zu reden anfing, japste sie kurz. So als wäre ihr gerade erst eingefallen, dass sie noch Luft holen muss. Je länger sie redete – über die Sitzungen, die ich bei ihr nehmen sollte, ihre beruflichen Erfahrungen mit jungen Menschen, ihr Interesse an Trauerhalluzinationen –, desto stärker fiel mir dieses Japsen auf, bis es in meinem Kopf zu einem ohrenbetäubenden Luftschnappen anwuchs.

Dad hätte das witzig gefunden.

21

Nachdem Jar das Polizeirevier verlassen darf, macht er sich auf die Suche nach einem Münztelefon. Keine zehn Minuten später hat er eine Telefonzelle gefunden und ruft Carl im Büro an. Von seinem Handy aus anzurufen ist ihm zu riskant.

»Was geht?«, fragt Carl in seiner aufgesetzten Gangsterstimme. »Der Boss ist stinksauer. Ich versuch dich schon den ganzen Morgen auf dem Handy anzurufen.«

»Ich wurde festgenommen.«

»Festgenommen? Von der Polizei?« Von wem sonst, denkt Jar. Der Heilsarmee? »Weswegen?«

Jar erzählt ihm von Amys Ehemann, dem Verdacht gegen ihn, und hört, wie sich die Begeisterung aus der Stimme seines Freundes aus- und stattdessen Angst einschleicht.

»Aber das ist alles ein Haufen Hühnerkacke, Carl. Sie sind hinter dem Tagebuch her.«

»Logo sind sie das. Ist mir schon klar.« Carl stockt. »Aber, weißt du, nur mal angenommen, da wären solche Bilder auf der Festplatte ... Könnten wir einfahren, bloß weil wir sie weitergegeben haben?«

»Da sind keine, vertrau mir.«

»Ich muss trotzdem Anton anrufen und ihn warnen.«

»Sie wollen die Festplatte bis heute Abend neun Uhr haben. Kannst du sie bis dahin besorgen? Ich würde ja selbst hingehen, aber ...« Jar schaut aus der Telefonzelle und die Straße auf und ab.

Carl erklärt sich widerstrebend einverstanden, die Festplatte abzuholen, und verspricht Jar, dass er nach der Arbeit erst nach Ladbroke Grove fahren und dann um halb neun vor dem Polizeirevier in der Savile Row auf ihn warten wird. »Das gefällt mir nicht, Jar. Und Anton wird das auch nicht gefallen. Ich werde ihn einfach nach der Festplatte fragen und die Einzelheiten für mich behalten.«

»Er muss aber das Tagebuch kopieren, bevor wir die Platte zurückgeben. Kann er das für mich machen?«

»Ich kann ihn fragen. Kommst du jetzt ins Büro?«

»Sag dem Boss, ich hätte mir in beide Augen Splitter eingezogen und wäre zum letzten Mal gesehen worden, als ich auf der Suche nach einer Augenklinik in den Stoßverkehr gewandert wäre.«

»Autsch. Auf wie viele Krankheitstage bist du aus?«

Jar liebt seinen Freund, aber er hat jetzt keine Zeit, über Krankmeldungsstrategien zu palavern. Und sein Job kommt ihm inzwischen noch unwichtiger vor. Er muss zurück in seine Wohnung und nachsehen, ob neue Tagebucheinträge eingetroffen sind. Falls Anton die Dateien nicht kopieren kann, sind es vielleicht die letzten, die er zu lesen bekommt. Außerdem hat er einen Plan, wie er Miles Cato davon abhalten kann, das Tagebuch zu lesen. Oder wie er ihn wenigstens vorübergehend aufhalten kann.

22

Cambridge, Herbsttrimester 2011

Heute bekam ich Besuch, es war ein alter Arbeitskollege von Dad. Dr. Lance machte mich in seinem Büro mit ihm bekannt. Er heißt Simon Sowieso – eine Visitenkarte hatte er nicht für mich.

Bei einem süßen Sherry – o ja, alte Menschen trinken das Zeug immer noch – vor den glühenden Kohlen im Kamin von Dr. Lance fragte er mich, ob ich wisse, was genau Dad im Foreign Office getan hätte, was er für sein Land geleistet habe. Ich erzählte ihm, was Dad mir immer erzählt hat: dass er für die politische Abteilung gearbeitet und langweilige Berichte über weit entfernte Länder geschrieben hätte, die nie irgendjemand gelesen hätte.

»Nicht ganz«, sagte Simon und sah dabei kurz zu Dr. Lance. Er hatte ein nettes, fast pausbäckiges Gesicht, das nicht zu seinem Alter passen wollte. Wenn der dunkle Anzug nicht gewesen wäre, hätte man ihn für einen Entertainer halten können, dessen Hauptaufgabe in der Bespaßung von Kindern bestand. Oder vielleicht einen Tierarzt, der mit Engelsgeduld Welpen behandelt.

Ich reagierte schnippisch, mein üblicher Abwehrmechanismus, wenn ich mich dünnhäutig fühle (offenbar ist das hier als »Fünfwochen-Blues« bekannt). Jedes Gespräch über Dad kann mich aus der Fassung bringen, ganz besonders, wenn jemand ein Loblied auf ihn singt. Außerdem war ich sauer, weil Dr. Lance mich per SMS von der Sidgwick Site ins St Matthew's zurückbeordert hatte, als ich endlich in meinen Essay über Coleridge hineingefunden hatte.

»Es wurde beschlossen, Ihren Vater posthum zu ehren und ihn in den ›Order of St Michael and St George‹ aufzunehmen«, sagte Simon und ließ dabei den Sherry im Glas kreisen.

»Hört sich beeindruckend an.« Ritterorden vom Heiligen Michael und Georg – das hätte ihm gefallen.

»Er wurde zum Knight Commander ernannte, zum KCMG.«

»Er wäre bestimmt stolz gewesen. Hätte sich totgefreut.«

Es war unpassend – der Sherry sprach aus mir –, aber ich konnte mit diesem Gerede von Rittern und Kommandeuren nichts anfangen. Simon lächelte mir zuliebe flüchtig.

»Wir haben uns gefragt, ob Sie die Ehrung im Namen Ihres Vaters annehmen würden«, fuhr er fort. »Nächste Woche.«

»Und wo?«

»In der St Paul's Cathedral. In der Kapelle, bei einer kleinen Feier.«

»Hört sich an, als hätte er mehr geleistet, als er durchblicken ließ«, sagte ich.

Ich hatte schon immer gewusst, dass Dad nicht ganz ehrlich zu mir war, wenn wir über seine Arbeit gesprochen hatten, doch irgendwie waren wir zu der unausgesprochenen Übereinkunft gekommen, dass ich nicht zu viele Fragen stellen und er nicht weiter ins Detail gehen würde.

Ich glaube nicht, dass er ein Spion war – dafür ließ er sich zu oft abfällig über die »Schlapphüte« an der High Commission in Islamabad aus –, aber ich dachte damals, dass er bestimmt eine wichtige Aufgabe hatte, und wenn er mir nicht mehr erzählen wollte, dann wahrscheinlich aus gutem Grund. Ich weiß nur, dass uns sein Job im Lauf der Jahre an einige unglaubliche Orte führte: Indien, Pakistan, China, Hongkong.

»Er hat viel Gutes für junge Menschen geleistet«, sagte Dr. Lance und sah Simon an, als hoffe er auf dessen Zustimmung. Oder Billigung? »Und viele Leben gerettet.«

»Wirklich?«, fragte ich überrascht. Dad hatte nie davon gesprochen, dass er mit jungen Menschen arbeiten würde, allerdings hatte er einmal erzählt, er wäre gern Lehrer geworden.

»Außergewöhnliches. Sein Tod hat bei vielen Menschen eine tiefe Lücke hinterlassen«, fügte Simon hinzu.

Ich starrte mit brennenden Augen ins Feuer. Es ist gerade mal zwei Monate her, dass Dad gestorben ist, und es wäre ein klarer Fall von Realitätsverleugnung, wenn ich behaupten würde, ich würde auch nur ansatzweise damit zurechtkommen, dass er nicht mehr da ist, dass ich nicht jederzeit zum Telefon greifen und ihn anrufen kann. Er hat meine Anrufe immer entgegengenommen, selbst während wichtiger Konferenzen. Ich glaube, das hatte er sich selbst geschworen.

»Es wäre mir eine Ehre, den Preis im Namen meines Vaters anzunehmen«, brachte ich schließlich heraus. »Danke.«

»Exzellent. Da wäre nur eine Sache«, fuhr Simon fort. »Uns wurde zur Kenntnis gebracht, dass einige Journalisten Fragen nach Ihrem Vater, genauer gesagt nach den Umständen seines Todes gestellt haben. Ich wäre Ihnen dankbar, wenn Sie mich informieren würden, falls Sie jemand direkt zu kontaktieren versucht.«

»Was für Fragen?«

»Die üblichen Boulevard-Gespinste, ob er ein Spion war. Wir kommentieren das nicht, und Sie sollten das auch nicht tun.«

Ich habe immer noch die Karte eines Journalisten, der mich direkt nach der Trauerfeier für Dad angesprochen hat. Ich weiß nicht recht, warum ich sie nicht weggeworfen habe und warum ich sie in jenem Moment nicht erwähnte. Vielleicht, weil auch ich insgeheim ein Körnchen Zweifel an Dads Tod hege, nicht, weil die Umstände Verdacht erregen würden, sondern weil mir manche Bereiche seines Lebens verschlossen geblieben sind.

Mir fehlt im Moment die Kraft, Fragen zu stellen. Ich weiß nur, dass das Außenministerium eine eigene interne Untersuchung angestrengt hat, bei der sich herausstellte, dass Dad bei einem Unfall umkam: im Auto, im Himalaja, außerhalb von Leh in Ladakh – einem meiner liebsten Orte auf der Welt, trotz der tückischen Straßen. Er wollte sich über eine mögliche chinesische Bedrohung entlang der indischen Grenze zu Tibet kundig machen. »Schick dem Dalai Lama liebe Grüße von mir«, hatte ich noch gescherzt. Ich glaube, es waren die letzten Worte, die ich je zu ihm sagte.

»Er war doch kein Spion, oder?«, fragte ich, während sich Simon an Dr. Lance wandte, um ihm anzuzeigen, dass unser Gespräch beendet war. Ich rechnete nicht mit einer Antwort.

»Nein«, sagte er. »Er war viel wichtiger als das.«

23

»Das ist reiner Zufall, Jar«, sagt Carl und nimmt einen Schluck von seinem frisch gezapften Bier.

»Du hast leicht reden«, erwidert Jar, betrunkener, als er an einem Dienstagabend sein sollte. »Aber wie viele Trauertherapeutinnen kennst du, die a) Amerikanerin und b) Sexbomben sind und die außerdem c) immer eigenartig nach Luft schnappen, bevor sie etwas sagen? Mal ganz ehrlich.«

»Jetzt ist Kirsten also scharf, wie? Das klingt ganz anders als am Anfang.«

»Ich würde sie nicht von der Bettkante schubsen, selbst wenn sie darin Chips futtert. Du weißt das. Ich weiß das. Das ist eine Tatsache. ›Schönheit ist Wahrheit, Wahrheit schön – so viel wisst ihr auf Erden, und dies Wissen reicht.‹« Nur wenn Jar betrunken ist, nimmt er sich die Freiheit, Dichter zu rezitieren, ganz besonders britische Dichter. »Du glaubst mir nicht, wie?«, fährt er fort. »Findest du das denn nicht merkwürdig?«

»Nein, tue ich nicht, Jar. Ich finde das kein bisschen merkwürdig. Das ist bloßer Zufall. Serendipität.«

Jar ist eigentlich zu betrunken, um seine Argumente noch mal vorzubringen oder um sich über Carl lustig zu machen, weil der ein Wort wie »Serendipität« verwendet.

»Ich weiß, du meinst es nur gut, Carl, aber außerhalb deines Horizonts ergibt das alles durchaus einen Sinn«, versucht er es trotzdem. »Ich wurde heute Morgen von der Polizei verhaftet, nachdem ich aus Kirstens Haus an der Harley Street getreten war. Nur einen Katzensprung von ihrer Praxis entfernt. Als ich draußen war, hat sie die Bullen angerufen.«

»Warum sollte sie das tun?«

»Weil ich sie wegen des Tagebuchs angelogen habe. Sie hat mich gefragt, ob Rosa Tagebuch geführt hätte, und ich habe nein gesagt. Es war die letzte Frage in unserer Sitzung, die eine Frage, auf die das ganze Gespräch hingeführt hatte.«

Carl sieht ihn von der Seite an. Jar ist klar, wie er sich anhört – paranoid, wirr –, aber das ist ihm inzwischen egal.

»Warum hast du nein gesagt?«

Jar sieht seinen Freund an, der einen weiteren Schluck aus seinem Bierglas nimmt. Kurz kommt ihm der Gedanke, dass auch Carl in alles eingeweiht sein könnte. Nicht zum ersten Mal – es gab flüchtige, irrationale Verdachtsmomente, die den Brunnen ihrer Freundschaft zu vergiften drohten –, doch er hat gelernt, sie genauso schnell zu verwerfen, wie sie auftauchen.

Diesmal fällt ihm das nicht so leicht. Carl war derjenige, der ihn zu Kirsten geschickt hat, der ihm zugeredet hat, sich von ihr helfen zu lassen. Er und Carl kennen sich schon lang, versichert er sich: fünf Jahre. Sie haben sich schon bald nach seinem Umzug nach London kennengelernt. Nicht lang nach Rosas Tod …

»Kannst du mir eine Frage beantworten?«, versucht Jar einen Schritt weiterzugehen. »Sie hat ein bestimmtes Bild benutzt. Sie meinte, für die meisten Menschen wäre eine Trauerhalluzination so was wie ›ein Kondensstreifen am Himmel‹. Rosa hat praktisch dasselbe in ihr Tagebuch geschrieben: Es solle ›keine Kondensstreifen am Himmel über Fenland geben‹. Sie meinte, so was würde ihre Beraterin sagen.«

»Und?« Carl zieht die Brauen hoch.

»Findest du das nicht eigenartig? Dass beide ein so merkwürdiges Bild verwenden?«

»Nein, finde ich nicht.«

»Ich habe es gegoogelt: Es gibt im gesamten Internet nur siebenhundert Fundstellen mit diesem Ausdruck.«

»Lass mich mal ganz ehrlich sein, Bro – das ist nicht bloß eine schrullige kleine Zwangsvorstellung, die du da pflegst, du hast ein ernstes Problem. Du wurdest von den Bullen einkassiert.«

»Erzähl mir was Neues. Und davor wurde mein Mailaccount gehackt ...«

»Mich hätten sie auch verhaften können«, sagt Carl, ohne auf Jars Computerprobleme einzugehen. »Und Anton.«

»Da sind keine Schmutzbilder auf der Festplatte.«

»Das behauptest du. Aber woher willst du das eigentlich wissen?«

»Weil diese ganze Pornografie-Geschichte nur vorgeschoben ist. Tatsächlich sind sie hinter Rosas Tagebuch her, Carl.«

Es wird kurz still, während sich die beiden ihren Pints widmen und dem Barmann zusehen, der zwei jungen asiatischen Touristinnen einen Bacardi-Red-Bull mixt. Normalweise würde keiner von ihnen jemals ein Pub am Piccadilly besuchen – Touristenterritorium –, aber sie brauchten beide dringend was zu trinken, nachdem Carl – hechelnd wie ein Hund – Jar um fünf vor neun vor dem Polizeirevier in der Savile Row die Festplatte übergeben hatte. Carl hatte keuchend auf der Straße gewartet, während Jar in die Eingangshalle getreten war und dem diensthabenden Beamten, der ihn schon zu erwarten schien, die Festplatte übergeben hatte. Von Miles Cato war nichts zu sehen gewesen.

Sie hatten sein Ultimatum erfüllt, wenn auch ganz knapp. Anton hatte die Festplatte erst nicht kopieren wollen und nicht verstanden, warum Carl sie plötzlich zurückwollte. Er protestierte noch mehr, als Carl ihn darum bat, den ursprünglichen Ordner noch einmal zusätzlich zu verschlüsseln. Jar hofft, Miles Cato damit vorübergehend aufzuhalten – und sich ein paar Tage oder wenigstens Stunden zusätzlich zu erkaufen –, aber er bezweifelt es.

»Danke, dass du die Platte geholt hast«, sagt Jar quasi als Friedensangebot.

»Anton war nicht happy.«

»Aber er hat sie noch mal verschlüsselt?«

»Er war eine Stunde lang verschwunden.«

»Wie viel schulde ich dir?«

»Lebenslangen Nachschub an Bubble-Hasch.«

»Hast du ihm das versprochen?«

»Jede Bubble lohnt den Trouble.« Carl sieht auf seine Uhr und legt angetrunken den Arm um Jar. »Sie müsste jede Minute hier sein.«

»Wer?« Jar sieht sich im vollem Pub um, doch er kennt hier niemanden.

»Die scharfe Kirsten natürlich.«

»Carl?« Er kann nicht fassen, was sein Freund gerade gesagt hat.

»Entspann dich. Sie ist nicht im Dienst. Hat mir versprochen, nicht über heute Morgen zu reden.«

»Aber ...«

»Ich werde kein Wort über ihre Cambridge-Doppelgängerin verlieren. Oder über Kondensstreifen. Oder merkwürdiges Luftholen. Ehrenwort. Du kannst chillen.«

Wieder weigert sich Jar, die Ghetto-Faust seines Freundes zu erwidern. Stattdessen sucht er in den vertrauten Augen nach Hinweisen auf einen Betrug. Wie zum Teufel kommt Carl auf die Idee, Kirsten zu fragen, ob sie auch kommen will? Und warum hat er ihm gerade so viel anvertraut?

»Mir ist das nicht so recht. Ich bin ihr Patient. Ich war es wenigstens. Ich weiß nicht, ob ich wieder hingehen möchte.«

»Noch ein Grund für dich, heute Abend ihre Gesellschaft zu genießen.«

»Du hättest mich vorwarnen können.«

»Ich dachte, das hätte ich gerade getan.«

»Wo sie praktisch vor der Tür steht.«

»Hätte ich es dir früher gesagt, wärst du abgehauen. Sie mag dich. Und sie ist heiß.«

»Du kannst sie haben.«

»Ich bin vergeben.«

»Seit wann?«

»Seit gestern Abend. Wenn du es auf dich genommen hättest, heute Vormittag ins Büro zu kommen, statt dich hopsnehmen zu lassen, hätte ich dir alles über Tatiana aus Odessa erzählt.«

»Ich mach mich vom Acker.« Auf einmal wird Jar von dem Bedürfnis überwältigt, das Pub zu verlassen, allein zu sein, einen klaren Kopf zu bekommen.

»Jar …« Carls Hand liegt auf seinem Arm und hält ihn fest. »Bleib noch ein paar Minuten. Es wird dir guttun. Amüsier dich. Genieß das *Craic*.«

»Du verstehst das nicht.« Jar übergeht Carls plumpe Anspielung auf sein irisches Blut. Darauf fällt er nicht herein. »Ich habe sie heute angelogen, ich konnte gar nicht schnell genug von ihr wegkommen.«

»Dann lüg einfach noch mal. Sie wird dir keine Fragen über heute Morgen stellen.«

»Hast du sie angerufen?«

»Sie hat mich angerufen. Wegen des Artikels über Psychologen und Musik, an dem ich gerade sitze. Dann hat sie mich gefragt, ob du okay bist.«

»Wann war das?« Carl ist dein bester Freund, denkt Jar. Entspann dich.

»Heute Abend. Als ich bei Anton war. Ich hab ihr gesagt, dass dir ein Drink nicht schaden könnte, aber wir waren beide der Meinung, dass das nicht besonders professionell klingt. Sie hat versprochen, dass sie alles Berufliche außen vor lässt. Außerdem bezahlst du sie nicht, also ist es eigentlich keine echte Therapeuten-Patienten-Beziehung, oder?«

»Hat sie das so gesagt?«

»Es ist meine objektive Analyse der Lage.«

»Mann Gottes. Jessas, Carl.«

»Komm schon, Jar. Du musst endlich über die Sache wegkommen. Dein Leben weiterleben.«

»Sind Sie sicher, dass ich nicht störe?«

Jar fährt herum. Kirsten steht neben ihm und lächelt ihn auf eine Weise an, dass sich sein Magen zusammenzieht. Sie trägt ein tief ausgeschnittenes kirschrotes Kleid, dazu Highheels, und strahlt Wärme und Charme aus – wie eine Sirene, denkt Jar.

»Wir haben gerade von dir gesprochen«, sagt Carl und zwinkert Jar zu. »Was kann Jar dir zu trinken holen?«

24

Cornwall, 2011

Ich bin nicht sicher, ob ich heute Abend viel schreiben kann. Ich fühle mich betäubt, absonderlich, gebrochen, so als lebte ich in einer Parallelwelt zu dem Leben, das ich vor Dads Tod geführt habe. Einer Welt, die in jeder Hinsicht mit meiner identisch ist – bis auf eine.

Dad wurde heute Morgen neben meiner Mutter beigesetzt, auf dem Friedhof von Paul, hoch über Mousehole: dem einzigen Fixpunkt in dem unsteten Leben meiner Familie. Meine Mum wuchs in diesem Dorf in Cornwall auf, in dem ich diese Zeilen gerade schreibe. Ihre Mutter lebte sechzig Jahre hier, trotzdem betrachteten die Einheimischen sie immer als Auswärtige (oder »Reingeschmeckte«, wie sie hier sagen).

Mum hatte hier einen umgebauten Fischnetzspeicher geerbt, den sie und Dad jedes Mal, wenn sie mal wieder in England waren, besuchen kamen. Sie wanderten gern auf dem Küstenweg bis nach Lamorna, oder sie fuhren über das Moor nach St Ives und kauften dort ein weiteres Bild, das sie in ihren tristen Botschaftsbüros in Beijing, Islamabad oder Delhi aufhängen konnten. Dad hat mir mal erzählt, wie er ein Bild einen Tag nach dem Kauf in die Galerie zurückbringen musste. Es war ein Gemälde von einem Strand, drei Farbenbänder, gelb, grün und blau, doch spät in der Nacht, als sie bei einer Flasche Wein die abstrakte Schlichtheit bewunderten, meinte Dad plötzlich das Profil einer in den Dünen lagernden riesigen Nackten mit mächtigen Brüsten zu erkennen. Es war kein beabsichtigter Effekt, nur ein Farbenspiel, das sich so oder so deuten ließ, doch nachdem beide die Nackte entdeckt hatten, war das Bild für sie ruiniert. »Mum war ziemlich sauer, sie meinte, ich hätte eine schmutzige Fantasie«, sagte Dad.

In den Monaten und Jahren nach Mums Tod war er oft mit mir hier. Ich kann mich noch erinnern, wie ich ihr Grab pflegte, das Gras mit einer roten Kinder-Plastikschere zurückschnitt und die ordentliche Gravur auf dem Schieferstein am Kopfende betrachtete, bis ich Dad fragte, warum sie eine so große Lücke unter Mums Namen gelassen hatten. Erst als ich älter war, erklärte er mir, dass dieser Platz für ihn reserviert war. »Der Bestattungsunternehmer hatte ein Sonderangebot laufen – zwei zum Preis von einem«, scherzte er.

Doch heute wurden keine Scherze mehr gemacht. Vielleicht wäre es sogar Dad schwergefallen, etwas komisch daran zu finden, dass er mit sechsundvierzig Jahren – im besten Alter und auf dem Höhepunkt seiner Karriere – aus dem Leben scheiden musste, getötet im Himalaja, einer seiner liebsten Gegenden auf der Welt, von einem Lastwagen, dessen Fahrer am Lenkrad eingeschlafen war. Ich zwinge mich, diese Worte zu schreiben, weil ich hoffe, dass sie das Geschehene realer werden lassen. *Getötet im Himalaja, einer seiner liebsten Gegenden auf der Welt, von einem Lastwagen, dessen Fahrer am Lenkrad eingeschlafen war.* Im Moment sperrt sich mein Hirn immer noch gegen die Erkenntnis, dass er tot ist. Dad ist gestorben. Weg. Ich werde ihn nie wiedersehen. Nie wieder seine Stimme hören. Mich nie wieder bei ihm unterhaken.

Dad hat mir gesagt, wohin ich gehen soll, wenn es zum Schlimmsten kommt, wenn die Welt jemals aus ihrer Achse kippen sollte, und morgen werde ich dorthin fahren. Ich war noch niemals dort, aber er hat mir erklärt, wie ich hinkomme.

Ihm hat dieser Ort in gewissen Augenblicken geholfen – er hat mir erzählt, dass er mehrere Tage dort verbracht hat, nachdem er Mum verloren hatte, mit Wandern und Zelten –, und ich hoffe, dass das auch mir etwas Trost bringen kann. Denn Trost brauche ich.

Amy – so traurig heute, unter schweren Beruhigungsmitteln – meinte, in ein paar Monaten, wenn alle den Schock halbwegs verdaut hätten, würde es einen Gedenkgottesdienst in London geben. Bis dahin werden hoffentlich wieder Witze gemacht, Geschichten geteilt, Erinnerungen an sein Lachen wachgerufen werden. Amy meinte auch, ich könnte sie jederzeit übers Wochenende in ihrem Haus in Cromer besuchen, wenn ich mal Abstand vom College bräuchte. Sie vermisst Dad schrecklich, dennoch versucht sie, für mich Stärke zu zeigen. Ich weiß, dass sich die beiden wegen Martin nicht so oft gesehen haben, wie sie gewollt hätten. Aber sie hat mir versprochen, dass das mit mir nicht passieren wird.

Ich habe es geschafft, während der Trauerfeier etwas vorzulesen: »Erfolg«, eines von Dads Lieblingsgedichten (»Oft und viel zu lachen ... in andern das Beste zu sehen ... das heißt es, Erfolg zu haben«); es wird fälschlich Ralph Waldo Emerson zugeschrieben, wie er immer gern anmerkte. Ich weiß nicht genau, wie die Gäste das Gedicht aufnahmen. Amy wollte mich davon abbringen, etwas vorzutragen, aber ich hatte das Gefühl, dass ich es Dad schuldig war.

Ich weinte, bevor ich aufstand und als der Sarg hereingerollt wurde, und ich weinte hinterher, als wir »Dear Lord and Father« sangen, aber nicht während meiner Lesung. In diesem Moment fühlte ich mich stark. Ich stellte mir vor, dass Dad mit verschränkten Armen hinten in der Kirche stehen und aufmunternd nicken würde, so wie ich ihn einst an der Tür unseres Schultheaters hatte stehen sehen, als er gerade noch rechtzeitig aus London zurückgekommen war, um zuzuschauen, wie ich »Oh, Look at Me!« aus dem Musical »Salad Days« vortrug.

Eine merkwürdige Trauergemeinde hatte sich in der gedrungenen, verwitterten Kirche versammelt. Viele Arbeitskollegen aus dem Außenministerium waren gekommen, die meisten davon mit dem Zug vom Bahnhof Paddington nach Penzance, obwohl mir auch ein, zwei wichtig aussehende Persönlichkeiten aufgefallen waren, die danach in diskreten offiziellen Wagen davonfuhren.

Dr. Lance, bei dem ich in Cambridge mein Einstellungsgespräch hatte, kam auf einen Schwatz ins King's Arms, das Pub gegenüber der Kirche, wo Amy eine kleine Trauerfeier ausgerichtet hatte (Krabben-Sandwichs, Weißwein, Wildblumen, die wir gemeinsam am Morgen am Wegesrand gepflückt hatten). Er war ausgesprochen nett, sagte, wie sehr er sich darauf freue, mich im Oktober am St Matthew's willkommen zu heißen, obwohl er es auch gut verstehen könne, falls ich mein Universitätsstudium verschieben wolle. Mein Platz würde mir freigehalten.

Inzwischen kehren die Fischerboote zurück, deren Positionslaternen im regendurchströmten Dämmerlicht kaum zu erkennen sind, wenn sie auf ihrem Heimweg nach Newlyn die Mount's Bay passieren. Ich sitze hier am Fenster, wo Dad immer mit seinem Feldstecher kauerte und mir die Schiffe am Horizont zeigte. Ich wünschte, ich hätte damals besser zugehört. Das Kohlenfeuer qualmt erbärmlich – Dad fluchte immer über den miserablen Abzug (keine Ahnung, wie der funktioniert) –, und die Holzwände des alten Gebäudes speichern kaum Wärme, aber ich bin froh, dass ich ein paar Tage für mich allein habe. Es war ein anstrengender Tag, vor allem, weil ich ständig ein tapferes Gesicht aufsetzen musste, obwohl ich am liebsten quer über das Moor geflohen wäre und die Götter verflucht hätte, die mir meinen Dad geraubt haben.

Ein paar Dinge an Dad, die ich nie vergessen werde:

- Seine alberne Stimme als Einstler, wenn er mir aus *Der Lorax* vorlas.
- Wie ich ihn eines Nachts unten im Arbeitszimmer aufschreckte, wo er weinend über Familienfotos von Mum, ihm und mir als Baby saß, aufgenommen in einem Urlaub in Sevilla. Da war sie schon fünfzehn Jahre tot.
- Sein lautes Lachen aus dem Wohnzimmer, wenn er wieder mal eine Wiederholung von *Dad's Army* schaute.
- Wie er sich die buschigen Brauen versengte, als er das nasse Holz bei einem Lagerfeuer mit Benzin anfachen wollte.
- Wie er mit einer Fahrradklammer um das rechte Bein beim Elternsprechabend in meiner Schule erschien.
- Wie er mir bei einem Netball-Match im Regen vom Spielfeldrand aus zujubelte, als wäre es ein internationales Rugby-Match (bestimmt hat er sich gewünscht, es wäre eins gewesen, aber er hat sich nie beschwert).

Gerade als die Feier im King's Arms zu Ende ging, kam ein Mann auf mich zu und meinte, er würde sich gern mit mir unterhalten, wenn ich mich wieder gefangen hätte.

»Ich wollte Ihren Vater für eine Story interviewen, an der ich gerade schreibe«, sagte er, an der Bar stehend und mit einem Pint in der Hand – vermutlich nicht dem ersten an diesem Tag. Er war Anfang fünfzig, hatte gut zehn Kilo Übergewicht und früher vielleicht sogar ganz gut ausgesehen, bevor das Bier sein Gesicht gerötet und aus seinem Bauch einen Wanst gemacht hatte.

»Ich weiß nicht recht, ob das der geeignete Ort und Zeitpunkt ist«, sagte ich. Die einzigen Journalisten, die mir bis dahin begegnet waren, waren die Auslandskorrespondenten, die im Hochkommissariat in Pakistan freie Drinks geschnorrt hatten. Es war ein unterhaltsamer Haufen gewesen, und der Mann vor mir machte mir ebenfalls wenig Angst. Er sah sich im Raum um, und ich mich daraufhin auch. »Waren Sie beim Gottesdienst?«, fragte ich.

»Das wäre ungehörig gewesen. Ich sollte nicht mal jetzt hier sein und mit Ihnen reden. Könnten Sie mich in ein, zwei Monaten anrufen? Oder auch einem Jahr? Wann immer Sie sich dazu in der Lage fühlen. Ich würde mich gern mit Ihnen unterhalten.«

Er reichte mir eine Karte – »Max Eadie, Freier Journalist« – und verschwand dann, weil im selben Moment eine Kollegin meines Dads zu uns stieß.

»Alles in Ordnung?«, fragte die Frau.

»Alles bestens«, antwortete ich und versteckte die Karte hinter meinem Rücken.

25

Jar schiebt seinen Stuhl zurück und fährt sich mit der Hand durchs Haar. Er sitzt in der Garage an seinem Computer, ernüchtert nach einem kalten Bad und schlaflos. Der Abend im Pub am Piccadilly Circus bleibt verschwommen. Er hofft, dass er nicht aus der Rolle gefallen ist und dass er für sich behalten hat, was er inzwischen als wahr erkannt hat: »Kirsten« ist dieselbe Frau wie »Karen«, die Collegeberaterin, zu der Rosa vor fünf Jahren von Dr. Lance geschickt wurde. Daran besteht kein Zweifel mehr. Es war Kirsten, die sich über Carl an ihn gewandt hat; Kirsten, die ihn nach Rosas Tagebuch gefragt hat. Und die auf seine Lüge hin die Polizei gerufen hat. Jar wünschte bloß, er wüsste, was sie wirklich von ihm will, für wen sie arbeitet.

Er sieht auf den Bildschirm. Es ist drei Uhr morgens, und ihm bleibt vielleicht nicht mehr viel Zeit. Wenn die Polizei ihn einmal verhaften konnte, kann sie es jederzeit wieder tun. Miles Cato wird noch mal mit ihm reden wollen, sobald seine Leute auf Antons kryptografische Künste stoßen.

Max Eadie. Jar dreht und wendet den Namen hin und her. Könnte es derselbe Journalist gewesen sein? In den ersten Monaten nach Rosas Tod hatte ein Reporter in Cambridge und Umgebung Erkundigungen über sie eingeholt, doch Jar hatte ihn nie ausfindig machen können.

Rosas College hatte ihn auf die Spur gebracht. Ein untypisch indiskreter Portier. Jar war im August nach Cambridge gereist, einen Monat nach Rosas Tod, weil er endlich mit Dr. Lance sprechen wollte. Der Dekan hatte weder auf seine Mails reagiert, noch seine Anrufe entgegengenommen, und so hatte Jar den Plan gefasst, ihn in seinem Büro zu überrumpeln. Erfolglos.

»Und wer, soll ich sagen, möchte ihn sprechen?«, fragte der Mann im schwarzen Anzug in der Porter's Lodge. Seine Mutter hätte ihn wahrscheinlich als »rechtschaffenes Unikum« bezeichnet, dachte Jar.

»Jarlath Costello.«

Den Blick fest auf ihn gerichtet, griff der Portier zum Telefon und wählte eine Nebenstelle an. »Sie sind nicht auch so ein Journalist, oder?«

»Ich bin kein Journalist. Sondern Student. Am King's.« Genau genommen war das eine Lüge. Jar würde nicht wie geplant im Oktober nach Cambridge zurückkehren, um seinen Doktor zu machen, dazu war er nach allem, was passiert war, nicht mehr in der Lage. Und er hatte gerade seinen ersten Job als Autor bei einer Unterhaltungs-Website gefunden. »Wieso fragen Sie?«

»Hier hat so ein Reporter aus London rumgestochert. Fragen gestellt.«

»Wonach?«

»Dr. Lance geht nicht ans Telefon.« Der Portier wählte erneut.

»Was für Fragen hat er gestellt?« Seine Hartnäckigkeit überraschte Jar selbst. »Dieser Journalist?«

»Nach dem Tod, der seinen Namen nicht zu nennen wagt. Studenten-Selbstmorde. Bei Dr. Lance geht niemand ans Telefon.«

»Wissen Sie noch, wie er hieß?«

»Sie sollten sich einen Termin geben lassen, Sir.«

Das war alles. Ein Londoner Reporter, der hier »herumgestochert« hatte. Gut möglich, dass er sich für Phoebe interessiert hatte, deren grauenvoller Suizid auf dem Ball im Mai den ganzen Sommer über Schlagzeilen gemacht hatte. Rosa war nur wenige Wochen später gestorben. Die Lokalpresse stellte es als weiteren tragischen Suizid einer Studentin dar. Über ihren Vater wurde lediglich berichtet, dass er für das Außenministerium gearbeitet hatte.

Jar weiß, dass sich Rosa gut mit ihrem Vater verstand. Sie hat ihm viele glückliche Geschichten über Jim Sandhoe erzählt, und Jar wünscht sich, er wäre ihm irgendwann begegnet. In den Anfangstagen bei der Webredaktion versuchte Jar, mit den einfachen journalistischen Mitteln, die er sich bei der Arbeit angeeignet hatte, mehr über ihn herauszufinden, doch seine Versuche liefen ins Leere. Außer einigen öffentlichen Berichten über die Wirtschaft in Südostasien, an denen er mitgeschrieben hatte, war im Netz praktisch nichts über ihn zu finden. Nichts deutete darauf hin, dass er auch für andere Behörden als ausschließlich die Politische Abteilung des Außenministeriums gearbeitet hatte, obwohl Jar bald klar wurde, dass diese Abteilung auch als Tarnung für den Geheimdienst herhielt. Und jetzt sieht es plötzlich so aus, als wäre sein Job »wichtiger« gewesen als der eines Spions. Jar hat noch nie gehört, dass ein KCMG posthum verliehen wurde.

Jar sucht nach Max Eadie, dessen Name zum Glück relativ gut zu googeln ist. Es gibt keinen Journalisten dieses Namens, aber dafür einen Max Eadie, der eine Public-Relations-Agentur in London betreibt. Er öffnet die Website, klickt auf »Über uns« und blickt auf das Foto eines Mannes in den Fünfzigern, dessen Wangen bereits nach unten hängen. In seinem Lebenslauf steht etwas von einer früheren Karriere als investigativer Journalist, ein Job, der ihn gelehrt habe, »die Komplexität des Krisen-PR-Managements von beiden Seiten des Zaunes zu betrachten«. Zu seinen Kunden zählen eine Reihe unpopulärer

Banken. Unter dem Lebenslauf jedes einzelnen Ansprechpart-
ners steht eine »Krisenkontakt«-Nummer, darunter auch die
Handynummer von Max Eadie.

Jar checkt die Straße, bevor er seine Garage verlässt, und
umgeht auf dem Rückweg in die Wohnung die Teiche orangefarbenen Lichts, die die Straßenlaternen auf den Asphalt werfen. Am Ende der Straße parkt ein Lieferwagen, der vorhin
noch nicht dort stand. Und ein Auto gegenüber seinem Haus-
eingang wurde weggefahren. Entspann dich, sagt er sich. Gleich
morgen früh wird er Max Eadie anrufen.

26

Silent Retreat, Herefordshire, Frühjahrstrimester 2012

Der Blick aus meinem Fenster ist traumhaft: Die Sonne scheint auf den hohen Hügelkamm uns gegenüber, und im Tal darunter herrscht Frühjahrsstille. Ich bin hier, um meinen »Geist zur Ruhe zu bringen«, um zu meiner »inneren Gelassenheit« Verbindung aufzunehmen. Wenigstens hat es Maggs, der nette Mann unten, so ausgedrückt, als wir uns zu unserem Willkommensgespräch versammelt haben. Er trug Jeans und ein weißes Baumwollhemd ohne Kragen (keine fließenden Gewänder). Eine beneidenswert heitere Gelassenheit strahlte von ihm aus, während er darüber sprach, sich zu konzentrieren und fokussieren, ganz im Augenblick zu leben und all das loszulassen, was uns bedrückt: Gedanken, Gefühle. Offenbar war er ein Skiass, bevor er sich in Bali »selbst gefunden« hat.

Es gab keinen mystischen Hokuspokus, obwohl mich auch der nicht stören würde. Schließlich war ich oft genug im Himalaja und bin solchen Dingen gegenüber ziemlich aufgeschlossen. Als wir in Pakistan waren, hat Dad jeden Morgen meditiert, und wir hatten gerade angefangen, die großen Lebensthemen zu diskutieren, als er starb. Ich fühle mich ihm hier eigenartig nahe.

Der einzige Haken ist, dass wir hier in Schweigeklausur sind, was für mich schwierig werden könnte. Während der Willkommensrunde durften wir noch Fragen stellen, aber von jetzt an dürfen wir kein Wort mehr reden. Die Handys haben wir gleich bei der Ankunft abgegeben, und weder Lesen noch Sprechen ist erlaubt.

Ich hoffe, dass mir dieses Tagebuch über die Zeit helfen wird. Merkwürdig, wie sehr wir in unserem Leben aufs Sprechen bauen. Als ich unten auf andere Leute traf, wollte ich sofort Hallo sagen und fragen, wo sie alle herkamen. Ein Mädchen hatte einen Mordsschnupfen und sah furchtbar aus, und ich konnte sie nicht einmal fragen, ob alles okay ist.

Mein Zimmer teile ich mit einem anderen Mädchen. Als wir hochkamen und unsere Taschen abluden, begrüßten wir uns mit einem Nicken und einem Lächeln. Ich musste mir auf die Lippen beißen. Ich hätte sie zu gern ausgefragt, unser Urteil über Maggs abgeglichen (okay, Karten auf den Tisch, er sieht total fit aus, was mich ablenken könnte, wenn wir zu meditieren versuchen – ich darf nicht vergessen, die Augen zuzumachen), und sie gefragt, wo sie ihre tollen, indisch aussehenden Armreifen gekauft hat.

Dass ich hier bin, war Karens Idee. Nach unserem Gespräch im Büro von Dr. Lance gab sie mir einen Termin für meine erste »Sitzung« in ihrem Raum abseits des Second Court. Die meiste Zeit hat sie mich reden lassen: über Dad, wie ich – vergeblich – versucht habe, nicht in meiner Trauer zu ertrinken, sondern mich ins Universitätsleben zu stürzen, die realistische Möglichkeit, dass ich im Sommer abbrechen und vielleicht nach Indien reisen werde, um den Ort zu besuchen, an dem Dad starb. Ich habe ihr auch von den dunkleren Zeiten erzählt, den schlaflosen Nächten, meinen Gedanken, allem ein Ende zu machen.

»Sie dürfen nicht unterschätzen, wie es sich auswirkt, einen Elternteil zu verlieren«, sagte sie. »Oder in Ihrem Fall beide Eltern. Falls Sie Ihr Studium unterbrechen müssen, vielleicht ein Jahr reisen wollen, würde Dr. Lance das bestimmt verstehen.«

»Glauben Sie?«

»Wir haben schon darüber gesprochen. Und wir glauben alle, dass es eine gute Idee wäre, wenn Sie sich eine Auszeit nähmen. Das erste Jahr an der Universität ist aufreibend genug, auch ohne dass man gleichzeitig um einen Elternteil trauert.«

»Was ist mit meinem Studium?«

»Das kann warten.«

»Das College würde mich später wiederaufnehmen?«

»Natürlich. Ich kann mir vorstellen, dass sich ein Besuch in Indien sehr heilsam auf Sie auswirken könnte.«

Dann verstummte sie, und mich beschlich zum ersten Mal das Gefühl, dass sie mit unserem Treffen noch mehr beabsichtigte. Irgendwie verhielt sie sich so, als würde sie nur auf den geeigneten Moment warten, um die Unterhaltung in eine andere Richtung zu lenken. Was sie als Nächstes sagte, überraschte mich darum nicht völlig.

»Oder ...« Sie kam hinter ihrem Schreibtisch hervor und setzte sich neben mich aufs Sofa. Ihre Augen waren ungewöhnlich blau, und sie hatte einen leichten Duft angelegt: nach Limonen. Sommerlich. »Sie könnten zu dem Schluss kommen, dass die Universität nicht das Richtige für Sie ist, am Ende des nächsten Trimesters ausscheiden und einen völlig neuen Lebensweg beschreiten.«

»Ich verstehe nicht.«

»Manche Menschen sind einfach nicht für die Universität geschaffen, das gilt besonders für einen Ort wie Cambridge, an dem so hohe Erwartungen gesetzt werden. Bei meiner Arbeit hier und in Oxford habe ich die Erfahrung gemacht, dass die unglücklichsten Studenten oft die begabtesten sind – in Sprachen, Naturwissenschaften, Philosophie. Aus dem, was Dr. Lance mir erzählt hat, schließe ich, dass Sie eine außergewöhnliche Studentin sind: Summa-cum-laude-Material.«

»Da bin ich mir nicht so sicher«, sagte ich und merkte, wie

ich rot wurde. Merkwürdig, aber schon die leise Andeutung, dass ich nicht noch zwei Jahre an diesem Ort verbringen würde, hatte meine Laune deutlich gebessert.

»Allerdings kann die Aussicht, ein Studium abzubrechen, selbst ziemlich stressig sein. Es kann Versagensängste auslösen, außerdem macht es sich nicht besonders gut im Lebenslauf. Dr. Lance ist sich dessen durchaus bewusst. Er will, dass jeder, der hier abgeht, das Bestmögliche für sich im Leben erreicht. Wir haben viel über Sie gesprochen, darüber, wie tapfer es von Ihnen war, so kurz nach dem Tod Ihres Vaters hier Ihr Studium zu beginnen.«

»Ich weiß nicht, ob es nicht vielleicht zu früh war«, sagte ich. Ich spürte schon die Tränen.

»Das werden wir nie erfahren. Ich persönlich finde, es war richtig von Ihnen, einen Versuch zu wagen. Und es ist auch nicht schlimm, wenn Sie sich jetzt eingestehen, dass es vielleicht nicht optimal gelaufen ist. Dr. Lance möchte Ihnen helfen. Darum hat er mich ins Spiel gebracht. Er mochte Ihren Vater sehr, und es setzt ihm zu, dass Sie so unglücklich sind. Ich möchte, dass Sie ein paar Tage wegfahren und sich in aller Ruhe über Ihr Leben Gedanken machen, welche Richtung Sie einschlagen wollen. Die Dinge in Ihrem geschäftigen, brillanten Hirn ein wenig zur Ruhe bringen. Wenn Sie zurückkommen, können wir uns ausführlich über die Optionen unterhalten, die Ihnen zur Verfügung stehen, und abwägen, was das Beste für Sie und Ihr langfristiges Wohlergehen ist.«

Mehr sagte sie nicht. Und jetzt sitze ich hier in einem abgeschiedenen Seminarhaus in Herefordshire und gehe gleich nach unten zu unserer ersten richtigen Meditationssitzung. Morgen werden wir um sechs Uhr geweckt, die erste Runde beginnt dann um sechs Uhr dreißig, und nach dem Mittagessen – es gibt hier ausschließlich vegetarisches Essen – wird wieder meditiert. Tai-Chi oder Yoga am Ende jeder Sitzung und mittags zwei Stunden Freizeit zum Spazierengehen. Schlafenszeit ist neun Uhr abends.

Das College hat mir die Fahrt hierher bezahlt – mit dem Zug erst nach London, umsteigen und von dort weitere drei Stunden wieder raus nach Hereford –, und es gibt eine einzige Bedingung für meinen Besuch hier: Ich darf mit niemandem darüber sprechen. Warum, weiß ich nicht. Vielleicht will Dr. Lance vermeiden, dass eine Stampede von Studenten losbricht, um ein paar gechillte Tage in Herefordshire zu verbringen.

Während ich das geschrieben habe, ist meine Zimmergenossin nach oben gekommen, hat sich auf ihr Bett gesetzt und schreibt nun ebenfalls. Einen Brief, glaube ich. Ich konnte nicht anders, ich musste meinen Namen auf einen Zettel kritzeln und ihn ihr reichen, zusammen mit einem Stück dunkle Schokolade. Eigentlich durften wir nichts zu essen mitbringen, aber ich habe etwas Schokolade mit 85 Prozent Kakao reingeschmuggelt, was in meinen Augen eher unter Medizin oder Seelennahrung fällt.

Sie schrieb ebenfalls ihren Namen auf – sie heißt Sejal – und gab mir den Zettel dann mit einem Danke für die Schokolade zurück. Als sie mir das Papier reichte, entdeckte ich, was ihre Armreifen verbergen: tiefe Schnittnarben an den Handgelenken, zwar schon verheilt, aber immer noch frisch. Ich bin erstaunt, dass sie überlebt hat.

Sie sah, dass ich die Blessuren bemerkt hatte, wir hielten beide kurz inne und nahmen uns gegenseitig das erste Mal richtig wahr. Dann griff ich nach meinem Stift und notierte auf den Zettel: »An welcher Uni bist du?« Sie zögerte und schrieb dann zurück: »Oxford«. Ich betrachtete den Zettel und kritzelte schließlich: »Hat Karen dich hergeschickt?«

Sie sah mich überrascht an und nickte.

27

»Danke, dass Sie sich Zeit für mich genommen haben«, sagt Jar.
»Ihre Nachricht hat mich neugierig gemacht.«

Jars Blick wandert durch Max Eadies geräumiges Büro mit
Blick über die Docklands bis nach Greenwich. Er hat viele
Stunden auf dem Balkon seiner Wohnung verbracht und auf
genau dieses Gebäude gestarrt, beobachtet, wie das Licht auf
der Antenne durch die Nacht blinkt und dabei wie ein träger
Blitz die tief hängenden Wolken erhellt. Noch nie zuvor hat er
das One Canada Square besucht, und ein paar angespannte
Sekunden glaubte er, dass er es auch nie von innen sehen würde.

»Ausweis?«, hatte der Wachmann am Drehkreuz gefragt. Jar
hatte seinen Führerschein herausgezogen und sich still gefragt,
ob der Name Alarm auslösen würde. Würde man ihn gleich
wieder verhaften? In einen Polizeiwagen verfrachten und ihn
noch mal von Miles Cato vernehmen lassen? Aber er wurde
durchgewinkt und spazierte unter den aufmerksamen Blicken
der Wachleute zu den Aufzügen hinüber, wo er auf einen Lift
in den zwanzigsten Stock wartete.

Als er eine halbe Stunde zuvor aus seinem Wohnblock getreten war, hatte er sich genauso beobachtet gefühlt und dasselbe Unbehagen empfunden wie in Cromer. Dieses Gefühl
hatte ihn auf der Fahrt mit der Docklands Light Railway begleitet, nachdem ein Mann in der letzten Sekunde in seinen
Waggon getreten war. Er weiß, dass er sich paranoid verhält,
aber die Fahrt hierher hat an seinen Nerven gezerrt.

»Kaffee? Tee?«, bietet Max ihm an.

»Danke, nein«, sagt Jar. Wenn er jemanden kennenlernt, lässt er sich gern dreißig Sekunden Zeit, um sich einen ersten Eindruck zu machen und seine spontane Reaktion auf sein Gegenüber zu analysieren. Max ist übergewichtig – Jar zieht sein eigenes Hemd zurecht –, und seine Wangen sind röter, als sie sein sollten, was auf Lebensfreude oder Stresstrinken hindeutet. Vielleicht eine Mischung von beidem.

Eine Lesebrille hängt um seinen Hals, und in einer Ecke lehnen ein paar Golfschläger. Ein altes Set, nichts Protziges. Darüber auf einem Regalbrett eine Reihe von Adressbüchern und eine zerlesene Ausgabe von James Camerons *Ein indischer Sommer*. Der Leinenanzug ist zerknittert und ausgebeult, und mitten auf der blumengemusterten Krawatte prangt ein Fleck.

»Ich bin nicht hier, weil ich einen Auftrag für Sie habe, das ist Ihnen bewusst?«, beginnt Jar.

»Ich dachte es mir«, erwidert Max und putzt die Brille mit seiner Krawatte. »Scheiße«, sagt er, als er den Fleck bemerkt. Er spuckt auf den Stoff und reibt mit den Fingern darauf herum. »Haben Sie Kinder?«

»Soweit ich weiß, nicht.«

»Lassen Sie sich bloß nicht umarmen, wenn Sie einen Anzug anhaben und es Ketchup zum Essen gibt. Was in unserem Haus grundsätzlich der Fall ist.«

»Ich werde versuchen, das zu beherzigen.«

»Ich weiß, was Sie denken. Alter Arsch wie ich, kleine Kinder.«

»Ganz und gar nicht.«

»Es ist keine zweite Frau. Keine Rede.«

Jar hebt die Hände in einem ironischen Protest zu einer Geste, die besagt: Wer bin ich, darüber zu urteilen?

»Es ist meine dritte.« Max lächelt. »Habe ich Ihnen schon was zu trinken angeboten?«

»Nein, danke.«

Jar fragt sich, wie Max je dazu kam, Krisen-PR zu machen, obschon sein eigenes Leben augenscheinlich in Scherben liegt. »Könnte es sein, dass Sie mal einen Artikel über Jim Sandhoe geschrieben haben?«, sagt er, bestrebt, zum Grund seines Besuchs zu kommen.

»Wurde leider nie veröffentlicht. Zumindest nicht im Druck.«

»Kann man ihn noch irgendwo lesen?«

»Das war vor Ewigkeiten. In einem anderen Leben.« Er sieht sich in seinem teuren Büro um, als wollte er Jar ins Bewusstsein rufen, wie sich die Umstände geändert haben.

»Ich war mit Jims Tochter Rosa Sandhoe zusammen. An der Universität, im Sommertrimester, bevor sie starb.«

Sobald er Rosas Namen erwähnt, ändert sich Max' Miene, auf einmal ragt seine Unterlippe vor wie der Schnabel einer Milchkanne.

»Ich glaube, Sie sind ihr einmal begegnet«, fährt Jar fort. »Auf der Trauerfeier für ihren Vater.«

Max verzieht bedauernd das Gesicht. »Ich kann mich an sie erinnern: ein hübsches Mädchen.«

»Worum ging es in dem Artikel?«

Max lehnt sich zurück und pult in einem Backenzahn. Er lässt sich mehrere Sekunden Zeit, bevor er antwortet: »Ich habe eine lebhafte Fantasie, Jar. Heute verwende ich sie dazu, mir Katastrophenszenarien auszumalen, vorherzusehen, wie sich die Dinge schlimmstenfalls entwickeln könnten, wie übel eine Story werden könnte. Meine Klienten glauben mir, weil sie mich für authentisch halten: Ich sehe so aus, wie sie sich einen hartgesottenen Reporter vorstellen.« Er schwenkt ein Bein in der Luft und zieht die Hose hoch. »Durchgewetzte Sohlen vom vielen Klinkenputzen, solche Sachen. Ich erzähle den Leuten nicht, dass Journalismus heutzutage von zwanzigjährigen Digital Natives auf dem iPad produziert wird. Als ich Journalist war, handelten meine Nachrichtenredakteure noch mit Fakten. Ich bin damals über eine Story über Rosas Vater gestolpert, aber ich konnte sie nicht unterfüttern. Es gab keine Belege.«

»Wofür?«

»Das mit Rosa tut mir leid. Wirklich.« Max sieht ihn ernst an. »Ich wollte sie nicht auf der Beerdigung ihres Vaters überfallen, aber ... Wie gut haben Sie ihn gekannt?«

»Wir sind uns nie begegnet. Er starb einen Monat, bevor Rosa in Cambridge anfing. Aber ich glaube, er arbeitete fürs Außenministerium, für die Politische Abteilung.«

Jar zeigt ihm ein wissendes Lächeln, ein Lächeln von Journalist zu Journalist. Max erwidert es nicht, aber seine Augen werden schmaler, so als würde er Jar auf einmal ernst nehmen.

»War ihr Vater Spion?«, fragt Jar. »Oder etwas Wichtigeres?«

Er beobachtet, wie Max seine Worte absorbiert, wartet auf ein erkennendes Flackern. Hat man diesen Satz irgendwann auch zu ihm gesagt? Falls ja, lässt er es sich nicht anmerken.

»Ich gebe Ihnen die kurze Antwort. Die lange Version ist vielleicht noch irgendwo im Darknet zu finden, aber das bezweifle ich. Die Site, die damals meine Story veröffentlicht hat, wurde wahrscheinlich längst geschlossen.«

»Von wem?«

Max zieht die Brauen hoch, als läge die Antwort auf der Hand. »Ich war an einer No-Name-Uni. Warwick. Ich war nicht für Oxbridge geschaffen. Soweit ich das beurteilen kann, sind das viele Studenten nicht, die dort landen. Haben Sie sich je die Suizidstatistiken in Oxford und Cambridge angesehen?«

»Kann ich nicht behaupten.«

Max bohrt energisch mit dem Finger im Ohr. »Ich will damit sagen, dass die begabtesten Studenten in diesem Land oft auch die unglücklichsten sind.« Rosa hat genau diese Worte in ihrem Tagebuch verwendet, denkt Jar, als sie Karen zitiert hat. »Ich wurde auf mehrere Einzelfälle aufmerksam – genauer gesagt all jene, bei denen nie ein Leichnam gefunden wurde.«

Jar wünscht, er hätte Max schon früher aufgespürt, aber zuvor fehlte ihm der Name dazu. Und auf seinen Artikel ist er nie gestoßen. Das Darknet war für ihn bei seinen Recherchen immer tabu, ein Ort für moralisch Verkommene und Verbrecher. Er hätte mutiger sein sollen.

»Es gab gewisse Übereinstimmungen – Verbindungen zwischen den Suiziden und Rosas Vater. Keine auffälligen, doch so deutlich, dass ich ihnen nachgegangen bin. Es existieren Hinweise, dass sich diese unglücklichen Studenten in den Monaten vor ihrem ›Tod‹ mit ihm getroffen haben könnten. Ich war überzeugt, dass man ihnen eine Chance auf ein neues Leben gegeben hat, doch beweisen konnte ich das nicht. Rosas Leichnam wurde nie gefunden, nicht wahr?«

»Nein.«

»Ich kann Ihnen keinen Seelenfrieden verschaffen, Jar, falls Sie den bei mir suchen. Meine Verschwörungstheorien würden alles nur noch schlimmer machen. Sie rühren Dinge auf, die Sie vielleicht lieber ruhen lassen sollten.«

»Das Risiko gehe ich gern ein. Werden Sie mir helfen, Rosa zu finden?« Jar macht eine kurze Pause und sieht zu Max auf. »Vielleicht habe ich den Beweis, nach dem Sie damals gesucht haben.«

28

Silent Retreat, Herefordshire, Frühjahrstrimester 2012

Tag zwei unseres Schweigeseminars. Den Großteil des Vormittags habe ich damit zugebracht, Maggs zuzuhören, der über Achtsamkeit sprach, außerdem habe ich eine Stunde Tai-Chi geübt, meditiert (wobei mich am Ende ein tibetischer Gong aus dem Schlaf gerissen hat), ganz allein einen zweistündigen Spaziergang über die Hatterall Ridge gemacht und, tja, eine offizielle Verschwiegenheitserklärung unterzeichnet...

Ich weiß immer noch nicht, ob das klug war. Eigentlich dürfte ich nicht einmal in meinem Tagebuch darüber schreiben, aber da das nie jemand lesen wird, ist das wohl okay (und bald werde ich in Kryptografie geschult, wodurch mein Tagebuch noch geheimer wird).

Karen meinte, bald würde sich alles klären. Und so wie ich es sehe, hat sich schon vieles geklärt. Kurz gesagt wird das nächste Trimester mein letztes in Cambridge sein. (Es tut *so gut*, das zu schreiben.) Stattdessen bekomme ich die Möglichkeit, eine Zeitlang im Ausland zu arbeiten – wo ich Zeit genug zum Trauern haben werde. Danach werde ich mir hoffentlich über einiges klarer sein – den Job, den man mir angeboten hat, die Uni, Dads Tod.

Nach der Mediationsstunde kam Karen zu mir und meinte, sie würde sich gern mit mir unterhalten. Sie nahm mich mit in ein kleines Zimmer hinter der Küche, aus dem man auf einen ehemaligen Gemüsegarten sieht, und schloss die schwere Eichentür. Wir setzten uns, sie zog ein Blatt Papier heraus – eine offizielle Verschwiegenheitserklärung – und legte es auf den runden Tisch zwischen uns.

Draußen rief eine Ringeltaube. Dad liebte Vögel, er war quasi Hobby-Ornithologe. »Weißt du, was die Ringeltaube ruft?«, fragte er mich einmal, als wir hinter unserem Haus auf dem frisch gemähten Rasen lagen.

»Sag schon«, bat ich.

»Ruckedigu, Blut ist im Schuh.«

»Nicht erschrecken«, sagte Karen, die beobachtet hatte, wie ich erst aus dem Fenster und dann auf das offizielle Schreiben, die aufgeprägte Krone schaute. Sie legte die Finger auf meinen Unterarm und ließ sie kurz liegen. »Es hat sich eine ganz besondere Möglichkeit ergeben«, sagte sie.

»Was für eine Möglichkeit?«

»Sie müssen erst unterschreiben, bevor ich das genauer erklären kann.«

»Ist das Ihr Ernst?« Ich drehte das Papier zu mir her und begann zu lesen.

»Das macht deutlich, wie sehr man Sie schätzt.«

»Wer ist ›man‹?«

Doch Karen sagte nichts.

»Sie meinen, selbst das dürfen Sie mir nicht sagen?« Ich lachte und hoffte dabei, dass ich damit ein Lächeln auf Karens Gesicht locken würde, dass sie mir gleich erklären würde, alles sei nur ein Scherz, eine neue Behandlungsform – Spionagetherapie –, aber sie blieb still und ernst. Ich erwiderte ihren Blick, verstummte angesichts ihrer ernsten Reaktion, sah wieder auf das Papier und las den ersten Absatz:

Wer Angehöriger eines Sicherheits- oder Aufklärungsdienstes ist oder war oder davon in Kenntnis gesetzt wird, dass er oder sie den Bestimmungen für einen derartigen Dienst unterliegt, begeht eine Straftat, falls er oder sie ohne rechtmäßige Erlaubnis der vorgesetzten Stelle sicherheitsrelevante Informationen jedweder Art, Dokumente oder andere Artikel weitergibt, die aufgrund der Zugehörigkeit zu einem solchen Dienst oder bei einer Tätigkeit während der Gültigkeit dieser Vereinbarung erlangt wurden.

»Eine reine Vorsichtsmaßnahme«, sagte sie.

Also unterschrieb ich, während draußen wieder die Ringeltaube rief, und fragte mich dabei still, was ich da eigentlich tat und worum es in diesem Seminar in Herefordshire tatsächlich ging. Ich sagte mir, dass Dad Hunderte solcher Erklärungen unterschrieben haben musste. *Blut ist im Schuh. Blut ist im Schuh.* Hatte Sejal, meine Zimmergenossin, ebenfalls unterschrieben? Durften wir darum nicht miteinander sprechen?

Während der nächsten zehn Minuten erläuterte Karen mir in groben Zügen, welche Möglichkeit man mir eröffnete; ich erfuhr, dass ich im Ausland stationiert würde, auf amerikanischem Territorium, und dass ich in den ersten sechs Monaten nach dem Ende des Sommertrimesters verschiedene Tests und Trainings durchlaufen musste. Die Bezahlung ist, in ihren Worten, »angemessen« – eine Untertreibung. Ich werde nie wieder mein Kreditkartenlimit überschreiten.

»Nachdem Ihre Kernkompetenzen festgestellt und analysiert wurden, bekommen Sie ein eingehendes Briefing.« Karen klang eher wie eine Unternehmensberaterin als wie eine Trauertherapeutin.

»Heißt das, ich arbeite für den Geheimdienst?«, fragte ich und sah wieder auf die offizielle Verschwiegenheitserklärung. Dass sie sich so bedeckt hielt, war genauso frustrierend wie die verklausulierte Sprache der Erklärung.

Karen überhörte meine Frage. »Falls Ihnen gefällt, was ich

Ihnen gerade erzählt habe, werden Sie bald an einen Ort nicht weit von hier gebracht, und dort bekommen Sie genauere Anweisungen. Falls nicht, werden Sie ans College zurückgebracht, wo Sie erklären werden, dass Sie auf Trauerurlaub waren. Im Moment ist es meine Aufgabe festzustellen, ob Sie an dem Angebot, das Ihnen gemacht wurde, grundsätzlich interessiert sind.«

»Und mir genau vor Augen zu halten, was das Angebot für mich bedeutet?«

Karen hätte sich über meinen Tonfall ärgern können, aber sie ging seelenruhig ein weiteres Mal sämtliche Details durch, fast wie eine Kellnerin, die das Tagesmenü aufsagt: »Sie werden Cambridge am Ende des nächsten Trimesters verlassen und dann ein Jahr im Ausland verbringen, wobei Sie erst ausgebildet werden, um dann – nachdem Sie Ihr neues Leben begonnen haben – in einer Funktion zu arbeiten, über die Sie mit niemandem sprechen dürfen – weder mit Ihren Freunden noch mit Ihrer Familie oder Ihrem Lebensgefährten.«

Bestimmt wusste sie genau, wie ihre Worte auf mich wirken würden, wie ich mich darauf freute, nie wieder an die Uni zu müssen.

»Falls Sie akzeptieren, werden Sie sämtliche Kontakte abbrechen müssen«, sagte sie, als hätte sie meine Gedanken gelesen. War ich rot geworden? »Gibt es im Moment jemanden, der Ihnen nahesteht?«

Ich überlegte kurz. »Nein«, sagte ich. *Blut ist im Schuh.*

29

»Jar, es ist zwei Uhr nachts.«

»Ich weiß. Kann ich vorbeikommen?«

»Was, jetzt?«

Jar ist klar, dass er viel von Carl verlangt, aber er muss mit ihm über die neuesten Einträge in Rosas Tagebuch sprechen. Und auch wenn es ihm aufstößt, kann er den bohrenden Gedanken nicht abschütteln, dass Carl vielleicht mehr mit Kirsten zu tun hat, als er ihm verrät. Warum hat er sie eingeladen, zu ihnen ins Pub zu kommen?

Eine halbe Stunde später sitzt er in Carls Wohnung auf dem Boden. Das winzige Apartment wirkt noch beengter, weil jede Freifläche von Schallplatten belegt ist: Sie stapeln sich auf den Ikea-Regalen, erheben sich vom Boden wie Stalagmiten aus Vinyl. Es riecht dezent nach Gras.

»Kannst du dich erinnern, ob sie irgendwann mal was von einem Retreat in Herefordshire gesagt hat?«, fragt Carl und reicht Jar einen Becher Tee. Er trägt ein T-Shirt mit dem Schriftzug von Congo-Natty darauf sowie Boxershorts.

»Möglich. Ich kann mich erinnern, dass sie mir erzählt hat, sie hätte sich einmal ein paar Tage Auszeit vom College genommen, um den Kopf freizubekommen. Ich glaube, sie war in so etwas wie einem Achtsamkeitsseminar. Und bei Herefordshire klingelt was bei mir. Da war sie in ihrem zweiten Trimester, also bevor wir uns begegnet sind.«

»Überrascht es dich, wie depressiv sie damals war?«

Jar wirft Carl einen kurzen Blick zu. Diese Frage nagt seit fünf Jahren an ihm: Wie er ihre Depression übersehen, wie er sie für bloße Trauer halten konnte.

»Es gab Zeiten, in denen sie nicht sie selbst war. Jedenfalls hatte sie extreme Stimmungsschwankungen.«

»Aber dass sie sich umbringt, hättest du nie geglaubt?«

»Das lag nicht in ihrer Natur.«

»Dafür in der ihrer Mutter.«

»Sie war ihrem Dad viel ähnlicher.«

Jar wendet den Blick ab und denkt an den neuesten Tagebucheintrag. Rosa hatte sie beide vor etwas anderem beschützt, vor ihrem Neuanfang. Es passt zu der Mail, die sie ihm hinterlassen hat – *ich wünschte nur, ich müsste dich nicht zurücklassen, Babe, du warst die erste wahre Liebe meines Lebens und die letzte* – und es ist ein weniger schmerzvoller Grund als ein Suizid. Sie hatte sich in etwas verfangen, aus dem sie sich nicht mehr befreien konnte.

»Ihre Therapeutin hat sie eine offizielle Verschwiegenheitserklärung unterzeichnen lassen, Carl. Jetzt sag du mir, dass das nicht seltsam ist.«

»Arztgeheimnis.«

Jar sieht auf, sieht sein kindliches Lächeln, und senkt die Augen wieder, beschämt, dass er seinem Freund je misstraut hat.

»Ich weiß nicht, was ich von der ganzen Sache halten soll, Bro«, sagt Carl und setzt sich an den Tisch. Er beginnt, Rosas Tagebuch auf dem Laptop zu lesen. Bevor Jar zu Carl aufgebrochen ist, hat er ihm die letzten Einträge gemailt, die über das Retreat in Herefordshire. »Ändert das denn irgendwas? Man hat Rosa einen Job angeboten. Normalerweise passiert das, nachdem man einen Abschluss gemacht hat, in diesem Fall waren sie eben zwei Jahre früher dran. Sie war eine sehr gute Studentin, eine der besten. Und es wäre nicht das erste Mal, dass ein Geheimdienst in Oxbridge rekrutiert. Nur hat Rosa den Job nicht angenommen, weil sie vorher gestorben ist, Jar; weil sie tragischerweise beschloss, sich das Leben zu nehmen. Das ändert gar nichts.«

Eine Sekunde zieht Jar die Möglichkeit in Betracht, dass Carl recht haben können, dann schiebt er den Gedanken beiseite. »Ich habe heute jemanden getroffen, der über Rosas Dad vor dessen Tod Recherchen angestellt hat. Er war früher Journalist, arbeitet jetzt in der Krisen-PR.«

»Und?«

»Er hat eine Reportage verfasst, die keine Zeitung haben wollte. Es ging um eine Reihe von Selbstmorden unter Studenten in Oxbridge und an anderen Top-Universitäten. Rosas Leichnam ist nicht der einzige, der nie gefunden wurde. Es gab noch mehr.«

»Und warum wollte niemand die Story veröffentlichen?«

»Weil er keine Belege dafür hatte.«

»Vielleicht weil sie Bockmist war.«

Wieder ist Jar klar, dass Carl recht haben könnte. Er versteht die Vorbehalte seines Freundes, kann ihm seine Skepsis nicht verübeln.

»Er glaubte, dass die Suizide irgendwie mit Rosas Dad in Verbindung standen, dass die Studenten ihn alle in den Monaten vor ihrem Tod getroffen hatten.«

»Und weswegen sollen sie ihn getroffen haben?«

»Vielleicht weil sie von ihm die Möglichkeit zu einem Neuanfang geboten bekamen, einem frischen Start, einem neuen Leben. So wie es Rosa in ihrem Tagebuch schreibt.«

»Jar, die Story wurde nicht veröffentlicht, weil sie extrem unglaubwürdig klingt. Geheimdienste tun die merkwürdigsten Dinge, aber sie ziehen nicht durchs Land, täuschen Suizide vor und geben Studenten eine neue Identität.«

»Rosas Vater arbeitete fürs Außenministerium, für die Politische Abteilung. Keine ungewöhnliche Tarnung für Spione.«

»Und?«

»Der Artikel *wurde* veröffentlicht.«

»Hast du nicht gerade gesagt, das wurde er nicht?«

»Im Darknet. Und du musst mir helfen, ihn zu finden.«

»So funktioniert das nicht. Du kannst Seiten im Darknet nicht googeln, Jar. Genau darum geht es ja.«

»Es muss doch eine Möglichkeit geben. Bitte?«

»Das Darknet hat eine so beschissene Presse«, fährt Carl fort. »Klar, dort tummeln sich Killer und Waffenhändler, Drogenschmuggler, Päderasten und Silk-Road-Händler – alle sind da drin. Aber es gibt dort auch eine Menge Dinge, die echt nicht so übel sind. Der arabische Frühling hatte seinen Ursprung im Darknet. Blogger in Beijing nutzen es, um an der großen chinesischen Zensurmauer vorbeizuschleichen. Der *New Yorker* hat dort eine Site – StrongBox – für Whistleblower eingerichtet. Und wenn du auf Strawinsky stehst, findest du da drin fünfzigtausend Seiten, die sich der ›emanzipierten Dissonanz‹ widmen – ich habe erst letzte Woche darüber geschrieben.«

»Der Journalist sagte mir etwas von einer verborgenen Seite mit einer Endung auf *.onion*.«

»Das ist schon mal ein Anfang.«

Jar sieht zu, wie Carl sein Mailfenster ausblendet und seufzend die Tor-Software startet.

»Willkommen im Zwiebelland«, sagt er und reibt angespannt mit den Händen über seine Boxershorts.

»Zwiebelland?«, fragt Jar.

Carl wirft ihm einen vernichtenden Blick zu. »Wo alle Domainnamen auf *.onion* enden.«

Jar hat darauf gebaut, dass sein Freund der Versuchung nicht widerstehen könnte. Er hat schon öfter vom Tor-Netzwerk gehört, auch »Zwiebelrouter« genannt. Es verschleiert die IP-Adressen und erlaubt den Nutzern, anonym im Internet zu kommunizieren, aber er hat es nie selbst benutzt. Edward

Snowden hat es verwendet, um sein Wissen auszuplaudern – worin eine gewisse Ironie liegt, denn immerhin wurde die Entwicklung des Tor-Netzwerks in den Neunzigerjahren von der US Navy mitfinanziert.

Zwei Minuten später taucht Carl durchs Darknet und durchstöbert verschiedene Indexseiten von versteckten Diensten – Hidden Wiki, TorDir, TorLinks –, auf denen ein breites Sortiment an Webseiten aufgelistet ist. Soweit Jar es beurteilen kann, ähnelt alles dem »Surface Web«, mit dem er vertraut ist.

»Versteht sich, dass die Schlapphüte Tor hassen, weil es anonym ist«, sagt Carl zu sich wie zu Jar. »Eines der NSA-Dokumente, die Snowden veröffentlichte – auf Tor, logo – war eine Powerpoint-Präsentation mit dem Titel ›Tor stinkt‹. Aber es ist nicht unfehlbar. Klar, es kann Traffic-Analysen auf deiner Website unterbinden – und damit Kommunikationsmuster-Analysen –, aber es hilft einen Scheiß gegen Korrelationsattacken, falls jemand beide Enden des Kommunikationskanals im Blick hat, also dich und die Ziel-Webseite.«

Nicht zum ersten Mal hat Jar keinen Schimmer, was sein Freund da redet, aber er lässt ihn nur zu gern erzählen. »Falls diese Spionageseite auf Whistleblowing abzielt, könnte man sie vielleicht sogar mit einem Standard-Webbrowser über Tor2Web ansurfen.«

Es ist kurz nach vier, als Carl den Artikel schließlich aufgespürt hat. Jar liegt mittlerweile schlafend auf dem Sofa.

»Jo, Digga!«, brüllt Carl und klatscht sich aufs Bein. »Hab ihn.«

Jar setzt sich auf und starrt müde auf den Bildschirm.

»Auf einer versteckten Site für Spionage-Junkies«, erläutert Carl. »Nur für Mitglieder, beschränkter Zugang. Hat eine Weile gedauert, aber ich hab uns reingebracht. Soll ich dir den Artikel ausdrucken?«

»Bitte. Danke.« Jar steht neben Carl und starrt Rosas Passbild auf dem Bildschirm an. Es ist eines von sechs Fotos, unter denen »angebliche Suizide« steht. Neben ihr ist ein asiatisch aussehendes Mädchen namens Sejal Shah zu sehen – so hieß auch Rosas Zimmergenossin in Herefordshire.

Jar hat dieses Foto von Rosa nie zuvor gesehen und fragt sich, wo es aufgenommen wurde. Er betrachtet es noch eine Weile, bevor er den Text darunter liest:

Ein hochrangiger Vertreter des britischen Außenministeriums hat möglicherweise Verbindung zu einem verdeckten US-Geheimdienstprogramm, das einige der klügsten – und unglücklichsten – Oxbridge-Studenten rekrutieren soll, indem es ihnen neue Identitäten verspricht, berichtet Max Eadie. Geeignete Studenten werden von Collegeberatern ermittelt und dann zu einem ›Seminar‹ in Herefordshire geschickt, ganz in der Nähe der SAS-Zentrale, bevor ihr Suizid vorgetäuscht wird und sie mit einem neuen Leben ausgestattet werden.

Den Artikel für sich genommen, klingt das extrem weit hergeholt – »Bockmist«, laut Carl –, so als wollte man der Online-Leserschaft aus Verschwörungsfanatikern und Spionagejunkies den Mund wässrig machen. Aber Jar sieht zu viele Parallelen zu Rosas Tagebuch, als dass er die Story ohne Umschweife verwerfen könnte: die Erwähnung eines möglichen Rekrutierungszentrums auf einer Militärbasis in Herefordshire, der Einsatz von Beratern und Universitätssozialdiensten an den Top-Universitäten, um suizidgefährdete Studenten auszusieben, die für eine Rekrutierung infrage kommen. Und die genannten sechs Studenten, darunter Rosa und Sejal, als mögliche Rekruten.

Keiner der angeblich toten Studenten wurde je gefunden.

30

Silent Retreat, Herefordshire, Frühjahrstrimester 2012

Nachdem ich die Verschwiegenheitserklärung unterschrieben hatte, ging alles ganz schnell. Karen forderte mich auf, meine Sachen zu packen, und verschwand mit dem Dokument.

Zehn Minuten später holte mich hinter dem Seminarhaus ein schwarzer Wagen ab, in einem abgeschlossenen Innenhof, der früher vermutlich den Dienstboten und Lieferanten vorbehalten gewesen war. Nur der Fahrer, Karen und ich waren dort.

Niemand sah den Wagen ankommen, und niemand, soweit ich feststellen konnte, sah uns wegfahren. Die übrigen Studenten saßen tiefenentspannt – oder schliefen – in einer von Maggs Meditationssitzungen in der großen Bibliothek auf der Vorderseite des Hauses.

»Haben Sie alles aus Ihrem Zimmer mitgenommen?«, fragte Karen. Sie wirkte abgelenkt und sah immer wieder aus dem Fenster, als wollte sie sich vergewissern, dass niemand uns bemerkt hatte.

»Ich habe alles in meine Tasche gepackt«, sagte ich. Alles außer dem Rest der Schokolade, die ich gestern Abend mit Sejal geteilt hatte. Ob sie auch eine Verschwiegenheitserklärung unterzeichnet hat? Sie war gleich am Morgen abgereist. Ich war nicht auf den Gedanken gekommen, sie zu fragen, wohin sie fuhr, und sie hatte mir auch keine Erklärung gegeben.

»Fahren wir weit?«, fragte ich.

»Nein.« Karen war nicht mehr sie selbst: distanziert, angespannt.

Bald wartete der Wagen an der Zufahrt zu etwas, das wie eine Militärbasis aussah. Ein Schlagbaum versperrte uns die Weiterfahrt.

»Wo sind wir?« Ich rechnete nicht wirklich mit einer Antwort.

»Keine Sorge. Sie müssen nicht zur Armee.«

Die Schranke öffnete sich und ging hinter uns wieder zu, und ein schnauzbärtiger Uniformierter mit Pistole an der Hüfte sah uns vorbeifahren. Er lächelte nicht.

Es war eindeutig besser, als in einer Vorlesung zu sitzen, aber es hatte immer noch einen starken Anflug jener Art von institutionalisierter Ordnung, von der ich eigentlich hoffte, sie für immer hinter mir gelassen zu haben. Befehle, Uniformen, Akronyme sind einfach nichts für mich. Doch wohin ich auch schaute, hingen offizielle Schilder mit unverständlichen Buchstaben- und Zahlenkombinationen.

»Es ist das einzige Mal, dass Sie sich in einer militärischen Einrichtung aufhalten werden«, sagte Karen, die meine Unruhe spürte. Ich muss an meinen schauspielerischen Fähigkeiten arbeiten.

Zehn Minuten später saß ich in einer Art Klassenzimmer, zusammen mit fünf weiteren Studenten: Bekannt war mir nur Sejal. Ich bin nicht sicher, ob die anderen überhaupt im Retreat gewesen waren.

Karen stand vorn, neben einem Mann, den ich irgendwo schon einmal gesehen hatte, auch wenn mir nicht einfallen wollte, wo genau. Er sah sich im Raum um und schaute mir dabei eine gefühlte Ewigkeit in die Augen. Irgendwas an ihm war mir vage vertraut. Hatte er zu den Gästen auf der Gartenparty im Buckingham Palace gehört, zu der Dad mich mitgenommen hatte?

»Ich möchte Ihnen allen Todd vorstellen«, sagte Karen. »Die letzten Tage kamen Ihnen bestimmt sehr merkwürdig vor, aber ich glaube, Sie werden begreifen, wie gut Sie hier aufgehoben sind, wenn Todd Ihnen erst einmal mehr erklärt hat.«

Todd lächelte und wartete kurz ab, bevor er übernahm. Ende vierzig, Chinos, Hemd mit offenem Kragen; sah aus, als könnte ihn nichts aus der Ruhe bringen. Ein Gemütsmensch, wie Dad gesagt hätte.

»Ich freue mich wirklich, Sie alle hier zu sehen«, begann er. »Ganz ehrlich.« Aus irgendeinem Grund hatte ich erwartet, dass er Brite wäre, aber er sprach mit amerikanischem Ostküstenakzent, fast wie Karen. »Ich fasse mich kurz, denn es wird heute noch eine Menge auf Sie zukommen. Erst mal willkommen. Willkommen beim Eutychus-Programm. Glauben Sie mir, es ist ein Privileg, unter so begabten Studenten zu sein.«

Ein leichtes Füßescharren, Hände in den Haaren. Was ist Eutychus? Ich fing Sejals Blick auf. Sie lächelte.

»Ihnen allen bietet sich eine einzigartige Gelegenheit, etwas, das nur sehr wenigen von uns im Leben vergönnt ist. Sie werden in Kürze die Wahl haben: Nehmen Sie diese Chance mit allen Konsequenzen an oder kehren Sie lieber in Ihr altes Leben zurück? Es ist eine wichtige Entscheidung, die wichtigste, die Sie je treffen werden. Aber vorerst brauchen Sie sich nicht damit zu beschäftigen. Sie wurden alle von Ihren Colleges und von Karen empfohlen, aber wir haben Sie zusätzlich während der letzten Monate beobachtet, dabei Ihre geistigen Stärken und Schwächen analysiert, Ihr psychisches Wohlbefinden, Ihr Verhalten und Ihren Charakter. Glauben Sie mir, durch Zufall ist hier niemand gelandet.«

Diesmal sahen wir uns nicht an. Ich glaube, alle waren schockiert über die Vorstellung, dass man uns observiert hatte.

Dr. Lance hatte die Finger tiefer im Spiel, als mir klar gewesen war. Aber ich mache mir trotzdem keine Sorgen. Todd hat eine beruhigende Ausstrahlung. Und ich fühle mich trotz allem geschmeichelt, dass man mich ausgewählt hat.

»Wir werden im Lauf der nächsten Tage ein paar Tests machen. Wir sind zuversichtlich, dass wir die Richtigen herausgesucht haben, trotzdem ist nicht auszuschließen, dass ein oder zwei uns verlassen werden müssen. Es wäre äußerst bedauerlich, falls jemand das persönlich nehmen sollte: Sie haben sich außerordentlich gut geschlagen, sonst wären Sie nicht hier, glauben Sie mir.«

Sejal hatte die Hand gehoben. »Darf ich eine Frage stellen?«

»Aber gern. In den nächsten Tagen werden viele Fragen aufkommen.«

»Werden wir für die amerikanische oder die britische Regierung arbeiten?«

»Haben Sie da Präferenzen?« Todd fragte das ganz leichthin und locker, aber ich sah ihm an, dass ihn Sejals Frage wurmte. »Als ich mich das letzte Mal erkundigt habe, waren wir Alliierte.«

»Reine Neugier«, sagte Sejal. Ich bewunderte ihre Frechheit.

»Nur um das klarzustellen, Sie werden für beide arbeiten. Ich hoffe, das beantwortet Ihre Frage.«

Sejal sah zu mir. Uns war beiden klar, dass sie damit keineswegs beantwortet war und dass uns in den kommenden Tagen mehr Fragen als Antworten erwarten würden.

31

»Du siehst müde aus«, sagt Amy und nippt an ihrem Kaffee. Jar hatte nach dem Besuch bei Carl erst einen schnellen Abstecher nach Hause gemacht, um nach seiner Wohnung und der Garage zu sehen, aus Angst, dass man noch mal bei ihm eingebrochen haben könnte (hatte man nicht), und war dann gleich wieder losgezogen, um sich mit Amy in einem Café im Greenwich Park zu treffen – ihr Vorschlag. Seit sie sich in Cromer getroffen haben, ist genau eine Woche vergangen. Wieder einmal fühlt Jar sich verfolgt – in der Docklands Light Railway hat ein Mann am anderen Ende des Waggons einmal zu oft in seine Richtung gesehen –, weshalb er schon in Mudchute ausgestiegen ist, zu Fuß den Tunnel unter der Themse zur *Cutty Sark* durchquert hat und von dort aus zu Fuß in den Park weitergegangen ist.

»Ich habe dir noch gar nicht dafür gedankt, dass du mir Rosas Tagebuch überlassen hast«, sagt Jar und setzt sich. Er sieht sich im Café um, während Amy ihm aus der Kaffeekanne eine Tasse vollschenkt. Ihre Hand zittert.

Einen Moment glaubt er, der Mann, der eben eine Kanne Tee an der Theke bekommt, ist derselbe, der in Canary Wharf in seinen Zug gestiegen ist.

»Gehst du immer noch zu deiner amerikanischen Therapeutin?«, fragt Amy, ohne auf Jars Bemerkung über das Tagebuch einzugehen.

»Ich habe ein paar Stunden auf ihrer Couch verbracht«, sagt

er und sieht noch einmal auf den Mann an der Theke, bevor er sich auf Amy konzentriert. Er weiß nicht, wie viel er ihr von Kirsten und von seiner Theorie erzählen soll, dass sie dieselbe Frau ist, die Rosa in Cambridge beraten hat.

»Wie ist es mit dir?«

»Ich hoffe, dass meine Therapie anschlägt. Ich bin inzwischen dabei, sämtliche Medikamente auszuschleichen.«

»Das ist gut. Und was ist das für eine Geschichte mit Martin?«

»Der wurde wieder entlassen, sobald die Polizisten bekommen hatten, worauf sie aus waren«, sagt sie. »Die ganze Sache war ein Witz, das wissen sie selbst.«

»Ist er wieder okay?«

Amy senkt den Blick. Jar bemerkt den blutigroten Niednagel an ihrem Zeigefinger. Rosa hat nur ein einziges Mal über die Ehe ihrer Tante gesprochen und dabei etwas von einem ungesunden Ungleichgewicht durchblicken lassen.

»Er ist immer noch wütend auf mich, weil ich meinen Computer zur Reparatur gegeben habe«, sagt sie. »Und er deswegen verhaftet wurde. Er sagt immerzu, ich hätte ihn bitten sollen, ihn zu reparieren. Aber er hat doch immer so viel zu tun.«

»In seinem Schuppen?«

Amy nickt ihm zu und wendet dann das Gesicht ab. Jar kennt ihre Wohnsituation noch von seinen Besuchen in Cromer: das riesige viktorianische Haus am Stadtrand, Martins »Schuppen« am anderen Ende des Gartens, ein Büro mit jedem erdenklichen Schnickschnack, in dem er Tag und Nacht zu hausen schien, um an seinem großen Roman zu arbeiten – wenn er nicht gerade mit dem Rad unterwegs war.

»Die Polizei hat mich auch verhaftet – nach einer Sitzung bei meiner Therapeutin in der Harley Street. Scheint eine riskante Sache zu sein, so eine Therapie. Ein Typ namens Miles Cato fragte mich auf dem Revier in der Savile Row nach der Festplatte aus. Hast du zufällig von ihm gehört?«

Amy schüttelt den Kopf. Es scheint sie nicht zu überraschen, dass Jar verhaftet wurde, so als hätte sie nichts anderes erwartet, was Jar verstörend findet. »Hat er nach Martin gefragt?«, erkundigt sie sich stattdessen.

»Er verdächtigt ihn, Pornos zu besitzen – strafbare Pornos.«

Amy lässt sich zurückfallen. »Und warum klagen sie ihn dann nicht an?«

Unwillkürlich fragt sich Jar, ob auch sie insgeheim an Martin zweifelt. »Sie glauben, dass die belastenden Beweise auf der Festplatte liegen. Ich schätze, sie haben sie bisher noch nicht sichern können.«

Amy setzt sich wieder auf, beugt sich zu ihm vor und wirkt zum ersten Mal lebendig, fast wie Rosa früher. »Dir ist doch klar, dass das alles nichts mit irgendwelchen obszönen Bildern zu tun hat, oder, Jar? Martins Verhaftung, deine Verhaftung, Miles Cato. Es geht dabei um Rosa, um ihren Tod«, fährt sie fort. »Irgendwas muss in ihrem Tagebuch stehen.«

Sie versucht das Gespräch zurückzulenken, will um jeden Preis mehr erfahren, doch Jar weiß nicht genau, wo er anfangen soll. Bevor die Einträge von Anton eintrudelten, hatte immer noch die Möglichkeit bestanden, dass er Wahnvorstellungen haben könnte, dass das Interesse der Polizei an der Festplatte nichts mit Rosa zu tun hat. Aber der Inhalt ihres Tagebuchs hat alles geändert.

Er beginnt damit, dass er Amy von Dr. Lances Sorge um Rosa erzählt, dann von dem Treffen mit Karen, der Collegeberaterin, doch er verschweigt ihr Karens Ähnlichkeit mit Kirsten, seiner eigenen amerikanischen Therapeutin. Wenigstens vorerst. Carls Worte – *das ist nur Zufall, Jar* – klingen immer noch in seinen Ohren nach, und er hat keine Lust, ihm noch mehr Argumente zu liefern. Amy lauscht ihm, halb über den Tisch gebeugt.

Außerdem berichtet er ihr von Rosas Reise in das Retreat in

Herefordshire, von der Verschwiegenheitserklärung und dem Angebot, ein neues Leben zu beginnen. Und dann erzählt er ihr von Max Eadies Artikel im Darknet und den verblüffenden Parallelen zu Rosas Tagebuch.

»Ich habe das im Netz überprüft«, sagt Jar. »Sejal, ihre Zimmergenossin in Herefordshire, ›starb‹ ein paar Wochen nach Rosa, und auch ihre Leiche wurde nie gefunden.«

»Sei vorsichtig, Jar«, sagt Amy und legt die Hand auf seinen Arm. Jar wendet den Blick ab und sieht sich im Café um, dann beugt er sich wieder vor und blickt ihr eindringlich in die Augen.

»Kann ich dich was fragen?«, sagt er.

»Was denn?«

»Hat Rosa je von uns beiden gesprochen, von uns als Paar?«

»Natürlich. Warum?«

»Das klingt jetzt ziemlich eingebildet«, setzt Jar an, bevor er sich zusammennimmt. »Aber sie schreibt kaum etwas über uns, das ist alles. In ihrem Tagebuch. Klar, es gibt ein paar Absätze darüber, wie wir uns kennengelernt haben, aber sie hat nie ...«

»Jar, sie hat dich geliebt.« Amy nimmt seine beiden Hände. »Von ganzem Herzen.«

»Das ist nett von dir, aber ...«

»Ich weiß noch, wie sie mir, bevor sie nach Cambridge ging, einmal erzählt hat, dass sie hoffte, sie würde jemanden finden, mit dem sie den Rest ihres Lebens verbringen könnte. So wie Jim ihre Mutter gefunden hatte, als sie beide Studenten waren. Eine Weile schien sich nichts zu tun – sie vermisste ihren Vater immer noch viel zu sehr –, aber dann, eines Tages, im Sommertrimester, als sie allein nach Cromer kam, nahm sie mich beiseite und erzählte mir, atemlos vor Aufregung, dass sie diesen Menschen gefunden hätte. Wir hielten uns lange in den Armen, haben sogar ein bisschen geweint und mussten dann lachen.

Ich bestand darauf, dass sie bei ihrem nächsten Besuch den Glücklichen mitbringen müsste. Und so haben wir beide uns kennengelernt.«

32

Cromer, Sommertrimester 2012

Heute Abend fühle ich mich mies. Ich hatte gehofft, dass es mir helfen würde, wenn ich aus Cambridge rauskomme und zusammen mit Jar meine Tante besuche, aber meine düsteren Phasen werden immer dunkler, und jedes Mal frage ich mich, ob ich überhaupt wieder daraus auftauchen werde. Es ist, als würde ich über eine Klippe in eine endlose Schwärze abgleiten, die dich noch im Fallen umschließt und jedes Licht ausblendet, bis du nach kurzer Zeit nichts mehr siehst und keine Luft mehr bekommst. Mein einziger Trost ist, dass all das bald vorbei ist. Ich weiß, ich habe mich richtig entschieden, auch wenn es bedeutet, dass ich Jar verlassen muss, und auch wenn mir das Dad nicht zurückbringen wird.

Jar liegt schlafend neben mir – er hat nach dem Essen zu viel Whiskey mit Martin getrunken. Die beiden verstehen sich gut, reden viel übers Schreiben. Vielleicht habe ich Martin doch falsch eingeschätzt, mich zu sehr von Dads Misstrauen anstecken lassen. Ein Teil von mir möchte mit Jar teilen, was ich immer noch für Dad empfinde, aber nachdem ich weiß, was vor uns liegt, fühle ich mich auch so schon schuldig genug, jetzt eine Beziehung einzugehen. Unter anderen Umständen, in einem anderen Leben hätte er ein Teil meiner Zukunft sein können, aber jetzt ist das unmöglich. Ich hätte ihn nicht bitten sollen, mit mir übers Wochenende hierherzukommen.

Etwas Schräges passierte, als Martin uns heute vom Bahnhof in Norwich abholte. (Er übernimmt das Fahren, weil Amy so viele Medikamente nimmt, dass sie eine Verkehrsgefährdung darstellt – obwohl sie zurzeit einen Entzug versucht.) Auf der Straße lag ein Fasan. Ich bin nicht sicher, ob er noch lebte oder ob der Wind seine Federn aufbauschte, aber statt ihn zu umfahren, hielt Martin direkt darauf zu, überfuhr ihn und drehte sich nach dem üblen, dumpfen Schlag unter dem Auto zu mir um. Keiner im Wagen sagte ein Wort. Als ich später mit Jar darüber sprach, meinte er, ich würde zu viel Wind machen, Martin hätte nur einen verletzten Vogel von seinem Leiden erlöst, mehr nicht, und ich sollte ihm eine Chance geben. Vielleicht hat er recht. Martin ist von Natur aus ein Einzelgänger, der am liebsten ganz allein oben auf der Schiffsbrücke steht und sich in seiner eigenen Gesellschaft am wohlsten fühlt.

Vor ein paar Minuten hörte ich, als ich so dalag, Martin und Amy streiten. Jar rührte sich nicht. (Wenn er schläft, sieht er so friedlich aus, dass es wie ein Verbrechen erscheint, ihn zu wecken.) Dad sagte früher immer, er verstehe nicht, wie die beiden je heiraten konnten, aber Dad war voreingenommen. Er und Amy standen sich sehr nahe. Dad wollte sie als typischer älterer Bruder immer beschützen, vor allem, als sie kurz vor ihrem Zwanzigsten so etwas wie einen Nervenzusammenbruch hatte – von zu vielen heftigen Partys, wie es aussieht.

Dad und Martin hatten sich nie verstanden. Dad hatte extreme Vorbehalte gegen die Pharmaindustrie, er meinte, er hätte in den Entwicklungsländern so viele Horrorstorys erlebt: unethische klinische Versuche, überteuerte lebenswichtige Medikamente. Er behauptete, Amy hätte seine natürliche Abneigung geteilt, bevor ihre Teenager-Neurose nach der Uni zu einer ausgewachsenen Angststörung erblühte. Der Stress, berühmte Gemälde zu restaurieren – unter dem Mikroskop mit einem Skalpell an einem zehn Millionen Pfund teuren Brueghel herumzukratzen –, würde wohl jedem zusetzen. Damals erschien Martin auf der Bildfläche und »rettete« sie.

Es geht ihr viel besser als damals, aber sie arbeitet immer noch nicht wieder, und das macht mich traurig.

Jedenfalls versuchte ich zu belauschen, worüber Amy und Martin heute Abend stritten, aber das Haus ist riesig (»eine Burg, aus Valium erbaut«, meinte Dad immer), und unser Gästezimmer liegt von der Küche aus gesehen am anderen Ende. Also schlich ich durch den Flur im ersten Stock, an den Bücherregalen vorbei, die ebenfalls alphabetisch geordnet sind (Knausgård neben Le Carré). Oben an der Treppe blieb ich stehen und achtete tunlichst darauf, nicht auf die eine Diele zu treten, die immer knarrt.

»Erst siehst du sie jahrelang überhaupt nicht, und plötzlich ist sie fast jedes Wochenende hier«, sagte Martin gerade.

»Ich bin jetzt ihre einzige Verwandte. Wir hätten sie öfter sehen sollen.«

»Sie setzt sich nach hinten, als wäre ich ihr Chauffeur, und spricht die ganze Fahrt über kein Wort. Ich weiß nicht, was Jar in ihr sieht.« Seine Stimme bebte vor Antipathie, er ahnte nicht, dass Amy ihm nicht die volle Wahrheit sagte, dass sie sich sehr wohl mit mir in London getroffen hatte und wir heimlich auf Shopping-Tour gegangen waren, ermutigt von Dad, dem schmerzlich bewusst war, wie dringend ich einen weiblichen Einfluss in meinem Leben brauchte. Zu Beginn meiner Pubertät waren es Ausflüge in die Oxford Street gewesen, in der wir gemeinsam BHs gekauft hatten. Seit Dads Tod schleift mich Amy lieber in ihre alten Lieblingspubs in Cambridge, sodass sich die Einkaufs- eher in eine Trinktherapie verwandelt hat.

»Sie haben sehr wohl angeboten, mit dem Zug nach Cromer zu fahren«, sagte Amy.

»Es wäre trotzdem ganz schön, wenn sie uns mal unter die

Arme greifen würde. Die Hunde ausführt. Mal was kocht. Ich verstehe nicht, warum du dich mit ihr abgibst.«

»Dafür sind Familien da.« Amy war sichtlich bemüht, das Gespräch nicht völlig abgleiten zu lassen. »Man kümmert sich umeinander.«

Es wurde kurz still, vielleicht gingen sie in einen anderen Teil der Küche, bevor sie wieder anfingen.

»Ich weiß, das ist keine einfache Zeit für dich«, sagte Amy. »Das bekomme ich durchaus mit. Ich sage nur, es wäre nett, wenn du dich mehr um sie bemühen würdest.«

Eine Pause. »Wenn du mir versprichst, dich mehr um mich – um uns – zu bemühen.«

Wieder blieb es still, dann sagte Amy: »Nicht jetzt, Martin. Wir haben Gäste.«

Ihre Stimme klang verspielt, doch dann zersplitterte ein Teller. Ich lauschte angestrengt und versuchte vergeblich, noch etwas von ihrer Unterhaltung aufzuschnappen. Sollte ich Jar wecken, nach unten gehen, nachsehen, ob mit Amy alles in Ordnung ist? Martin ist groß und kräftig, aber er hat noch nie die Beherrschung verloren, jedenfalls nicht in meiner Gegenwart. Ich glaubte, ein ersticktes Schluchzen zu hören, aber vielleicht bildete ich mir das nur ein. Ich ging zurück über den Flur zu meinem Zimmer, und diesmal war es mir egal, ob die Dielen knarrten.

Jar legte sofort sein Bein über meins, als ich gerade ins Bett zurückschlüpfte. Ich versuchte ihm zu erzählen, was ich gehört hatte, aber er war nur halb wach.

»Alle Paare streiten«, brachte er noch heraus, und dabei weckte ein Lächeln seine schlafschweren Lippen. »Außer wir natürlich.«

33

»Ich muss mich bei dir entschuldigen. Einmal mehr.«

»Wir hatten alle ein paar intus.«

»Das war unprofessionell, ich hätte nicht kommen dürfen.«

Kirsten sitzt hinter ihrem Schreibtisch, Jar auf dem Sofa. Sie ist wieder ganz so wie bei ihrer ersten Begegnung: zugeknöpft, förmlich.

»Können wir einfach so tun, als sei das neulich abends nie passiert?«, fragt sie.

»Wir können es versuchen.«

»Danke. Ich habe immer noch ein paar Fragen wegen deiner Trauerhalluzinationen, die ich dir für meine Forschungen stellen möchte.«

Jar sagt nichts. Er weiß, nachdem sie sich vor drei Tagen gemeinsam betrunken haben, hat Kirsten nicht damit gerechnet, dass er heute zu seinem Morgentermin bei ihr auftauchen würde. Jetzt hat er das Heft in der Hand. Sie hat gut mitgespielt, muss er ihr zugestehen, und nur kurz gestutzt, bevor sie ihn hereingelassen hat.

Es fühlt sich befremdlich an, wieder in diesem hohen, altmodischen Raum zu sitzen, vor allem, weil er weiß, dass er Kirsten heute wegen Rosa zur Rede stellen wird, aber er ist unerwartet ruhig. Seit er sich gestern im Café von Amy verabschiedet hat, macht er sich Gedanken über das heutige Treffen. Ihn überrascht nur, dass Kirsten ihr Rollenspiel so lange durchhält.

»Können wir noch einmal zu dem Erlebnis zurückkehren, als du Rosa an der Paddington Station sahst?«

»Muss das sein?«

»Verzeihung?«

»Müssen wir wirklich so weitermachen? Tu doch nicht so abgekocht.«

»Ich kann dir nicht folgen, Jar.«

Jar schluckt. Jetzt wird er doch nervös. »Ich weiß von Karen.«

»Wer ist Karen?«

Jar reicht es. Er steht vom Sofa auf und tritt an Kirstens Schreibtisch. Er weiß, dass er ihr Angst macht. Er macht sich selbst Angst. Er neigt nicht zur Gewalt, ist nie auf Konfrontation aus, aber gerade ist etwas in ihm durchgebrannt: nach fünf Jahren Frustration, in denen er dem resoluten Unglauben seiner Mitmenschen ausgesetzt war.

»Ich habe gelogen. Bei meinem letzten Besuch hier. Rosa hat sehr wohl Tagebuch geführt. Und sie hat darin über dich geschrieben. Wie Dr. Lance Rosa und dich zusammengebracht hat, wie du sie in das Retreat in Herefordshire gebracht hast, wie du sie dazu gebracht hast, die Verschwiegenheitserklärung zu unterschreiben.«

»Jar, ich habe keine Ahnung, was du mir …«

»Es reicht.« Jar schlägt mit der flachen Hand auf den Schreibtisch. Sie messen sich kurz mit Blicken, während der Schlag in der Luft nachhallt, dann stellt Karen einen umgefallenen Becher wieder auf. Ihre Hand zittert. Hat sie unter ihrem Schreibtisch einen Alarmknopf, fragt er sich, falls ein Patient plötzlich Amok läuft? Kommen gleich ein paar bärige Pfleger angerannt und schleifen ihn in einer Zwangsjacke aus dem Zimmer? Vielleicht taucht auch Miles Cato aus dem Nichts auf. Schließlich weiß Jar, dass sie Cato angerufen hat, als er das letzte Mal bei ihr war, und dass Cato ihn daraufhin auf offener Straße von einem Zivilfahrzeug der Polizei einsammeln ließ.

»Ich muss Rosa wiederfinden, und ich schätze, dass du ebenfalls nach ihr suchst, denn sonst hättest du mich nicht extra aufgespürt, deinen Namen geändert und so getan, als hättest du Carl ganz zufällig kennengelernt, nur damit du meine Therapeutin wirst und dann versuchen kannst, meine Geliebte zu werden.«

Kirsten holt tief Luft, als müsse sie sich beruhigen. Es ist ein anderes Luftholen als das kurze Japsen, das sonst so typisch für sie ist. Das hat er heute noch gar nicht gehört, jedenfalls bis jetzt nicht. Es vergehen ein paar Sekunden, bis sie etwas sagt, und sie schließt die Augen, bevor sie beginnt.

»Okay, du hast recht. Ich habe dich nicht durch Zufall gefunden.«

Jar kann nicht verhindern, dass in seiner Brust Genugtuung aufglüht und aus seinem Innersten ein Seufzen herauspresst, das eher wie ein scharfes Husten klingt. Dass sie zu Anfang alles rundheraus abgestritten hat, hat in ihm kleine Samen des Zweifels ausgestreut. Er geht zum Fenster, bleibt mit dem Rücken zu ihr stehen und schaut hinunter auf die Harley Street.

»Und wozu die ganze Schauspielerei? Die Zeitverschwendung? Ich muss wissen, was mit Rosa passiert ist. Bist du hier, weil du glaubst, dass ich sie vor dir finden könnte? Geht es darum? Dass sie mich aufspüren könnte, weil sie vielleicht von ihrem neuen Leben enttäuscht ist und jetzt versucht, ihr altes zurückzubekommen? Für wen arbeitest du, Kirsten? Karen? Wie heißt du eigentlich wirklich? Und für wen arbeitest du, verfluchte Scheiße?«

Er dreht sich um und dann gleich wieder dem Fenster zu, ohne so lange innezuhalten, dass er sie wirklich ansehen könnte. Er schätzt, dass sie immer noch die Augen geschlossen hat und jetzt versucht, die Fassung wiederzugewinnen.

»Okay, Jar, ich will offen zu dir sein. Wenn du so willst, ›arbeite‹ ich für Rosas Tante Amy.«

»Amy?« Er dreht sich um.

»Wir sind befreundet. Wir waren vor zwanzig Jahren zusammen in Cambridge. Sie macht sich große Sorgen um dich. Schließlich warst du mit ihrer Nichte zusammen. Als sie hörte, dass ich inzwischen in London praktiziere und mich immer noch für Trauerhalluzinationen interessiere, hat sie gefragt, ob ich dich ›aufspüren‹ könnte, wie du es nennst. Ich war einverstanden. Sie hatte mich auch gebeten, mit Rosa zu sprechen.«

»Mit Rosa? Und wann war das?«

»Als ich noch in Amerika war.«

»Und sie in Cambridge?«

»Genau.«

»Aber du hast sie nie persönlich getroffen?«

»Nein. Natürlich wünschte ich im Nachhinein, ich hätte es getan. Wahrscheinlich habe ich deswegen diesmal Amys Bitte erfüllt. Sie weiß, wie stur du sein kannst, und dass du gewöhnlich keine Hilfsangebote annimmst, darum habe ich mich als Fremde an Carl rangemacht und mir eine Story über Musik in Wartezimmern von therapeutischen Praxen ausgedacht, während in Wahrheit Amy mir seinen Namen gegeben hat. Du hast Carl ihr gegenüber ein paar Mal erwähnt, glaube ich? Und es war kein Problem, über eure Arbeit Kontakt mit ihm aufzunehmen. Ich war nicht ehrlich, aber wir hatten uns beide überlegt, dass du nur in Therapie gehen würdest, wenn du überzeugt bist, dass du es aus eigenem Entschluss oder wenigstens auf Carls Empfehlung hin tätest, dem einzigen Menschen, dem du auf dieser Welt zu trauen scheinst. Und als ich Angst hatte, dass du nicht wieder bei mir auftauchen würdest, habe ich dich im Pub überrascht, was absolut unprofessionell von mir war, aber ich hatte einfach Angst um dich. Genau wie Amy, die dich übrigens sehr, sehr gern hat.«

Jar wendet sich wieder dem Fenster zu. Wenigstens steckt

Carl nicht mit in der Sache drin, denkt er. Er ahnt, was gleich kommt, und diesmal befürchtet er, dass sie nicht lügt.

»Ich weiß nichts über eine Frau namens Karen oder einen Dr. Lance oder ein Retreat in Herefordshire.« Ihre Stimme wird ruhiger, selbstbewusster. »Ich habe keine Ahnung, wovon du redest. Ehrlich.«

»Aber ...« Noch bevor Jar es ausspricht, weiß er, wie lächerlich er klingen muss. »Rosa hat ausführlich über Karen, ihre Therapeutin am College, geschrieben. Sie war Amerikanerin, blond ...«

»Es gibt einen Haufen blonder Yankee-Frauen, weißt du?«

»Und sie ...« Er stockt wieder. »Manchmal holte sie scharf Luft, bevor sie etwas sagte, genau wie du.« Seine Augen tränen inzwischen, seine Stimme bricht.

»Das ist nicht so ungewöhnlich, oder?«

Jar sammelt sich und wischt sich mit dem Handrücken über die Augen. »Laut Rosa hat Karen einmal einen ganz bestimmten Ausdruck gebraucht: ›Es sollte keine Aufzeichnungen, keine Kondensstreifen am Himmel über Fenland geben.‹ Und du hast bei unserem ersten Treffen etwas ganz Ähnliches gesagt.«

»Wahrscheinlich, weil ich vor ein paar Jahren mal einen Beitrag mit dem Titel ›Trauerhalluzinationen: Kondensstreifen im kreativen Geist‹ verfasst habe.«

Jar versucht, still zu verarbeiten, was sie da sagt.

»Da war ich noch in Amerika. Seither sind die Titel meiner Aufsätze wesentlich langweiliger geworden. Und akademischer.« Kirsten kommt hinter ihrem Schreibtisch hervor, stellt sich zu ihm ans Fenster und sieht auf die Straße. »Möchtest du mir mehr über ihr Tagebuch erzählen? Das scheint einiges aufgerührt zu haben.«

Jars alte Angst blitzt auf – warum will sie über das Tagebuch reden? –, aber diesmal ignoriert er das beklemmende Gefühl. Stattdessen hört er die Stimme seines Vaters: *Du kannst manchmal ein echter Volltrottel sein.* Der Zufälle als Verbindungen nimmt. Es ändert nichts, sagt er sich. Rosa hatte am College wirklich eine Beraterin namens Karen. Es war nur nicht die Frau, die jetzt neben ihm steht.

»Ich habe noch ein paar Minuten«, ergänzt sie.

Sein Handy meldet sich in seiner Jackentasche, es vibriert, auf stumm gestellt. Er zieht es heraus, um nachzusehen, wer ihn anruft.

»Und wenn du mir die Bemerkung gestattest«, fährt sie fort und geht dabei zum Schreibtisch zurück. »Du hast schon besser ausgesehen.«

Aber Jar hört sie nicht. Weder sie noch die Menschen, die auf der Harley Street vorbeigehen, oder das anfahrende Auto draußen. Alles, was er hört, ist das ohrenbetäubende Pochen seines Herzens, das mit jedem Schlag lauter wird. Er sieht noch mal auf den Namen auf dem Display, um sich zu überzeugen, dass er nicht fantasiert. Aber das tut er nicht.

Da steht »Rosa«.

34

Cromer, Sommertrimester 2012 (Fortsetzung)

Nachdem ich Amy und Martin streiten gehört hatte, konnte ich nicht wieder einschlafen, weil mir das Klirren des zerschmetterten Tellers keine Ruhe ließ. Ich weiß immer noch nicht genau, warum Martin frühzeitig in den Ruhestand gehen musste, aber Dad hatte verschiedene Theorien: exzessive Grausamkeiten gegenüber Labortieren (»Beaglegate«, wie er es nannte), sexuelle Übergriffe, medizinische Gründe. Es gibt die verschiedensten Möglichkeiten. Das letzte war sein Lieblingsgrund (Dad hatte einen schwarzen Humor): Er stellte sich vor, dass Martin kündigen musste, weil er unter chronischen Depressionen litt, was zutiefst ironisch gewesen wäre, nachdem er an Antidepressiva forschte, bevor er »freigestellt« wurde.

Gegen zwei Uhr früh kam ich zu dem Schluss, dass es reichte. Ich würde nicht wieder einschlafen. Also schlüpfte ich ganz leise, um Jar nicht zu wecken, in meine Jeans und eine Jacke, öffnete die Schlafzimmertür und schlich die Treppe hinunter.

Mein Leben wäre so viel unkomplizierter, wenn ich ihn nicht kennengelernt hätte. Jar hat in der kurzen Zeit, die wir uns kennen, alles durcheinandergebracht und eine Menge Schlamm aufgerührt. Bis dahin lag mein Weg klar vor mir, erst er hat den Splitter des Zweifels eingebracht, seither habe ich mich immer wieder gefragt, ob ich mich richtig entschieden habe. Wenn ich mit ihm zusammen bin, bin ich glücklicher, als ich es je für möglich gehalten hätte, aber gleichzeitig macht mir Angst, wie leicht ich mich von ihm lösen kann, sobald wir getrennt sind – als könnte ich ihn ebenso leicht aus meinen Gedanken löschen wie eine Datei vom Computer. Und ich weiß, dass es für mich kein Zurück gibt.

Ich schloss die Tür zum Garten auf und ging den gepflasterten Weg hinter dem Haus entlang. Die Nacht war klar, und der Mond schien so hell, dass ich den Garten erkennen konnte – ein manikürter Rasen (Martin steht auf Streifen), dahinter ein langer, schmaler Obstgarten, der zu beiden Seiten von hohen Steinmauern eingefasst war. Jenseits der Apfelbäume, fast fünfhundert Meter vom Haus entfernt, konnte ich Martins »Schuppen« sehen. Es war ein ausgewachsenes Gartenhaus, so groß wie eine Doppelgarage, mit Fenstern, die in Richtung Garten wiesen. Eigentlich hatte ich die Hall Road runter zum Strand gehen wollen – ungefähr zwanzig Minuten zu Fuß –, um dort den Sonnenaufgang über dem Pier zu beobachten, aber dann siegte meine Neugier. Statt durch das Seitentor zu gehen, trat ich auf den Rasen, flüchtete in den Schatten der Mauer und schaute kurz zum Haus zurück. Nirgendwo brannte Licht.

Ich ging weiter, durch den Obstgarten durch, wo ich mich unter den mit reifen Äpfeln beladenen Ästen ducken musste, bis ich schließlich neben Martins Schuppen stand. Die Tür war mit Vorhängeschloss und Kette gesichert. Vor ein paar Jahren hat man ihm die Computer gestohlen, und offenbar geht er seither kein Risiko mehr ein. Ich schaute noch mal zum Haus zurück, dann trat ich an ein Fenster und spähte in den Schuppen. Drinnen sah ich eine leere Fläche mit ein paar aufgestapelten Gartenstühlen, und dahinter eine Trockenbauwand. Ein fahles rotes Licht drang unter einer Tür durch, offenbar befand sich dahinter ein zweiter Raum. Ich wollte gerade wieder gehen, als ich etwas hörte: ein Wimmern vielleicht, eher tierisch als menschlich. Ich spitzte die Ohren und lauschte noch einmal, während sich die Härchen in meinem Nacken aufstellten, aber ich hörte nichts mehr. Ich fange schon an zu spinnen, dachte ich.

Ich ging durch den Garten zurück, und diesmal war es mir egal, ob ich im Schatten blieb, während meine Schritte immer länger wurden, bis ich endlich leise das Seitentor öffnete und dann auf der Straße in Richtung Ort losging, bemüht, die Angst abzuschütteln, die sich wie ein Nebel über mich gelegt hatte. Die beiden Beagles blieben im Haus, sie schlafen nachts in Amys und Martins Schlafzimmer. »Martin geht mit seinen Hunden nicht Gassi, er macht mit ihnen lieber einen langen Zug«, witzelte Dad gern. Was nicht besonders komisch ist, wenn man bedenkt, dass sie als Welpen gezwungen wurden, Zigarettenrauch zu inhalieren. Gott, ich vermisse Dad mehr als je zuvor.

Unten im Ort nahm ich den kürzesten Weg zum Strand, ging dann dicht am Wasser entlang durch den Sand und stieg dabei über die Wellenbrecher, die hier die Küste in regelmäßigen Abständen punktieren und auf denen ich jedes Mal nach Muscheln Ausschau halte. Es war fast drei Uhr morgens und der Mond so hell, dass er Schatten warf.

Es war kein Mensch zu sehen – ich konnte nicht mal ein Schiff am Horizont ausmachen –, und so beschloss ich, hoch zum Hotel de Paris zu gehen und von dort aus auf den Pier zu spazieren, am Pavilion Theatre vorbei bis zu der Rettungsboot-Station am Ende, wo ich früher am Abend ein paar Väter mit ihren Kindern beim Angeln beobachtet hatte.

Offenbar werde ich es wissen, wenn der Zeitpunkt gekommen ist. Dies war nicht der richtige Moment, trotzdem spürte ich einen Adrenalinschub, als ich mich gegen das Geländer lehnte, aufs Meer schaute und mir den salzigen Wind ins Gesicht wehen ließ. Ich umklammerte das rostige Eisen, aber dann stieg ich auf die untere Stange des Geländers und blieb so stehen, obwohl ich jederzeit ins Meer tief unter mir stürzen konnte. Die Nacht war ruhig, trotzdem wirbelte weit unten eine heftige Strömung um die Pfähle des Piers. Auf einmal wurde mir schwindlig. Eine Sekunde fragte ich mich, ob der Augenblick vielleicht doch schon gekommen war, aber ich hatte noch so viel zu erledigen.

Ich will alles in Ordnung bringen, keine losen Fäden hinterlassen, Jar einen Brief schreiben und mich ihm erklären, auch wenn ich ihm nur wenig offenbaren kann. Mich verabschieden.

Ich trat vom Geländer herunter und ging die Hall Road wieder hoch zum Haus. Meine Beine schlotterten.

35

»Wer ist da?«, fragt Jar und sieht die Harley Street auf und ab.
Er steht auf dem Bürgersteig vor Kirstens Praxis und spricht in
sein Handy. »Wieso rufen Sie von dieser Nummer aus an?«

Am anderen Ende der Leitung bleibt es still. Sein erster Gedanke ist, dass jemand irgendwie an Rosas Handy gekommen
ist – es wurde nie gefunden –, aber während er lauscht, verwandelt sich sein Zorn in Hoffnung. Das Schweigen fühlt sich
weiblich an.

»Rosa?«, fragt er fast flüsternd und rechnet schon damit,
dass der Anruf jeden Moment unterbrochen wird. »Bist du
das?« Er lauscht auf ein Atmen, irgendwas, aber er hört nichts.
Schließlich legt er auf und lehnt sich mit geschlossenen Augen
gegen die Tür.

Als er die Augen wieder öffnet, sieht er Kirsten im Erkerfenster stehen und zu ihm hersehen. Er marschiert los in Richtung Oxford Circus.

»Warte, Jar!«, hört er sie rufen, aber er dreht sich nicht um.
Er weiß immer noch nicht, ob Kirsten wirklich ehrlich zu ihm
ist. Im nächsten Moment ist sie neben ihm.

»Wer war da am Telefon?«, fragt sie, bemüht, mit Jar Schritt
zu halten.

»Wieso interessiert dich das?«

»Ich sorge mich um dich, Jar. Das ist mein Job.«

»Als ich das letzte Mal in deiner Praxis war, wurde ich hinterher von der Polizei eingesackt. Du verstehst hoffentlich,

dass es mich ein kleines bisschen nervös macht, wenn du jetzt an meiner Seite bist.« Um seinen Worten Nachdruck zu verleihen, sieht er sich im Weitergehen nervös um.

»Das hatte nichts mit mir zu tun. War das Rosa am Telefon?«, fragt sie.

Jar bleibt abrupt stehen und sieht sie an.

»War sie es?«, wiederholt sie. »Rosa?«

»Wieso kommst du denn darauf?«

»Weil ich deine Reaktion gesehen habe. Ich habe so was schon öfter gesehen. Ich kann dir helfen, Jar.«

»Du glaubst, ich habe mir den Anruf nur eingebildet? Meinst du das?«

»Trauer manifestiert sich auf unterschiedlichste Weise, Jar. Ich bezweifle nicht, dass jemand angerufen hat.«

»Aber du glaubst nicht, dass es Rosa war. Und was ist das?«

Er streckt ihr sein Handy ins Gesicht. Rosas Name steht unübersehbar oben auf der Liste der empfangenen Anrufe. Kirsten sieht auf das Display und dann wieder Jar an.

»Offenbar wurde ihr Handy von jemandem gefunden, der mich dann versehentlich angerufen hat. Ein Anruf aus der Hosentasche. Es war ihr Handy – ich habe ihre Nummer noch in meinen Kontakten –, aber wie mir immer alle versichern, ist sie seit fünf Jahren tot.«

Er bietet die Erklärung ihretwegen wie seinetwegen an. Seit er ihren Namen auf dem Display sah, arbeitet es in seinem Kopf. Natürlich war es nicht sie, sagt er sich und geht weiter.

Kirsten hat noch nicht aufgegeben und hastet weiter neben ihm her. »Komm morgen früh zu mir«, sagt sie. »Ich bin schon ganz früh in der Praxis. Bitte. Ich kann dir helfen.«

Jar kehrt ihr den Rücken zu und spürt dabei, dass sie ihn nicht aus den Augen lässt, bis er in der Menge verschwunden ist.

Als er sich der Oxford Street nähert, läutet sein Handy schon wieder. Diesmal ist es Carl.

»Kommst du heute zur Arbeit?«, fragt Carl. »Ich kann dich nicht ständig decken.«

»Kannst du ein Handy für mich orten?«

»Ich hab dir doch gesagt, du sollst ›Mein iPhone suchen‹ einschalten …«

»Nicht meins, Carl«, unterbricht er ihn. »Rosas.«

Carl stockt kurz und fragt dann: »Wo bist du jetzt?«

»Du musst für mich deinen Freund bei der Handygesellschaft anhauen.«

»Wir haben das schon durchgesprochen. Ihr Anschluss ist tot.«

Es stimmt. In den ersten Wochen hatte Jar seinen Freund schon einmal um denselben Gefallen gebeten, nachdem er mitten in der Nacht von einem Anruf auf seinem Handy aus dem Schlaf gerissen worden war. Die Anruferkennung war unterdrückt worden, doch Jar hatte im Halbschlaf (und womöglich immer noch betrunken) in seiner dunklen Wohnung gelegen und Rosa zugehört, die ihm von den schönen Zeiten erzählte, die sie miteinander verbracht hatten. Als er am Morgen danach aufwachte, glaubte er, nur geträumt zu haben, doch als er auf sein Handy sah, hatte er tatsächlich um 2:05 Uhr morgens ein Gespräch von einer unbekannten Nummer angenommen, das fünfundzwanzig Minuten gedauert hatte. Er hatte Carl angerufen, dessen alter Freund vom College inzwischen in der IT-Abteilung von Jars Handy-Provider arbeitete, aber der hatte nirgendwo im Netzwerk eine Spur von Rosas Handy finden können.

»Jemand hat mich gerade von ihrer Nummer aus angerufen«, sagt Jar jetzt. »Auf dem Display stand Rosa, genau wie damals, als wir zusammen in Cambridge waren.«

Am anderen Ende der Leitung bleibt es still.

»Hat jemand was gesagt?«, fragt Carl. Er klingt ruhig und viel weniger abweisend.

»Nein. Ich schätze, irgendwer hat ihr Handy gefunden.«

»Fünf Jahre sind eine lange Zeit.«

»Vielleicht haben sie die SIM-Karte in ein anderes Handy gesteckt. Keine Ahnung, Carl. Sag du es mir.«

»Lass uns das persönlich besprechen. Du kommst doch noch rein, oder? Der Alte macht mir die Hölle heiß, als wäre ich persönlich dafür verantwortlich, dass du so lange blaumachst.«

»Ich rede mit ihm. Und rufst du deinen Freund an? Bitte?«

»Nur wenn du versprichst, in die Redaktion zu kommen.«

»Klar. Und Carl? Du hattest recht mit Kirsten und Karen, Rosas Therapeutin am College. Das war nur Zufall.«

»Was für eine Überraschung.«

»Aber wir wurden von Rosas Tante zusammengebracht. Kirsten ist nicht zufällig in unser Leben getreten. Amy hat das arrangiert – sie war der Meinung, dass ich Hilfe brauchte.«

Wieder bleibt es lange still, dann sagt Carl: »Du meinst, sie spielt ihren Patienten nicht Congo Natty vor?«

»Jedenfalls nicht heute Morgen.«

»Dabei war das so eine gute Story. Du siehst sie also noch? Beruflich, meine ich?«

»Ich habe gerade eben auf ihrer nicht vorhandenen Couch gelegen.«

»Ich rufe dich später an. Wegen des Handys.« Jar hört eine leichte Müdigkeit in der Stimme seines Freundes. »Aber du kommst heute noch rein?«

»Versprochen. Und danke. Für alles.« Carl hat in den letzten Tagen viel für ihn getan, das Darknet durchfischt, sich mehr Verschwörungstheorien angehört als sonst, ihn in der Arbeit gedeckt. Jar will gerade auflegen, als er auf der anderen Straßenseite jemanden bemerkt. Es ist der Mann, der im Starbuck's gegenüber dem Büro saß, diesmal gibt es kein Vertun. »Ich bin gleich da.«

36

Bitte verzeih mir, Jar. Ich habe heute versucht, dich anzurufen, aber ich brachte es nicht über mich, mit dir zu sprechen. Nicht nach so langer Zeit. Es tat gut, deine Stimme zu hören. So gut. Und ich mache dir keine Vorwürfe, wenn du dein Leben inzwischen weiterlebst. Trotzdem müssen wir miteinander reden. Am besten, glaube ich, treffen wir uns irgendwo, dann kann ich wenigstens versuchen, dir alles von Anfang an zu erklären.

Ich habe dir mal erzählt, wohin ich gehen würde, falls die Welt irgendwann aus ihrer Achse kippt. Erinnerst du dich? Ich kann nicht riskieren, den Namen des Ortes niederzuschreiben. Dort werde ich auf dich warten. Gib mir wenigstens die Chance, dir alles zu erklären. Du bist in Gefahr, und ich bin es auch. Pass auf dich auf, Babe. Immer.

37

Jar starrt auf den Bildschirm und sieht sich dann um. Die Nachricht im Posteingang – von seinem privaten Gmail-Account, den er schon seit Jahren hat – ist so surreal, dass er sich fragt, ob er vielleicht gar nicht in seinem Büro sitzt, sondern in einer geschmacklosen TV-Show gelandet ist.

Ich habe dir mal erzählt, wohin ich gehen würde, falls die Welt irgendwann aus ihrer Achse kippt. Erinnerst du dich? Ich kann nicht riskieren, den Namen des Ortes niederzuschreiben.

Er sieht zu Carl hinüber, der auf seiner Tastatur tippt, indem er mit seinen pummeligen Zeigefingern darauf einhackt. Als er wieder auf den Bildschirm sieht, rechnet er fest damit, dass die Nachricht verschwunden ist, doch sie ist noch da. Er liest sie ein zweites Mal, ganz bedächtig, von Anfang an, wobei er jedes Wort stumm mitspricht, und als er zum Ende kommt, liest er sie noch mal. Und dann noch mal. Die Mail klingt nach ihr – sie hat nach der Beerdigung ihres Vaters etwas Ähnliches in ihr Tagebuch geschrieben –, und die Nachricht kommt von ihrem alten Gmail-Account, aber stammt sie wirklich von ihr?

Denk nach, denk nach. Er steht von seinem Schreibtisch auf, fährt sich mit der Hand durchs Haar und sieht sich im Büro um. Carl sieht zu ihm herüber und beugt sich dann wieder über seinen Bildschirm. Irgendwo in den Untiefen seines verstörten Geistes hortet Jar die Erinnerung an ein Gespräch mit Rosa über einen Rückzugsort in Krisenzeiten. *Falls die Welt irgendwann aus ihrer Achse kippt.*

Immer noch im Stehen beugt er sich vor, scrollt durch das Tagebuch, liest mal hier, mal dort eine Passage, sieht Schnappschüsse aus ihren Unterhaltungen in Cambridge aufflackern. Dann sieht er sich die E-Mail noch mal an. Sie kann nur eines bedeuten: Rosa ist am Leben. Der Anruf kam ebenfalls von ihr. Sie versucht Kontakt aufzunehmen, ihn an einen verrückten Rückzugsplan für ein Rendezvous zu erinnern, von dem sie ihm einmal erzählt hat. Wenn er sich nur erinnern könnte, wo sie sich mit ihm treffen wollte.

»Alles in Ordnung?«, fragt Carl.

»Mir geht's gut«, sagt Jar, während ihn gleichzeitig das Blut aus dem Gesicht sackt. Ihm wird so schwindlig, dass er sich in seinen Stuhl fallen lässt.

»Mach dir deswegen keinen Kopf. Sag ihm einfach die Wahrheit, dass es dir in letzter Zeit nicht gut geht.«

Jar hatte sich gar nicht offiziell krankgemeldet, doch er weist Carl nicht darauf hin. In zehn Minuten soll er beim Chef vorsprechen und erklären, warum er in der letzten Woche nur eine einzige Story – grundsätzlich lieber »Promisauereien« als etwas Selbstgeschriebenes – verfasst hat. Er wird versuchen, sich durch das Meeting zu bluffen, aber er befürchtet das Schlimmste. Wenigstens hätte er Zeit, nach Rosa zu suchen, falls er seinen Job los ist. Sein Leben hat sich unwiderruflich verändert, inzwischen zählt nichts anderes mehr.

Und dann fällt es ihm wieder ein. Der Abend, an dem er sich mit Rosa auf einen Drink im Eagle getroffen hat. Sie war mit ihren Schauspielerfreunden unterwegs gewesen, doch dann war die Gruppe ohne sie weitergezogen und hatte sie allein zurückgelassen. Rosa hatte sich versetzt gefühlt und ihn angerufen. Sie sah schwer angeschlagen aus, als er zu ihr stieß, und erzählte ihm von einer Zeitungsmeldung über einen Meteoriten, der recht nahe an der Erde vorbeifliegen würde.

»Ich weiß, er müsste uns um ein paar hunderttausend Meilen verfehlen«, sagte sie und nippte dann an ihrem Glas Bitter, »trotzdem brauchen wir beide einen Plan, wenn, sagen wir mal, irgendwann etwas in der Art passieren sollte und die Welt vor Schreck ins Trudeln gerät und aus ihrer Achse kippt.«

»Und was schwebt dir da vor?«

»Ein Fleck, an den wir gehen könnten, weit weg von dem ganzen Chaos, weitab von allen Städten. Ein Ort, wo wir uns verschanzen können in der Postapokalypse.«

Sie brauchte mehrere Anläufe für das Wort Postapokalypse – »Postakopalypse«, »Postalopakypse« –, bevor sie aufgab, die Augen schloss und kichernd ihr Gesicht in Jars Nackenbeuge verbarg.

»Da spricht eine Menge für Galway«, sagte Jar und legte den Arm um sie. Ihre Schauspielerfreunde hatten sich unmöglich verhalten, dachte er, sie hätten sie auf keinen Fall allein zurücklassen dürfen.

»Galway ist zu weit weg«, meinte sie und setzte sich auf, nun deutlich munterer, wobei sie sich mit einer Hand weit oben auf Jars Oberschenkel abstützte. »Außerdem fliegen dann keine Flugzeuge mehr – zu viele Aschewolken in der Atmosphäre.«

»Du hast dir richtig Gedanken gemacht, wie?«

»Es gibt einen Ort in Cornwall, an den Dad gefahren ist, nachdem meine Mutter gestorben war. Und ich war dort, als er starb. Ein Ort zum Verstecken – und zum Heilen. Da sollten wir uns treffen.«

Sie hob den Kopf und sah Jar mit ihren großen Augen an. Noch nie hatte sie über den Tod ihrer Mutter gesprochen. Er wollte sie gerade danach fragen, als sie sich vorbeugte und ihm einen langen, sehnsüchtigen, betrunkenen Kuss gab.

»Er heißt nach einem sauhässlichen Fisch – dem Knurrhahn –, aber es ist einer der magischsten Orte der Welt.« Inzwischen saß sie Knie an Knie mit Jar und hielt ihn an beiden

Händen. Sie beugte sich wieder vor und küsste ihn. »Du musst dir das ganz genau einprägen«, ermahnte sie ihn und hickste dann. Jar lächelte, ohne ihr wirklich zuzuhören, und dachte gleichzeitig, wie schön sie heute Abend aussah, mit dieser leicht kapriziösen, carmenhaften Aura. »Hörst du mir zu? Man kann nie wissen, wann wir uns mal heimlich treffen müssen.«

»Ich werde es nicht vergessen.«

Sie nahm einen Schluck Bier, bevor sie beschwörend erklärte: »Du musst einen steilen Pfad runtergehen, um dahinzukommen – aber erst musst du oben im Pub noch was trinken. Leuchtende ockerfarbene Mauern, gar nicht zu verfehlen. Bei Ebbe gibt es einen Sandstrand – und ein paar genial versteckte Buchten –, aber am besten gehst du einfach rund um die Bucht, vorbei an der alten, verfallenen Kapelle bis zum Gurnard's Head. Auf der Landspitze hat es ein paar große Felsen, gar nicht zu übersehen, und genau da gibt es eine windgeschützte Stelle, in die man sich verkriechen kann. Sollen wir uns da treffen? Wir könnten von dort aus die Kegelrobben unten beobachten, vielleicht sogar ein paar Tümmler sehen, wenn wir Glück haben. Die Luft ist dort so rein.«

»Gurnard's Head«, wiederholt Jar jetzt laut.

»Was ist?« Carl hat zu tippen aufgehört und sieht zu ihm her. »Ich muss weg.«

»Jar, du sollst in fünf Minuten beim Boss sein.«

»Der schmeißt mich sowieso nur raus. Ich muss zum Zug«, sagt er und rennt los.

Aber bevor er den Ausgang erreicht hat, hält ihn ein Mitarbeiter der Poststelle auf. »Kannst du das noch unterschreiben, bevor du abhaust, Jar?«

Jar nimmt das Päckchen entgegen – ein Buch für eine Besprechung vermutlich – und rennt aus dem Büro.

38

Silent Retreat, Herefordshire, Frühjahrstrimester 2012

Heute ist der letzte Tag unserer Einweisung in Herefordshire. Am Abend kehren wir an unsere Colleges zurück, wo wir anfangen werden, alles abzuwickeln – und dann abwarten.

Todd hat uns heute Morgen alles erklärt. Wir wurden noch einmal in das Klassenzimmer gerufen, in dem er sich uns das erste Mal vorgestellt hatte, und er gab uns einen kurzen Abriss über das gesamte Programm. Er war entspannter als zuvor, wahrscheinlich, weil wir nicht mehr so viele sind. Fast die Hälfte von uns »durfte« vorzeitig ans College zurück, und nur die wenigen Auserwählten sind geblieben.

39

Jar öffnet noch einmal das Mailprogramm in seinem Handy, es könnte ja eine neue Nachricht eingegangen sein, doch da ist keine. Im Entwurfsordner liegt nur eine einzige Datei: ein knapper Tagebucheintrag, der sich liest, als wäre er mittendrin abgebrochen worden.

Er steht in der Paddington Station vor der großen Abfahrtstafel. Der nächste Zug nach Penzance fährt in einer Stunde, womit ihm gerade genug Zeit bleibt, um sich mit Anton zu treffen. Er braucht von hier aus zwanzig Minuten zum Skatepark im Ladbroke Grove. Er will sich bei ihm bedanken – und sich nach dem letzten Eintrag erkundigen, warum er unvollständig ist.

Als er zum Skatepark kommt, ist niemand zu sehen, darum geht er zu dem Container, in dem er und Carl vor sechs Tagen waren. Drinnen ist es noch unaufgeräumter als bei seinem ersten Besuch. Hat Anton hier Rosas Tagebuch entschlüsselt? Doch die Computer sind verschwunden, zurückgeblieben sind nur Kartons voller Skatewheels, überall liegen Trucks, Werkzeuge, Scooter-Bars und kaputte Boards.

»Kann ich helfen?«

Jar fährt herum. Hinter ihm steht der Mann aus dem Kassenhäuschen.

»Ist Anton da?«

»Wer will das wissen?«

»Ein Freund – von einem Freund. Er hat mir bei einem Problem mit meinem Computer geholfen.«

»Jetzt nicht mehr.« Der Mann hebt ein Skatedeck vom Boden auf.

»Ist er okay?«

»Das musst du die Bullen fragen.«

»Die Bullen?«, wiederholt Jar zunehmend nervös.

Der Mann schmunzelt. »Er konnte gar nicht schnell genug abhauen. Gestern Abend. Und seine Computer hat er alle mitgenommen.«

Jar hat genug gehört. Zwei Minuten später eilt er unter dem Westway entlang zur U-Bahn-Station Ladbroke Grove, während er in sein Handy spricht.

»Carl, ich bin's, Jar. Anton ist verschwunden.«

»Das passiert hin und wieder.«

»Ich glaube, es geht um das Tagebuch, Carl.«

Jar legt auf und nimmt die nächste U-Bahn. Kurz bevor der Zug in Paddington Station einfährt, fällt ihm das Päckchen in seiner Tasche wieder ein. Es ist kein Buch. Stattdessen liegt ein offiziell aussehendes, eng bedrucktes Din-A4-Blatt darin, auf dem ganz oben steht: »GEHEIMHALTUNGSSTUFE 3, NUR FÜR UK-GEBRAUCH«. Das Blatt wurde lose in einen Karton eingeschlagen, deswegen hat er es für ein Taschenbuch gehalten. Er sieht sich im Waggon um, spürt, wie sein Puls beschleunigt, und beginnt zu lesen.

40

Programm: Eutychus (US)

Geb.-Dat.: 08.11.1992

Universität: St Matthew's College, Cambridge

Eintr.-Dat.: 01.07.2012

Status: SIS-Stützpunkte weltweit informiert. Einwanderungsbehörde benachrichtigt. Keine unmittelbaren Angehörigen. Schwester des verstorbenen Vaters in Cromer und ehemaliger Freund in London unter 24/7 (A4/MI5)

41

Jar schiebt das Blatt Papier in seine Jackentasche und sieht sich noch mal im Waggon um. Falls er tatsächlich observiert wird, will er nicht dabei gesehen werden, wie er ein vertrauliches Dokument liest. An dem Mann, der neben dem offenen Fenster in der Tür am anderen Wagenende steht, ist nichts ungewöhnlich. Ein ganz gewöhnlicher Pendler, der frische Luft braucht und zufällig in seine Richtung schaut. Und die Frau am Telefon, die sich sofort abwendet, als sie seinen Blick auffängt?

Wer im Namen der Heiligen Mutter Maria hat ihm das zukommen lassen? *Entspann dich.* Er hätte in der Poststelle nachfragen sollen. Auf dem Umschlag steht nur sein aufgedruckter Name. Kann Rosa das Papier geschickt haben? *Atme.* Es ist ihr Geburts- und Todesdatum, und dazwischen steht der Name Eutychus, der Name des Programms, das sie in ihrem Tagebuch erwähnt hat, sowie ein indirekter Verweis auf Jar. Falls sie während der letzten fünf Jahre an einer Geheimoperation beteiligt war, hat sie bestimmt Zugriff auf viele Geheimdokumente und Übung darin, Dinge zu lesen, die nicht für sie bestimmt waren.

Es sieht einigermaßen echt aus, aber er hatte noch nie näher mit irgendwelchen Geheimdiensten zu tun, nur ein paar Dokumente online gelesen, Edward Snowden sei Dank. An der Paddington Station steigt er aus der Hammersmith and City Line. Sein Magen krampft sich zusammen, als der Mann und die Frau dasselbe tun. Während er immer schneller die Rampe hinuntereilt, um in die Bahnhofshalle zu gelangen, wird ihm so übel, dass ihm fast schwindlig ist. Dann klingelt sein Handy und reißt ihn aus seiner Benommenheit. Es ist Max Eadie. Jar möchte ihm sofort alles von dem Memo und Antons plötzlichem Verschwinden erzählen, aber Max kommt ihm zuvor.

»Jar, wir müssen uns treffen.«

»Ist alles in Ordnung?«, fragt Jar und gibt sich gleichzeitig Mühe, die Anspannung in Max' Stimme zu überhören.

»Ich bin das ganze Tagebuch durchgegangen.«

Nach langem Abwägen hat Jar Max das Passwort zu dem Mailaccount gegeben, das Anton als Briefkasten verwendet. Er hat sich ausgerechnet, dass er von Max kaum Hilfe erwarten kann, wenn er nicht alles, was er weiß, mit ihm teilt, und dazu zählt auch das private Tagebuch seiner verstorbenen Freundin, das dort im Entwurfsordner liegt.

»Und?«

»Wir müssen uns treffen. Heute. Sofort.«

Jar sieht sich wieder um. Die Frau ist verschwunden, aber der Mann scheint ihm weiterhin zu folgen.

»Ich bin an der Paddington Station. Und steige gleich in einen Zug.«

»Tun Sie's nicht. Ich bin im West End. In fünfzehn Minuten bin ich bei Ihnen.«

Max' eindringlicher Tonfall beunruhigt ihn. Jar hatte gehofft, das Tagebuch würde Max so viele Beweise liefern, dass er seinen Artikel wieder ausgraben, alle Unstimmigkeiten glattbügeln und ihn dann neu veröffentlichen würde. Aber gerade am Telefon klang Max ganz und gar nicht so, als würde er sich bestätigt fühlen.

Jar steckt sein Handy ein und macht sich auf die Suche nach einer Möglichkeit, das Dokument in seiner Jackentasche zu sichern. Er findet einen Büroshop an der Praed Street, wo er eine Kopie anfertigt, und kehrt dann in den Bahnhof zurück.

Die Bahnhofhalle ist überfüllt, selbst für einen Freitagnachmittag. Irgendein Vorfall hat für massive Verspätungen bei den abfahrenden Zügen gesorgt, und überall stehen Pendler herum und warten auf neue Informationen. Wenn er seinen Zug verpasst, wird er den Schlafwagen nehmen müssen und Rosa erst morgen früh treffen können. (Das ist zwar teurer, aber er hat diese Woche seinen Lohn bekommen.) Sie wird die Nacht nicht auf der Landspitze verbringen. Stattdessen wird sie im Pub warten, von wo aus sie im Auge behalten kann, wer alles zum Gurnard's Head wandert.

Er sieht auf die Uhr und beobachtet dann die Gruppe von Rauchern, die direkt vor dem Bahnhof steht. Eine Zigarette könnte er jetzt auch vertragen. Und plötzlich ist sie an seiner Seite.

»Denk nicht mal dran«, sagt Rosa lächelnd. Jar erstarrt und hofft, dass sie bleibt, solange er sich nicht bewegt. Aber sie ist schon wieder verschwunden. Wenigstens scheint es ihr gut zu gehen, ihre Augen leuchten, sie sah aus wie damals an der Universität, nicht so wie bei ihrer letzten Begegnung hier am Bahnhof, als er sie zum Zug eilen sah. Er weiß, dass er halluziniert, trotzdem gibt ihm das Hoffnung. Sie ist nicht mehr weit.

Fünf Minuten später marschiert Max in einem zerknitterten Leinenanzug auf ihn zu. »Können wir irgendwo anders hingehen?«, fragt er, immer noch ernst, drängend. »Ich hasse Menschenmengen.«

»Ich auch.« Sobald sie die Diaspora von Rauchern hinter sich gelassen haben und sich in Richtung Praed Street zurückziehen, wendet sich Jar an ihn: »Ich glaube, mir ist heute jemand hierher gefolgt.«

»Ist das Ihr Ernst?«

»Meine Freunde halten mich für paranoid.«

»Wie viele?« Max zieht das Tempo an und knöpft im Gehen die bauchige Jacke zu. »Beschatter?«

Ehe Jar antworten kann, beginnt Max völlig unerwartet zu rennen und springt hinten auf einen vorbeifahrenden Routemaster-Bus. Jar folgt ihm und landet gerade noch auf der Plattform, als der Doppeldecker anfährt.

»Das sollte uns ein paar Minuten bringen.« Max versucht zu überspielen, wie sehr er außer Atem ist. »Nach oben.«

Jar will ihn fragen, was das werden soll, doch Max eilt bereits mit langen Schritten die Stufen hinauf. Sie setzen sich in die vorderste Reihe – außer ihnen sitzen nur zwei ältere Frauen ganz hinten im Bus – und schauen auf die Edgware Road hinab, während der Bus seiner Route in Richtung Marble Arch folgt.

»Für eine wirklich gründliche Grundreinigung«, fährt Max ohne weitere Erklärung und immer noch schwer atmend fort, »müssten wir an der nächsten Haltestelle aussteigen, auf der anderen Straßenseite einen Bus in die Gegenrichtung nehmen, durch den Bus gehen, vorn wieder aussteigen, ein Taxi anhalten und damit im Stoßverkehr untertauchen. Aber für so was bin ich zu alt.«

»Haben Sie so was schon öfter gemacht?«, fragt Jar. Er rechnet schon halb damit, dass Max ihm eröffnet, er hätte früher auch als Spion gearbeitet.

»Ich fand schon immer, dass Spionage und Journalismus Bettgenossen sind: Bei beiden Geschäften geht es darum, die Menschen so weit zu bringen, dass sie Dinge offenbaren, die sie für sich behalten sollten. Es überrascht mich nicht, dass Sie verfolgt werden. Vielleicht haben wir nicht viel Zeit«, ergänzt er ernster. »Es gibt etwas, was Sie über Rosas Tagebuch wissen müssen.«

»Hat es Sie weitergebracht? Bei Ihrem Artikel?«

»Kann ich so nicht sagen. Können Sie sich entsinnen, ob Rosa Ihnen irgendwann mal erzählt hat, dass sie in einem Retreat war?«

»Ein Mal. Und zwar bevor wir uns kennenlernten.«

»Was hat sie noch dazu gesagt?«

»Es war nur eine flüchtige Bemerkung, mehr nicht.«

»Sie hat nicht gesagt, wo das war?«

»Es könnte in Herefordshire gewesen sein. Genau weiß ich das nicht mehr.«

Max atmet durch. »Ich bin nicht stolz darauf, aber in meiner Story für die Website gab es – wie soll ich es ausdrücken? – diverse Elemente, die ich … ausgestaltet … ausgeschmückt … veredelt habe.« Er räuspert sich theatralisch. »Die frei erfunden sind.«

»Und welche?«, fragt Jar. »Das meiste davon scheint mit Rosas Tagebuch übereinzustimmen.«

»Genau das beschäftigt mich.«

»Das verstehe ich nicht.«

»Sie haben den Artikel gelesen. Ich glaubte – und glaube immer noch –, dass eine Reihe von Studenten-Suiziden in Oxford und Cambridge verdächtig waren. Bei denen nie eine Leiche gefunden wurde. Und ich schrieb, dass diese Studenten möglicherweise über ein Netzwerk von Sozialarbeitern und Collegeberatern für den Geheimdienst rekrutiert wurden.«

»Wofür auch Rosas Tagebuch spricht.« Genau wie das Dokument, das ein Loch in seine Jackentasche brennt, denkt Jar, doch diesen Gedanken behält er für sich. Er kennt Max noch nicht so gut, als dass er es ihm zeigen will, er traut ihm noch nicht ganz.

Max hebt die Hand wie ein Verkehrspolizist und sieht sich im Oberdeck um, ob irgendjemand sie belauschen kann. »Ich habe auch geschrieben, dass die Studenten in ein Retreat in der Nähe von Hereford geschickt wurden …«

»Auch das passt zu dem, was Rosa geschrieben hat«, fällt Jar ihm ins Wort.

Max räuspert sich wieder, als müsste er gleich ein Verbrechen gestehen. »Und dass manche von ihnen anschließend in einen gesicherten Bereich auf einem nahen Militärstützpunkt gebracht wurden, der zurzeit von der Special Air Squadron genutzt wird.« Er macht eine kurze Pause. »Das allerdings war frei erfunden. Bestenfalls eine plausible Vermutung – keine meiner Sternstunden. Ein Mann aus der Gegend hatte mir erzählt, dass der Besitzer des Retreats Amerikaner sei und etwas mit den Special Forces zu tun hätte, das war alles. Aber mir war klar, dass sich die Story besser verkaufen würde, wenn ich den SAS darin unterbringen konnte, und zwar am besten im Titel. Jedenfalls hoffte ich das damals.«

»Was meinen Sie damit, Sie hätten es ›erfunden‹? Rosa …«

»Ich weiß«, fällt Max nun Jar ins Wort. »Sie hat überdeutlich durchblicken lassen, dass sie ins Hauptquartier des SAS gebracht wurde. Ich bin nicht stolz darauf, Jar, aber ich hatte keine handfesten Beweise, um diesen Teil meiner Story zu belegen. Ich wusste nur, dass ein paar unglückliche Oxbridge-Studenten einmal in einem spirituellen Retreat in der Nähe von Hereford waren.«

»Das schließt nicht aus, dass manche von ihnen tatsächlich weiter zur SAS-Basis gebracht wurden.«

»Entschuldigen Sie, Jar, aber ich glaube, Sie verstehen nicht wirklich, was ich damit sagen will. Ich habe keine Ahnung, wer dieses Tagebuch geschrieben hat, aber wer es auch war, hat meine Story gelesen und einige Details daraus kopiert.«

»Aber das ist unmöglich. Rosa hat es geschrieben.«

»Mein Artikel erschien im Juli 2013 im Darknet – ein Jahr nach Rosas Tod.«

»Aber ich erinnere mich an so vieles, was sie aus unserer gemeinsamen Zeit in ihrem Tagebuch beschreibt. Das Frühstück nach dem Maiball, das Nacktbad im Cam, unsere erste Begegnung im Restaurant. Das hätte niemand sonst schreiben können.«

Max macht eine Pause, bevor er darauf antwortet, während

ihr Bus so still im Stoßverkehr festsitzt, dass Jar sich fragt, ob der Hybridmotor ausgegangen ist. Doch dann erwacht der Motor bebend zu neuem Leben, und der Bus fährt wieder an. Unter ihnen sitzt vor einem Café eine Gruppe von Männern, die Wasserpfeife rauchen und die Passanten mit einer Mischung aus Gleichgültigkeit und Verachtung beobachten.

»Ich weiß ehrlich nicht, was ich davon halten soll, Jar. Es ist alles schon sehr lange her, und meine Recherchen waren bestenfalls lückenhaft. Ich stand damals unter massivem finanziellem Druck und wollte um jeden Preis, dass die Story irgendwo veröffentlicht wird. Es war einer der Gründe, warum ich danach in die PR gewechselt bin. Ich weiß aber ganz sicher, dass es keine Beraterin an Rosas College gab. Ich habe immer wieder nachgebohrt und mich dabei bei den Portiers ausgesprochen unbeliebt gemacht. Der Dekan, Dr. Lance, war ein bekannter Rekrutierungsoffizier für die Geheimdienste, aber ich fand nirgendwo einen Hinweis auf eine Beraterin oder eine Sozialarbeiterin am St Matthew's. Was eigenartig war. Ich beschloss, in meiner Story nicht weiter darauf einzugehen, sondern mich auf die Colleges zu konzentrieren, an denen es Berater gab.«

»Aber Rosa schreibt so viel über Karen. Das kann sie nicht erfunden haben.« Jar ignoriert dabei so gut wie möglich, dass Rosa ihm gegenüber nie von einer Beraterin gesprochen hat, dass auch er nie einen Hinweis auf eine Karen am St Matthew's gefunden hat, ganz zu schweigen von einem Beweis dafür, dass Kirsten und Karen identisch waren, wie er anfangs glaubte. »Das müsste Ihrer Story doch nützen – das ist was Neues, ein guter Grund, sie noch mal zu veröffentlichen.«

»Ich weiß nur eines gewiss: dass der Teil, den ich mir ausgedacht habe – der über den SAS – irgendwie praktisch Wort für Wort in Rosas Tagebuch gelandet ist.« Max verstummt kurz und ergänzt dann: »Und da ist noch etwas.«

»Was denn?«, fragt Jar, doch Max bleibt stumm. »Sagen Sie schon.«

»Der Name des Amerikaners, dem das Retreat gehörte. Ich wollte seinen wahren Namen nicht veröffentlichen, also dachte ich mir einen aus – mein Artikel stand auf tönernen Füßen, wie Sie wissen.«

»Und wie haben Sie ihn genannt?«

Max zögert kurz. »Todd.«

»Wie der Führungsoffizier, den Rosa erwähnt?«

»Es tut mir leid, Jar. Ich glaube, da spielt jemand mit Ihnen.«

42

Ich sollte dir keine Mails schreiben, Jar, aber falls wir uns treffen, wird uns nicht viel Zeit bleiben. Sie werden mich finden. Ich weiß, dass sie mich finden werden.

Ich weiß nicht, wo ich anfangen soll, wie ich erklären soll, warum ich mich so entschieden habe. Ich schulde dir so viel mehr als nur eine Entschuldigung, aber lass mich wenigstens mit einer Erklärung anfangen. (Ich hoffe, du hast das Dokument bekommen, das ich dir ins Büro geschickt habe.) Du wusstest, dass ich am College nicht glücklich war, aber ich habe dir nie erzählt, wie dunkel meine Tage waren. Sobald ich mit dir zusammen war, begann die Sonne zu scheinen und die Bäume im Fellows' Garden leuchteten, aber sobald wir getrennt waren, kehrten die Sturmwolken zurück, und ich war wieder bereit, mit allem Schluss zu machen.

Erinnerst du dich an Dr. Lance? Den Collegedekan und Experten für Goethe? Und außerdem ein guter Freund von Dad? Er war derjenige, der alles in Bewegung gesetzt hat, der bemerkte, wie unglücklich ich war, und mir die Chance gab, ganz neu anzufangen. Er und Karen, unsere Collegeberaterin, die blonde Amerikanerin, auf die alle Jungs scharf waren. Und ich nutzte diese Chance, schloss mit allem ab, was du und ich hatten, und blickte stattdessen in die Zukunft, auf meinen Vater. Denn als Erstes hatten sie mir erzählt, dass Dad Teil eines Programms war, das unglücklichen Studenten helfen sollte. Ich glaube nicht, dass ich unterschrieben hätte, wenn er keine Rolle dabei gespielt hätte – doch es fühlte sich an, als könnte ich ihm dadurch näher sein.

Anfangs war es öde. Ich kann dir nicht sagen, wo wir waren, denn wenn ich in dieser Mail auch nur den Namen unseres Programms erwähne, werden die nächsten Stunden noch schwieriger als ohnehin schon (obwohl ich dir das über den »Zwiebelrouter« schicke – du würdest nicht glauben, was ich alles gelernt habe, Jar). Erst als wir unsere Ausbildung abgeschlossen hatten, wurde es interessant.

Das einzige Problem war, dass sie uns beibrachten, Dinge aufzudecken, die nicht für unsere Augen bestimmt sind, und dass ich eines Tages, als unser neues Leben schon ein paar Jahre alt war, etwas über meinen Vater erfuhr, was alles für mich änderte. Dad hatte etwas entdeckt, was er nicht hätte wissen dürfen. Er hat herausgefunden, dass britische Studenten wie ich, die von der Uni weg rekrutiert wurden, für die Amerikaner, die das Programm leiten, letztendlich für verzichtbar gehalten werden. Was den Rest der Welt anging, waren wir bereits tot, wen würde es also stören, wenn wir noch einmal starben? Wir waren entbehrlich und damit bestens geeignet für die allergefährlichsten Einsätze. Als Dad damit an die Öffentlichkeit gehen wollte, zogen sie die Notbremse – und ließen es wie einen Autounfall in Ladakh aussehen. Von dem Moment an, an dem ich das erfahren hatte, suchte ich nach einer Fluchtmöglichkeit, aber hier kann man nicht einfach weg. So läuft das hier nicht.

Eines Tages allerdings bot sich eine Gelegenheit – sie waren nachlässig –, und ich nutzte die Chance. Ich dachte, ich hätte es geschafft, als ich endlich in England angekommen war, aber inzwischen ist mir klar, dass sie mich die ganze Zeit beobachtet und nur abgewartet haben, was ich unternehmen würde. Nach wenigen Tagen schnappten mich die Amerikaner, und ich kam in Isolationshaft auf einer US-Luftwaffenbasis – in England vermutlich; jedenfalls wurde ich nirgendwohin geflogen –, und zwar für Monate, wenn nicht Jahre. Ich weiß es beim besten Willen nicht. Ich wurde körperlich und psychisch gefoltert.

Aber dann, letzte Woche, konnte ich erneut entkommen. Ich war draußen, auf der Flucht. Ich bin es immer noch.

Ich muss dich sehen, Babe, dir zeigen, dass ich noch am Leben bin. Wir müssen uns einfach treffen, egal wie kurz, und ich muss dir meine Geschichte erzählen. Irgendwann werden sie mich wieder schnappen, und dann werden sie mich wahrscheinlich für immer verschwinden lassen. Ich bin bereits tot, deshalb wird das niemanden interessieren. Aber wenigstens weißt du jetzt Bescheid, nun liegt es an dir, was du mit diesem Wissen anfängst. Finde mich, Jar, finde mich, bevor sie es tun. Dort, wo wir uns treffen wollten, wenn irgendwann die Welt aus ihrer Achse kippt. Du weißt schon wo.

43

Die beiden tauchen links und rechts neben Jar auf, als er gerade durch die Kartensperre und zum Nachtzug nach Penzance gehen will. Jar erkennt sie sofort wieder: der Mann und die Frau, die ihm schon aufgefallen sind, als er in die U-Bahn vom Ladbroke Grove nach Paddington stieg.

»Da will jemand noch mal mit Ihnen plaudern.« Der Mann hakt sich bei ihm unter und dirigiert ihn zu dem Taxistand am Bahnsteig eins. Während neben den Taxis ein Wagen angerollt kommt, schiebt sich die Frau von der anderen Seite an ihn heran, und gemeinsam heben sie Jar an, als die hintere Tür aufschwingt.

Auf dem Rücksitz ringt sich Miles Cato ein dünnes Lächeln ab. »Verzeihen Sie die Mantel-und-Degen-Aktion«, sagt er, als Jar in den Wagen geschubst wird.

Während sie in den Londoner Verkehr eintauchen, starrt Jar stur geradeaus, zu wütend, um irgendwas zu sagen oder um sich zu fürchten, und in Gedanken immer noch bei der Mail, die er vor wenigen Minuten auf seinem Handy gelesen hat. Außer ihm sitzen im Wagen nur der Fahrer, durch eine dicke Glasscheibe getrennt, und Miles. Der Mann und die Frau sind auf dem Gehweg geblieben und in der Menge untergetaucht.

»Ich glaube, Ihnen ist nicht wirklich klar, womit und mit wem Sie es hier zu tun haben«, sagt Miles nach längerem Schweigen. Auch er sieht geradeaus. Jar möchte ihm erklären, dass er eine ziemlich gute Ahnung hat, mit wem er es zu tun hat, dass Cato nicht irgendein gewöhnlicher Polizist ist, so viel ist klar, und dass es hier eindeutig um Rosa geht, doch er schweigt eisern.

»Es ist eine Sucht, eine Krankheit. Wir beobachten Martin inzwischen schon ziemlich lange. Menschen wie er operieren in Syndikaten. Sie handeln im Darknet mit verbotenen Bildern, mit Hunderttausenden davon. Und sie würden alles tun, um noch mehr zu bekommen. Das ist keine Online-Fantasie – hier geht es um echte Menschen.«

»Ich weiß nicht, wovon Sie sprechen«, sagt Jar, doch seine Stimme bebt heftiger, als ihm lieb ist.

»Versuchen Sie das Ganze mal von meiner Warte aus zu sehen. Wir bekommen einen Tipp, der uns zu Martin und seinen Computern führt. Als wir zu ermitteln anfangen, stellt sich heraus, dass er rein zufällig eine Festplatte, auf der womöglich entscheidende Beweise gespeichert sind, an Sie weitergegeben hat. Sie händigen uns die Platte widerwillig aus, aber erst nachdem sie kryptografisch verschlüsselt wurde. Das würde doch jeder merkwürdig finden, meinen Sie nicht auch? Manche würden sogar von absichtlicher Behinderung sprechen. Ich gewähre Ihnen hier einen beträchtlichen Vertrauensvorschuss, Jar. Andere werden das vielleicht nicht tun.«

Jar ermahnt sich, an dem festzuhalten, was er weiß. An der Mail von Rosa, die er gerade gelesen hat; dem vertraulichen Dokument in seiner Jackentasche; dem anonymen Anruf vorhin; Rosas Tagebuch; Max' Story…

»Können wir die Scharade bleiben lassen?«, fragt Jar und wird unwillkürlich lauter. »Hören Sie auf, so zu tun, als hätte Ihr Interesse an der Festplatte nichts mit Rosa und ihrem Tagebuch zu tun. Ich weiß, was mit ihr passiert ist, wo sie gelandet ist.«

In der eintretenden Stille liest Cato eine Nachricht vom Display seines Handys ab und lässt Jars Worte in der stickigen

Luft dahinwelken. Er ist gut, denkt Jar, hat seine Technik über viele Jahre in fensterlosen Vernehmungsräumen hinweg verfeinert.

»Das mit Rosa tut mir leid«, sagt Cato schließlich. »Und dass Sie so darum kämpfen müssen, ihren Tod zu akzeptieren. Das ist bestimmt nicht einfach. Aber deswegen bin ich wirklich nicht hier. Ich muss nur auf die Festplatte zugreifen können. Und ich muss wissen, wieso Sie Ihren Freund gebeten haben, sie zu verschlüsseln. So wie die Dinge stehen, haben wir genug in der Hand, um Sie und Anton wegen Behinderung unserer Ermittlungen anzuklagen und möglicherweise auch wegen Beihilfe bei der Verbreitung von schwerer Pornografie.«

Jar wendet sich ab und versucht die Möglichkeit auszublenden, dass Cato die Wahrheit sagt und er sich tatsächlich nicht für Rosa interessiert. So wie es aussieht, fahren sie in einer weiten Schleife um Paddington Station herum, die Edgware Road hinauf und hinter dem Bahnhof wieder herunter.

»Gestern Abend haben wir Anton einen Besuch abgestattet«, fährt Cato fort. »Er muss uns den Schlüssel für die Festplatte überlassen oder am besten die unverschlüsselte Kopie aushändigen, die er verwendet hat. Nur ist er anscheinend verschwunden, untergetaucht. Irgendwelche Ideen, wo er stecken könnte?«

»Warum verhaften Sie Martin nicht einfach?« Insgeheim fragt sich Jar, ob Cato blufft und Anton schon wegen der Tagebücher vernommen wird.

»Wir haben noch nicht genug Material, um Anklage gegen ihn zu erheben.« Cato macht eine kurze Pause. »Damit wir uns nicht missverstehen, Jar: Sie werden Anton eine Nachricht zukommen lassen und ihm erklären, dass er sich mit uns in Verbindung setzen soll. Sonst werden Sie das beide bereuen. Und entschuldigen Sie, falls Sie Ihren Zug verpasst haben.«

Inzwischen sind sie wieder am Bahnhof angekommen. Die

Türen des Wagens entriegeln sich automatisch. Jar weiß, dass es ein Fehler ist, aber er kann nicht anders, er kann seinen Arm nicht davon abhalten, den Ellbogen anzuwinkeln und die Hand in die Jackentasche zu schieben. Er fragt sich kurz, ob Miles wohl glaubt, dass er ihn gleich mit einer Waffe bedrohen will, doch Cato rührt sich nicht, zeigt keinerlei Regung, nicht einmal, als Jar das vertrauliche Memo zückt, das ihm zugeschickt wurde. Es ist eine unwiderrufliche Eskalation, ein überstürzter Entschluss, sein Blatt offenzulegen, aber Jar kann diese Schmierenkomödie nicht länger mitmachen.

»Und Sie sollten begreifen, wie viel ich weiß.« Jar reicht Cato das Blatt. Er ist froh, dass er eine Kopie gemacht hat, die jetzt in seiner anderen Tasche steckt. »Es geht nicht um Martin. Es geht um Rosa, die endlich zurückkommen will. Und wenn Sie und Ihre Leute mich weiterhin verfolgen, um zu verhindern, dass ich sie finde, dann sollten Sie sich darüber im Klaren sein, dass es noch mehr Menschen gibt, die schon einmal vom Eutychus-Programm gehört haben und die wissen, dass Rosa noch lebt.«

Jar blufft. Nur Carl weiß Bescheid, und jetzt Max, und er ist sich immer noch unschlüssig, ob er ihm trauen kann.

»Woher haben Sie das?«, fragt Cato und nimmt das Memo. Jar beobachtet ihn, wartet verzweifelt auf ein Zeichen, einen Hinweis, dass er richtigliegt. Cato flüstert beinahe – hat es ihm den Atem verschlagen? Die Farbe ist aus seinen Bubenwangen gewichen, sein üblicher Gleichmut wirkt plötzlich zögerlich. Oder möchte Jar das bloß sehen?

»Das wäre Verrat. Herefordshire, Karen, Sejal – ich weiß von allem, was Sie so hartnäckig abstreiten. Das hier ist übrigens Rosas Geburtsdatum«, ergänzt Jar und tippt, plötzlich atemlos, auf das Dokument. »Und das hier ihr Todesdatum.«

»Sie wissen, dass allein der Besitz dieses Dokuments gegen das Geheimhaltungsgesetz verstößt?«

Endlich nimmt Cato ihn ernst, denkt Jar. »Darum gebe ich es Ihnen auch zurück, ich übergebe es der Polizei, wie ein guter Staatsbürger. Es handelt sich um eine Fundsache, genau wie bei all den Laptops, die Leute vom MI5 im Zug vergessen.«

»Das ist Stufe drei, die höchste.«

»Was Rosa getan hat, war auch sehr ernst«, sagt Jar und versucht, seine Atmung unter Kontrolle zu bekommen, während er verzweifelt darauf wartet, dass Cato die Maske fallen lässt, endlich reinen Tisch macht. Aber Cato sagt nichts, weil er auf dem falschen Fuß erwischt wurde, wie Jar insgeheim hofft, und nun den unwiderlegbaren Beweis in Händen hält. Was kann er tun? Ihn verhaften, weil er gegen das Geheimhaltungsgesetz verstoßen hat? Das würde nur beweisen, dass Rosa noch am Leben ist.

»Nur eins noch«, sagt Jar und öffnet die Wagentür. Er muss weg von Cato, der immer noch auf das Dokument starrt. Warum zum Teufel hat Cato so gut wie keine Reaktion gezeigt, irgendwen angerufen, ihm erklärt, dass er in den letzten fünf Jahren seines Lebens immer recht hatte? »Falls Sie Rosa vor mir finden, dann seien Sie nett zu ihr.« Er sperrt sich gegen den Gedanken, dass sich Cato wirklich nur für Martin interessieren könnte. »Sie bedeutet mir sehr viel.« Er steht inzwischen auf dem Bürgersteig und beugt sich in den Wagen. »Sonst verzeihe ich Ihnen das nie.«

44

Nimm dich vor MC in Acht. Ich habe in den vergangenen fünf Jahren so manches erfahren und weiß, dass er derjenige ist, der dich ansprechen wird, falls er es nicht schon getan hat. Wahrscheinlich wird er sich als Polizist ausgeben, allerdings in Zivil. Und er hat eine Schwäche für einen schönen schottischen Akzent. Ich weiß nicht, was für eine Geschichte er zusammenspinnen wird, aber glaub kein Wort von dem, was er sagt. Er will mich finden, genau wie die anderen.

Die Amerikaner werden den britischen Geheimdiensten Druck machen, mich unter allen Umständen aufzuspüren. Es versteht sich, dass das Programm gestorben ist, falls es je öffentlich bekannt wird, und mit ihm der gute Ruf aller Beteiligten. Das würde selbst Snowdens Enthüllungen in den Schatten stellen, oder? Und es würde wahrscheinlich auch das Ende der besonderen Beziehungen zwischen dem Vereinigten Königreich und den USA einläuten.

Es ist wichtig, dass wir uns treffen, und sei es noch so kurz. Komm so schnell du kannst. Ich habe Angst, Jar, schreckliche Angst, dass sie mich dorthin zurückbringen, wo sie mich gefangen gehalten haben. Mich umzubringen, wäre verglichen damit eine Gnade.

45

Jar steht an der Waggontür und atmet durch das offene Fenster die salzige Seeluft ein. Der Zug schlängelt sich um die Mount's Bay dem Kopfbahnhof in Penzance entgegen, seiner Endstation. Links von ihm erhebt sich St Michael's Mount, dessen märchenhafte Zinnen über einem blauen Leichentuch aus Meeresdunst aufragen. Über ihm kreisen Möwen und kreischen ihr Klagelied.

Rosa hat oft erzählt, wie sie als Kind mit ihrem Vater im Nachtzug in Penzance ankam. Damals war der Nachtzug noch ein Autoreisezug. Anschließend fuhren sie immer in ihrem VW-Camper die Küstenstraße entlang, durch Newlyn und weiter nach Mousehole, wo sie in dem umgebauten Fischnetzspeicher residierten, den ihre Mum geerbt hatte.

Jar will den Bus nehmen, der von der Haltestelle gegenüber dem Bahnhof abfährt. Er muss erst nach St Ives und dort in einen weiteren Bus umsteigen, der ihn an Zennor vorbei an der Nordküste entlang zum Gurnard's Head bringt.

Seit Cato ihn am Bahnhof abgesetzt hat, hat er alles nur Erdenkliche getan, um alle weiteren Spuren zu verwischen, doch ihm fehlt Max' Insiderwissen, wie man richtig »grundreinigt«. Woher wusste Max das alles überhaupt? Jar war erst am Bahnsteig fünf, auf den man ohne Kartenkontrolle kommt, in einen Abendzug nach Swansea gestiegen und dann so lange sitzen geblieben, wie er es überhaupt aushielt. Eine Minute vor der Abfahrtszeit seines Zuges nach Penzance war er wieder aus dem Zug gestürmt, zum Bahnsteig eins gesprintet und dann in einen Waggon gesprungen, ohne sich um den Kartenkontrolleur am Bahnsteigeingang zu scheren, der ihm hinterhergezetert hatte, dass der Zug schon abgefertigt sei.

Keuchend hatte er ein Fenster heruntergelassen und noch einmal auf den Bahnsteig geschaut, während er darauf gewartet hatte, dass der Zug endlich losfahren würde. Doch die Abfahrt hatte sich verzögert, als wollte sich der Zug über ihn und seine Paranoia lustig machen. Jar hatte sich gesagt, dass es nichts bringen würde, wenn er sich jetzt verrückt machte, und war vom Fenster zurückgetreten. Eine peinliche Mantel-und-Degen-Aktion, wie Cato dazu gesagt hatte. Was hatte er sich nur dabei gedacht? Das hier war nicht seine Welt. Niemand verfolgte ihn. Aber dann sah er doch wieder aus dem Fenster. Ein großer Mann zeigte dem Kartenkontrolleur sein Ticket und deutete dabei auf den Zug. Es kam zu einem Wortwechsel. Jar sah auf die Uhr. Der Zug hatte schon zwei Minuten Verspätung. Es war nichts weiter, beruhigte er sich, doch dann zwängte sich der Mann am Kartenkontrolleur vorbei und kam genau auf seinen Waggon zugelaufen. Jar zuckte kurz vom Fenster zurück, als hätte ihn ein entgegenkommender Zug erschreckt, bevor er seinen ganzen Mut zusammennahm und noch einmal hinaussah. Endlich hatte sich der Zug in Bewegung gesetzt.

Es war zweifelsfrei der Mann, der ihm schon mehrmals in dem Café gegenüber seinem Büro aufgefallen war, und inzwischen war er beinahe auf einer Höhe mit Jar und dem offenen Fenster. Die beiden Männer sahen einander an, Jar wie gebannt, während er immer noch zu überschlagen versuchte, ob es irgendeine Möglichkeit gab, wie sein hartnäckiger Verfolger auf den beschleunigenden Zug aufspringen könnte.

Jar schob das Fenster hoch. Sein Verfolger war jünger, als Jar angenommen hatte, etwa Anfang dreißig, hatte gerötete Haut,

kleine, stechende Augen, und sein Gesicht sah irgendwie ungleichmäßig, geschwollen aus, vielleicht verzerrt von der Anstrengung des Laufens, dabei aber vollkommen emotionslos.
Als er begriff, dass er sich vergeblich abmühte, und sich daraufhin zurückfallen ließ, fiel sein Gesicht in sich zusammen, wie
geschrumpft durch Erschöpfung und Mutlosigkeit. Es war ei-
gentümlich, doch Jar kam es so vor, als hätte dieser Mann nichts
gegen Jar persönlich, sondern lediglich das Gefühl, professionell
versagt zu haben, während er dem abfahrenden Zug nachsah.

Er hatte sich von seiner Zielperson abhängen lassen.

Erst als der Zug fünfundzwanzig Minuten später durch Rea-
ding raste, hatte sich Jar so weit beruhigt, dass er seinen Posten
am Fenster verlassen und sich hinsetzen konnte. Beim ersten
Halt in Exeter hatte ihn die Angst noch fest im Griff, doch die
weitere Reise verlief ohne weitere Vorkommnisse. An jedem
Bahnhof hielt Jar Ausschau auf dem Bahnsteig, falls der Unbe-
kannte den Zug irgendwie eingeholt hatte, aber er war nirgendwo zu sehen. Vielleicht war es gar nicht der Mann aus
dem Café gewesen. Vielleicht war es ein ganz normaler Fahrgast, der seinen Zug nach Cornwall verpasst hatte.

Jetzt tritt Jar an einem klaren Samstagmorgen aus dem
Bahnhof von Penzance und lässt den Blick über die Menschen
schweifen, die in Grüppchen am Bahnhofseingang stehen und
auf Freunde oder Verwandte warten, die sich über das Wochenende angekündigt haben. Wäre Jar nicht so nervös, hätte er
innegehalten und das Bild auf sich wirken lassen. Die dicken
Granitmauern des Bahnhofs, der den Endpunkt der Linie bildet, der letzte Außenposten viktorianischen Fleißes. Kein
Bahnhof liegt weiter westlich als Penzance. Auf einmal sehnt
er sich zurück nach Galway. Vielleicht ist es der Meeresgeruch,
der weite Himmel.

Draußen in der Sonne steht ein Taxifahrer neben seinem
Wagen und zieht hoffnungsvoll die Brauen hoch, aber Jar geht

an ihm vorbei zu den Bushaltestellen. Der nächste Bus nach St Ives fährt in zwanzig Minuten, und so wandert er über die Straße zu einem Café, wo er sich ein Sandwich mit Speck bestellt. Wieder scheint ihm niemand zu folgen.

Während er an seinem schwarzen Tee nippt, sieht er sich im Café um und denkt über den Mann nach, der in seinen Zug steigen wollte. Bestimmt arbeitet er für Cato, dem offenbar die Aufgabe zugefallen ist, Rosa ausfindig zu machen und danach den Fall abzuschließen – indem er jeden zum Schweigen bringt, der zu viel wissen könnte. Die polizeilichen Ermittlungen gegen Martin sind nur eine Scharade, wie Rosas letzte E-Mail bestätigt hat.

Er ruft sich die Unterhaltung mit Max ins Gedächtnis und dessen Andeutung, dass jemand ihn lenken könnte. Eigentlich erscheint ihm das unmöglich, vor allem seit die E-Mails eintrudeln. Rosa ist auf der Flucht vor ihren Verfolgern und wartet versteckt draußen beim Gurnard's Head auf ihn. *Wenn jemals die Welt aus ihrer Achse kippt…* Er schluckt schwer bei der Vorstellung, dass er sie nach all den Jahren wiedersehen wird, und verdrängt Max' Skepsis.

Eine Stunde später erblickt Jar die ockergelben Wände des Pubs am Gurnard's Head, die ihm wie ein Leuchtfeuer der Hoffnung entgegenstrahlen. Oder wie ein Warnzeichen, denkt er. Er ist übernervös, seit er in St Ives den Bus gewechselt hat und jetzt als einziger Passagier mitfährt. Er steht auf.

»Zum Pub?«, fragt der Fahrer. Sein Akzent klingt nach Nordengland, denkt Jar.

»Danke.«

»Ein Stück weiter gibt's genialen Cream Tea. Im Rosemergy, ungefähr eine Meile von hier«, erläutert der Fahrer. Es ist ihr erster Wortwechsel, und Jar fragt sich, wieso sie so lang gebraucht haben. »Die besten Scones in Cornwall.«

»Vielleicht probier ich sie gleich aus.«

Jar bleibt am Straßenrand stehen und sieht dem Bus nach, bis er in der kargen Moorlandschaft verschwunden ist. Er hätte sich mit dem Fahrer unterhalten, hätte die menschliche Gesellschaft genießen sollen, aber er traut niemandem mehr über den Weg. Um ihn herum ist keine Menschenseele zu sehen, und das Pub sieht geschlossen aus. Dann hört er hinter sich in der Ferne ein Auto kommen. Er verzieht sich in den Schatten des Hauses, an die Seitenwand, und beobachtet, wie der Wagen, ein jagdgrüner Mini, kurz abbremst, als er am Pub vorbeifährt. Der Fahrer hat den Kopf abgewandt, weshalb Jar ihn nicht erkennen kann. Er wartet ab, bis der Wagen hinter dem Horizont untergetaucht ist, bevor er wieder aus dem Schatten tritt.

Wie sich herausstellt, hat das Pub sehr wohl geöffnet, und er beginnt ein Gespräch mit der jungen Bedienung an der Bar. Anfangs geht es um Cream Teas, Gerüchten von legendären Scones ganz in der Nähe. Das Reden tut ihm gut. Er hat in den vergangenen Stunden zu viel Zeit in seinem eigenen Kopf verbracht. Auch sie empfiehlt ihm das Café weiter unten an der Straße und lässt ihre Jadeaugen eine Sekunde länger auf seinem Gesicht ruhen, als für einen Informationsaustausch über Cream Teas notwendig wäre.

Jar lächelt und bemerkt erst jetzt, wie gut sie aussieht: gebräunt, das sonnengebleichte Haar im Nacken zusammengefasst. »Außerdem bin ich auf der Suche nach einer Freundin«, sagt er und dreht dabei einen Bierdeckel in den Händen. »Anfang zwanzig, schwarze Haare, große Augen.«

Das Mädchen sieht auf, und sofort wirkt ihr Lächeln gezähmt, eher professionell als persönlich.

»Ich habe mich gefragt, ob sie hier vielleicht übernachtet hat«, fährt Jar fort.

»Im Moment sind hier nur Pärchen«, sagt sie nach einem Blick in das Buch. »Und eine Familie mit zwei Kindern.«

Jar nickt. Natürlich würde sie nicht in einem Pub übernachten. Was hat er sich nur dabei gedacht?

»Danke noch mal.« Als er den Knauf an der Tür dreht, ruft sie ihm nach: »Aber gestern war jemand hier.«

Jar hält inne, eine Hand an der Türkante.

»Eine Frau, allein, die den Küstenweg entlangwandert ist. Ich glaube, sie campt hier irgendwo.«

»Wie alt?«

»Anfang zwanzig? Große Augen.«

Jar bringt ein Lächeln zustande und bekommt eines zurück. Rosa war eine begeisterte Camperin, sie war im Urlaub oft mit ihrem Vater oben im Lake District zelten.

Hinunter zum Meer ist es etwa eine Meile, und Jar läuft den Großteil davon so schnell, dass ihm die Seeluft ins Gesicht bläst. Er versucht sich ihre Beschreibung des Ortes ins Gedächtnis zu rufen, ihren verrückten, besoffenen, postapokalyptischen Notfallplan. Jesus, wie er sie liebt, wie ihm ihre durchgeknallte Fantasie fehlt.

Bei Ebbe gibt es einen Sandstrand – und ein paar genial versteckte Buchten –, aber am besten gehst du einfach rund um die Bucht, vorbei an der alten, verfallenen Kapelle und raus zum Gurnard's Head. Auf der Landspitze hat es ein paar große Felsen und eine windgeschützte Stelle, in die man sich verkriechen kann. Wir könnten von dort aus die Kegelrobben beobachten, vielleicht sogar ein paar Tümmler, wenn wir Glück haben. Die Luft ist so rein.

Die kornische Luft mag rein sein, trotzdem bringt sie Jars Lunge zum Platzen. Er hat in den letzten Monaten nicht auf seine Fitness geachtet – ehrlich gesagt schon seit Rosas Tod nicht mehr. Sein ganzes Leben ist ihm entglitten: Desinteresse an seinem Job, zu viel Alkohol, keine Selbstdisziplin. Rosa erzählte gern von langen Wanderungen durch den Lake District, einmal auch in Ladakh, entsinnt er sich.

Unten am Ende des Wegs bleibt er stehen, direkt neben den Ruinen eines Steingebäudes mit Blick aufs Meer. Das muss das alte Maschinenhaus für die Kupfermine sein, auf das er beim Googeln im Zug gestoßen ist. Rechts sieht er eine schmale, tiefe Bucht, und direkt geradeaus eine Ansammlung von Felsen. Links zieht sich eine große Bucht in einem weiten Schwung zu einer dramatischen, felsigen Landspitze: Gurnard's Head.

Nach einem kurzen Blick zurück zur Hügelkuppe geht er hinaus auf die Klippe, wo ihm ein paar alte, in den Felsen eingelassene Eisenträger auffallen. Sie sehen aus wie Überreste einer Winde oder eines Krans, mit dem offenbar das Kupfer in die Boote hinabgelassen wurde.

Er dreht um, kehrt zu dem verfallenen Maschinenhaus zurück und folgt von dort aus einem Pfad, der ihn um die Bucht und hinaus auf die Landspitze führen wird. Auf halbem Weg stolpert er über kaum sichtbare Mauerreste: Chapel Jane, vermutet er, deren Umrisse im langen Gras kaum mehr zu erkennen sind. Er hält kurz inne und fragt sich, ob Rosa in den letzten Tagen womöglich auf exakt diesem Fleck gestanden hat. Sie liebte all das: die Geschichtsträchtigkeit Cornwalls, die Brunnen und Kapellen, Wasserquellen und Fogous – unterirdische Behausungen – aus der Eisenzeit.

Auf dem Küstenwanderweg ist in beiden Richtungen kein Mensch zu sehen, als er Kurs auf Gurnard's Head nimmt. Dunkle, unheilverheißende Wolken rollen von Norden heran und hinüber nach Zennor, aber die Landspitze hält sich standhaft unter dem letzten Stück blauem Himmel. Unter ihm schlagen atlantische Brecher gegen die Felsen, und die auffliegende Gischt glitzert im Sonnenschein.

Wenigstens werden sie vorgewarnt, denkt Jar, falls ihm jemand hierher gefolgt ist. Sie können zwar nicht mehr entkommen, nirgendwohin fliehen, aber ihnen werden ein paar kostbare Minuten bleiben, nachdem sie fünf Jahre getrennt waren.

Inzwischen ist Jar fast an der Spitze angekommen und folgt einem gefährlich schmalen Pfad abwärts, der über den Felsenkamm zum Gurnard's Head führt. Er fühlt sich an Cleggan an der Küste von Connemara erinnert, an jenen Tag, als er Rosa neben sich glaubte und sie ihn als tollpatschigen Kartoffelfresser bezeichnete. Die Erinnerung lässt ihn lächeln.

Links von ihm senkrechte Klippen und fünfzig Meter freier Fall ins Meer. Rechts führt ein sanfterer Abhang zu den Felsklippen auf der anderen Seite. Es gibt dort einen leichteren Weg durchs Gras, aber er zieht den felsigen Pfad vor, denn von hier oben kann er alles überblicken.

Erst als er die letzten Felsspitzen erreicht, Gurnard's Head selbst, gesteht er sich ein, wie nervös er ist. Und wie dumm. Warum sollte sie ausgerechnet hier auf ihn warten? Er versucht, sich noch einmal sämtliche Gründe vor Augen zu halten: Sie liebte Cornwall, das Land ihrer Kindheit; sie fürchtete Meteoriteneinschläge und hat ihm das Versprechen abgenommen, sich hier mit ihr zu treffen, falls die Welt irgendwann aus ihrer Achse kippen sollte. Er weiß, dass das nicht reicht.

Noch etwas hat ihn nach Cornwall getrieben, etwas, das er so weit wie möglich aus seinen Gedanken zu verbannen versucht hat, seit es passiert ist. Die Frau auf der Rolltreppe an der Paddington Station, die mit dem Rucksack und dem rasierten Schädel, die den Zug nach Penzance bestiegen hat: Das war Rosa, ohne jeden Zweifel. Das war keine Trauerhalluzination, keine Projektion seiner Verlustgefühle, auch kein *Spéirbhean*, wie sein Dad ihm hätte einreden wollen. Es war die junge Studentin, die er liebte, die sich angeblich eines Nachts in Cromer das Leben nahm und deren Leiche nie gefunden wurde.

Zuerst sieht er das Zelt, flach und blumengemustert, das dem Atlantik zugewandt im Windschutz einiger Felsen steht, auf einem kleinen Fleck mit hohem Gras. Jeder könnte es aufgestellt haben, ermahnt er sich, während er darauf zugeht, doch er hat dieses Muster schon einmal gesehen. Es baumelte in der Bahnhofshalle von Paddington Station unter einem Rucksack.

Sein Instinkt rät ihm, sich noch einmal umzudrehen, und so lässt er den Blick über den Küstenweg zu den Ruinen des alten Maschinenhauses am Anfang des Pfades wandern. Die Küste ist immer noch menschenleer. Als er sich wieder dem Zelt zuwendet, rechnet er halb damit, dass es verschwunden ist: eine weitere Halluzination, erzeugt durch fünf Jahre Trauer um eine Frau, die sich nie von ihm verabschiedet hat. Aber es steht immer noch da und flattert im Meereswind.

Jar arbeitet sich zwischen den Felsblöcken und Grasbüscheln vor, immer auf das Zelt zu, und ist schon bald auf einer Höhe damit. Ob Rosa drinnen liegt? Er späht durch die offene Luke. Er sieht eine Isomatte, einen Schlafsack und einen Rucksack.

Er versucht ruhig durchzuatmen und dreht sich um. Die Landzunge ist völlig verlassen. Er geht bis zum Rand der Klippe, wo ein Weg bis an die äußerste Spitze führt, eine Gruppe nackter Felsbrocken unter der großen, hässlichen Klippe, die der Landzunge ihren Fischnamen verleiht.

Dort auf einem Stein sitzt, die Knie an die Brust gezogen und das Gesicht dem Meer zugewandt, eine Frau mit rasiertem Schädel und ausgebeulten Hosen und wiegt sich leise vor und zurück. Sie hat Jar den Rücken zugekehrt. Er zögert, spürt den Puls in seinen müden Lidern schlagen und sucht Halt an einem Felsen, um die Balance zu halten. Sein erster Impuls ist es, sie zu rufen, aber er tut es nicht, aus Angst, er könnte sie erschrecken, aus Angst, sie könnte nicht real sein. Stattdessen beobachtet er reglos, wie sie am senkrechten Rand der Klippe sitzt.

Manchmal, wenn er eine Halluzination hat, schließt er kurz

die Augen und öffnet sie dann wieder, um hinterher festzustellen, dass sie verschwunden ist. Er zählt mit geschlossenen Augen bis fünf und wünscht sich dabei aus tiefstem Herzen, dass sie noch da sein möge. Diesmal weiß er genau, dass sie real ist, dass er sie endlich gefunden hat. Bei vier öffnet er die Augen und kämpft gegen die Tränen an.

»Rosa?« Seine Stimme ist nur ein Flüstern, und der Wind weht ihm ins Gesicht. »Rosa«, wiederholt er angestrengt und diesmal lauter.

Sie dreht sich um, sieht zu ihm her, die Augen gegen die Sonne zusammengekniffen, und lächelt ihn aus der Ferne an. So oft hat er sich diesen Augenblick ausgemalt. Er will zu ihr laufen, sie in seine Arme nehmen, falls sie sich doch noch auflöst, *durch verklärte Luft schwindet.*

»Wunderschön, nicht wahr?«, fragt sie und sieht wieder hinaus aufs Meer. Ein Schauer der Erleichterung durchläuft ihn. Es ist Rosa. Er halluziniert nicht. »Ich habe heute schon so viele Robben gesehen«, fährt sie fort. »Mehr als ich zählen konnte. Früher sind wir dauernd hierhergekommen. Dad konnte mit ihnen sprechen, wenn er die Hände aneinanderlegte und gegen die Daumen blies, hörte sich das an wie ein Zwischending zwischen Eule und Seehund.«

»Rosa«, wiederholt Jar. Er merkt bereits, wie seine Euphorie einer gewissen Angst weicht. »Rosa, bitte komm vom Rand weg.«

Rosa steht auf, wobei sie um ein Haar ins Straucheln gerät, und tritt endlich von der Klippe zurück. Jar bleibt wie festgewachsen stehen, während sie sich einen Weg durch die Felsen sucht und an ihm vorbei zu ihrem Zelt geht. Mit gesenktem Blick, so als würde er gar nicht existieren.

»Ich vergesse jedes Mal, es zuzumachen«, sagt sie und geht in die Hocke, um den Reißverschluss nach oben zu ziehen. Jar starrt auf ihren Rücken, versucht zu begreifen, was gerade passiert, und gleichzeitig ihre körperliche Nähe, das Rollen ihrer Schultern, den Klang ihrer Stimme aufzusaugen.

»Wo bist du gewesen, Rosa?«, fragt er und sieht weiter zu, wie sie das Zelt zu schließen versucht. »Wohin haben sie dich gebracht?«

Rosa reagiert nicht, sondern nestelt weiter an dem klemmenden Reißverschluss herum. »Ein Festivalzelt«, sagt sie. »Dad hat immer gesagt, ein billiges Zelt ist rausgeschmissenes Geld. Ich glaube, der Reißverschluss ist hinüber.«

Jar beugt sich hilfsbereit vor. »Lass mich mal versuchen.« Seine Hand streicht über Rosas Handrücken, und die Berührung lässt sie wirklich werden. Einen Moment später liegt sie schluchzend an seiner Schulter und hat die Arme um ihn geschlungen. Jar legt ebenfalls die Arme um sie, absorbiert das Beben ihres zerbrechlichen Körpers und wagt nicht zu glauben, dass sie aus Fleisch und Blut ist. Dann beginnt auch er zu weinen. Er weiß, dass er stark bleiben muss, aber fünf Jahre in Ungewissheit sind entschieden zu lang.

So verharren sie eine Weile – zehn Minuten, eine halbe Stunde, Jar kann es nicht sagen, es interessiert ihn auch nicht – und halten sich still in den Armen, am Fuß der Felsen sitzend, während tief unter ihnen der Wind die Gischt von den atlantischen Brechern peitscht. Schließlich löst er sich von Rosa, sieht ihr in die Augen, hält ihr Gesicht fest und streicht mit seinen großen Daumen die Tränen von ihren Wangen. Und dann küsst er sie auf die Lippen, doch sie wendet sich ab.

»Ich weiß alles, Rosa. Und ich kann verstehen, dass du die Chance nutzen wolltest, ganz von vorn anzufangen. Nur damit du das weißt.«

»Also ist es wahr.«

»Was denn?«

Sie sieht zu Boden. »Mein Leben.«

»Wie meinst du das?«

»Erzähl mir alles, was du über mich weißt. Bitte.«

Jar sucht in ihren Augen nach einer Erklärung, dann wendet er den Blick ab, weil er begreift, dass es keine schnellen oder einfachen Antworten geben wird. Sie hat denselben verschlossenen Blick wie Amy neulich: distanziert, verloren.

Er beginnt ganz am Anfang, mit ihrer unglücklichen Collegezeit, Dr. Lance, Karen, der Collegeberaterin, ihren Reisen nach Cromer, dem Retreat in Herefordshire, dem Angebot, neu anzufangen. Dann schildert er ihr, wie sie sich im Restaurant kennengelernt haben. Sie reagiert genauso: verständnislos und indifferent, mit totem Blick. Sie sitzen nebeneinander und schauen gemeinsam aufs Meer, aber ihr Zusammensein hat nichts Intimes.

Jar sieht wieder zu ihr hinüber. Wenn er nur auf seine innere Stimme gehört hätte, als er sie am Bahnhof Paddington sah, denn inzwischen ist er sicher, dass es Rosa war, die da zum Zug eilte. Er hätte ihr nach Penzance folgen, hätte seinem Instinkt trauen sollen. So viel in den letzten beiden Wochen wäre ihnen erspart geblieben.

»Habe ich recht?«, fragt er. »Mit dem Retreat in Herefordshire? Karen?«

Sie nickt. Jar seufzt unwillkürlich erleichtert auf: Niemand spielt mit ihm. Rosa selbst hat das Tagebuch geschrieben.

»Ich hatte ja keine Ahnung, wie unglücklich du am College warst«, sagt er.

Sie schaut geradeaus aufs Meer.

»Natürlich wusste ich, dass du deinen Dad vermisst, aber mir war nicht klar …«

»Schon okay.«

Jar sieht sie wieder an, wie sie so neben ihm sitzt und der Wind an ihrer ausgebeulten Hose zerrt, und eine Erkenntnis steigt in ihm auf wie Übelkeit. Sie hat noch kein einziges Mal seinen Namen gesagt.

»Rosa?«

Sie sieht ihn mit demselben Blick an, den sie ihm vom Zug aus zugeworfen hat: einem Blick zwischen zwei Fremden. »Ja?«

»Weißt du, wer ich bin? Wie ich heiße?«

Tränen treten ihr in die Augen, und sie wendet sich ab. Jar legt den Arm um sie, und nach ein paar Sekunden lässt sie den Kopf an seine Schulter sinken.

»Jar. Ich bin Jar. Jarlath Costello. Wir waren zusammen in Cambridge.«

»Ich weiß, wer du bist, Babe. Manchmal weiß ich alles. Und dann verschwindet alles wieder im Nebel.«

»Was haben sie dir angetan, Rosa?«

Es vergeht eine Weile, bevor sie antwortet: »Ich war allein.«

»Wo?«

»Das weiß ich nicht, Jar. Ich kann mich nicht erinnern, dass sie mich irgendwohin geflogen hätten, aber es war die Rede von einer Airbase. Lakenheath? Ich glaube, irgendwann hat jemand Lakenheath gesagt.«

Die US-Luftwaffenbasis in Suffolk, denkt Jar.

»Das Licht war so fahl. Sie haben mir den Kopf rasiert und mich in einen orangen Overall gesteckt. Tag und Nacht, und das Essen haben sie zu mir runtergelassen, als würden sie einen Hund füttern.«

»Wie lange warst du dort?«

»Sechs Monate, sechs Jahre? Ich weiß es nicht, Jar. Entschuldige.«

»Schon okay«, sagt Jar und hält sie fest. Aber er weiß, dass es das nicht ist.

»Sie werden mich holen kommen, nicht wahr?«

Jar sieht über die Bucht. »Hast du irgendwem erzählt, dass du hierher willst?«, fragt er.

»Nein.«

»Hast du ein Handy?«

»Nein.«

»Gibt es hier wenigstens Netz?«

Rosa sieht ihn wieder an, ihr Blick scheint zu flackern, als würde ihr der Ausdruck etwas sagen. »Aber im Pub hat es WLAN«, sagt sie.

Offenbar hat sie es benutzt, um die Mails zu schicken, denkt er, und sich dazu von jemandem ein Handy oder iPad geborgt. »Wenn du kein Handy hast, können sie dich auch nicht orten.«

»Nein. Können sie nicht.«

Jar steht auf und schaut zurück zu dem alten Maschinenhaus auf der anderen Seite der Bucht. Am Anfang des Pfads ist eine große Gestalt zu sehen. Hör auf, so paranoid zu sein, sagt er sich.

»Ist dir warm genug?«, fragt sie. »Es wird allmählich kalt.«

»Es passt«, sagt Jar. Er setzt sich wieder neben ihr auf den Boden, als wären sie zwei Schulfreunde auf einer Parkbank. So hatte er sich ihr Wiedersehen nie vorgestellt, nie hätte er gedacht, dass es so prosaisch sein würde.

»Das ist also der Fleck, an dem wir uns treffen wollten, wenn ›die Welt irgendwann aus ihrer Achse kippt‹«, sagt er, den Blick aufs Meer gerichtet. »Ich habe deine Mails bekommen.«

Sie hält inne und hängt lächelnd einer fernen Erinnerung nach. »Ich habe ein paar Sternschnuppen gesehen. Allerdings noch keine Meteoriten.«

»Du hast ihn einmal in deinem Tagebuch erwähnt, aber nie beschrieben, wo er liegt.«

»Ich habe es ihnen nie verraten«, sagt sie. »Unser Geheimnis.«

Und jetzt habe ich es enthüllt, denkt Jar und sieht wieder hinüber zu der Gestalt, sieht ihren vertrauten Gang. Ihm bleibt das Herz stehen. Es ist der Mann, der in Paddington Station in seinen Zug steigen wollte. Er marschiert mit langen Schritten den Küstenweg entlang auf die Landspitze zu, wo sie beide sitzen. Jar sieht sich um, sucht nach einem Ausweg, aber hier gibt es kein Versteck, keine Fluchtmöglichkeit. Die Landspitze ist umgeben von steilen Klippen und dem Meer. Jar hat Rosas Verfolger zu ihr geführt.

»Du musst mir so viel wie möglich darüber erzählen, wo du warst, was sie mit dir gemacht haben«, drängt er sie.

»Das steht alles in meinem Tagebuch. Mein ganzes Leben habe ich darin niedergeschrieben.«

»Hast du es dabei?« Jar weiß nicht, ob er ihr verraten soll, dass er den größten Teil bereits gelesen hat.

»Ich weiß sowieso alles auswendig. Sie haben mich jeden Tag einen anderen Eintrag auswendig lernen lassen.« Sie hält kurz inne und zitiert dann: »›Nur eins war nervtötend an Karen: Jedes Mal, bevor sie zu reden anfing, japste sie kurz. So als wäre ihr gerade erst eingefallen, dass sie noch Luft holen muss. Je länger sie redete … desto stärker fiel mir dieses Japsen auf, bis es in meinem Kopf zu einem ohrenbetäubenden Luftschnappen anwuchs. Dad hätte das witzig gefunden.‹«

Karen, die Beraterin, die sie am College betreute, denkt Jar. Die sie ihm gegenüber nie erwähnt hat. Über die Max keinerlei Aufzeichnungen finden konnte. »Erinnerst du dich an Herefordshire?«, fragt er. »Die Zeit im Retreat?«

»Ja, zumindest daran, wie ich mit Sejal dunkle Schokolade gegessen habe.«

»Und wie du von den Amerikanern unterwiesen wurdest?«

Sie überlegt kurz. »Ich glaube schon.«

Genau darüber muss er mit ihr reden: den letzten, unvollständigen Tagebucheintrag, der wie abgeschnitten wirkte und in dem sie alles enthüllen wollte.

»Kannst du mir noch mehr über das Programm erzählen? Eutychus?«

»Wir hatten den Spitznamen ›die Unsichtbaren‹. Für den Rest der Welt waren wir tot, niemand wusste, dass es uns gab. So hatte sich das Dad nie vorgestellt. Eigentlich sollten wir ein neues Leben bekommen, und eine Weile bekamen wir das auch, aber die Amerikaner...« Ihre Stimme driftet ab. »Die hatten andere Vorstellungen, sahen uns als entbehrlich.«

»Und wie war dein neues Leben?«

Es dauert, bis sie antwortet. Jar gibt sich alle Mühe, Geduld zu bewahren. Der Mann ist inzwischen fast auf einer Höhe mit ihnen. Jar hätte mit dem Zug zurück nach Paddington fahren sollen, statt von Penzance aus direkt hierherzukommen, er hätte seinen Verfolger in ein paar Karnickellöcher locken sollen, um ihn möglichst weit weg von Rosa und Cornwall zu führen. Stattdessen hat er ihn hierhergebracht, und jetzt sitzen sie in der Falle.

»Es gab so viele Trainings.«

»In Verschlüsselung?«

»Ich weiß es nicht mehr.«

»Hast du so die Wahrheit über deinen Dad erfahren?«

»Danach bin ich geflohen. Ich wollte es der Welt erzählen. Aber sie haben mich erwischt, mich eingesperrt...« Wieder bricht Rosas Stimme, und ihre Augen quellen vor Tränen über.

»Schon okay.« Er hält sie in den Armen, sagt sich immer wieder, dass sie real ist. Werden sie je wieder so zusammensitzen? Nur sie beide? Noch einmal sieht er auf den näher kommenden Mann.

»Es sind so grässliche Dinge passiert«, flüstert sie. »Du kannst es dir gar nicht vorstellen.«

»Dir?«

»Er hat gesagt, meine Seele würde ihm gehören.«

»Wer?«

Rosa zögert kurz. »Wenn wir einem Menschen das Leben retten, gehört uns seine Seele...«

»Gehörte er mit zum Programm?«

Rosa scheint ihn nicht gehört zu haben. »Dann haben sie mich weggebracht.«

»Auf die Airbase?«

Sie zögert wieder, diesmal länger, und beginnt zu weinen. »Sie wollten mich ertränken.« Ihre Stimme ist nur noch ein Flüstern.

»Jessas, Rosa. Das tut mir so leid.« Die Neugier weicht dem Zorn.

»Du glaubst, du stirbst. Der Stoff in deinem Mund, das Wasser, das sie drübergießen. Du bekommst keine Luft, also gerätst du in Panik, und das macht es noch schlimmer.«

Waterboarding, denkt Jar. Eine amerikanische Spezialität in Guantanamo. Er hätte nicht gedacht, dass sie auch in Lakenheath auf der Folterkarte steht.

»Und dann haben sie …«, haucht Rosa. »Wieder und wieder und wieder.«

Jar schließt die Augen und muss an Catos Warnung denken. *Ich glaube, Ihnen ist nicht wirklich klar, womit und mit wem Sie es hier zu tun haben.*

»Wir müssen das öffentlich machen, Rosa. Der Welt erzählen, was passiert ist. Dir und deinem Vater. Wir müssen beweisen, dass du noch am Leben bist.«

»Bin ich das?« Sie bringt ein schwaches Lachen zustande, einen Anflug ihres Lächelns. Jar drückt sie fester, damit sie nicht verschwinden kann.

»Ich habe gehofft, dass du kommst«, flüstert sie. »Zu unserem geheimen Treffpunkt. Ich wusste, dass du kommen würdest. Es ist eins der wenigen Dinge, die ich über mein Leben weiß. Mein altes Leben. Wir waren wirklich füreinander geschaffen, nicht wahr? Du und ich.«

»Wir müssen ein Foto machen«, sagt Jar. Die Tränen kommen wieder. Ihre Tagebucheinträge haben ihn zweifeln lassen, ob ihre Beziehung wirklich so stark war, wie er sie in Erinnerung hat. Er zieht sein Handy heraus und hält es auf Armeslänge vor sich hin. Seine Hand zittert. Sie schmiegen sich aneinander.

»Ein Selfie«, sagt Rosa lächelnd.

»Schnell. Schau in die Kamera.«

Er nimmt ein Bild auf und sieht auf das Handy.

»Kein Empfang. Vorhin hatte ich noch Empfang.«

»Du musst warten, bis der Wind wieder aufkommt«, sagt Rosa.

»Dafür haben wir keine Zeit.« Jar steht auf und hält das Handy hoch in die Luft, als wollte er im Schulunterricht eine Frage stellen. »Ein Balken reicht.«

Er hat Carls Nummer schon eingetippt. Das Foto hat er an den Text angehängt, »Rosa und Jar heute«, dazu das Datum in Klammern. Er drückt auf Senden.

»Jessas, jetzt sende schon!«, brüllt er, weil das Datenrad auf dem Display nicht aufhören will zu rotieren.

Eine Sekunde später erscheint der Mann auf den Felsen über ihnen und zeichnet sich schwarz vor dem Blue-Curaçao-Himmel ab. Inzwischen hat er eine schwarze Sturmhaube übergezogen und hält eine Waffe in der Hand. Jar starrt ihn an, versucht sich die Gesichtszüge unter der Maske vorzustellen, die stechenden Augen, die gerötete Haut. Dann schleudert er das Handy hoch in die Luft, über die Klippe, und sieht es im Sonnenschein kreiseln und wirbeln, während es in weitem Bogen in Richtung Meer segelt und aus seinem Blickfeld verschwindet. Eine Sekunde später ist der Mann heruntergesprungen und steht neben ihm. Jar tritt vor, um Rosa zu beschützen, aber der Mann ist schneller und zieht ihm den Waffenknauf übers Gesicht. Jar geht zu Boden und landet mit der Wange im weichen, moosigen Gras. Noch einmal versucht er auf die Füße zu kommen, will den Mann daran hindern, Rosa zu entführen, aber er kann sich nicht bewegen. Seine Beine sind bleischwer, alles dreht sich um ihn.

»Rosa!«, ruft er. »Rosa!«

Hilflos muss er zusehen, wie Rosa von den Felsen weggeführt wird, die Hände auf dem Rücken gefesselt und mit einem Stoffknebel im Mund. Er hat sie verraten, denkt er. Dann wird seine Welt dunkel.

Teil zwei

46

»Hast du das Foto bekommen?«, fragt Jar.

Die junge Frau hinter dem Tresen des Pubs, die mit den grünen Augen, tut so, als würde sie ihn nicht beobachten. Jar hat ihr angeboten, das Gespräch zu bezahlen, aber sie wollte nichts davon wissen. Sie sorgt sich eher wegen der Platzwunde an seiner Stirn – die er sich, wie er ihr erklärt hat, bei einem Sturz auf dem felsigen Klippenweg zugezogen hat – und weil er so lange bewusstlos war.

»Was für ein Foto?«, fragt Carl.

»Ich habe dir ein Foto von mir und Rosa geschickt. Sie lebt, Carl. Ich habe mich gerade mit ihr getroffen.«

»Kommst du gerade von einem Trip runter, Bro? Du hörst dich nicht gut an. Wo steckst du?«

Jar ist bewusst, was Carl denken muss. Sein Freund hatte wieder eine Episode, genau wie in Paddington Station. (Er wird Carl gar nicht erst beizubringen versuchen, dass er auch da tatsächlich Rosa gesehen hat.) Jar hat gehofft, dass er mit dem Foto alle Zweifel ausräumen könnte, aber Carl hat es nicht bekommen, obwohl Jar sich sicher ist, dass das Foto gesendet wurde, bevor er sein Handy über die Klippe segeln ließ.

»Kannst du noch mal deine Nachrichten durchsehen? Bitte? Bist du sicher, dass du es nicht bekommen hast? Manchmal dauert es eine Weile, bis sie durchkommen. Wenn du es gekriegt hast, kannst du auf dem Bild das Datum und den Ort checken.«

Es bleibt lange still. »Jar, hör zu, Bro, es gibt kein Foto. Wenn ich ganz ehrlich sein soll, ich habe keinen Schimmer, wovon du redest. Wir müssen das echt angehen, dass du überall Rosa siehst. Schaff deinen Arsch zurück nach London, sprich mit den Bullen, und ich sorge dafür, dass Karen sich wieder mit dir trifft – professionell.«

»Du verstehst das nicht. Das hier ist was anderes, Carl. Du musst das Foto öffentlich machen. Auf unsere Website stellen. An eine Zeitung schicken. Was weiß ich. Hauptsache, du sendest es sofort weiter, sobald es angekommen ist.«

Jar sieht zu dem Mädchen an der Bar auf und ringt sich ein Lächeln ab. Er weiß, er redet zu schnell, bekommt nicht genug Sauerstoff in die Lunge. Sein Leben hatte noch nie so ein Tempo.

»Sie sieht vielleicht nicht aus wie Rosa, aber sie war es. Sie hat sich den Kopf rasiert, viel Gewicht verloren. Das war keine Halluzination, Carl. Diesmal nicht. Ich war gerade mit ihr zusammen. Bevor sie wieder entführt wurde.«

»Ist im Moment jemand bei dir?«

»Carl, hör zu. Mit mir ist alles in Ordnung. Rosa lebt. Es geht ihr nicht gut, aber sie lebt.«

Jar legt auf und drückt den Hörer zehn Sekunden, vielleicht länger, mit aller Kraft auf die Gabel, bis alles Leben darin erloschen ist, beinahe als würde er ein Kätzchen ertränken. Als er die Hand wegnimmt, sieht ihn das Mädchen mit ängstlichen Augen an.

47

Cromer, 2012

Heute Morgen habe ich Rosa in Norwich abgeholt. A hatte darauf bestanden, trotz der zwar langsamen, aber durchaus guten Zuganbindung zwischen Norwich und Cromer. Rosa war mürrischer als je zuvor – sie kommt nach ihrem Vater. A meint, sie hätte in den letzten Monaten viel durchgemacht, ich sollte darum mitfühlender sein. Ich weiß, ich sollte mehr Anteilnahme zeigen, aber das ist nicht so leicht, wenn jemand jede Hilfe verweigert. Ich habe ihr erklärt, wie hilfreich Benzodiazepine sein können, aber sie ist nicht interessiert.

Meine jüngste Aufgabe im kreativen Schreiben besteht darin, täglich dieses Journal zu führen und dabei allmählich fiktionale Elemente unter die Fakten meiner unerwartet frühen Pensionierung zu mischen. Meine literarische Petrischale, bevor ich mit meinem ersten Roman beginne. Ich soll mich so fassen, als würde ich mich an jemand Bestimmten richten, eine Person in einem Raum. Wie in einem Brief, nur geradliniger: direkt von Angesicht zu Angesicht. Dabei gilt es, sich davor zu hüten, dass man in Geschwätzigkeit abgleitet – ein »Ich-Erzähler auf Steroiden«, wie mein Tutor es in einem anrührenden Versuch formuliert hat, um die Kluft zwischen meinem früheren Leben im Labor und dem eines Autors zu überbrücken. (»Ich-Erzähler auf Nootropika« wäre korrekter gewesen.)

Ich würde viel lieber ein paar Stunden mit einem Autor zusammensitzen, der schon veröffentlicht hat, als diese mühsamen Exerzitien zu absolvieren. Vergangene Woche war es besonders schlimm: Ich sollte für sämtliche Hauptfiguren einen Lebenslauf verfassen. Und ich dachte, ich hätte die Welt der Personalbüros hinter mir gelassen.

Die gute Nachricht ist, dass es einen neuen Mann in Rosas Leben gibt. Offenkundig versteht er es nur unzureichend, sie aufzumuntern, dafür hat er eine Sammlung von Kurzgeschichten verfasst. Sie wurden sogar veröffentlicht – und nicht von ihm selbst. Ich wollte Rosa auf der Fahrt genauere Informationen entlocken, aber sie zeigte sich noch weniger an einer Unterhaltung interessiert als sonst, darum habe ich das Buch nach unserer Heimkehr auf Amazon nachgeschlagen.

Ich bin nicht sicher, ob es mein Fall ist, aber es hat erstaunlich viele Fünf-Sterne-Kritiken. (Wo wären wir ohne Freunde und Verwandte?) Ich habe bereits ein Exemplar bestellt. Falls es sich halbwegs anständig liest, werde ich Jar einladen, übers Wochenende mit Rosa auf ein literarisches Tête-à-Tête zu uns zu kommen. Lebensläufe für meine Figuren zu entwerfen bereitet mir weniger Probleme als eine originelle Geschichte zu konzipieren. Vielleicht sollte ich lieber existierendes Material revidieren. Es ganz neu erzählen.

Mein Tutor meint zudem, dass ich ein Notizbuch bei mir tragen soll, in dem ich Charakterbeobachtungen, Dialogfetzen und Ähnliches aufzeichnen kann, um sie hinterher in mein Journal einzubringen. Ganz wie in meiner Zeit vor dem Studium in Cambridge, als ich Schriftsteller werden wollte und vergeblich versuchte, eine Beatnik-Novelle zu verfassen, indem ich aufgeschnappte Dialoge niederkritzelte, die ich später durch Peyote oder andere psychedelische Alkaloide prismengleich aufbrechen wollte. Und so kaufte ich heute, während ich in Norwich auf Rosas Ankunft wartete (sie kam wie immer zu spät), ein Notizbuch. Ein Moleskine. Wo ich schon einmal dabei war, kaufte ich auch einen neuen Zeichenblock für das Aktzeichnen nächste Woche. A meint, das würde mir guttun und dazu beitragen, die Midlifecrisis zu bewältigen, an der ich ihrer unumstößlichen Überzeugung nach leide. Ich versuchte, mich davor zu drücken, aber sie blieb unerbittlich: Ich müsse meinen Geist beschäftigen. Wenn sie nur wüsste.

Im Moment ist unsere Beziehung angespannt, nicht zuletzt, weil sie fest entschlossen ist, unsere »veränderten häuslichen Umstände« als Gelegenheit zu nutzen, die Benzos und andere Medikamente, die ich ihr seit nunmehr zwanzig Jahren gebe, zu reduzieren. »Ein Neuanfang«, sagt sie immer wieder, obwohl sie bisher noch nicht offen erklärt hat, dass sie ihre Pillen abzusetzen versucht, und ich so tue, als würde ich nichts bemerken.

Natürlich sollte niemand so lange Anxiolytika nehmen, doch damit hatte sie ihre Angststörungen über viele Jahre im Griff behalten können. Und sie abzusetzen ist, wie ich ihr wieder und wieder erklärt habe, keine Kleinigkeit: Es muss langsam und behutsam geschehen, wenn man lähmende Entzugserscheinungen vermeiden möchte, die tendenziell die primären Vorzüge der Benzos spiegeln: Schlaflosigkeit statt hypnotisierender Wirkung, Ängstlichkeit statt innerer Ruhe, verspannte statt entspannter Muskeln.

Außerdem bin ich viel mehr zu Hause, selbst wenn ich hauptsächlich hier unten in meinem Schuppen bin. Ich habe ihr erklärt, dass ich mich zu einem Schreibkurs angemeldet habe, um womöglich jene Leidenschaft neu zu entfachen, aufgrund derer ich einst erwogen hatte, in Cambridge Englisch zu studieren. Es ist der erste Schritt auf dem langen Weg zu einer Veröffentlichung als Autor, erklärte ich ihr, aber wir beide wissen, dass dies nicht rechtfertigt, wie viel Zeit ich hier verbringe. Sie ist zu anständig, als dass sie mich deswegen zur Rede stellen würde, und nimmt hin, dass ich Freiraum brauche, um meinen Kopf klar zu bekommen, nachdem ich »freigestellt« wurde. (Ich bevorzuge »gefeuert«: Das Wort hat wenigstens etwas Treibendes, nach vorn Gerichtetes.) Wenn ich in meinem Schuppen essen, trinken und schlafen könnte, würde ich es tun.

Ich dachte, dass es vitalisierend wirken würde, wenn ich endlich Zeit hätte, mich auf das zu konzentrieren, was ich schon mein ganzes Leben tun wollte – einen Roman schreiben –, doch ich habe dabei vergessen, dass die Worte in der richtigen Reihenfolge zu Papier zu bringen ein langsamer, peinigender Prozess ist, nachdem man jahrelang nur mit Daten zu tun hatte. Ich habe nie aufgehört zu lesen, habe mehrere Bücher pro Woche verschlungen, doch das ist kein Ersatz für das Schreiben. Mehr Zeit als mit der Arbeit an meinem Buch bringe ich, wenn ich ehrlich bin, mit Surfen im Web zu, wo ich mich über meine ehemaligen Kollegen auf dem Laufenden halte (erst heute habe ich in der *Molecular Psychiatry* die neuesten Erkenntnisse über Serotonin-2c-Rezeptoren gelesen) und, na schön, auf Strava meine Zeiten auf dem Rad mit anderen vergleiche. Das ist das einzig Gute am Autorenleben: der Freiraum für fortwährende Übersprungshandlungen. Beispielsweise bleiben mir viel mehr Stunden am Tag zum Radfahren. Wenn auch nicht ganz so viele, wie ich anfangs dachte: Der Sog des Internets ist stark.

48

Heute habe ich angefangen, meine Nägel zu feilen. Es war keine Absicht, wenigstens nicht zu Anfang. Einer brach ab, als ich mit der Faust gegen die Wand hämmerte.

Ich sah auf meine anderen Nägel, zum Teil abgebrochen, einer gezogen, manche einen Zentimeter lang, sodass sie sich wie Apfelschalenstreifen zu kringeln begannen, und musste daran denken, wie ich Dad vor dem Sonntagsessen (Roastbeef, selbstgemachte Meerrettichsoße, nur wir beide) immer die Hände zeigen musste. Er nahm dann meine Finger in seine und drehte sie hin und her, als wären sie das Kostbarste auf der Welt. Was würde er wohl heute von ihnen halten?

Und so schliff ich sie an den Wänden, bis sie glatt waren. Jar hatte wunderschöne Hände, mit Nägeln wie polierter Marmor.

49

Jar muss sich immer wieder zur Ruhe zwingen, während er zum zweiten Mal den Pfad zum Gurnard's Head hinuntergeht. Das Mädchen aus der Bar – sie hat ihm erklärt, dass sie Morvah heißt – kann kaum mit seinen langen, energischen Schritten mithalten und muss hin und wieder neben ihm herjoggen.

Er musste im Pub etwa eine halbe Stunde totschlagen, bis um sechzehn Uhr Morvahs Schicht endete. Nachdem sie einen Verband für seine Kopfwunde geholt, ihn mit einer überdimensionalen Sicherheitsnadel festgepinnt und danach ihre sanften Hände lange auf seiner Kopfhaut hatte ruhen lassen, saß er an der Bar und trank Guinness, versuchte sich zu beruhigen und erzählte ihr von Rosa, wenn Morvah gerade keine Kundschaft hatte. Sie hörte ihm geduldig zu und warf ihm dabei einladende Blicke zu, die unter anderen Umständen möglicherweise etwas in ihm bewirkt hätten. Jar ließ sich nur zu gern ablenken, als das Gespräch auf Literatur kam. Sie lese immer, wenn sie nicht beim Surfen sei, sagte sie: Proust, Joyce, Sebald.

Es war ein wirklich nettes Gespräch gewesen, bis er in einer Ecke Rosa sitzen sah. Beim nächsten Blick war sie wieder verschwunden, doch da hatte Jar ihr Stirnrunzeln bereits bemerkt. Er wusste, dass es dieses Mal nur eine Halluzination gewesen war, trotzdem warf ihn das Bild aus dem Gleis. Er war betrunken und behauptete Autoren zu bewundern, die er nie gelesen hatte. Und er redete immer noch viel zu schnell. Carl hatte recht: Er klang wie auf Amphetaminen. Seit er mit seinem Freund telefoniert hat, rotieren seine Gedanken. Carls Weigerung, ihm zu glauben, dass er ein Foto geschickt hatte, hat ihn daran zweifeln lassen, was am Gurnard's Head tatsächlich passiert war, ob er Rosa dort überhaupt getroffen hatte. Er wollte unbedingt noch einmal hinuntergehen, und zwar in Begleitung, um sich Gewissheit zu verschaffen, um den Moment auf seine Echtheit zu prüfen, und Morvah hat sich bereiterklärt mitzukommen. Ihm ist klar, dass sie ihn sympathisch findet, aber niemand kann ihm unterstellen, er würde ihr etwas vorspielen. Er hat mehr als deutlich gemacht, was er für Rosa empfindet.

Jetzt, kurz vor dem alten Maschinenhaus, kommt ihnen ein älterer Mann entgegen, der zwei Hunde ausführt. Als er ihnen beiden zunickt und dabei unauffällig Jars bandagierten Kopf mustert, bleibt Jar stehen und spricht ihn an, vergeblich bemüht, normal und freundlich zu klingen.

»Selten schöner Tag, haben Sie hier zufällig irgendwen gesehen?«

Nichts überstürzen, denkt er. Der Mann, dessen dünne graue Haare im Seewind flattern, sieht erst Jar und dann Morvah an, die in diesem Moment zu ihnen stößt. Er scheint sie zu kennen.

»Hallo, Morvah«, sagt er.

»Schon okay, er gehört zu mir, Mr. Thorne.« Sie spürt sein Unbehagen. Sie ist bestimmt eine gute Barkeeperin, denkt Jar, nimmt ihren Job ernst, interessiert sich für die Menschen um sie herum, wenn sie nicht gerade surfen geht. Eigentlich hätte sie sich mit Freunden bei Sennen Cove treffen sollen, aber das hat sie abgeblasen und leistet stattdessen Jar Gesellschaft.

»Ich wollte nur fragen, ob Ihnen vielleicht irgendwas Merkwürdiges aufgefallen ist«, hakt Jar nach. »Vor einer Stunde ungefähr.«

»Hängt davon ab, was Sie unter merkwürdig verstehen«, sagt Mr. Thorne, schon deutlich selbstbewusster, dann zwinkert er Morvah zu und nickt zu Jar hin.

»Mr. Thorne wohnt in dem Haus weiter vorn am Weg«, erklärt Morvah.

Der Mann sieht sie beide an und fährt fort: »Vor einer Stunde ist ein Wagen auf dem Küstenweg zurückgefahren«, sagt er. »Und ich habe ihn nicht ankommen sehen.«

»Was für ein Wagen war es denn?«, fragt Jar.

»Grüner Mini. Mietwagen aus Penzance. Er hatte einen Sticker in der Heckscheibe.«

Dasselbe Fahrzeug, das vorhin beim Aussteigen aus dem Bus an ihm vorbeigefahren ist.

»Konnten Sie sehen, wer darin saß?« fragt Jar. »Wie viele Menschen?« Mr. Thorne sieht aus wie jemand, der so was registrieren würde: wie geschaffen für die Nachbarschaftswache.

»Nur einer auf dem Fahrersitz. Großer Kerl.«

Jar setzt ein Lächeln auf und versucht weniger psychopathisch zu wirken. Er muss den Mann dazu bringen, noch mehr zu sagen.

»Mein Freund hier sucht nach jemandem«, sagt Morvah. Jar vermerkt, dass sie »Freund« gesagt hat, und nimmt sich vor, ihr später zu danken. »Er denkt, dass sie vielleicht in dem Wagen saß.«

Mr. Thorne spürt offenbar, dass beide nicht ganz aufrichtig zu ihm sind. Er hat recht, denkt Jar. Inzwischen kann er nur daran denken, wie Rosa zusammengerollt im Kofferraum oder auf dem Rücksitz liegt, an Händen und Füßen gefesselt und mit einem Knebel im Mund.

»Ist irgendwas passiert?« Mr. Thorne sieht abwechselnd auf Jar und Morvah.

»Konnten Sie erkennen, von welchem Verleih der Wagen war?«, fragt Jar.

»Dem unten am Hafen.«

Morvah nickt wissend. Jar hat genug gefragt. Noch mehr Fragen, und Mr. Thorne könnte die Polizei anrufen, was Jar gar nicht brauchen kann. Er wird Morvah nach dem Autoverleih fragen.

Jar bedankt sich bei Mr. Thorne, dann eilen sie weiter zum Gurnard's Head, Morvah im Laufschritt neben ihm her. Er stellt sich vor, wie sie mit dem Brett unter dem Arm in die Wellen rennt. Warum rennen Surfer eigentlich immer, wenn sie ins Meer gehen?

»Wo genau gehen wir hin?«, fragt sie.

»Ich will dir zeigen, wo sie war, wo sie ihr Zelt aufgestellt hatte.«

»Ich glaube dir doch.«

»Ich weiß. Und ich weiß das zu schätzen. Ehrlich. Und danke, dass du Mr. Thorne die Angst vor mir genommen hast. Kennst du den Verleih, von dem er gesprochen hat? Ich muss danach dorthin.«

Zehn Minuten später stehen sie vorn am Gurnard's Head. Jars Kopfwunde beginnt wieder zu pochen. Entweder lässt die Wirkung der Tablette nach, die Morvah ihm im Pub gegeben hat, oder es kommt daher, dass er wieder dort ist, wo er den Schlag abbekommen hat.

»Sie war hier, genau da drüben hat sie gesessen«, sagt Jar und deutet auf den Grasfleck an der Klippe, wo er Rosa vor ein paar Stunden sitzen sah. »Und hier hat ihr Zelt gestanden«, ergänzt er.

»Eigentlich müsste das Gras hier irgendwie flachgedrückt sein.« Morvah schiebt die Sonnenbrille hoch in die Haare und betrachtet die Stelle genauer.

Sie hat recht, denkt Jar. Warum hat das Zelt keinen Abdruck hinterlassen? Das Gras wächst hier kräftig, in starken Büscheln, um den Seewindböen standzuhalten, aber er kann keine geknickten Halme sehen. Vielleicht hatte sie das Zelt gerade erst aufgestellt. Er dreht sich zum Meer um und schaut über die Bucht, in der die Atlantikwellen heranrollen. Die Nachmittagssonne steht noch hoch am Himmel, doch die Strahlen sind schon schwächer. Falls ihre Begegnung auch nur eine Trauerhalluzination war, dann war es mit Abstand die eindringlichste bisher.

Er atmet die frische Luft ein und wünscht sich, Carl hätte das Foto bekommen.

»Wir haben ein Selfie gemacht, genau hier, ein paar Sekunden, bevor sie entführt wurde.«

Die Worte schweben zwischen ihnen in der Luft.

»Ich finde, wir sollten zurückgehen und die Platzwunde untersuchen lassen.«

»Ich habe keine Gehirnerschütterung, wenn du das damit meinst.«

»Das weiß ich.«

»Sie war genau hier«, sagt Jar noch mal, aber Morvah ist schon außer Hörweite und steigt den steilen Pfad hinauf.

50

Heute gab A ihren Aktzeichenkurs. Sie zeichnet wieder, sie glaubt, damit die Pillen ersetzen zu können. Ich habe nochmals versucht, mich davor zu drücken, aber sie ließ nicht locker. Ein Mann kann nicht endlos Widerstand leisten.

»Ich fühle mich nicht besonders«, protestierte ich schwach, aber das durchschaute sie. Tatsächlich fühle ich mich besser denn je, meine Sinne sind geschärft durch den Neuro-Enhancer, den ich vor zwanzig Minuten eingenommen habe, weil ich unbedingt wissen will, wie er sich auf meine Zeichenkünste auswirkt. Beim Schreiben hilft er jedenfalls.

»Komm schon, Babe, du kannst nicht immer nur in deinem Schuppen hocken.«

Sie weiß, dass ich es mag, wenn sie mich Babe nennt: Dann fühle ich mich jünger, weniger wie ein gealterter Wissenschaftler. Außerdem nennt Rosa Jar auch Babe.

Ich nahm Haltung an, zog die Manschetten meines Hemdes gerade und trat aus der Küche. Das Wohnzimmer war voll. Es war eine nette Versammlung – A liebte Partys, damals, in den frühen Jahren –, aber ich wollte nur noch weg, weg von der jungen Studentin, die nackt auf dem Tisch vor mir saß.

»Letzte Woche war es ein Kerl«, erklärte mir flüsternd der einzig andere Mann im Raum, der Lebensgefährte einer Freundin von A, während wir die Skizzenblöcke und Stifte herausholten. »Hockte auf dem Esstisch wie eine obszöne Obstschüssel.«

Das Gesicht, das unser Modell Sasha machte, ließ deutlich erkennen, dass sie überall lieber gewesen wäre, als nackt in einem Haus in Cromer zu hocken, umgeben von an ihren HB-Stiften kauenden Fremden. Ich konnte es ihr nicht verübeln. Ich nehme an, dass sie Schauspielerin ist.

In mancher Hinsicht erinnerte sie mich an Rosa. Die fülligen Haare, der volle Mund, die unwirsche Ausstrahlung. Auch die gute Figur: eher Apfel als Birne. Schwimmerinnenschultern, schlanke Hüften.

Nach fünfundvierzig Minuten machte ich eine Pause, um südafrikanischen Shiraz zu servieren. A folgte mir in die Küche, wo ich die Gläser vollschenkte, die sie auf einem Tablett bereitgestellt hatte.

»Wie läuft's?«, fragte sie, die Hand auf meinem Arm, halb an mich geschmiegt.

Sie glaubt immer noch, ich hätte nicht bemerkt, dass sie ihre Dosis reduziert hat – und mehr trinkt, um das zu kompensieren.

»Manche Menschen wurden zum Zeichnen in diese Welt geboren. Ich gehöre nicht dazu.«

»Ach, ich weiß nicht«, sagte sie und blätterte dabei in meinem Skizzenblock, den ich auf das Sideboard gelegt hatte.

»Nicht«, sagte ich und klappte ihn entschieden zu.

Sie nahm an, dass ich mich nur zieren wollte, riss mir den Block aus der Hand und drückte ihn mit beiden Händen gegen ihre Brust, wobei sie den Oberkörper hin und her schwenkte. »Stell dich nicht so an«, sagte sie lächelnd.

Ich hatte keinen Grund, mich noch länger zu sträuben. Widerstrebend schenkte ich weiter Wein ein und versuchte, mir dabei vor Augen zu rufen, was ich gezeichnet hatte.

A lehnte am Sideboard, als sie die Seite aufschlug und dann

in die Waagerechte drehte. »Das ist gut. Gar nicht übel.« Dann betrachtete sie das Bild genauer. Mir wurde die Brust eng. »Ich kann mich gar nicht erinnern, dass sie ein Kropfband getragen hat.«

»Künstlerische Freiheit«, sagte ich und ging mit dem Shiraz ins Wohnzimmer.

51

Endlich habe ich mir Shahrayars Palast komplett eingeprägt, jeden Marmorstein, jeden sorgfältig und präzise an den zugewiesenen Platz verlegten Granitblock. Bis dahin war mir gar nicht bewusst, wie viel ich über Architektur weiß. Alhambrabögen, kein Problem, aber bleibt mir mit diesen Kragbogenmist vom Leib. (Erstaunlich, was ich mir von Dads Erklärungen während unserer Reisen gemerkt habe.)

Der letzte Raum, den ich erbaut habe, war Sheherazades Schlafzimmer, in das sie sich Nacht für Nacht zurückzog, um an der Geschichte zu feilen, die sie am Leben erhalten sollte. Morgen werde ich anfangen, Sheherazades Geschichten zu erzählen, gefolgt von mehreren eigenen.

Ich freue mich schon aufs Wochenende. Dad und ich fliegen in Urlaub, der schönste überhaupt. Heute Abend wird gepackt, aber ich bin jetzt schon aufgeregt. Wir fahren ganz früh zum Flughafen – für die Fahrt haben wir warme, mit Speck belegte Ciabattas in Frischhaltefolie vorbereitet –, und dann, zehn Stunden oder 36.000 Sekunden später, landen wir in Delhi. Der Flug wird öde, man muss ewig sitzen, aber ich glaube, das schaffe ich schon. Wenigstens darf ich den Film aussuchen.

Jetzt aber muss ich weiter an meinem Tagebuch schreiben – nicht an dem, das ich mir jeden Tag einprägen muss, sondern an diesem hier, von dem kein Mensch etwas weiß. Ich habe hier unten ein paar Zettel und einen blauen Kuli gefunden. Ich denke lieber nicht daran, was passiert, wenn mir die Tinte ausgeht oder wenn sie mein Papierversteck hinter dem Waschbecken entdecken. Nur das Tagebuchschreiben verhindert, dass ich den Verstand verliere – das und die Denkspiele.

Meine Vergangenheit ist in einem widerwärtigen Morast versunken, aber wenn ich mich konzentriere, kann ich aus meiner Erinnerung immer noch ein paar Schnappschüsse abrufen, die mit Sicherheit wahr sind, so wie die Nacht, in der Jar und ich endlos durch die Straßen von Cambridge spazierten, bis wir schließlich um ein Uhr morgens in einem türkischen Restaurant an der Mill Road landeten. Um drei Uhr warfen sie uns raus, aber bis dahin war mir klar geworden, dass ich den Mann gefunden hatte, mit dem ich den Rest meines Lebens verbringen wollte.

Wir waren betrunken und die letzten Gäste.

»Wie lange kennen wir uns jetzt?«, fragte ich, meine Hand auf seiner.

»Einen ganzen Monat«, sagte er.

»Mir erscheint es jetzt schon wie ein ganzes Leben.«

»Ein schönes Leben? Oder ein endlos langes, ödes Eheleben?«

Ich hob seine Hand an meine Lippen und küsste sie.

»Als mein Dad starb, spaltete sich für mich die Wirklichkeit – in zwei sauber getrennte Hälften. In der einen, dem Bruchteil einer Sekunde nach dem Aufwachen, ist er noch am Leben. In der anderen weiß ich, dass er tot ist. Seit wir uns begegnet sind, finde ich allmählich die Kraft, mein Leben so anzunehmen, wie es jetzt ist – ohne meinen Dad. Danke, wirklich.«

»Ich wünschte, ich hätte ihn kennenlernen können«, sagte Jar und drehte dabei meine Finger in seinen großen Händen.

»Ich auch.«

»Kommst du diesen Sommer mit mir nach Irland? Und lernst meinen Dad und meine Ma kennen?«

»Hört sich nach einem Plan an.«

»Ich kann dir die Küste von Connemara zeigen, Cleggan Head.«

Ein paar Sekunden verlor ich mich in seinen Augen. »Ich weiß nicht, was ich getan hätte, wenn ich dir nicht begegnet wäre. Ich bekomme richtig Angst, wenn ich nur daran denke.«

»Dann tu's nicht.« Er beugte sich vor und gab mir einen Kuss. »Hast du nicht gesagt, dass du mal auf einem Achtsamkeitsseminar warst? In Herefordshire oder so? Bestimmt haben sie dir da beigebracht, wie du negative Gedanken ausblenden kannst. Und die Lust auf Fleisch. Und auf Whiskey…«

Ich weiß nicht mehr, was ich darauf sagte. Ich wünschte, ich wüsste es noch, aber ich weiß nicht mehr, was davon echte Erinnerungen sind, was wirklich in diesem furchtbaren Seminar geschah…

52

Jar und Morvah sitzen schweigend in ihrem VW Beetle und schauen quer über den Parkplatz in Penzance auf den grünen Mini. Hinten im Beetle klemmt ein Surfbrett, dessen Nase zwischen ihnen nach vorn ragt und gegen das Autodach drückt. Danach wird Morvah losziehen und sich auf die Suche nach guten Wellen machen.

Er studiert den Mini, denn er ist überzeugt, dass es derselbe ist, den Mr. Thorne, der Mann auf dem Küstenweg, gestern gesehen hat – und der zuvor beim Pub an ihm vorbeigefahren war. Als sie vor fünf Minuten auf den Parkplatz bogen, hat ihm der Anblick einen Stich versetzt.

»Gehst du rein?«, fragt Morvah und sieht ihn an.

Jar betastet das Pflaster, mit dem sie seine Kopfwunde versorgt hat.

Der gestrige Abend liegt im Nebel. Er hat ihr Angebot angenommen, im Schlafraum für die Angestellten hinten im Pub zu übernachten, und ist früh zu Bett gegangen, mit dröhnendem Schädel nach der Kopfverletzung und zu viel Guinness. »Irisches Betäubungsmittel«, hatte jemand an der Bar bemerkt, und Morvah hatte nervös gelächelt.

Anscheinend konnte Jar nur unter Alkoholeinfluss sein Tempo drosseln und sich mit dem Geschehenen abfinden: dass er Rosa nach fünf Jahren aufgespürt hatte, nur um mit ansehen zu müssen, wie sie ihm Minuten später wieder entrissen wurde.

Inzwischen ist er sicher, dass der große Mann am Gurnard's Head derselbe Mann war, der in seinen Nachtzug steigen wollte. Und niemand anderes als Jar hat ihn zu Rosa geführt. Auf Catos Anordnung hin, wie Jar annimmt, muss der Mann, nachdem er den Zug verpasst hat, mit dem Auto nach Cornwall gefahren und von Penzance aus Jars Bus bis zu Rosas Versteck in den Klippen gefolgt sein. Der Nachtzug braucht acht Stunden von London – mit dem Auto schafft man es in sechs. Er hatte reichlich Zeit gehabt, auf Jar zu warten.

»Wahrscheinlich hat er den Mini nach seiner Ankunft in Penzance gemietet«, sagt Jar. »Hat vorsichtshalber den Wagen gewechselt.«

»Warum fragst du sie nicht?« Morvah nickt zu dem kleinen Bürocontainer hinter dem Mini hin.

Jar steigt aus Morvahs Wagen, überquert den Parkplatz und drückt die Tür zum Büro auf. Eine Frau sitzt einsam hinter der Theke: Mitte dreißig, die wettergegerbte Haut in Sonne und Brandung gehärtet. Drall.

»Ist der Mini zu vermieten?«, fragt Jar und deutet dabei aus dem Fenster.

»Gleich«, antwortet die Frau mit starkem kornischem Akzent. »Sobald ich ihn saubergemacht hab.«

»Darf ich ihn mir schon mal ansehen?«, fragt Jar. Die Frau dreht sich um und zieht einen Schlüssel von einem Brett, direkt neben einer Karte der westlichen Hälfte von Penwith.

»Soll ich den Staubsauger mit rausnehmen?«, fragt Jar. Als Nächstes wird er sie fragen, ob sie ein Pint Guinness möchte. Ihr an den Rändern schon verhärtetes Gesicht zerschmilzt unter den hohen Wangenknochen zu einem Lächeln. Jar erwidert es geflissentlich, gibt sich interessiert und bemerkt im selben Moment, wie ihr Blick an seiner Stirn hängen bleibt.

»Nichts Ernstes«, sagt er. »Niedrige Decke im Pub gestern Abend.«

Auf dem Weg zu dem Mini sieht er, wie Morvah aus ihrem Wagen steigt.

»Wurde noch nicht gereinigt«, murmelt er, als Morvah ihn erreicht hat, und zieht die Fahrertür auf.

»Wonach genau suchst du?«, fragt sie.

Er beugt sich in den Wagen, sucht den Beifahrersitz und die Rücksitze ab und gibt sich alle Mühe, nicht zu auffällig zu wirken. Langsam, ermahnt er sich. Er ist ein ganz gewöhnlicher Kunde, der gerade aus dem Zug gestiegen ist und einen Mietwagen für den Urlaub braucht, trotzdem kommt es ihm so vor, als müsste die Frau, die sie durch das Fenster des Containerbüros beobachtet, jede seiner Handbewegungen verdächtig finden.

»Und?«, fragt Morvah.

»Wenn es seit der letzten Ausleihe nicht gereinigt wurde, haben wir es mit einem Tatort zu tun.«

»Du machst mir allmählich Angst, Jar. Warum rufst du nicht die Polizei?«

Ohne ihr zu antworten, tritt Jar ans Heck des Wagens und öffnet den Kofferraum. Er macht sich selbst Angst. Der Kofferraum ist bis auf ein Warndreieck in einem roten Plastikköcher leer. Er beugt sich vor und versucht mit allen Sinnen, Rosas Anwesenheit zu erspüren. War sie betäubt und hat die Enge ihres Gefängnisses gar nicht bemerkt, oder hellwach, in Todesangst, und hat verzweifelt versucht, aus dem Kofferraum zu gelangen? Er sieht sich noch mal um, inhaliert die stickige Luft, fährt mit den Händen langsam über den Bodenbelag. Und dann entdeckt er etwas, ganz hinten am Übergang zwischen den Rücksitzen und dem Kofferraumboden: einen verbogenen Zelthering, der fast völlig in der Ritze versunken ist und ihn anfunkelt. Und daran hängt ein winziger Fetzen Zeltstoff mit Blumenmuster.

Jar beugt sich vor, holt den Hering heraus und bekommt

derartiges Herzklopfen, dass er glaubt, seine Brust müsste gleich platzen.

»Er hat sie hier eingesperrt«, sagt er, eine Hand fest um den verbogenen Hering geschlossen, während er mit der anderen den Kofferraum zuklappt.

Ohne Morvahs Reaktion abzuwarten, geht er noch mal zur Beifahrertür, zieht sie auf und schiebt dabei den Zelthering in seine Tasche. Er sieht sich noch mal im Wagen um, aber diesmal nur, um einen verstohlenen Blick zum Büro zu kaschieren. Die Frau beobachtet sie nicht mehr. Ohne zu zögern, schiebt er die Uhr, die ihm sein Dad zum achtzehnten Geburtstag geschenkt hat, über seine Hand. Ein paar Sekunden später steht er wieder im Büro.

»Die hier habe ich hinten unter dem Fahrersitz gefunden«, sagt er und legt seine Uhr auf die Theke.

Die Frau stupst die Uhr an, kann sich aber nicht überwinden, sie in die Hand zu nehmen. Jar baut darauf, dass die Uhr eine Komplikation in ihrem Arbeitstag darstellt, auf die sie gut verzichten kann.

»Haben Sie vielleicht die Kontaktdaten des Mannes, der den Wagen gemietet hat?«, fragt er und ermahnt sich im gleichen Augenblick: nicht so direkt.

Die Frau sieht Jar nachdenklich an, dann schaltet sie den Computer ein und tippt gemächlich auf der Tastatur herum. Sie ist eindeutig nicht mit dem Herzen bei der Arbeit, denkt Jar, was zu seinem Vorteil sein könnte.

»Ich habe ihn gestern früh selbst ausgebucht«, sagt sie und seufzt.

Jar beugt sich über die Theke und blickt lächelnd auf den Computerbildschirm. Sie sieht zu ihm auf, dreht den Bildschirm dann aber weg und fängt wieder an zu tippen. Allerdings wirkt die Geste halbherzig, beinahe kokett.

»Ich habe selbst mal bei einer Autovermietung gearbeitet«,

sagt Jar und verschränkt die Arme auf der Theke, als würde er plaudernd an einer Bar stehen. »Bei Avis, in Dublin.«

»Mieser Job, oder?«, fragt sie, ohne den Blick vom Bildschirm zu wenden.

»Ist das ein Franchise-Ableger?«

»Machen Sie Witze?«

»Läuft nicht gerade toll, wie?«

»Ich habe eine Adresse in Leeds.«

»Im Ernst jetzt?«

»Gibt's ein Problem mit Leeds?«

»Genau da muss ich hin. Ende der Woche. Ich könnte die Uhr bei ihm abgeben.«

Sie beäugt ihn kurz und stellt im Kopf eine Überschlagsrechnung an, vermutet Jar. Die Unannehmlichkeiten, zur Post gehen zu müssen, wenn der Kunde anruft, die Uhr zu verpacken und abzuschicken – all das wird an ihr hängen bleiben, tippt er, der einzigen Angestellten neben dem arbeitsscheuen Boss, der niemals sonntags arbeitet, so wie sie heute. Oder sie könnte ihm die Uhr geben und hätte den Ärger damit vom Hals.

»Ich wollte sie gerade abgeben.« Jar spürt ihr Zögern. »Wenn ich sie stehlen wollte, hätte ich sie kaum zu Ihnen gebracht, oder? Ich hätte …«

Er unterbricht sich, weil sie bereits einen Namen vorliest: »John Bingham«, und dazu eine Adresse in Leeds, die vermutlich beide falsch sind. Wer extra einen Wagen anmietet, um seine Spuren zu verwischen, wird auch einen gefälschten Führerschein vorlegen. »Soll ich sie Ihnen aufschreiben?«, fragt sie.

»Sie sind wirklich nett«, sagt Jar. Und gutaussehend dazu, aber das lässt er unausgesprochen. Job erledigt, keine Notwendigkeit, weiterhin den forschen Draufgänger zu geben. »Und woher weiß ich, dass ich sie dem Richtigen übergebe?« Er wartet eine Sekunde ab. »Wissen Sie noch, wie er aussah?«

»Groß.« Sie sieht sich in einer überflüssigen Geste der Vertraulichkeit im leeren Büro um. »Und ein bisschen … gruselig«, ergänzt sie und hebt die Stimme zum Satzende hin an.

»Ich hoffe, Sie ziehen da keine Verbindung«, sagt Jar lächelnd und richtet sich vor der Theke zu seiner vollen Größe auf.

Die Frau lässt sich von seinen Flirtversuchen nicht beeindrucken und notiert die Adresse auf einen Zettel.

»Außerdem hatte er viel zu kleine Augen«, ergänzt sie und schiebt ihm den Zettel zu. Beide halten kurz inne und schauen auf die Uhr, die wie einbehaltene Schmuggelware zwischen ihnen liegt.

»Ich gebe Ihnen lieber noch meine Nummer«, sagt Jar und nimmt die Uhr, um das peinliche Schweigen zu durchbrechen. »Falls es ein Problem gibt.«

»Da gibt es bestimmt keins«, sagt sie. Sie will die ganze Sache möglichst schnell aus der Welt haben, denkt Jar, genauso wie den komischen großen Typen mit dem Pflaster am Kopf, der sie dauernd angrinst. »Falls Sie ihn nicht finden, können Sie sie auch behalten«, ergänzt sie. »Sieht aus, als könnten Sie eine Uhr gebrauchen.«

Sie sieht auf sein linkes Handgelenk, wo sich deutlich sichtbar ein heller Hautstreifen abzeichnet, und dann in sein Gesicht. Weiß sie Bescheid?

»Wir nehmen den Mini nicht.« Damit geht Jar hinaus zu Morvahs Wagen.

53

Cromer, 2012

A sorgt sich um Rosa, sie meint, sie erinnere sie an ihre eigenen dunkelsten Zeiten. Rosa ist unglücklich, sie trauert um ihren Vater, aber suizidgefährdet ist sie nicht. Noch nicht. Ich wünschte, ich könnte mehr Mitleid für sie aufbringen, aber ich kann es nicht. A hat Rosas Kopf mit den Freuden der kognitiven Verhaltenstherapie angefüllt, und nun ist das Mädchen einer Behandlung mit Medikamenten abgeneigter als je zuvor.

Rosas Anwesenheit im Haus hat etwas in A geweckt. Sie hat nichts gesagt, aber ich erkenne bereits, was sich da anbahnt, wie mütterlich sie sich Rosa gegenüber verhält: dem Kind, das wir nie hatten.

Allmählich klinge ich schon wie Kirsten, As alte Freundin vom College, die in den Staaten lebt und mit der sie nach Jahren plötzlich wieder Kontakt hat. Während ich gestern Abend unten herumtrödelte und darauf wartete, dass A endlich schlafen ging, machte sie mit ihrem neuen iPad über FaceTime noch einen Videochat mit Kirsten. Als ich später zu ihr ins Bett kam, plauderte sie immer noch mit ihr.

Kirsten ist Psychologin und hat sich auf »Trauertherapie« spezialisiert. Das sagt schon alles. A und Kirsten waren zur selben Zeit in Cambridge, aber wir sind uns nie begegnet. Ich weiß, sie redet A zu, ihre Medikamente abzusetzen – als könnten Benzos durch eine Therapie ersetzt werden.

Ich versuchte mich auf »Dame, König, As, Spion« zu konzentrieren, das ich zurzeit erneut lese, doch mein Blick fiel immer wieder auf Kirsten. A erzählte ihr alles über Rosa, wie sie ihren Vater verlor, wie schlecht es ihr zu gehen scheint, und sie fragte, ob Kirsten vielleicht in nächster Zeit nach England käme und sie sich für ein paar Therapiesitzungen mit Rosa treffen könne, da man Ratschläge von Nichtverwandten bekanntlich leichter annimmt.

Seit ich mit dem Schreibkurs angefangen habe, merke ich, wie ich bei jedem, den ich sehe oder treffe, das Maßband anlege und abzuschätzen versuche, ob er als Basis für eine Figur infrage kommt. Mein Tutor rät mir, auf definierende Merkmale zu achten, auf Ticks oder Eigenheiten – eine Zeile hier oder da, mit der sich eine Person einfangen lässt wie mit einem Strich aus der Feder eines Karikaturisten. Wenn man sich erst in die richtige geistige Verfassung begibt, kann das direkt süchtig machen, und so fülle ich inzwischen mein Notizbuch mit Beobachtungen. So lebendig habe ich mich nicht mehr gefühlt, seit ich in meiner Jugendzeit – vergebens – versucht habe, einen Roman zu schreiben. Mein Auge war damals schon scharfsichtig genug, mein Problem lag darin, dass mir keine anständige Geschichte mit Anfang, Mittelteil und Ende einfallen wollte. Ich hoffe, dieser Online-Kurs wird mir dabei helfen.

Kirsten ist blond und hübsch: ein zu großes Klischee, selbst für einen männlichen Autor wie mich. Sie hat etwas Eindringliches, Unmittelbares, das mir zusagt. Nicht jedes Mal, aber gelegentlich holt sie scharf Luft, bevor sie etwas sagt, so als hätte sie zu atmen vergessen.

Ich legte den Schmöker von Le Carré beiseite und streckte mich nach meinem Moleskine.

54

Lasst die Psychospiele beginnen.

Wir checken früh ein, aber an der Passkontrolle gibt es einen langen Stau. Volle dreißig Minuten – 1800 Sekunden – stehe ich in der Schlange, und als ich endlich die Sicherheitsschleuse erreiche, lächelt mich die Frau nicht mal an, als sie mich abtastet (wahrscheinlich wegen meines orangen Overalls).

Es ist nicht leicht, mit deinem toten Vater in Urlaub zu fahren, wenn du in einer engen Zelle sitzt, aber ich muss es versuchen. Mehr steht mir nicht zur Verfügung, nur so kann ich die Zeit verstreichen lassen, kann ich wenigstens versuchen, die letzten Überreste meiner geistigen Gesundheit zu bewahren.

Ich recke die Arme so weit zur Seite wie nur möglich, aber wegen der Ketten kann ich sie nicht ganz ausstrecken. Sie sieht mich finster an und winkt mich dann weiter in den Warteraum, wo ich neben meinem Bett auf Dad warte. Wir haben reichlich Zeit, so wie es von Anfang an geplant war. Dad liebt Flughäfen genauso wie ich. Allerdings nicht wegen der Duty-Free-Zone. Stattdessen wandern wir zur Buchhandlung in der Ecke des Raumes und verbringen dort fünfundvierzig Minuten (2700 Sekunden) damit, in den Büchern zu stöbern, sie zu vergleichen und an unserer Auswahl für das 3-für-2-Sonderangebot zu tüfteln.

Die Stewardess an der Flugzeugtür ist freundlicher, vor allem, als ich unsere Tickets vorzeige. »Hier entlang«, sagt sie und weist nach links. Links! Wir haben immer davon geträumt, einmal nach links gehen zu dürfen.

Dad lässt mich am Fenster sitzen, und wir versenken uns in unsere Bücher, bis die Filme anfangen. Sobald wir in der Luft sind, schauen wir einen von Dads Lieblingsfilmen. Und ich vergesse kurzfristig, dass ich in der ersten Klasse sitze, und spreche laut seine Lieblingspassagen mit.

»Es sind hundertsechs Meilen bis Chicago. Wir haben einen vollen Tank, eine halbvolle Packung Zigaretten, es ist dunkel, und wir tragen Sonnenbrillen.«

»Tritt drauf!!«

Stille. Dann ein ferner Schrei, den ich schon viel zu oft mit anhören musste.

55

Jar entdeckt die beiden Männer, sobald sie in Exeter in seinen Zug steigen. Gemeinsam betreten sie seinen Waggon, ohne miteinander zu sprechen, doch ihre Bewegungen haben etwas ungewöhnlich Synchrones: Einer setzt sich an die Tür, die Jar am nächsten ist, der andere geht weiter, an vielen freien Plätzen vorbei, und setzt sich neben die andere Tür, womit sie den Waggon mehr oder weniger einschließen wie ein Paar Bücherstützen. Keiner von beiden kommt ihm vertraut vor, doch beide fügen sich gut in die Mischung aus Feriengästen und Einheimischen im Zug ein: Einer trägt Fleece und Jeans, der andere Lederjacke und Chinos. Anonym, gesichtslos.

Jar versinkt in seinem Sitz. Bestimmt hat Cato den beiden Männern aufgetragen, ihn im Auge zu behalten, falls er Ärger machen sollte, vielleicht sollen sie ihn auch für eine letzte Vernehmung, eine Art Abschlussgespräch zu ihm bringen. Haben sie dem Mann auf den Klippen mit Rosa geholfen? Sie gefesselt und geknebelt aus dem gemieteten Mini in ein anderes Auto umgeladen? Cato wird weiterhin abstreiten, dass er sich für Rosa interessiert oder dass er ihre Gefangennahme in Cornwall überwacht hat. Mit Sicherheit wird er Jar ebenfalls zureden, wegen seiner Halluzinationen Hilfe zu suchen – doch nur so lange, bis Jar ihm das Selfie von ihm und Rosa zeigen wird. Inzwischen muss Carl die Nachricht bekommen haben.

Warum ist sein bester Freund immer so skeptisch? Selbst Morvah, die ihn kaum kennt, hat mehr Vertrauen gezeigt, sie hat ihm geglaubt, dass er mit Rosa zusammen auf der Klippe war. Nach der Autovermietung in Penzance hat er sich ein billiges Handy auf der Market Jew Street gekauft, bevor sich Jar am Bahnhof von ihr verabschiedete. Sie haben Telefonnummern ausgetauscht, auch wenn er es merkwürdig – geradezu illoyal – findet, ein Handy zu besitzen, in dem einzig und allein ihre Nummer eingespeichert ist, so als wäre sie eine flüchtige Ferienromanze, die aus einer geteilten Liebe zur Literatur erblüht ist. Sie war in den letzten vierundzwanzig Stunden ausgesprochen nett zu ihm, und er hat ein schlechtes Gewissen, weil er nicht länger in ihrer Nähe bleiben wollte.

»Wir sehen uns wohl nicht wieder, oder?«, fragte sie in der Bahnhofshalle.

Wozu hätte er lügen sollen? »Danke. Dass du mir glaubst«, antwortete er stattdessen.

»Ich werde dein Buch lesen«, bot sie ihm an und ging davon.

Jetzt, während der Zug sich durch die Landschaft in Richtung London schiebt, sieht er erst auf den Mann am entfernten Ende des Waggons, der still aus dem Fenster sieht, und anschließend auf den anderen Mann in seiner Nähe, der in sein Handy spricht. Eher Pfeifenraucher als Pizzaesser, denkt Jar, hält das Smartphone seitlich und im 45-Grad-Winkel nach oben. Nicht normal. Carl würde es lustig finden.

Jar beginnt sich zu entspannen, die Anwesenheit der beiden Männer gibt ihm zunehmend Sicherheit. Seit der Begegnung am Gurnard's Head gestern fühlt er sich gestärkt, bestätigt. Selbst Rosas distanziertes Verhalten (über die Tatsache, dass sie nicht wusste, wie er heißt, denkt er so wenig wie möglich nach) und ihr neuerliches Verschwinden so kurz nach ihrem Wiedersehen erscheint ihm irgendwie erträglich. Die Frau, die nach allgemeiner Überzeugung vor fünf Jahren in Cromer starb, spazierte gestern im Sonnenschein an der Küste Cornwalls entlang. Für einen kurzen Moment möchte er aufstehen und beide Männer zur Rede stellen, sie auffordern, jetzt noch abzustreiten, dass Rosa lebt. Er schließt die Finger um den verbogenen Zelthering in seiner Tasche und wiederholt still für sich, was er Cato sagen wird.

Doch als der Zug in Paddington einfährt, kommen ihm Zweifel, ob er sich in den beiden Männern nicht getäuscht hat. Beide stellen sich zum Aussteigen an der vorderen Waggontür an, und keiner von beiden nimmt dabei vom anderen oder von Jar Notiz. Er wartet ab, bis er sich in die Schlange einreihen kann, und steigt ebenfalls aus. Als er auf den Bahnsteig tritt, erkennt er, dass der Zug auf Gleis eins eingefahren ist, auf dem keine Kartenkontrollen durchgeführt werden – und auf dem er Rosa zum ersten Mal gesehen hat. Und wenn Cato ihn gar nicht mehr sehen will? Er hat gar nicht in Betracht gezogen, dass sich niemand mehr für ihn interessieren könnte. Rosa wurde wieder gefasst, das Tagebuch wurde geschlossen, bevor etwas wirklich Kompromittierendes enthüllt werden konnte. Wer wird ihm mit seinen Trauerhalluzinationen und seinem paranoiden Verhalten schon glauben?

Die beiden Männer verschwinden in der Ferne. Sie haben nicht das geringste Interesse an ihm gezeigt. Jar konzentriert sich auf den Rücken des einen, prägt sich das Gitterwerk aus Altersfalten in der Lederjacke ein. Er hofft bei Gott, dass Carl das Bild inzwischen bekommen hat.

»Dürften wir bitte Ihr Ticket sehen, Sir?«

Jar hat die beiden Kartenkontrolleure, die wie Felsen im Strom der Passagiere stehen, gar nicht gesehen.

»Aber natürlich«, antwortet er zerstreut, ohne den Blick von den beiden Männern zu wenden. Wo wollen sie hin? Warum haben sie ihn nicht angesprochen?

Er zeigt den Kontrolleuren seine Rückfahrkarte und versucht gleichzeitig, die beiden Männer im Auge zu behalten.

Dreht euch um, denkt er. Jessas, ihr habt wirklich cool genug gespielt. Ihr könnt die Tarnung fallenlassen.

Doch die beiden Männer gehen weiter, bis sie im abendlichen Gedränge der Reisenden untertauchen und nicht mehr zu sehen sind.

56

Cromer, 2012

Jar kam gestern nach Cromer. Ich bin immer daran interessiert, Autoren zu treffen, die bereits etwas veröffentlicht haben, aber leider liegt er mir gar nicht als Schriftsteller. Auch nicht als Mensch, um ehrlich zu sein (kein Wunder, dass Rosa Suizidgedanken hat). Alles, was er von sich gibt, äußert er in überheblichem, anbiederndem Ton und mit einer Geschmeidigkeit, aus der eine an Arroganz grenzende Selbstsicherheit spricht. Er ist nicht laut oder übertrieben eingebildet, nur etwas zu entspannt und zu selbstgefällig, wenn er den Südiren gibt und dabei »Thursday« zu »Tursday« und »Three« zu »Tree« mit weichem »T« verhunzt; außerdem zitiert er WB Yeats, als wäre er persönlich mit ihm bekannt. Andererseits ist er gut gekleidet, was für einen Studenten ungewöhnlich ist: gewienerte Herrenschuhe, schneidiges Cordsakko. Sieht aus, wie ein Autor aussehen sollte. Ich werde versuchen, seine Makel zu übersehen, und alles tun, um mich mit ihm zu befreunden. Er könnte nützlich sein.

Nach dem Sonntagsbraten, der nicht mehr derselbe ist, seit A beschlossen hat, Vegetarierin zu werden, entführte ich ihn auf einen Scotch ins Wohnzimmer. Jar bevorzugt irischen Whiskey, aber wir haben alle unser Kreuz zu tragen. Ich stellte ihm ein paar anregende Fragen zu seinem Buch, das ich gelesen zu haben vorgab. (Ich bin nicht über die ersten zwei Geschichten hinausgekommen.)

»Also – erst die Figur oder erst der Plot?«, begann ich und schenkte ihm reichlich Talisker ein. Er erschien mir ein bisschen nervös.

»Wahrscheinlich ist Ihnen schon aufgefallen, dass meine Storys noch nicht viel Handlung haben«, sagte er. Das Understatement des Jahres, aber das behielt ich für mich. »Ich bin vor allem daran interessiert, meinen Figuren die richtige Stimme zu geben, dann zeigt sich schon, wohin das führt. Falls sich daraus eine Geschichte entwickelt, umso besser, aber ich baue nicht auf starke Handlungsstrukturen.«

»Und was ist mit der Recherche?« Forschung war ein wesentlicher Bestandteil meiner einstigen Profession, und ich möchte, dass sie auch in meiner neuen Berufung eine Schlüsselrolle spielt.

»Die beste Freundin des Prokrastinators.«

»Autoren sollten demnach nur über das schreiben, was sie kennen?«

»Ganz und gar nicht. Wenn man nicht gerade ein außergewöhnliches Leben führt, wird das schnell langweilig.«

»Ich bin Wissenschaftler.« Meiner Erfahrung nach steht das auf derselben Stufe, wie jemandem zu erzählen, dass man Buchhalter sei: Der Blick wird glasig, und das Gegenüber weiß nicht mehr, was es sagen soll. Das gilt erst recht, wenn man dann ausführt, dass man im Auftrag der Pharmaindustrie für eine große Forschungsorganisation arbeitet und gewährleisten muss, dass neue Medikamente möglichst sicher für die Menschheit, die Tierwelt und die Umwelt sind. Nur dass ich nicht mehr für sie arbeite.

»Sehen Sie«, sagte Jar. »Fantasie ist der Schlüssel.«

Ich weigerte mich, den Köder zu schlucken und das Leben im Dienst der Wissenschaft zu verteidigen. Außerdem fand ich seine Worte eigenartig tröstlich. Ich hatte noch nie Probleme, mir etwas auszumalen, zu fantasieren. »Haben Sie ein Notizbuch?«, tastete ich mich weiter vor. »Schreiben Sie sich Dinge auf?«

»Ich mache mir Stichpunkte auf Zetteln und speichere sie später im Computer ab, falls ich mich dann noch daran erinnere. In einer eigenen Datei. Was für eine Art von Buch schreiben Sie?« Allmählich entspannte er sich. Er hörte auf, ständig zur Küche zu schauen, wo sich Rosa mit A unterhielt.

»Gerade schreibe ich, quasi als Fingerübung, an einem halb fiktionalen Journal, eine Art Tagebuchroman – ich bin fasziniert von Karl Ove Knausgård.«

Das war natürlich Angeberei. Ich habe gerade erst begonnen, den Norweger zu lesen, doch Jar wirkte beeindruckt.

»Also, das ist mal jemand, der *ausschließlich* über das schreibt, was er kennt«, bemerkte er. »Zum großen Verdruss seiner Exfrau.«

»Und danach wollte ich mich vielleicht in der Genreliteratur versuchen, mal sehen, wohin mich das führt. Ich bin ein großer Fan von Le Carré«, ergänzte ich. »Von Spionagethrillern allgemein.«

»Le Carré ist ein Phänomen. Die Story steht zentral, aber gleichzeitig vergisst keiner mehr die Figur des Smiley.«

»In Ihrem Alter interessierte ich mich natürlich eher für die *Beat Generation*, den Einfluss psychoaktiver Drogen auf die Kreativität, solche Dinge. Bestimmt wissen Sie, dass Kesey acht Peyotes hinuntergewürgt hatte, bevor er die ersten drei Seiten von *Einer flog über das Kuckucksnest* schrieb.«

»Arbeitete er damals nicht auf einer Psychiatriestation?«

»Als Nachtwächter. Er behauptete, die kleine Kaktuspflanze hätte seinen Erzähler inspiriert. Zehn bis zwanzig Gramm getrocknete Peyote-Buttons enthalten genug Meskalin, um einen Zustand tiefer Selbstreflexion auszulösen, der bis zu zwölf Stunden anhalten kann.« Ich machte eine Pause. »Habe ich gelesen.«

Gerade als wir in Fahrt kamen, trat Rosa ins Zimmer und schob ihren Arm in Jars. »Und wie läuft's?«, fragte sie, wobei sie erst Jar ansah, wie es nur die unkomplizierte Zuneigung der Jugend vermag, und danach mich, als wäre sie überrascht, wie gut wir miteinander auskamen.

»Wir haben uns gerade über den medizinischen Nutzen des Schreibens unterhalten«, sagte Jar und prostete mir mit dem Whiskeyglas zu.

57

Dad will zuerst nach Old Delhi, und ich bin einverstanden. Alles, um nicht daran denken zu müssen, was hier mit mir passiert. Wir beginnen oben am Chandni Chowk und arbeiten uns von dort aus die Straße entlang, bis wir in die Wedding Street abbiegen, eine meiner Lieblingsstraßen, als ich noch jünger war.

»Können wir zum Jalebi Wallah gehen?«, frage ich. »Bitte?«

Der Schmerz ist unerträglich, trotz der Medikamente.

»Aber natürlich«, sagt Dad.

»Bitte aufhören«, schluchzte ich, aber er hat sich noch nie erweichen lassen.

Ich versuchte das Jalebi in meinem Mund zu schmecken, die Süße des kristallisierten Zuckers, aber die Erinnerung an den nassen Lappen, der mir so tief in die Kehle gestopft wurde, verhindert, dass ich überhaupt etwas schmecken kann.

»Süß, nicht wahr?«, sagt Dad, und Öl tropft auf sein Stoppelkinn. Ich liebe es, wenn er das Rasieren vergisst – ein Zeichen, dass wir wirklich im Urlaub sind. »Das Süßeste, was ich je gegessen habe.«

Dad liebt es noch mehr als ich. Und er wechselt regelmäßig ein paar Worte mit dem Verkäufer, der hinter einer tiefen Schale mit siedendem Öl auf einem Plastikstuhl hockt und Touristen genauso gern bedient wie Einheimische.

Ich greife nach Dads Hand.

»Schau dir nur deine Nägel an«, sagt er und dreht meine Finger hin und her. »Sind sie nicht hübsch?«

Sie haben mich fast ertrinken lassen.

Wir sind nicht mehr in Old Delhi. Wir sind beim Rafting auf dem mächtigen Zanskar, und unser Gummiboot wirbelt durch die Stromschnellen. Dad lacht und warnt mich, ich soll mich gut festhalten, während wir durch die brodelnden Wassermassen schießen und auf die Wellen krachen. Plötzlich finden wir beide uns im Fluss wieder, schwimmen neben dem Schlauchboot her und klammern uns am Halteseil fest. Das Wasser ist ruhiger hier, aber eisig kalt, trotz unserer Neoprenanzüge. Unser Guide drängt uns, das Seil loszulassen. Wir brauchen keine Angst zu haben, sagt er, und nickt zu seinem nepalesischen Freund hin, der flussabwärts in einem Kajak paddelnd auf uns aufpasst. Und so lassen wir los, treiben auf dem Rücken den Fluss hinunter, einer der glücklichsten Augenblicke meines Lebens.

Aber nicht mal Dad konnte mich vor ihm retten.

»Aufhören«, versuchte ich zu rufen, als das Eiswasser in meine Lunge flutete. »Bitte aufhören!«

58

Jar sieht sich auf der Straße um, bevor er die Tür zu seiner Garage aufschiebt. Er weiß, dass etwas faul ist: Nic, der Fotograf aus dem Stockwerk unter ihm, hat ihm einen Tipp gegeben, als sie sich vor ein paar Minuten unten vor ihrem Wohnblock begegnet sind. Er hätte gesehen, sagte er, wie die Polizei heute in aller Frühe, als Jar noch in Cornwall war, einen Computer und mehrere Kartons aus einer der Garagen abtransportiert hätte. Nic ist der Einzige, der weiß, dass Jar eine davon gemietet hat.

Das Vorhängeschloss wurde aufgebrochen, aber danach so hingehängt, als würde es noch funktionieren. Jar atmet tief durch, trotzdem schockiert ihn der Anblick, der sich ihm drinnen bietet. Alles wurde von den Wänden abgenommen – sämtliche Karten, Fotos, Zeitungsausschnitte. Der Computer ist ebenfalls verschwunden, und die komplett geleerten Schreibtischschubladen stehen offen. Wer immer auch hier war – Catos Leute vermutlich –, hat sich für alles interessiert, was mit Rosa und ihrem Verschwinden zu tun haben könnte. Es gibt keine Anzeichen von Vandalismus, nichts wurde kaputtgemacht, von dem geknackten Vorhängeschloss einmal abgesehen. Warum will Cato nicht mehr mit ihm persönlich sprechen? Warum haben seine Männer im Zug ihn nicht einkassiert?

Jars erster Gedanke ist, dass er damit keine Fotos von Rosa mehr hat, nichts, um zu verhindern, dass sie ihm immer mehr entgleitet. Er hat absichtlich alles, was an sie erinnert, aus seiner Wohnung und damit aus dem Leben verbannt, das er der Welt präsentiert. Nun wurde ihm jede materielle Verbindung zu ihr – Briefe, Fotos, Zeitungsartikel über ihren Tod – genommen.

Vor einer Woche hätte ihm das schwer zu schaffen gemacht, aber jetzt berührt es ihn kaum. Für ihn ist die leere Garage, die Effizienz, mit der sie ausgeräumt wurde, vielmehr eine Bestätigung: Jemand will verhindern, dass Rosa zurückkehrt – oder dass er sie findet.

Als er wieder in seiner Wohnung steht, ist er fast enttäuscht, dass dort nichts auf einen Einbruch hindeutet. Alle Bücher stehen noch im Regal, ungeordnet, aber vollständig und korrekt. Auch seine Gitarre liegt noch unter dem Bett. Er will sie gerade hervorziehen, als ihm das Foto einfällt, das an dem Abend, an dem seine Wohnung durchwühlt wurde, aus einem Buch segelte. Er tritt ans Regal und holt es aus einer Ausgabe von *Finnegans Wake*. Sie ist älter geworden, wird ihm bewusst; als er sie gestern fand, kam sie ihm vor wie ein anderer Mensch.

Jar schenkt sich einen großen Yellow Spot ein, einen Lieblingswhiskey seines Dad. Er wird ihn nicht anrufen und ihm von der Begegnung in Cornwall erzählen, noch nicht; er weiß, er würde ihn nur aufregen und dann zu hören bekommen, dass er seine Trauer noch längst nicht verarbeitet habe. Und Amy wird er auch nicht anrufen. Sie ist viel zu labil, und Jar will erst mehr wissen, bevor er mit ihr spricht.

Er kippt den Whiskey hinunter, holt den Zelthering aus seiner Jackentasche und legt ihn auf die Küchentheke. Der blumengemusterte Stoff ist ausgefranst und der Hering in der Mitte leicht durchgebogen. Er fragt sich, ob Rosa wohl geflucht hat, als sie damit unter dem kornischen Gras auf Granit stieß. Sie konnte fluchen wie ein Droschkenkutscher, erinnert sich Jar mit einem stillen Lächeln und ruft sich ins Gedächtnis, wie er die Augen abwandte, als sie völlig durchfroren aus dem Cam kletterte.

Sein Handy klingelt.

»Wie war's in Cornwall?«

Jar erkennt Miles Catos gemessenen schottischen Tonfall sofort. Woher zum Teufel hat er Jars neue Nummer? Jemand muss mit Morvah gesprochen haben, nachdem er in den Zug gestiegen ist.

»Ich gebe mir größte Mühe, Sie aus unseren Ermittlungen gegen Martin auszuschließen, Jar«, fährt er fort. »Aber Sie machen es uns nicht einfach. Haben Sie etwas von Anton gehört?«

Das Handy am Ohr, fährt Jar mit dem Finger über das Regal und schiebt ein paar vorwitzige Bücher zurück, bis alle wieder in Reih und Glied stehen.

»Woher haben Sie diese Nummer?«, fragt er.

»Ich bin Polizist, Jar.«

Er ist gut, denkt Jar. Heftet sich an ihn dran wie ein Blutegel. Ihm fällt Rosas Warnung in ihrer Mail ein: *Nimm dich vor MC in Acht. Ich habe in den vergangenen fünf Jahren so manches erfahren und weiß, dass er derjenige ist, der dich ansprechen wird, falls er es nicht schon getan hat. Wahrscheinlich wird er sich als Polizist ausgeben, allerdings in Zivil. Und er hat eine Schwäche für einen schönen schottischen Akzent. Ich weiß nicht, was für eine Geschichte er zusammenspinnen wird, aber glaub kein Wort von dem, was er sagt. Er will mich finden, genau wie die anderen.*

»Inzwischen halten wir es für möglich, dass Martin Foltervideos verbreitet«, fährt Cato fort.

Ihre Deckgeschichte wird mit jedem Tag absurder, denkt Jar. Warum werfen sie Martin nicht etwas Glaubhafteres vor, etwa ein ungesundes Interesse an Beatniks? Oder Strava-süchtig zu sein?

»Ich weiß, wen ich gestern in Cornwall gesehen habe«, sagt er.

»Wieder eine Ihrer Halluzinationen?«

»Sind wir hier fertig?« Jar ist verärgert. Cato hat ihm lang genug etwas vorgespielt.

»Verschwinden Sie nicht noch mal – und rufen Sie mich unter dieser Nummer an, sobald Sie Kontakt mit Anton hatten. Das mit Ihrem Computer tut mir leid. Reine Routine. Sie bekommen ihn wieder.«

Jar tritt auf den Balkon und schaut über die nächtlichen Dächer zur blinkenden Canary Wharf. Wenn nur das Selfie mit Rosa, das er gestern am Gurnard's Head aufgenommen hat, zu Carl durchgekommen wäre. Dann denkt er wieder an die Mails und zieht das Handy heraus.

»Hier ist Jar, Jarlath Costello. Noch auf der Arbeit?« Jar hofft, dass er Max Eadie in seinem Büro erwischt hat. Im Turm brennen noch viele Lichter.

»Ich arbeite immer, rund um die Uhr. Sie haben die Website gelesen. Wo haben Sie gesteckt? Ich versuche Sie seit zwei Tagen anzurufen.«

»Können wir uns treffen? Es ist viel passiert.«

»Ihr Lift ist kaputt«, blafft Max, als er kurze Zeit später vor Jars Tür steht. »Musste die Treppe nehmen, auf der es übrigens nach Kamelpisse stinkt.«

»Möchten Sie was trinken?«, fragt Jar und schließt die Tür. Max steht wie ein verlotterter Fremdkörper in seiner Wohnung. Kurz fürchtet er um die Gesundheit seines Besuchers.

»Was davon, ohne Wasser«, sagt Max und zeigt auf die Whiskeyflasche auf dem Tisch. »Ist Ihr Kopf okay?«

»Max, ich habe Rosa gesehen.« Jar kann es nicht erwarten, zum Punkt zu kommen, und schenkt sich ebenfalls noch einen Whiskey ein. »Gestern in Cornwall.«

Max verstummt und sieht plötzlich ernster, respektvoll, ganz und gar nicht mehr aufgeblasen aus. »Wirklich?«

»Es war keine Trauerhalluzination, falls Sie das meinen.«

»Und wo in Cornwall?«

»An einer Stelle, wo wir uns treffen wollten, falls es irgendwann zu einer Krise kommt.«

Und dann erzählt Jar ihm alles: von den Mails, der Begegnung mit Cato, dem Mann, der zu ihm in den Zug steigen wollte, dem geheimen Rendezvous-Arrangement in Cornwall, und wie ausgerechnet er – ohne es zu wollen – Rosas Entführer zu ihr führte. »Sie wusste nicht mal mehr, wie ich heiße«, sagt er, und dabei treten ihm Tränen in die Augen.

Max lauscht gespannt. Ihn scheint weder das Treffen zu überraschen, noch dass Rosa Mühe hatte, sich an etwas aus ihrer Vergangenheit zu erinnern.

»Das hier habe ich in dem Mietwagen gefunden, in dem sie weggebracht wurde.« Jar nimmt den verbogenen Zelthering vom Küchentisch, betrachtet ihn und lässt ihn wieder fallen. »Sie hat auf den Klippen gezeltet.«

»Und Sie glauben, Miles Cato steckt hinter allem?«

»Genau darüber will ich mit Ihnen sprechen. Mir lassen die Mails keine Ruhe, die Rosa mir geschickt hat, die Mails, in denen sie mich gebeten hat, sie zu treffen.« Jar reicht Max sein Smartphone. »Etwas stimmt nicht damit. Sie hätte den Treffpunkt direkt benannt. Lesen Sie mal die hier.«

Er sieht zu, wie Max die Brille in die Stirn schiebt und mit zusammengekniffenen Augen das Display studiert. »Das stammt nicht von Rosa«, sagt Jar. »Das kommt von jemandem, der sich als Rosa ausgibt und der nicht wusste, wo sie sich versteckt hatte, wohin sie im Notfall flüchten würde – ›falls die Welt irgendwann aus ihrer Achse kippt‹.« Jar stockt, er spürt, dass seine Stimme gleich bricht. »Sie wussten, dass ich ihr Versteck kannte, und warteten einfach ab, bis ich sie dort hinführen würde – wie ein hirnloser Vollidiot.«

Max sieht zu, wie Jar ans Fenster tritt.

»Sie glauben, Cato hat die Männer geschickt?«, fragt Max.

»Lesen Sie die zweite Mail.« Den Rücken Max zugewandt, ringt Jar um Fassung. »»Nimm dich in Acht vor MC‹ – das ist Miles Cato. ›Wahrscheinlich wird er sich als Polizist ausgeben, allerdings in Zivil.‹ Warum sollte er sich selbst verdächtig machen? Wer die Mails auch geschickt hat, wollte Cato damit in Misskredit bringen – und von sich selbst ablenken.«

Jar weiß, was Max jetzt denkt – dass er richtiglag, als er andeutete, dass jemand Jar zu steuern versucht. »Ich glaube immer noch, dass das Tagebuch von Rosa geschrieben wurde«, nimmt er den Einwand vorweg, aber Max bleibt stumm und lässt den Whiskey in seinem Glas kreisen.

»Während Sie unterwegs waren, habe ich noch mal meine alten Unterlagen durchgesehen. Für den Artikel, den ich damals geschrieben habe.«

»Und haben Sie was dabei herausgefunden?«

»Nur dass ich ein fauler Sack war. Kein Wunder, dass ich nie ein guter Journalist geworden bin. Mein lieber Mann. Allerdings habe ich eines entdeckt. Das Retreat wird gerade zum Verkauf angeboten. Ich wollte morgen den Besitzer anrufen und der Anlage einen Besuch abstatten. Wollen Sie mitkommen?«

59

Nachdem A ihre Facetime-Unterhaltung mit Kirsten beendet hatte, legte sie ihr iPad auf den Nachttisch und verschwand ins Bad. Ich schaltete meine Nachttischlampe aus und drehte mich zum Schlafen zur Seite, aber A hatte heute Abend etwas an sich – wie sich das Baumwollnachthemd um ihre Hinterbacken schmiegte ... Wir haben uns nicht mehr geliebt, seit ich meinen Job verloren habe, seit sie ihre tägliche Medikamentendosis reduziert. Inzwischen schlafen wir oft in getrennten Schlafzimmern. Heute Abend jedoch fragte sie, ob wir nicht zusammen sein könnten – ein Neuanfang, meinte sie.

Benzodiazepine können sich auf unterschiedlichste Weise auswirken. Bei langfristiger Einnahme wird im Allgemeinen die sexuelle Aktivität unterdrückt, es gibt aber Ausnahmen. In einem sehr interessanten Fallbericht von Fava und Borofsky aus dem Jahr 1991 führte eine Frau, deren Teenagerjahre von Drogen- und Alkoholabusus sowie sexueller Promiskuität geprägt waren (nicht unähnlich As eigener Erfahrung), als Erwachsene ein enthaltsames, beinahe klösterliches Leben, bis sie Panikattacken bekam. Ihr wurde Clonazepam verschrieben, ein potentes angstlösendes Benzo, woraufhin eine sexuelle Enthemmung einsetzte, geprägt von einer Vorliebe für Striptease.

Die Benzos haben geholfen, As allgemeine Angststörungen unter Kontrolle zu halten, sie haben ihre Schlaflosigkeit gelindert und, ehrlich gesagt, im Schlafzimmer vieles vereinfacht. Ich habe bei A zwischen Diazepam und Alprazolam, Chlordiazepoxid und Clobazam gewechselt und gelegentlich schnell wirkende Mittel wie Flunitrazepam eingeschoben, wenn ich sicherstellen musste, dass sie vergisst, was im Bett passiert war.

Als ich von Huntingdon nach Norwich wechselte, testeten wir dort eine Reihe neuer Benzos mit sehr langer Halbwertszeit, von denen eines in der letzten Testphase vor der Zulassung ausgemustert wurde, weil sexuelle Enthemmung und Gedächtnisverlust zu den Nebenwirkungen zählten – eine potente Kombination, die man als zu gefährlich erachtete, um es auf den Markt zu bringen. Das war wirklich schade, denn es war ein gutes Produkt (ähnlich dem Clonazepam, allerdings mit einer Veränderung an einem chemischen Arm des Moleküls), doch zum Glück hatte ich Zugang zu unserem Lager und konnte sicherstellen, dass wir einen beinahe lebenslangen Vorrat davon zu Hause haben. (Es hat viele Vorzüge, unter anderem, dass es im Blut nicht nachweisbar ist, wenn A zum Arzt geht.) Es war nicht einfach, doch es gelang mir, auch andere Benzos zu horten, wirkungsvolle neue Varianten, die demnächst klinisch getestet werden sollten.

Hat A heute Abend vergessen, ihre Medikamente zu nehmen? Normalerweise ersetze ich damit eine ihrer unschuldigen Schlaftabletten, die sie regelmäßig wie ein Uhrwerk eine Stunde vor dem Schlafengehen nimmt.

Sie schlüpfte neben mir ins Bett und knabberte an meinem Ohr. Ein paar Sekunden blieb ich einfach mit offenen Augen liegen. Seit sie Benzos nimmt, habe immer ich den Anfang gemacht, und sie hat eher gefügig als enthusiastisch reagiert. Eine Träne rann über meine Wange, als ihre Finger meinen Bauchnabel umkreisten, bevor sie tiefer wanderten. Ich hätte in einem anderen Zimmer schlafen oder in meinen Schuppen verschwinden sollen.

Ich drehte mich zu ihr um, tastete im Dunkeln ihr Gesicht ab und ließ den Daumen zwischen ihre Lippen gleiten. Ihr Mund war warm, und ihre Erregung weckte etwas in mir, das in keinem bewussten Geist ein Anrecht auf Erinnerung hat.

»Sei sanft«, flüsterte sie.

Mir war klar, dass ich mich ihr entziehen und irgendeine Ausrede vorbringen sollte, aber ich sagte mir, dass ich, wie schon so oft, kontrollieren konnte, was gleich passieren würde. Und eine halbe Minute, vielleicht länger, waren wir ein ganz gewöhnliches Paar, gleich und gleich.

Erst als ich sie auf den Bauch drehte und ihr die Arme über den Kopf streckte, mit den Händen ihre dünnen Handgelenke umschloss und mit meinen Knien ihre Schenkel auseinanderzwang, schrie sie auf.

»Martin, was tust du da? Du tust mir weh!«

Sie versuchte sich unter mir herauszuwinden, aber noch hielt ich sie auf dem Bett fest, die Arme und Beine märtyrerhaft gespreizt wie auf einem Andreaskreuz. Dann gab ich sie frei und rollte mich zur Seite.

»Entschuldige«, sagte ich. »Ist alles okay?«

»Nein, nichts ist okay. Was zum Teufel sollte das? Du hättest mir fast die Handgelenke gebrochen.«

»Ich habe mich doch entschuldigt.« Inzwischen saß ich auf der Bettkante. Aber sie war schon auf dem Weg ins Bad und knallte im nächsten Moment die Tür hinter sich zu.

60

Was mich noch menschlich macht, ist aus diesem meinem geschundenen Körper ausgeflogen und hat sich mit gefalteten Schwingen in sicherer Entfernung niedergelassen, von wo es mich beobachtet und den Tag seiner Rückkehr abwartet.

»Es ruht sich nur aus«, sagt Dad. »Durch die Zeichnung auf der Unterseite der Schwingen sieht man es praktisch nicht.«

Mein Wärter besucht mich nachmittags, fügt mir die tägliche Dosis Schmerz zu und bringt einmal pro Woche einen sauberen orangen Overall. Er weigert sich, mir Unterwäsche zu geben, aber zumindest hat er inzwischen akzeptiert, dass ich Binden brauche (auch wenn meine Periode mittlerweile praktisch aufgehört hat).

Der heutige Besuch begann wie alle anderen: mit einem Test, was ich mir am Vortag eingeprägt habe, gefolgt von neuen Einträgen, die ich auswendig lernen muss.

»Silent Retreat, Herefordshire, Frühjahrstrimester 2012: Heute ist der letzte Tag unserer Einweisung in Herefordshire. Am Abend kehren wir an unsere Colleges zurück, wo wir alles abwickeln.«

»Anfangen werden, alles abzuwickeln – und dann abwarten«, brüllte er mit Betonung auf »anfangen« und »abwarten«.

»Am Abend kehren wir an unsere Colleges zurück, wo wir anfangen werden, alles abzuwickeln – und dann abwarten.«

Er bestraft mich, wenn ich einen Fehler mache, schlägt und misshandelt mich, aber ist menschliche Gesellschaft, selbst seine brutale Anwesenheit, nicht besser als die folgende Isolation, wenn er wieder weg ist?

61

Genau als sie über die Hängebrücke über den Severn fahren, beschließt Jar, dass er Max vertrauen kann. Die ersten paar Stunden hat er geschlafen – Max hatte ihn in der Morgendämmerung in seinem dunkelblauen Land Rover Defender vor seinem Wohnblock abgeholt –, aber irgendwo auf der M4 zwischen Swindon und Bristol kam er wieder zu sich, und seither reden sie.

Vielleicht war es Max' Eröffnungsbemerkung, die ihn überzeugt hat. »Sie sollten einen Roman schreiben – ich finde Ihre Kurzgeschichten wirklich gut.« Als Max dann noch sagte, dass er für Freunde mehrere Exemplare des Buches bestellt habe, wusste Jar, dass Max' Talent in der PR vergeudet war. Außerdem wurde bald klar, dass Max mit dem Reporterleben noch nicht endgültig abgeschlossen hat und dass ihm sein Artikel über die Oxbridge-Studenten mehr am Herzen liegt, als er anfänglich durchscheinen ließ. Er will Jar unbedingt helfen, aber er will auch die Lücken in seiner Story schließen, will sich ein für alle Mal beweisen, dass er es draufhat, einen Artikel zu schreiben, der Schlagzeilen macht.

Jar hat ihm anvertraut, dass er tatsächlich an einem Roman gearbeitet hatte, als Rosa verschwand – bis dahin hatte er das niemandem außer ihr erzählt –, und seither kein Wort mehr geschrieben hat. Danach sprachen sie über ihre jeweils liebsten Kurzgeschichtensammlungen – alles von Joyces *Dubliners* bis hin zu Saunders' *Zehnter Dezember* –, bevor Jar wieder auf seine Begegnung mit Rosa auf den Klippen von Cornwall zu sprechen kam, seit der inzwischen achtundvierzig Stunden vergangen sind.

Auch diesmal sagte Max nichts, was darauf hätte schließen lassen, dass er ihm nicht glaubte. Er hörte ihm einfach zu. Genau wie jetzt, als Jar von Rosas Tante und Onkel in Cromer erzählt, von den Wochenenden, die er dort mit ihr verbracht hat, und von Catos hartnäckigen Ermittlungen gegen Martin.

Jar lockert seine Beine und merkt dabei, dass er mit den Füßen auf eine zerquetschte Banane im Fußraum getreten ist. Auf seiner Seite ist der Boden übersät mit Bonbonpapieren, zerknüllten Saftkartons und einer leeren Lunchbox mit Paddington, dem Bären.

»Ich war überzeugt, dass Cato hinter ihrem Tagebuch her ist«, sagt Jar. »Aber er ist tatsächlich bloß ein Polizist, der die Schmuddelecken des Internets auszukehren versucht. Das akzeptiere ich inzwischen.«

»Und wer hat Ihrer Meinung nach dann Rosa aus Cornwall entführt?«, fragt Max und hält vor der Reihe an Mauthäuschen am anderen Ende der Brücke an.

Jar wartet mit seiner Antwort, bis Max die Maut bezahlt und der Wagen wieder beschleunigt hat. »Ich muss Ihnen noch etwas zeigen.« Er zieht ein Blatt Papier aus der Manteltasche, die Kopie des vertraulichen Memos, das er Cato im Auto überlassen hat. Er hält es so, dass Max es lesen kann.

»Scheiße, was ist das denn?«, fragt Max, als hätte Jar eben eine tickende Zeitbombe hervorgezaubert.

»Geheimhaltungsstufe 3, nur für den UK-Gebrauch, das ist es.«

»Wo zum Teufel haben Sie das her?«

»Das Original wurde mir in die Arbeit geschickt.«

»Von wem? Edward Snowden? Scheiße. Was steht da drin?«

»Es geht um ein Programm namens Eutychus und enthält Rosas Geburts- und Todesdatum in Cromer.«

»Wann haben Sie das bekommen?«

»Vor drei Tagen, am Freitag, am Tag vor meinem Treffen mit Rosa.«

»Warum haben Sie nichts gesagt, warum haben Sie mir das nicht schon gestern Abend gezeigt?«

Jar zögert. »Ich war nicht sicher, auf wessen Seite Sie stehen.«

»Kann ich Ihnen nicht verdenken.« Max wirft wieder einen kurzen Blick auf das Dokument. »Es könnte natürlich eine Fälschung sein.«

»Oder der Beweis, der Ihnen noch fehlte, als Sie an Ihrem Artikel schrieben.«

»Ich nehme an, Sie wissen, wer Eutychus war? Der Mann, der sich während einer Predigt des Apostel Paulus dermaßen langweilte, dass er eindöste und aus einem Fenster im dritten Stock in den Tod stürzte. Paulus war entsetzt – und peinlich berührt. Macht sich nicht gut, wenn du gerade als Redner Furore zu machen versuchst. Also eilte er nach unten und schaffte es, Eutychus neues Leben einzuhauchen. Er erweckte ihn von den Toten, Jar. Genau wie Jesus Lazarus.«

»Kapiert.«

»Und genau wie all die genialen Studenten, die sich angeblich umgebracht haben und denen tatsächlich ein neues Leben geschenkt wurde«, fährt Max fort. »Wenn das echt ist, ist es reines Dynamit – Titelblatt-Material. ›Extrem öffentlichkeitswirksam‹.«

Jar lächelt über Max' abfälligen Tonfall, dann sieht er aus dem Seitenfenster auf die vorbeiziehende Landschaft.

»Entschuldigung. Das war unsensibel.«

»Gar nicht«, sagt Jar. »Sie müssen es der Welt erzählen. Und diesmal richtig. Nur so kann ich Rosa zurückbekommen.«

62

Cromer, 2012

»Wir sollten über gestern Abend sprechen.« A saß am Küchentisch hinter einem Becher mit Rooibos-Tee.

Wir haben noch nie über gestern Abend gesprochen.

»Ich habe mich doch entschuldigt«, antwortete ich, am Sideboard und mit dem Rücken zu ihr stehend. Ich machte noch eine Kanne Kaffee, die ich mit in den Schuppen nehmen wollte. Strava rief nach mir. Gleich heute Morgen hatte ich eine ausgedehnte Radtour unternommen, um den Kopf freizubekommen und mich genau solch einem Gespräch zu entziehen.

»Ich weiß, dass es zurzeit nicht einfach ist«, sagte sie.

»Es geht mir gut, ehrlich.«

»Ich habe nicht dich gemeint.«

Ich wartete nur darauf, dass das Wasser endlich kochte.

»Ich versuche, clean zu werden, Martin, langsam alle Medikamente auszuschleichen. Ich will mein Leben zurück. Unser Leben.«

»Das ist mir schon aufgefallen. Du könntest dich umbringen, wenn du zu schnell entziehst, das ist dir doch klar?«

Natürlich besteht diese Gefahr nicht wirklich, weil ich ihr das wichtigste Benzo immer noch über ihre tägliche »Schlaftablette« zuführe (wie sich herausgestellt hat, hatte sie die Tablette gestern Abend tatsächlich vergessen und sie erst später eingenommen, nachdem sie endlich aus dem Bad kam). Aber das braucht sie nicht zu wissen. Wenn sie glaubt, dass sie die Kontrolle über ihr Leben wiedergewinnen kann, indem sie einige der anderen schnell wirkenden Medikamente reduziert, die ich ihr gebe, dann soll es eben so sein.

»Ich komme gut zurecht, aber nicht, wenn so etwas passiert.«

A hörte mir gar nicht zu. »Und Kirstens Therapie allein wird nicht reichen. Nicht in deinem Zustand.«

»Es hat mich an damals erinnert, an unsere Anfangszeit in Cambridge«, fuhr sie fort.

»War es eine böse Erinnerung?«

Ich habe nur glückliche Erinnerungen an jene unschuldigen Zeiten. Sie hatte eben ihren Abschluss in Kunstgeschichte gemacht und ihren ersten Job angetreten: Sie restaurierte Bilder im Hamilton Kerr Institute in Whittlesfort, ein paar Meilen südlich von Cambridge. Ich war Doktorand und pendelte zwischen der Universität und meinem Job oben im Vertragsforschungslabor in Huntingdon hin und her.

»Damals hast du dir was von mir gewünscht: Du wolltest mich mit den Handgelenken ans Bett fesseln. Wir waren beide betrunken, darum lachte ich nur und vergaß die Geschichte komplett. Du hast mich nie wieder um so etwas gebeten. Aber gestern Abend ist es mir wieder eingefallen.«

»Es war nichts, Amy. Ich war einfach nur ungeschickt. Und ich kann mich nicht erinnern, dass ich dich irgendwann hätte fesseln wollen.« Das war natürlich gelogen. Ich erinnere mich sehr gut.

»Siehst du dir Pornos an? Tust du das in deinem Schuppen?«

»Ich versuche, ein Buch zu schreiben.«

»Falls du es tust, dann sollten wir darüber sprechen. Ich bin nicht komplett naiv, weißt du ... Wir könnten sie zusammen schauen, vorausgesetzt, es sind ethisch vertretbare Pornos. Ich habe neulich etwas darüber gelesen und würde gern selbst sehen, worum alle so viel Aufhebens machen.«

»Ich versuche, meinen Roman zu schreiben, Amy. Ehrlich. Das ist alles.«

Sie beugte sich über die Zeitung auf dem Tisch und blätterte zerstreut darin herum. »Mit schrägen Sexszenen?« Jetzt lächelte sie.

»Es wird ein Spionagethriller. Vielleicht.«

63

Mein Haiku-Debüt
  Brauchte den halben Sommer.
  Ein Witz? Nein, leider.

64

Das Retreat ist komfortabler, als Jar erwartet hat. Während der dreistündigen Fahrt von London hierher hat er sich eine karge Berghütte vorgestellt, in der die Studenten im Schneidersitz auf dem kalten Steinboden sitzen müssen. Stattdessen stehen er und Max vor einem ehemaligen Bauernhof im viktorianischen Stil, umgeben von einer Obstwiese, einem ummauerten Garten und gepflegten Nebengebäuden, die mit viel Glas und freiliegenden Eichenträgern umgebaut wurden.

»Das Grundstück liegt erhaben am Anfang des Olchon Valley gleich unterhalb der einzigartigen Hatterall Ridge«, doziert die Maklerin. Wie eine Stewardess, die auf die Notausgänge im Flugzeug hinweist, deutet sie erst talabwärts und danach hoch zum Kamm. Jar hat das starke Gefühl, dass sie diesen Text nicht zum ersten Mal abspult.

»Der berühmte Offa's-Dyke-Wanderweg, der der Hatterall Ridge folgt, markiert zugleich die Grenze zwischen England und Wales. Wir sagen hier gern, dass jemand die Black Mountains hält, wenn er die rechte Hand mit der Fläche nach unten auf den Tisch legt: Der Daumen ist der Cat's Back da drüben, der Zeigefinger der Hatterall, der Mittelfinger Ffawyddog ...«

Die Maklerin hatte sie am Haus erwartet. Noch auf der Fahrt hatten sie sich eine Geschichte zurechtgestrickt: Sie handeln im Auftrag eines ausländischen Klienten – ohne dabei ins Detail zu gehen, auf Nachfrage hin eines Russen –, der sich unbedingt ein Wochenend-Landhaus zulegen will. Jetzt, wo sie wartend vor der Haustür stehen, während die Maklerin den richtigen Schlüssel sucht, drohen Jar die Gefühle zu überwältigen. Er will endlich die Bestätigung, dass Rosa hier war, dass das Tagebuch nicht – wie von Max angedeutet – fingiert ist.

»Das ist der Empfangsbereich«, sagt die Maklerin, als sie schließlich im Haus stehen. »Er wurde für größere Meditationsgruppen verwendet, könnte aber problemlos in einen traditionellen Salon zurückverwandelt werden.«

Jar betrachtet die weißen Wände, den hellblauen Teppichboden. Es gibt hier keine Bilder oder Bücherregale, nur einen einsamen Spiegel über einem Backsteinkamin. Am anderen Ende, vor zwei imposanten wandhohen Fenstern, stehen zwei Meditationshocker, die einzige Reminiszenz an die ehemalige Bestimmung des Raumes.

Jar versucht sich auszumalen, wie Rosa dort im Morgenlicht saß und aufmerksam Karen lauschte, während sie sich gleichzeitig abmühte, einen Sinn in ihrem Leben, im Tod ihres Vaters und in ihren enttäuschenden Erfahrungen in Cambridge zu finden.

Oben zeigt ihnen die Maklerin eine Reihe von Schlafräumen, meist mit zwei, die größeren teils mit vier Betten. Auch hier referiert sie darüber, wie leicht alle in Privatzimmer umgewandelt werden könnten.

»Unser Mandant legt besonderen Wert auf Sicherheit«, sagt Max und zwinkert Jar kurz zu, bevor er sich wegdreht und aus einem Schlafzimmerfenster hinunter auf das Olchon Valley schaut. Jar sieht ebenfalls hinaus und entdeckt einen im Wind kreisenden Bussard, der auf den Luftströmungen um die Hatterall Ridge dahingleitet. *Drehend und drehend im sich weitenden Kreisel, kann der Falke den Falkner nicht hören …*

»Die nächsten Nachbarn sind fast eine Meile entfernt«, erklärt die Maklerin. »Und es führt nur eine einzige Straße ins

Tal, man weiß also lang vorher Bescheid, wenn sich Besuch ankündigt.«

»Dürfte ich mich etwas umsehen?«, fragt Jar.

»Natürlich«, versichert ihm die Frau. »Fühlen Sie sich wie zu Hause.« Sie wirft Max einen hoffnungsvollen Blick zu.

Jar überlässt es Max, die Sicherheitsbedürfnisse ihres erfundenen russischen Klienten zu erörtern, und tritt in den Flur, wo er sich fragt, welches Zimmer Rosa mit Sejal geteilt haben könnte. An der Tür zum kleinsten Zimmer, in dem zwei Einzelbetten stehen, bleibt er stehen und beschließt, einen genaueren Blick hineinzuwerfen, bevor er wieder nach unten geht. Vielleicht hat sie ihren Namen an die Wand geschrieben oder ihre Initialen ins Holz geritzt?

Es ist kein Gefängnis, sagt er sich. Sondern ein friedliches Seminarhaus – ein Ort der Stille. Er betrachtet die beiden frisch gemachten Betten, auf denen die Daunendecken mit indisch gemusterten Überwürfen festgesteckt wurden. Rosa hätte das gefallen. Er dreht sich um und will gerade die geölte Holztreppe hinuntergehen, als ihn eine Stimme aufhält.

»Du weißt, dass wir hier keinen Besuch bekommen dürfen.«

Rosa. Jar hält inne, zögert kurz und sieht sich dann um. Rosa sitzt auf dem Bett und lächelt kokett zu ihm auf. Sie mahnt ihn mit einem Finger auf den Lippen, leise zu sein, und tätschelt das Bett, damit er sich neben sie setzt.

»Rosa?«, fragt er, und das Gewicht seines gesamten Körpers sackt in freiem Fall in seine Beine.

»Sejal kann jeden Moment zurückkommen. Wir haben nicht viel Zeit. Sie können hier ziemlich streng sein.«

Jar schließt die Augen. Als er sie wieder öffnet, ist Rosa verschwunden. Er geht zum Bett, setzt sich und ist erleichtert, dass seine Beine sich nicht mehr bleischwer anfühlen.

»Alles okay?«

Jar hebt den Kopf und sieht Max in der Tür stehen. Er wartet kurz ab, bevor er antwortet: »Das war ihr Zimmer, und das hier ihr Bett.« Er tippt auf die Tagesdecke.

»Woher wollen Sie das wissen?« Max sieht durch den Flur zurück.

»Es stimmt mit dem überein, was sie in ihrem Tagebuch geschrieben hat.«

»Kommen Sie?« Es hört sich eher nach einem Befehl als nach einer Frage an.

Draußen im Flur erörtert Max mit der Maklerin weitere Details der Immobilie – Stromversorgung, Wasser, bauliche Beschränkungen –, während Jar sich nach einer Toilette erkundigt.

»Am anderen Ende des Ganges«, antwortet die Maklerin und wirft Max einen Blick zu, als wollte sie ihn fragen, ob mit Jar alles okay ist. Jar vermutet, dass er nach seiner Halluzination einen ziemlich konfusen Eindruck macht.

»Danke«, sagt Jar und entfernt sich gerade so schnell, dass es keinen Verdacht erregt.

Gleich als sie das Haus betreten haben, ist ihm ein Raum ins Auge gefallen: ein kleines Büro abseits des Hauptkorridors. Durch die halb offene Tür konnte er einen Computer und Bücher in einem Regal erkennen.

Er vergewissert sich kurz, dass die Maklerin nicht in der Nähe ist, schiebt dann die Tür weiter auf und tritt ein. Er sieht einen mit Papieren übersäten Schreibtisch, ein Telefon und einen alten Computer. Auf eine Tafel an der Wand hat jemand in stark rechts geneigten Ziffern mehrere Telefonnummern geschrieben. Jar zückt sein Handy und fotografiert die Tafel ab.

Er kann Max und die Maklerin immer noch im Flur reden hören: über Öllieferungen und Sicherheitslichter. Der Mann ist ein geborener Schwafler, denkt Jar. Er dreht sich zur Tür um, hinter der ein alter grauer Aktenschrank steht. Alle Schubfächer stehen offen, doch die dunkelgrünen Hängeregister sind leer. Selbst die Indexschilder wurden entfernt. Aber Jar interessiert sich viel mehr für das, was über dem Aktenschrank an der Wand hängt: eine vergessene, bunte Collage aus Fotos, mindestens fünfzig Stück, verblasste Schnappschüsse von jungen Menschen, die lächelnd vor der Kamera posieren.

Jar tritt an die Wand, um sich die Bilder genauer anzusehen, und lässt seine Augen von einem zum nächsten fliegen. Er braucht eine Weile, bis er Rosa gefunden hat. Sie steht neben einem asiatisch aussehenden Mädchen. Sejal, tippt er. Auf dem Boden liegt Schnee, und beide beugen sich, einen geteilten Schal um beide Hälse gewickelt, lächelnd in die Kamera.

Jar nimmt das Foto von der Wand, löst es vorsichtig zwischen den anderen Bildern heraus. Dann nimmt er eines vom Rand des Flickenteppichs und befestigt es über der freigewordenen Stelle. Hinten auf Rosas Foto steht ein Datum: März 2012. Es passt zu dem, was Rosa ihm erzählt hat: dass sie in einem Retreat in Herefordshire war, bevor sie ihn kennengelernt hat.

Die E-Mails wurden vielleicht nicht von Rosa geschrieben, denkt Jar, aber was das Tagebuch angeht, täuscht sich Max. Rosa war hier, genau wie sie behauptet hat.

65

Cromer, 2012

So wie es aussieht, bin ich nicht der Einzige, den das Schreib-
fieber gepackt hat. Als ich heute Morgen herunterkam, sah ich
Rosa am Küchentisch sitzen und auf ihren Laptop einhämmern.

»Überarbeitung?«, fragte ich, ohne eine Antwort zu erwarten. Sie kam gestern aus Cambridge herauf – die übliche
freundliche Routine. Sie sprach auf der Fahrt von Norwich
hierher kaum ein Wort und plauderte beim Essen ausschließlich mit A, als wäre ich Luft. Sie macht es einem sehr schwer,
sie zu mögen.

Es vergingen ein paar Sekunden, doch dann antwortete Rosa
tatsächlich. »Ich führe ein Tagebuch«, sagte sie, ohne aufzu-
sehen. »Amy meinte, das könnte helfen.«

»Wobei?«, fragte ich, weil ich es für an der Zeit hielt, über
ihren Vater zu sprechen, und sei es nur, um festzustellen, dass
wir uns in diesem Punkt nicht einig sind.

»Dad war ein besonderer Mensch«, sagte sie wie zu sich selbst.

»Die Zeit heilt viele Wunden«, bot ich ihr an und wünschte
im selben Moment, ich hätte nichts gesagt.

»Du warst deinem nicht besonders nahe, oder?«

Mit dieser Frage hatte ich nicht gerechnet. »Das kommt
darauf an, was du mit ›nahe‹ meinst. Zu meiner Zeit waren die
Dinge anders.«

»Inwiefern?«

»Eltern versuchten damals nicht, mit ihren Kindern gut Freund zu sein.«

»Ihr wart euch also nicht nahe.«

Nein, waren wir nicht, dachte ich, aber ich werde dir nicht die Befriedigung geben, mit deiner Pseudodiagnose richtigzuliegen. Der Mann, den ich als meinen Vater betrachtete, war mir in meiner Kindheit ein Fremder.

»Ich will nicht so tun, als wären dein Vater und ich immer einer Meinung gewesen«, versuchte ich, das Gespräch von ihrer Beobachtung wegzulenken. »Aber das heißt nicht, dass ich nicht verstehe, wie schwer das für dich sein muss.«

Rosa blieb stumm.

»Weißt du«, fuhr ich fort, »es gibt viele medizinisch erprobte Möglichkeiten, mit Trauer und Depression umzugehen.«

Sie tippte stumm weiter.

»Sie haben Amy geholfen, ihr Leben wieder in den Griff zu bekommen«, ergänzte ich, aber mir war klar, dass ich gegen eine Wand sprach. A hat sich Rosa anvertraut und sich damit gebrüstet, dass sie ihre Dosierung verringert hat. Das wird nur in Tränen enden. »Ich schreibe ebenfalls Tagebuch«, wechselte ich das Thema. »Eher so etwas wie ein Journal.«

»Hat Jar dir helfen können?«, fragte sie weniger feindselig.

»Wir haben ein wenig literarisch gefachsimpelt.«

»Er ist ein guter Lehrer. Geduldig.«

»Werde ich mir merken.«

»Funktioniert euer WLAN eigentlich?«, fragte sie. »Irgendwie bekomme ich keine Verbindung.«

»Lass mich mal sehen.«

»Ich muss nur ein paar Mails verschicken.«

Ich suchte nach der Karte mit dem Zugangscode, aber die steckte nicht an der üblichen Stelle auf dem Kaminsims. A verwendet einen eigenen Router im Haus – mit schmaler Bandbreite, der aber für ihre Bedürfnisse genügt. Im Schuppen habe ich einen eigenen Breitband-Glasfaseranschluss. Dann sah ich die Karte neben dem Telefon liegen. Ich nahm sie, warf einen kurzen Blick auf den Code, den A in ihrer unleserlichen Handschrift darauf gekritzelt hatte, gab sie Rosa und ging aus der Küche. Zwei Minuten später war Rosa an der Hintertür und rief nach mir, während ich die Weinflaschen in die Glastonne beförderte. A nimmt zwar weniger Benzos, dafür trinkt sie umso mehr. Genau wie ich.

»Ich komme immer noch nicht ins Netz«, sagte Rosa.

Ich kehrte in die Küche zurück, setzte mich an den Tisch und zog ihr MacBook Air zu mir her. Rosa hatte mir Platz gemacht und stand hinter mir. Gerade als ich die Netzwerk-Einstellungen öffnete, klingelte ihr Handy.

»Hi, Babe«, sagte sie und schlenderte an die offene Tür zum Garten. *Babe*. Ich sah zu ihr. Sie warf mir einen kurzen Blick zu, wandte sich aber gleich darauf ab, als wollte ich sie absichtlich belauschen. Manchmal kann ich gar nicht glauben, wie sehr Rosa mich an A in ihrer Jugend erinnert. Ich wünschte, wir kämen besser miteinander aus.

Rosa hatte ihren Gmail-Posteingang minimiert, aber ihre Collegemails interessierten mich ohnehin nicht. Ich war auf ihr Tagebuch aus. Dieser Gelegenheit konnte ich nicht widerstehen. Aus rein professionellen Gründen natürlich – ich wollte wissen, wie sich ein echtes Tagebuch im Vergleich zu meinen eigenen Versuchen, ein Journal zu schreiben, ausnimmt –, doch ich sagte mir, dass es noch einen zweiten Grund gab: Ich will lernen, Rosa zu mögen, und dazu muss ich sie besser verstehen, ich muss ihre Welt begreifen und ihr näherkommen. Immerhin ist sie die Nichte von A. Darum muss ich mir mehr Mühe geben.

Ich schaltete das WLAN ab und wieder an und wählte dann As Router. Rosa hatte den Code falsch eingegeben. Sekunden später war ihr Computer im Netz.

Ich sah noch mal zur Tür. Rosa war in ihre Unterhaltung vertieft. Ohne zu zögern, vergrößerte ich ihr Gmail-Fenster, erstellte eine Mail, hängte das Tagebuch an, das sie direkt auf dem Desktop speichert, und schickte alles an meine eigene Mailadresse. Dann öffnete ich den Ordner mit den gesendeten Mails und löschte die Mail, öffnete danach den Gelöscht-Ordner und löschte sie dort ebenfalls, und wechselte zuletzt zurück zum Posteingangsfach, das Rosa anfangs geöffnet hatte, bevor ich das Fenster wieder minimierte. Literarischer Diebstahl. Zählt so etwas als echtes Verbrechen?

»Alles geregelt«, sagte ich und sah Rosa an, die gerade zum Küchentisch zurückkehrte. Es kostete mich Mühe, gleichmäßig zu atmen.

»Danke. Was war denn das Problem?«, fragte sie, während sie sich an den Tisch setzte.

»Amys Krakelschrift. Du hast den Code falsch eingegeben.«

»Jar schickt dir Grüße, er hofft, dein Roman macht Fortschritte.«

»Ich habe gerade einen wichtigen Durchbruch geschafft«, sagte ich, außerstande, mein Lächeln zu unterdrücken.

66

Mein Wärter brachte mir heute »Zivilkleidung« – Haremshosen und ein Fleece. Er gab mir beides nach der Sitzung, zur Belohnung für mein gutes Verhalten, wie er meinte. Anscheinend gelte ich nicht länger als unkooperative Gefangene.

Ich werde die Sachen nicht anziehen. Ich werde sie für draußen aufbewahren.

Er wird mich nie gehen lassen, nicht nach so langer Zeit. Meine einzige Chance besteht in der Flucht. Ich versuche, mich nicht von diesem Gedanken hinreißen zu lassen, obwohl ich spüre, wie das Adrenalin meinen Körper überflutet, wenn ich nur diese Worte schreibe. Ich muss neutral bleiben, immer gleich, grau. Ohne Farbe, Freude oder Trauer. Ein Nichts.

Mein Wärter ist ein Mann der Gewohnheit, der Ordnung und Routine, aber irgendwann wird er einen Fehler machen. Wir alle machen früher oder später Fehler.

67

»Das habe ich im Büro gefunden«, sagt Jar und dreht das Foto in den Händen. Sie sitzen wieder im Land Rover und fahren durch Herefordshire. »Ein Foto von Rosa und Sejal, der Frau, über die sie in ihrem Tagebuch schreibt.«

Max wirft einen kurzen Blick auf das Bild. »Das beweist aber immer noch keine Verbindung, oder? Hierher?« Max weist auf ein Militärgelände links von ihnen hin, dessen Zufahrt sie in diesem Moment passieren. Jar sieht auf das Tor, auf den Wachposten. Das Militär in seiner Uniformität war ihm immer ein Rätsel.

»Es beweist, dass Rosa in diesem Retreat war, das sich rein zufällig in der Nähe der SAS-Zentrale befindet. Und es beweist, dass sie das Tagebuch selbst geschrieben hat.«

»Wirklich?«

»Sie hat darin geschrieben, dass sie in einem Retreat in Herefordshire war. Beweisstück eins: Ein Foto, das sie in besagtem Retreat zeigt.« Er schaut auf das Foto in seiner Hand. »Man kann sogar die Hausfront im Hintergrund sehen.«

Jar war glücklich, bis er in den Wagen gestiegen ist, froh, dass Rosa tatsächlich das Seminar besucht hatte, von dem sie geschrieben hat. Aber Max' Reaktion gefällt ihm nicht.

»Ich habe Rosa schon wieder gesehen«, sagt Jar. »Gerade eben, im Haus.«

Max dreht sich ihm zu und sieht gleich wieder nach vorn. »In diesem Schlafzimmer?«

»Es war eine Trauerhalluzination. Ich habe eine Erinnerungs-spur aufgefangen – einen Kondensstreifen am Himmel, wie meine Therapeutin es nennt.«

»Ich habe mit vierzehn meine Mutter verloren«, sagt Max nach kurzem Schweigen. »Ich war damals im Internat und nach weniger als einer Woche wieder in der Schule, als wäre gar nichts passiert.«

»Haben Sie sie je wiedergesehen? Nachdem sie gestorben war?«

»In den ersten Wochen konnte ich mich nicht mal an ihr Gesicht erinnern. Meine eigene geliebte Mutter! Ich hatte schreckliche Angst, ich glaubte, ich würde sie nie wieder vor mir sehen können.«

»Aber Sie konnten es?«

»Ich träumte die ungewöhnlichsten Dinge. Nur von den guten Zeiten, aber das Nacht für Nacht, nachdem ich mich im Schlafsaal auf meinem Kissen in den Schlaf geweint hatte. Wir in den Ferien, sie immer nur lächelnd oder lachend, oder wenn sie mich in die Arme schloss. Das ging einen Monat so, es war ihr Geschenk an mich. Danach hatte ich das Gefühl, dass ich mein Leben weiterleben konnte, dass ich ohne sie klarkommen würde. War Rosa glücklich, als Sie sie heute gesehen haben?«

»Ja.«

Sie fahren schweigend weiter, aus Herefordshire heraus.

»Wir haben nicht genug in der Hand für eine Veröffent-lichung, oder?«, fragt Jar. Er zieht den Zeltheringheraus und betrachtet versonnen das verbogene Beweisstück. Er weiß nicht, ob er lachen oder weinen soll. Jessas, der Hering allein beweist kaum etwas, das ist ihm klar. Praktisch nichts. Max wirft nicht einmal einen Blick darauf.

»Wir brauchen dieses Foto – das Selfie, das Sie mit ihr auf der Klippe aufgenommen haben.«

»Sobald wir zurück sind, treffe ich mich mit Carl«, verspricht Jar. »Als ich ihn angerufen habe, hatte er es noch nicht.«

Max' Smartphone läutet in der Halterung unter dem Radio. Es ist mit einem Bluetooth-Mikro irgendwo über ihm verbunden.

»Sag an, Sally«, sagt er.

»Der Verteidigungsminister will mit Ihnen sprechen. Dringend.«

»Ich kann gerade nicht. Sagen Sie ihm, ich rufe später zurück.«

»Es klang dringend.«

»Das ist es mit Sicherheit. Er hätte seinen Bonus eben nicht für Crack und Nutten verblasen sollen, die tausend Pfund pro Stunde kassieren.« Er legt auf.

»War das klug?«

»Er kann warten. Ich nicht. So lebendig habe ich mich seit Jahren nicht mehr gefühlt.«

Das Smartphone läutet wieder.

»Ja, Sally?«

»Er hat den Vertrag gekündigt. Sucht sich jemand anderen. Meinte, Sie müssten ihm vierundzwanzig Stunden am Tag zur Verfügung stehen.«

»Danke, Sally«, sagt er und lächelt Jar zu, als er das Gespräch beendet. »Als ich noch Journalist war, habe ich nie eine wirklich große Geschichte gelandet. Und ich war nie so dicht dran wie bei der hier. Orwell soll gesagt haben: ›Journalismus heißt, etwas zu drucken, von dem jemand will, dass es nicht gedruckt wird. Alles andere ist Propaganda.‹ Was wir hier tun, ist echter Journalismus, Jar. Es ist wichtig.«

Eine Weile sitzt Jar schweigend da und lächelt vor sich hin, während er Max' pfeifenden Atemzügen lauscht, bis ihm ein Astra im Rückspiegel auffällt. »Der Wagen folgt uns, seit wir aus Herefordshire raus sind«, sagt er.

Max blickt in den Rückspiegel. »Sind Sie sicher?«

»Sicher bin ich sicher.«

Im nächsten Moment lenkt Max scharf links, und der Land Rover biegt im letzten Moment mit kreischenden Reifen von der Hauptstraße in einen Feldweg.

»Halten Sie sich fest«, sagt er, obwohl Jar sich bereits an der Tür festklammert. »Das könnte holprig werden.«

68

Cromer, 2012

A glaubt, dass die vielen Kameras unserem Schutz dienen. Das tun sie auch – oder sie taten es wenigstens. Schon als ich in dem Labor in Huntingdon zu arbeiten anfing, war mir klar, dass ich zur Zielscheibe für Tierrechtsaktivisten werden würde, und als ich die Firma wechselte und nach Norwich ging, war das nicht anders. Die Polizei hat mich gewarnt, dass auch nach meinem Ausscheiden für einige Zeit ein gewisses Risiko bestehen bleibt.

Inzwischen sind zwei Monate vergangen, seit ich die Welt der Wissenschaft verlassen habe. Ganz zufällig wurde einer der Aktivisten, die mich ins Visier genommen haben, kürzlich eingesperrt, zwei weitere allerdings wurden mit Bewährung laufengelassen. Als der Techniker letzte Woche kam, um neue Kameras zu installieren, habe ich das A gegenüber angesprochen, die leicht einzuschüchtern und überzeugt ist, dass wir beobachtet werden. Der Techniker hat alle Außenkameras und auch die im Haus ersetzt. Die Kameras im Haus fand A schrecklich, sie meinte, sie ruinierten das Dekor, darum versprach ich ihr diskretere Modelle, ohne mich genauer darüber auszulassen. Sie war während der Installation außer Haus.

Jetzt sitze ich in meinem Schuppen, vor einer Reihe kleiner Bildschirme, und warte darauf, dass Rosa zu Bett geht. Als ich ging, saß sie in der Küche und unterhielt sich mit A. Sie erscheint mir depressiver als je zuvor. A hat ihr geraten, ein Bad zu nehmen, und ihr ein Öl oder einen Badezusatz gegeben, der ihr entspannen helfen soll. Fünf Milligramm Lorazepam hätten mehr bewirkt.

Rosas Tagebuch ist frisch und ungeschliffen, habe ich festgestellt. Ich habe es größtenteils gelesen und gehe mit meinen eigenen, halb fiktionalen Bemühungen offenbar in die richtige Richtung. Es enthält zu viel sentimentales Gewäsch über Jar, außerdem ist es überaus schwatzhaft – »Icherzähler auf Steroiden« erscheint mir zutreffender als je zuvor –, aber irgendwo darin liegt eine Story, die ich für meinen Roman verwenden kann. Ich weiß nur noch nicht genau, welche.

Ganz besonders reizt mich die Figur ihres Collegedekans, Dr. Lance, der heimlich für die Geheimdienste arbeitet. Ich habe schon oft gehört, dass Oxbridge-Colleges dem MI5 und MI6 geeignete Kandidaten empfehlen. Ich bin gespannt, ob Rosa irgendwann eine dezente Hand auf ihrer Schulter spürt. (Bedauerlicherweise hat sich nie jemand die Mühe gemacht, auf mich zuzukommen.) Würde sie in ihrem Tagebuch darüber schreiben? Dass ihr Vater fürs Außenministerium arbeitete, erhöht ihre Chancen auf eine Rekrutierung mit Sicherheit, selbst wenn er – offiziell – nicht in geheimdienstliche Tätigkeiten verwickelt war.

Es ist das erste Mal, dass ich die Kameras im Gästezimmer kontrolliere, und ich sage mir immer wieder, dass ich es nur sicherheitshalber tue. Sie reagieren über Bewegungsmelder, und ich wollte A nicht bitten, sie zu testen, weil sie das vielleicht unnötig beunruhigt hätte.

Ich habe meinem Tutor eine Mail geschrieben, dass ich meinen Roman in Tagebuchform schreiben möchte, so wie ich es hier in diesem Journal bereits geübt habe, und er hat geantwortet, dass das nur funktioniert, wenn mein Gebrauch des Präsens so »lebendig« wie möglich ist. Hierbei werden die

Nootropika hoffentlich ihre leistungssteigernde Wirkung unter Beweis stellen. Ich werde den Kameratest weiter kommentieren und dabei eine Diktiersoftware verwenden, die meine gesprochenen Worte in Schrift umwandelt. Dazu 500 Milligramm des Nootropikums, an dem ich arbeitete, bevor ich das Labor verließ, außerdem zwei Hits LSD, und wir sind im Geschäft.

Ich habe beschlossen, dass ich dieses Journal keinem Menschen zeigen werde, nicht einmal meinem Tutor. Es ist nur eine Fingerübung, das Amuse-Bouche. Seit ich mit dem Schreiben begonnen habe, wurden die Geständnisse intimer als beabsichtigt – definitiv zu ehrlich –, was ein Problem darstellt, ganz gleich, wie geschickt ich das Ganze als Fiktion verkleide. Sicherheitshalber werde ich es irgendwann verschlüsseln müssen, so wie früher im Labor die sensibleren Dokumente.

Gerade hat Rosa das Zimmer betreten.

Sie geht ins Schlafzimmer und lässt sich aufs Bett fallen. Sie sieht müde, erledigt aus. Sie prüft ihr Handy auf neue Nachrichten und greift dann nach dem Laptop auf dem Nachttisch. Sie klappt ihn auf und beginnt zu schreiben. Ich sehe nicht, was sie schreibt, stelle mir aber vor, es sei ihr Tagebuch. Mir gefällt die Symmetrie, die Verbundenheit: Ich »schreibe« mein Journal zur selben Zeit wie sie ihres. Noch besser würde es mir gefallen, wenn sie dabei weniger an hätte.

Fünf Minuten sind vergangen, jetzt tippe ich wieder, mit einem halben Auge auf dem Bildschirm vor mir. Wäre ich ein loyalerer Ehemann, würde ich auch die neue Kamera in unserem Schlafzimmer testen. Ob A mich verstehen würde, wenn sie mich jetzt sähe?

Rosa rührt sich.

Sie geht weiter ins angeschlossene Bad, woraufhin dort eine der
neuen Kameras anspringt. Sie lässt sich ein Bad ein. Jetzt kehrt sie
ins Schlafzimmer zurück, streift sich unterwegs das T-Shirt über
den Kopf und schüttelt ihre Haare aus. Dann folgt die Jeans, das
(unspektakuläre) Höschen rutscht dabei hinten etwas nach unten.
Und weiter geht's: BH und Höschen landen auf dem Boden wie
Treib- und Strandgut.

Wieder im Bad, beugt sie sich vor, rührt im Wasser und träufelt
das Öl hinein. Jetzt ist sie wieder im Schlafzimmer, spaziert durch
den Raum und spricht in ihr Handy, das offenbar geläutet hat (die
Kameras übertragen keinen Ton – noch nicht).

Ich sollte es damit gut sein lassen, die Monitore ausschalten, Rosas Privatsphäre respektieren, aber ich bringe es nicht über mich, den Schalter umzulegen.

Vielleicht bin ich ein alter Hippie, weil ich LSD verwende, aber ich war seit jeher fasziniert von dessen dopaminerger Eigenschaft, die sich so selten in serotonergen Psychedelika findet. Und es zeigt erstaunliche Ergebnisse bei der Behandlung von Depressionen und Angstzuständen. Trotzdem wird es nie zur medizinischen Therapie zugelassen werden. Seit den Sechzigern hat die Pharmaindustrie Hemmungen, »gegenkulturelle« psychedelische Therapien anzuwenden. Außerdem wäre LSD schwer zu patentieren. Beim Peyote, dessen Wirkung dem des LSD ähnelt, ist wiederum die variierende Potenz problematisch. Das Meskalin muss erst aus den getrockneten Kaktusknöpfen extrahiert werden, was zwar nicht schwer, aber zeitaufwendig ist und Natriumhydroxid und Benzol sowie einen Dampfdrucktopf (aber nicht aus Aluminium) erfordert. Da greife ich doch lieber zu einem einfachen Acidtrip. Und wenn Acid mit einem Nootropikum kombiniert wird, verstärkt sich der Trip auf eine signifikante Weise, die mir sehr zupasskommt. Die visuellen Erfahrungen wirken zudem viel mathematischer: geistig klar, geordnet, verbunden. Ganz anders als die wirbelnden, surrealen Tagträume, die LSD allein beschert.

Ich nehme das Nootropikum, wenn ich an meinem Roman arbeite – wir waren kurz vor der Markteinführung, als ich ging, und ich bin mir sicher, dass es die Einstellung zu allen derartigen Medikamenten verändern wird, wenn es erst in den Handel kommt. Die Klarheit und die kognitiven Fähigkeiten sind das eine (in den Versuchsreihen wirkte es besonders gut bei Alzheimer-Patienten), aber es sind die positiven Wechselwirkungen mit einem ganzen Sortiment an sogenannten »Partydrogen«, die es zum Marktführer machen werden.

Rosa tritt ins Bad und bringt das Wasser zum Schwappen, als sie sich in die Wanne setzt. Ein Bein müßig angezogen, lehnt sie sich zurück, starrt an die Decke, mir direkt ins Gesicht. Hat sie die Kamera gesehen? Unfähig, länger Augenkontakt zu halten, wende ich den Blick ab. Nein. Falscher Alarm. Jetzt hat sie die Augen geschlossen. Es wird ein guter Abend.

69

Manchmal, wenn ein Schmetterling seine Flügel angelegt hat, kann man kaum sagen, ob er sich nur ausruht oder bereits tot ist.

$14 \times 9 = 126$

Zyxwvutsrqponmlkjihgfedcba

»Nicht kann sie Alter hinwelken, täglich Sehn an ihr nicht stumpfen.«

Meine Nägel sind wieder lang. Er hat keinen Fehler gemacht.

70

Carl erwartet Jar am Hinterausgang des Gebäudes, gleich neben der Poststelle und Anlieferungsrampe. Hier steht ein großer, schlachtschiffgrau gestrichener Generator und dahinter ein windschiefer Unterstand für die Raucher. Neben einem Müllcontainer klemmen zwei angekettete Räder in einem Radständer. Jar ist gern hier: Hier deutet nichts auf irgendeine Corporate Identity hin. Und er freut sich, Carl wiederzusehen, obwohl sein Kumpel stinksauer auf ihn ist.

Als die Polizei die Redaktion durchsuchte und Jars Computer beschlagnahmte, platzte dem Chef endgültig der Kragen. Danach verkündete er der gesamten Belegschaft, dass Jar nicht mehr für seine Firma arbeite und unter gar keinen Umständen ins Gebäude gelassen werden dürfe.

»Jetzt hab ich hier gar keinen mehr«, sagt Carl. »Und was fange ich jetzt an?«

»Es gibt immer noch die IT-Abteilung.«

»Willst du mich verarschen?«

»Tief im Herzen bist du ein Nerd, Carl. Gib's zu.«

Jar hätte sich lieber nicht so nahe beim Büro getroffen, doch Carl hatte nicht mit sich reden lassen. Es sei ungewöhnlich viel los, behauptet er, außerdem habe sich sein Arbeitspensum verdoppelt, seit Jar nicht mehr da ist. Niemand mehr, mit dem er die beiden Geißeln ihres Arbeitslebens aufteilen kann: Google -Doodle-Schichten und X-Factor-Storys. Carls Textnachricht hatte Jar aus dem Schlaf gerissen – er und Max waren am Vorabend erst tief in der Nacht aus Wales zurückgekommen. Carl hatte geschrieben, es sei dringend und nichts, was er am Telefon besprechen wolle.

»Wie läuft's denn so?« Jar sieht sich um und auf den Wachmann in seinem undichten Containerhäuschen. Hier hat sich Jar immer ins Gebäude geschlichen, wenn er zu spät kam. Wenn man die Rampe neben der Anlieferungszone hochkletterte, kam man unbemerkt ins Gebäude, indem man den Empfang umging und durch eine Tür hinter dem Toaster direkt in die Kantine gelangte.

»Wenn du schon fragst, die Klickzahlen sind diesen Monat um vierzig Prozent zurückgegangen«, sagt Carl.

»Nichts, was eine Jennifer-Lawrence-Bildergalerie nicht beheben würde«, antwortet Jar. Ihm fehlt die Kameraderie im Büro, aber nicht die Arbeit.

Carl zündet sich eine Zigarette an und hält Jar das Päckchen hin, doch der lehnt ab.

Seit Jar ihm erzählt hat, dass er Rosa auf den Klippen von Cornwall gesehen hat, hat Carl ihm die kalte Schulter gezeigt, zweifellos aus Frust, dass Jar immer noch halluziniert und sich nicht helfen lassen will. Heute jedoch verhält er sich anders, mitfühlend, wie in alten Zeiten.

»Gestern Nacht ist es angekommen. Heute Morgen bin ich aufgewacht, und da war es, direkt auf meinem Handy. Ich wollte es dir persönlich sagen.«

»Das Foto?«, fragt Jar.

»Nein, eine SMS vom Weihnachtsmann, dass es ihn wirklich gibt. Natürlich das verfickte Foto – von dir und Rosa in Cornwall.« Carl zieht das Smartphone aus der Tasche, holt das Bild auf das Display und reicht Jar das Handy. »Tut mir echt leid, Bro. Du weißt schon ... dass ich dir nicht geglaubt habe.«

Mit zitternder Hand nimmt Jar das Smartphone und hört im selben Moment das Funkgerät eines Fahrradkuriers knistern. Er muss das Handy abschirmen, doch dann sieht er das Bild ganz deutlich: Jar und Rosa, die in die Kamera blinzeln, er mit Angst in den Augen, ihre hingegen strahlen nichts als Leere aus.

Er atmet tief und langsam aus. Jetzt hat er den unwiderlegbaren Beweis. »Und du kannst feststellen, wann es aufgenommen wurde?«, fragte er leise, aber mit fester Stimme.

»Zeit, Datum, Ort. Du hattest es in den Einstellungen so angegeben.«

»Maria sei Dank dafür.«

»Was hat das zu bedeuten, Jar?«

»Zu bedeuten? Dass Rosa noch lebt. Dass sie sich nicht vor fünf Jahren das Leben genommen hat.«

Carl schüttelt den Kopf und zieht an seiner Zigarette. »Ich kann das echt nicht glauben, Bro. Also, klar glaube ich es, ich glaube dir, schließlich habe ich jetzt das Foto gesehen, es ist bloß …«

»Ich weiß.« Jar sieht seinen Freund an, der tatsächlich feuchte Augen bekommt. »Warum hat das Bild so lange gebraucht, um bei dir anzukommen?«, lenkt er das Gespräch auf weniger gefühlsbeladenes Terrain. Bei technischen Fragen weiß Carl, wo er steht.

»Frag deinen Provider. Multimedia-Messages können mitunter ein paar Stunden brauchen, manchmal sogar Tage. In deinem Fall volle drei Tage. Mal ehrlich, sie sieht nicht fit aus, Bro.«

»Sie war es auch nicht. Ist es auch nicht.«

»Und gleich nachdem das hier aufgenommen wurde, haben sie sie geschnappt?«

»Eine Sekunde später lag ich mit einer Platzwunde am Kopf im Gras, und sie war weg.«

»Und was machen wir jetzt? Mit dem Foto?«

»Kannst du es mir schicken? Ich leite es dann an Max weiter. Er will über die ganze Sache schreiben.«

»Max?«

»Dieser Unternehmens-PR-Fuzzi, der den Artikel über Rosa geschrieben hat.«

Jar merkt zu spät, wie peinlich das ist. Eigentlich sollte er seinen alten Freund um Hilfe bitten.

»Du meinst den Lügenbaron«, sagt Carl.

»So mies ist er auch wieder nicht.«

»Er macht PR für Banker, Jar. Schmieriger geht es kaum. Es sei denn, er arbeitet nebenher als Immobilienmakler.«

»Oder als Politesse.«

Carl zieht wieder an seiner Zigarette und sieht sich um. »Oder als Friseur.«

»Friseur?« Jar fasst Carls lange Dreadlocks ins Auge.

»Abgesandte der Hölle, ausnahmslos.«

Jar wird das Foto auch Miles Cato schicken, beschließt aber, das Carl nicht zu erzählen, der Polizisten noch mehr misstraut als Friseuren. Eine Sekunde später landet die Nachricht mit dem angehängten Foto auf Jars Handy.

Jar öffnet das Bild und betrachtet es kurz, bevor er das Handy wieder einsteckt.

»Danke«, sagt er und widersteht dabei dem Drang, Carl um eine Zigarette zu bitten. »Da wäre noch was. Kannst du mir zeigen, wie ich ins Darknet komme?«

71

Rast- und ruhelos schwimmt sie im Kreis und sucht nach einem Ausweg. Rosa ist inzwischen seit über vier Stunden im Wasser, und ihre Beine sind müde, ihr Kopf sinkt immer wieder unter die Oberfläche. Ich könnte sie die ganze Nacht beobachten, wenn sie noch Kraft hätte, aber sie ist völlig erschöpft. Selbst die Panik in ihrem Blick verwandelt sich in Resignation, wenn sich das Wasser über ihrem Kopf schließt.

Zwanzig Jahre lang war der erzwungene Schwimmtest nach Porsolt ein integraler Bestandteil meines Arbeitslebens im Labor. Auch bekannt als »Verhaltenstest über Hoffnungslosigkeit«, gilt er als Goldstandard für die Effizienzmessung eines Antidepressivums. Roger Porsolt, ein Psychopharmakologe aus Auckland, kam in den Siebzigerjahren auf diese simple Idee. Man fülle einen Behälter von einem Liter mit 800 Millilitern Wasser, setze eine Maus hinein und beobachte, wie sie mit dem unvermeid- und unentrinnbaren Stress umgeht: der Angst zu ertrinken (Mäuse hassen Wasser). Zu Beginn schwimmt die Maus im Kreis, versucht sogar die Wände des Behälters zu erklimmen, doch nach einiger Zeit wird sie immobil und bewegt sich – mit einer gelegentlichen Bewegung der Pfoten – gerade noch genug, um den Kopf über Wasser zu halten.

Porsolt entdeckte, dass Mäuse, denen man Antidepressiva verabreicht, mehr Widerstand leisten, länger schwimmen, sich mehr anstrengen. Er stellte auch die Hypothese auf, dass die Immobilität der Mäuse im Wasser mit depressiven Störungen, Verzweiflung und einem Zustand der Hoffnungslosigkeit beim Menschen korrelieren. Das macht diesen Test so ideal – preiswert und zuverlässig – für das erste Screening eines neuen Antidepressivums (neben dem Muricidalversuch, bei dem Ratten Antidepressiva verabreicht werden, um ihren natürlichen Tötungsdrang zu unterdrücken, wenn man Mäuse in ihren Käfig setzt).

Der Behälter steht jetzt, wo ich in den frühen Morgenstunden schreibe, auf meinem Schreibtisch. Nachdem Rosa sich endlich im Gästezimmer schlafen gelegt hatte, setzte ich ihre Namensvetterin ins Wasser und beobachte sie seither beim Schwimmen.

Im Labor verwendeten wir transgene Mäuse, die menschliche Krankheiten imitieren können, aber privat sind die nicht so einfach zu beschaffen, darum muss ich mich mit dem begnügen, was ich im Darknet finde. Faszinierend, was man mit Bitcoins alles kaufen kann.

Rosa, die Maus an meiner Seite, ist nun seit vier Stunden und zwanzig Minuten im Wasser. Fünf Minuten sind die standardisierte Zeitspanne für einen erzwungenen Schwimmtest, aber ich bevorzuge es, den Test zu einem »terminalen Erschöpfungstest« auszuweiten – bei dem man die Tiere im Wasser lässt, bis sie sterben. Mit der richtigen Medikation kann eine Maus dreimal so lange im Wasser überleben – und dabei mobiler bleiben – als eine Maus aus der Kontrollgruppe. Meine beste Probantin steht bei 840 Minuten – vierzehn Stunden.

Wie traurig, aber Rosa wird es nicht mehr lange machen. Ihre Beine haben aufgehört, sich zu bewegen. Schließlich sinkt sie unter Wasser und ihr durchtränkter Körper zuckt ein letztes Mal, bevor sie endgültig zur Ruhe kommt.

72

Mein Wärter kommt jeden Nachmittag um zwei. Ich weiß das, weil ich ab dem Moment, in dem ich von einem hoch am Himmel fliegenden Flugzeug geweckt werde, die Sekunden zähle. Natürlich kann sich der Flug aufgrund von Verspätungen bei der Abfertigung verschieben, aber er markiert für mich den Tagesbeginn: sechs Uhr morgens Rosa-Zeit. Und von da an zähle ich jede einzelne Sekunde: 28.800 bis zu seinem Eintreffen.

Manchmal kommt er mit einem zweiten Wärter, aber heute kam er allein und zu spät, was ungewöhnlich ist. Oder vielleicht passierte mich das Flugzeug heute früher als planmäßig.

Jetzt ist es wieder still, aber ich weiß, dass bald die Schreie einsetzen werden. Inzwischen habe ich auch sie eingezählt, und zwar von dem Moment an, an dem er wieder geht. Die erste Minute ist hart, wegen der Schmerzen nach der Sitzung, aber inzwischen habe ich eine ganze Woche durchgehalten. Tagsüber ist es draußen vollkommen still. Vielleicht werden die anderen Gefangenen weggebracht.

Wenn ich richtigliege, werden gleich die Schreie einsetzen, 240 Sekunden, nachdem er gegangen ist. (Ich habe gelernt, weiterzuzählen, während ich das hier schreibe. Multitasking – kein Problem für mich.) Ein tiefes Stöhnen, gefolgt von Schlägen gegen die Gitterstäbe. Sechs Schläge, jedes Mal. Dann, zwei Minuten und fünfunddreißig Sekunden später, ein einzelner Schrei, gefolgt von Schluchzen und weiteren Schlägen gegen die Gitterstäbe, diesmal von mehreren Fäusten: eine Sympathiekundgebung der anderen

Gefangenen, abgeschnitten durch die Schimpftirade eines Wär-
ters – eines Amerikaners, dem Klang nach.

237

238

239

240

Ich halte mit dem Zählen inne, lausche der Stille. Ein paar Sekunden mehr oder weniger ändern nichts.

Und dann fängt es an: ein tiefes, langgezogenes Stöhnen, gefolgt
von den Gitterschlägen.

Viel zu vorhersehbar, sogar für ein Gefängnis.

73

»Ich dachte, ich hätte den Artikel praktisch fertig und könnte ihn an eine Zeitung schicken, aber wir übersehen irgendwas.«

Jar hört Max zu, während sie beide aus seinem Bürofenster auf das Gewimmel unten blicken. Diesen gedämpften Empfang hat er nicht erwartet, nachdem er das Foto vorhin an Max weitergeleitet hat. Miles Cato hat sich ebenfalls noch nicht gemeldet, obwohl Jar auch ihm das Foto aufs Handy geschickt hat. Christus, welchen Beweis brauchen sie denn noch, dass Rosa am Leben ist und dass er vor drei Tagen mit ihr auf einer Klippe in Cornwall stand?

Tief unter ihnen eilen die Pendler zur U-Bahn-Station Canary Wharf, vorbei an dem Spalier von Uhren, die dort Wache stehen und den Alltag in Sekunden zerteilen: derer, die wie Jar zu spät zur Arbeit kommen, ebenso wie den der Badschwänzer, wie Max sie nennt, die ihr Büro gerade so spät verlassen, dass sie die abendlichen Waschungen ihrer kleinen Kinder verpassen. »In sechs Jahren habe ich kein einziges Bad verpasst«, hat Max sich ihm gegenüber gebrüstet.

Fünf Minuten zuvor war Jar unter deutlich größerem Zeitdruck an den Uhren vorbeigeeilt. Rosa hat zwar einmal entkommen können, aber wer auch immer sie gefangen hält, wird das kein zweites Mal zulassen. Sie wird dafür bestraft werden, wenn sie nicht schon tot ist.

»Wir haben das Foto mit Orts- und Zeitstempel«, sagt er. »Was könnte denn noch fehlen?«

»Es gibt definitiv keine Collegeberaterin. Niemand namens Karen Mathison hat je am St Matthew's gearbeitet. Ich habe mich bei Dr. Lance erkundigt, nachdem ich ihn endlich ans Telefon bekommen habe.«

»Natürlich streitet er das ab, falls er Studenten für die Geheimdienste anwirbt.«

»Auch da bin ich mir nicht sicher, ob das stimmt.«

»Da können Sie jeden fragen.« Jar ist verärgert. »Jeder weiß, dass Dr. Lance für sie arbeitet.«

»Außerdem habe ich Nachforschungen über Sejal angestellt. Ihr Leichnam wurde gefunden.«

»Was? Sejal war mit im Programm. Sie ...«

»Sechs Monate später.«

»Da muss ein Fehler vorliegen, vielleicht war es der Leichnam von jemand anderem.«

»Ziemlich unwahrscheinlich, seit es DNA-Analysen gibt.«

Etwas frisst an Max, denkt Jar. Sein Enthusiasmus ist verflogen. »Darf ich trotzdem Ihren Computer benutzen?«, fragt er, um das Gespräch so schnell wie möglich auf neutralen Boden zu lenken. Max' Stimmung behagt ihm nicht. »Sonst müsste ich in ein Internet-Café gehen.«

»Natürlich. Platz ist genug, wie Sie sehen können. Fühlen Sie sich wie zu Hause.« Wenigstens gibt Max sich Mühe, positiv zu klingen, denkt Jar, auch wenn von seinem sonst so ansteckenden Tatendrang nichts zu spüren ist.

Vorhin hat Jar angerufen und ihn gefragt, ob er in seinem Büro ein paar Online-Recherchen anstellen könnte, da er keinen Arbeitscomputer mehr hat – und auch keine Arbeit. Er ist dabei nicht ins Detail gegangen und hat Max geflissentlich unterschlagen, dass er den Computer braucht, um in den Tiefen des Darknet nach Rosas Entführern zu suchen, aber Max hätte nicht zuvorkommender sein können. Er hat gestern zwei Kollegen entlassen müssen, nachdem er weitere Mandanten aus dem Bankengewerbe verloren hat, und Jar hatte so eine Ahnung, dass er sich über etwas Gesellschaft freut.

»Vielleicht haben Sie recht. Vielleicht übersehen wir wirklich etwas.« Jar hofft, dass er versöhnlich klingt. Er setzt sich an einem freien Schreibtisch, holt sein Handy heraus, öffnet das Foto von Rosa und lehnt es gegen den Computer wie ein Familienbild. Die Leere in Rosas Augen versetzt ihm jedes Mal einen Stich.

»Manchmal habe ich leise Zweifel, ob das alles wirklich mit irgendwelchen Geheimdiensten oder der Polizei zusammenhängt«, sagt Max.

Jar sieht zu ihm auf. »Und was ist mit dem vertraulichen Memo? Eutychus?«

»Ich weiß nicht mehr, was ich glauben soll, Jar. Wenn jemand die Mails gefälscht hat, dann könnte auch das Memo gefälscht sein und das Tagebuch …«

»Rosa schreibt über Dinge, von denen niemand außer mir weiß, Max«, sagt Jar und wird dabei lauter. »Über das Bad im Cam, die Nacht in meinem Zimmer.«

»Und sie schreibt über Dinge, die nie passiert sind. Es gab nie eine Beraterin namens Karen am St Matthew's. Was ist, wenn es auch nie ein Programm namens Eutychus gab?«

Jar sieht aus dem Fenster, wo ein Flugzeug vom City Airport abhebt und einen Bogen am Londoner Himmel beschreibt. Er will sich nicht streiten. Max hat recht. Die Ähnlichkeiten zwischen Rosas Tagebuch und dem Artikel, den von Max erfundenen Elementen, sind zu augenfällig, als dass er sie ignorieren dürfte. Er muss noch mal auf die Spionageseite gehen, auf der der Artikel veröffentlicht wurde, und ein bisschen im Darknet forschen. Er greift nach seinem Handy, betrachtet das Foto von ihm und Rosa und ruft Carl an. Er hat Rosa schon einmal gefunden, er kann sie auch ein zweites Mal finden.

74

Cromer, 2012

Kirsten und ich saßen allein im Wohnzimmer und hatten, um der Wahrheit die Ehre zu geben, reichlich getrunken. Ich hatte eigentlich wie üblich einen jungen Bordeaux servieren wollen, doch als Kirsten – frisch eingetroffen aus Amerika – durch unsere Haustür trat, beschloss ich spontan, den Champagner zu köpfen. Das andere Gästepaar des heutigen Abends – zwei pensionierte Kunstgeschichtsdozenten – leistete uns nach dem Essen noch etwas Gesellschaft und fuhr dann heim, und ich blieb allein mit Kirsten zurück, während A zu einem ausgedehnten Telefonat in die Küche verschwand.

Das letzte Mal hatte ich Kirsten vor einigen Wochen gesehen, als A im Bett über Facetime mit ihr gesprochen hatte. Computerkameras sind nie besonders schmeichelhaft, aber schon da war mir Kirsten mit ihrem blonden Bob und den hohen Wangenknochen ins Auge gestochen. Ich hatte sogar eine kurze Charakterskizze in meinem Moleskine festgehalten, die ich in meinem Buch zu verwenden hoffe. Jetzt, wo sie in Fleisch und Blut hier ist, will ich sie unbedingt genauer beobachten.

Heute Abend sah sie atemberaubend aus, sie strahlte sogar. Zu alledem flirtet sie gern – eine hochgezogene Braue hier, ein Kichern hinter vorgehaltener Serviette da. Während wir plaudernd auf dem Wohnzimmersofa saßen, die Knie näher beieinander als strikt notwendig, eilte mein Geist den Ereignissen weit voraus.

Ihre Art – die flüchtigen Berührungen am Arm, die langen Blicke – wirkte so erotisierend, dass ich mich insgeheim fragte, ob ich eventuell etwas eingenommen hatte, aber ich war clean. Ich war sogar gewillt, über ihre Berufswahl hinwegzusehen und mich auf eine jener hanebüchenen Unterhaltungen einzulassen, die sie ohne jeden Zweifel mit ihren Mandanten führt. Sie plant, in einigen Jahren nach London umzuziehen und eine Praxis an der Harley Street zu eröffnen. Anlass genug für mich, ein paar Stunden bei ihr zu buchen.

Ich scherze. Wie ich A gestern erklärte, würden wir nicht in diesem großen Haus leben und die gesamte Antidepressiva-Industrie läge am Boden, wenn Psychotherapien tatsächlich so wirksam wären, wie A behauptet.

»Wie würdest du deine Beziehung zu Frauen charakterisieren, Martin?«, fragte Kirsten und schickte ihrem unverfrorenen Verhör jenes eigentümliche Luftschnappen voraus, das mir schon aufgefallen war, als sie über Facetime mit A sprach.

»Das ist eine sehr persönliche Frage.«

»Entschuldige, alte Gewohnheit. Sprechen wir übers Wetter. Das macht ihr doch so in England, richtig? Wesentlich interessanter.«

»Meine Eltern verließen mich, als ich drei war«, bot ich ihr an und nahm einen tiefen Schluck aus meinem Glas. Ich weiß beim besten Willen nicht, warum ich ihr das erzählte, warum ich mich überhaupt auf das Gespräch einließ. Vielleicht wollte ich auf merkwürdige Weise eine Lanze für unseren Nationalcharakter brechen und ihr beweisen, dass wir auch über andere Dinge sprechen können als den Regen. Ich habe noch nie über meine Eltern gesprochen, außer mit A, und das auch nur bei unserer ersten Begegnung, als ich sie mit meiner emotionalen Offenheit beeindrucken wollte (ha!).

»Das tut mir leid. Haben sie dich in Pflege gegeben?«

Mein Lachen klang verächtlicher, als mir lieb war. »Sie ließen sich scheiden, und ich kam zu meinen Großeltern.«

»Hast du mit Amy über all das gesprochen?«

»Sie hat dich also gefragt, ob du mich dazu bringen könntest, ausführlicher darüber zu sprechen.«

»Nur, wenn du das willst.«

»Sie findet mich zu verschlossen, aber ich bin nicht sicher, ob dies der richtige Zeitpunkt und Ort ist, mich ›zu öffnen‹. Ein bisschen unprofessionell, oder?«

Eine innere Stimme riet mir aufzustehen, ins Esszimmer zu gehen und das Geschirr wegzuräumen, aber ich blieb, wo ich war. Im Innersten war mir schon immer klar, dass ich mit jemandem reden sollte. Und warum nicht mit der scharfen Kirsten, wenn meine Gemahlin diese Wahl offenkundig guthieß? Wenn meine Motive nur so rein wären.

»Ich hatte gehofft, ich könnte vielleicht informell mit dir reden, als Freundin der Familie, aber du hast recht. Das ist unprofessionell. Lassen wir es lieber.«

»Ich dachte, Amy könnte meine Mutter ersetzen – willst du so was von mir hören?«

»Ich *will* gar nichts Bestimmtes von dir hören, Martin.«

»Vielleicht war sie auch auf der Suche nach einer Vaterfigur. Ich bin sieben Jahre älter als sie.«

Wirklich, im Ernst? Das sieht man dir gar nicht an. Das müssen die vielen Meilen auf dem Fahrrad sein, antwortete sie, wenn auch nur in meinem Kopf.

»Haben deine Eltern je wieder Verbindung zu dir aufgenommen?«

»Ich habe meine Mutter aufgespürt, als ich in Cambridge war. Sie hat mir befohlen, sie nie wieder zu kontaktieren. Mein Vater trank sich ein paar Jahre nach der Scheidung zu Tode.«

»Und standest du deinen Großeltern nahe?«

»Mein Großvater geriet in Japan in Kriegsgefangenschaft. Meine Großmutter hatte ihn direkt vor Kriegseintritt geheiratet. Als er nicht zurückkehrte, hielt sie ihn für tot und ließ sich darum hier auf eine Affäre mit einem Amerikaner ein. Mein Großvater hat ihr das nie verziehen, nachdem er heimgekehrt war. Den Rest seines Lebens verbrachte er damit, nicht nur sie zu bestrafen, sondern auch die Tochter, mit der sie schwanger war – meine Mutter.«

»Der Amerikaner war der Vater?«

»Was mein Großvater uns nie vergessen ließ. Sein Zorn zerfraß ihn bis zum letzten Atemzug.«

»War er auch auf dich zornig?«

»Mich sperrte er oft unter der Treppe ein.« Damit wagte ich mich in unerforschte Gewässer vor. Nicht einmal A hatte ich von dem Putzschrank erzählt, in dem es nach Bohnerwachs roch und der so klein war, dass ich darin nur mit angezogenen Knien sitzen konnte (ich war ein großes Kind). Was für eine Angst ich ausstand, die Stufen könnten einbrechen, wenn mein Großvater nach oben ins Schlafzimmer stürmte. Oft rieselte Staub von oben herab, sodass ich mir das Niesen verkneifen musste. Ein Laut, und er hätte mich mit einer Holzbürste aus dem Schrank geprügelt. Einmal ließ er mich sechzehn Stunden in der Dunkelheit schmoren.

»Das ist Kindesmissbrauch und kriminell, Martin.«

»Man kann mit Fug und Recht sagen, dass meine Anwesenheit im Haus unerwünscht war. Ich will gar nicht darüber nachdenken, was die Japaner ihm in der Gefangenschaft angetan haben müssen. Meine Großmutter hatte zu viel Angst vor ihm, um einzugreifen.«

»Wie hast du damals überlebt?«

»Ich hatte Hoffnung.« Ich weiß, ich hätte ihr das nicht erzählen sollen, aber ich konnte nicht anders. »Und Hoffnung ist etwas Einzigartiges.« Ich stockte wieder und überdachte die

Implikationen dessen, was ich gleich sagen würde. »Es gab einmal einen Wissenschaftler namens Curt Richter, vielleicht hast du von ihm gehört. Er stellte in den Fünfzigerjahren viele grundlegende Forschungen an, unter anderem über die biologische Uhr.«

»Meine tickt so verflucht laut, dass ich nachts nicht schlafen kann.« Sie lachte.

Ich sah ihr kurz in die Augen.

»Aber Richters wichtigste Forschungsergebnisse betrafen die Hoffnung – gewonnen bei seinen sogenannten ›Hoffnungsexperimenten‹. Einmal setzte er wilde Ratten in einen hohen Behälter mit kreiselndem Wasser – der Strudel verhinderte, dass sie sich einfach treiben lassen konnten – und zeichnete auf, wie lange sie schwammen, bevor sie starben.«

»Das ist grauenhaft.«

»Alle verendeten innerhalb von fünfzehn Minuten, sie ertranken nach anfänglichem Überlebenskampf. Doch dann wiederholte er den Test mit einer zweiten Gruppe von Ratten, die er im Unterschied zur ersten Gruppe kurz vor der absoluten Erschöpfung aus dem Wasser holte – also vorerst rettete – und abtrocknete. Nach ein paar Minuten Erholung setzte er sie wieder ins Wasser. Diesmal schwammen die Ratten immer weiter – bis zu sechzig Stunden lang. *Sechzig.* Also 240-mal länger als die erste Gruppe. Diese Ratten hatten Hoffnung – die Hoffnung, dass sie noch einmal gerettet werden könnten. Sagt uns das nicht etwas? Sie konnten das Ende ihres Leidens visualisieren, und dieser Gedanke hielt sie über Wasser.«

»Und du hattest Hoffnung unter der Treppe?«

»Einmal holte mich mein Großvater wieder heraus, nachdem ich kaum eine Stunde eingesperrt war. Voller Reue und zerknirscht nahm er mich in die Arme und weinte sich die Seele aus dem Leib. Danach hoffte ich jedes Mal, er würde das wieder tun und mich früher herauslassen.«

»Aber das hat er nicht?«

Ich schüttelte den Kopf und nahm noch einen tiefen Schluck von dem Champagner, während ich mich gleichzeitig fragte, wohin unser Gespräch wohl führte, warum ich mich ihr anvertraut hatte. Bei A habe ich das Thema Tierversuche immer sorgsam umschifft oder bin wenigstens nie ins Detail gegangen.

»Bereust du, dass ihr keine Kinder bekommen habt?«, fragte Kirsten.

Ihre unverblümte Frage senkte endgültig den Vorhang über unsere Schmierenkomödie. Mein Champagner schmeckte schlagartig schal, und das Strahlen in ihren Augen erlosch.

»Mir war nicht klar, dass wir hier über Familienplanung sprechen wollten.«

»Die Menschen reagieren unterschiedlich auf Kindheitstraumata. Manche möchten ihre Erfahrungen nicht wiederholt sehen; andere wiederum setzen den Kreislauf fort und misshandeln ihren eigenen Nachwuchs.«

»Amy wollte immer Kinder. Das wissen wir doch beide.«

»Sie genießt es jedenfalls, wenn ihre Nichte zu Besuch ist.«

»Manchmal habe ich das Gefühl, dass sie Rosa benutzt, um mich zu bestrafen.«

»Ist dir ihre Anwesenheit im Haus unangenehm?«

»Reden wir lieber übers Wetter«, sagte ich.

Und dabei blieb es. Sie ging zu A in die Küche, ich zog mich in meinen Schuppen zurück. Und jetzt ist Kirstens Schlafzimmertür endlich aufgegangen. Sie kommt ins Bett.

75

Der Mond ist hell heute. Die Sterne sind bestimmt auch zu sehen. Der Große Wagen, der Oriongürtel, der Polarstern…

Mir sind nicht mehr alle Namen im Gedächtnis. Jar hat mir gezeigt, wie man über die hinteren Deichselsterne des Großen Wagens den Solaris finden kann. Wir hatten zu viel belgisches Bier getrunken und lagen im Christ's Piece in Cambridge auf dem Parkrasen. In dem kleinen Pub, in dem wir etwas getrunken hatten, gab es abends Kerzenbeleuchtung – wir waren schon da, als der Barmann die Kerzen anzündete, und hockten immer noch aneinandergeschmiegt über einem Scrabblespiel in der Ecke, als er sie wieder ausblies und den Laden schloss. Es war eine der glücklichsten Nächte meines Lebens.

Ich kann mich auch nicht mehr an Jars Gesicht erinnern. Oder an Amys.

Auch heute Abend schreien die anderen Gefangenen. Zur selben Zeit, im selben Rhythmus. Das gibt mir Hoffnung.

76

Es ist spät, und Jar sitzt vor dem Fenster in Max' Büro am Schreibtisch. Max ist losgezogen, um etwas zu essen zu besorgen, und Carl schaut Jar über die Schulter und hilft ihm, sich im Darknet zu orientieren. Jar hatte gehofft, sich allein zurechtzufinden, nachdem Carl ihm am Telefon die Grundzüge erläutert hatte, aber sofort die Nerven verloren, als er auf ein Seitenverzeichnis stieß, das sich wie eine Aufzählung jeder vorstellbaren Perversion las.

»Torverzeichnisse verweisen dich regelmäßig auf Torch, denn angeblich lässt sich Onions super damit durchsuchen, bloß haut das nie hin, wenigstens nicht bei mir.« Carl beugt sich vor und tippt etwas auf Jars Tastatur. »Sicher, die Torch-Homepage erreichst du easy, aber hast du's schon mal mit einer individuellen Suche probiert? Die timen out. Grundsätzlich.«

Jar hat keinen Schimmer, was sein Freund da redet, aber er sieht zu, wie Carl nach unten scrollt und das öffnet, was Jar als Max' alten Artikel auf der Spionagejunkie-Webseite wiedererkennt: eine lange Ziffernfolge mit dem *.onion*-Suffix.

Anfangs hatte sich Carl geziert, zur Canary Wharf zu fahren, und sich erneut über Max und seine Unternehmens-PR ausgelassen, doch als sich die beiden tatsächlich begegneten, verstanden sie sich prächtig, vor allem, als Max sein enzyklopädisches Wissen über die Londoner Reggaeszene in den Neunzigerjahren und eine Begeisterung für UK Dub zum Besten gab, was man ihm nicht zugetraut hätte.

»Von hier aus finde ich mich allein zurecht«, sagt Jar mit Blick auf die Spionageseite.

Carl zögert kurz und unsicher, zieht sich dann aber an den dritten Schreibtisch im Büro zurück, wo er Jar gegenüber seine eigenen Recherchen anstellt.

Im Darknet zu surfen, macht Jar eine Höllenangst. Er weiß zwar, dass die Tor-Software ihm Anonymität verschaffen soll, trotzdem quält ihn die Vorstellung, dass er nur ein Mal falsch abzubiegen, einmal den falschen Link anzuklicken braucht, um sich in einem Chat für Pädophile wiederzufinden oder mit Bitcoins Heroin von einem FBI-Lockvogel zu kaufen. Aber er sagt sich, dass er es für Rosa tut.

»Wir haben uns noch gar nicht die Kommentare zu Max' Story angesehen«, sagt Jar zwanzig Minuten später. Es ist schön, wieder mit Carl im selben Büro zu sitzen, auch wenn die luxuriösen Büroräume an der Canary Wharf nicht mit der Webseiten-Redaktion zu vergleichen sind. »Über die Jahre hat sie ein ziemliches Interesse geweckt. Siehst du hier?«

Carl tritt wieder an Jars Bildschirm. »Die Bandbreite in diesem Bau ist sensationell, das muss man ihm lassen«, sagt er. »Bestimmt weil die ganzen Banker Pornos in HD livestreamen.«

»Dieser Typ hier«, fährt Jar fort, ohne auf seine Bemerkung einzugehen, »ChristiansInAction ...«

»Du weißt, dass das ein Spitzname für die CIA ist?«, unterbricht ihn Carl.

Woher weiß Carl so was? »Er hat auch andere Storys auf der Website kommentiert«, fährt Jar fort. »Sieh dir mal an, was er hier schreibt: ›Bei meiner Exfirma überrascht mich gar nichts mehr. Als ich noch undercover in Europa arbeitete, kursierten Gerüchte über ein Programm namens Eutychus. Bin der Sache nie auf den Grund gegangen – alles weit oberhalb meiner Gehaltsstufe. Ich weiß nur, dass es dabei um ein Projekt ging, bei dem britische Kids an den Universitäten in Oxford und Cambridge rekrutiert werden sollten. Völlig neue Akteure mit neuer ID, vorgetäuschte Todesfälle, so was. Klingt nach totalem Bullshit, aber bei solchen Sachen kann man nie wissen.‹«

»Wie konnten wir das übersehen?«, fragte Carl.

»Die Kommentare waren verborgen«, sagt Jar. »Ich habe eine Weile gebraucht, um sie zu finden.« Carl zieht beeindruckt die Brauen hoch. »Und schau dir mal das da an.« Jar deutet wieder auf den Bildschirm. »Der Kommentar darunter: ›Das liest sich wie ein Spionagethriller, vielleicht von Le Carré. Oder Len Deighton. Ich würde den Amerikanern etwas Derartiges durchaus zutrauen, und zwar mit oder ohne Kooperation der britischen Geheimdienste.‹ Das hat jemand gepostet, der sich Laika57 nennt.«

»Wie buchstabiert man das?« Carl ist schon unterwegs zu seinem Schreibtisch.

Jar buchstabiert es – irgendwas an dem Namen klingt vage vertraut – und scrollt dann weiter durch die Kommentare.

»Laika57 taucht an ein, zwei weiteren Stellen auf, allerdings nicht im Surface-Web«, sagt Carl fünf Minuten später. »Er hat ein paar Mal in einem Spinnerforum über Guantanamo und Foltern gepostet.«

»Worüber?«

»Rektalernährung«, sagt Carl zerstreut. Jar wünscht sich, er hätte nicht gefragt. »Und etwas über ›erlernte Hilflosigkeit‹.«

»Und das ist …?«

Es bleibt kurz still, während Carl liest. »Die haben sie Hunden in den Sechzigerjahren antrainiert – sie haben sie so starken Schmerzen ausgesetzt, dass die Tiere den Schmerz nicht mehr zu vermeiden versuchten.«

»Und das haben sie auch mit den Gefangenen in Guantanamo gemacht?«

»Das wird hier jedenfalls behauptet. Sieht so aus, als wären die Gefangenen gefügiger, wenn sie das Gefühl haben, dass sie keine Kontrolle über ihre Umgebung haben. Das Ziel ist, ›Passivität im Angesicht traumatischer Ereignisse zu züchten‹. Keine Ahnung warum, aber irgendwie klingt es für mich noch schlimmer, wenn sie solche Sachen mit Tieren anstellen.«

Jar sieht seinen Freund an und wartet auf eine Erklärung.

»Ich meine, in Guantanamo sitzen feindliche Kämpfer ein, oder?« sagt Carl. »Die Bösen.«

»Manche schon.«

»Aber die armen Hunde, die gehen ahnungslos ihren Hundegeschäften nach, beschnüffeln sich gegenseitig die Eier, und zack, hocken sie gefangen in einem Labor und werden gefoltert. Womit haben die das verdient?«

»Alles klingt besser als Rektalernährung«, sagt Jar.

»Hat jemand Appetit auf Vindaloo?«

Beide blicken auf, als Max mit zwei braunen Papiertüten voller Takeaway-Curry den Raum betritt.

77

Cromer, 2012

Kirsten stolpert kurz, als sie ins Bad geht. Sie hat heute Abend reichlich getrunken, so wie wir alle. A und sie haben gute zwei Stunden in der Küche geplaudert und zweifellos gemeinsam darüber lamentiert, warum sich Männer nicht öffnen, nicht über ihre Gefühle sprechen können.

Natürlich weiß ich, dass die Kameras im Gästezimmer funktionieren, aber ich kann nicht anders. Der Champagner vorhin hat auch die letzten moralischen Skrupel weggespült. Es ist ein Uhr morgens, und ich glaube, meine Geduld wird endlich belohnt. Kirsten putzt sich mit einer solchen Inbrunst die Zähne am Waschbecken, dass ihre Arschbacken mitbeben. Ich habe ihr vorhin erklärt, dass es genug warmes Wasser für ein Bad gäbe. Bedauerlicherweise scheint sie das nicht überzeugt zu haben. Sie dreht sich vom Waschbecken weg, sieht sich in dem kleinen Bad um, lässt den Blick über die Wände, die Decke wandern und schaut nun senkrecht nach oben in die Deckenlampe. Hat sie die Kamera bemerkt? Sie starrt mir direkt in die Augen. Ich erwidere ihren bezaubernden Blick, doch ich sehe keine Liebe darin, nur Zorn und Misstrauen.

Jetzt hat sie sich wieder zum Waschbecken gedreht, nimmt den Spiegel in Augenschein, fährt mit den Händen die Ränder entlang und versucht, dahinter zu schauen. Was hat sie vor? Gleich darauf sind wir wieder im Gästezimmer, wo sie genauso verfährt: alle Wände abgeht, hinter einem Bild nachsieht (indem sie es erst vom

Haken nimmt und dann wieder zurückhängt), behutsam Bücher aus dem kleinen Regalfach über der Kommode zieht.

Mir wird der Mund trocken. Sie steht mitten im Zimmer und sieht sich wieder um. Noch einmal schaut sie nach oben zur - Deckenlampe, in mein Gesicht. O Gott, irgendwas ist ihr aufgefallen.

Sie geht ans Fußende des Bettes, nimmt den Holzstuhl und stellt ihn unter die Lampe. Dann stellt sie sich darauf – von ihrem trunkenen Schwanken ist nichts mehr zu merken – und untersucht die Lampenhalterung, unter der die Drähte in der Decke verschwinden. Ihre Wange ist der Kamera so nahe, dass ich sie streicheln, dass ich ihren süßen Atem (Zitrus?) riechen könnte.

Was für eine Erklärung könnte ich ihr geben? Unser Sicherheitsbedürfnis? Dass die Aufnahmen angeblich nach vierundzwanzig Stunden gelöscht würden? Wie zum Teufel konnte sie das ahnen? Weiß A Bescheid? Hat sie Kirsten gewarnt? War sie etwa hier unten im Schuppen?

Die winzigen Kameras sehen aus wie kleine Schrauben, und Kirsten müsste schon genau wissen, wonach sie sucht. Wenn sie nicht gerade einen kleinen Schraubenzieher zur Hand hat, kann mir nichts passieren.

Jetzt klettert sie wieder vom Stuhl und stellt ihn zurück ans Bettende. Setzt sich aufs Bett. Komm schon, Kirsten, mach es nicht noch spannender: Zeit zum Ausziehen.

Aber das tut sie nicht. Sie weiß Bescheid. Woher, verfluchte Scheiße? Sie schlägt die Decke zurück und schlüpft in ihren Sachen darunter. Nachttischlicht aus.

Kirsten schwimmt jetzt neben mir, paddelt unermüdlich im Kreis, immer dicht am Rand, den Blick auf mich gerichtet. Ich habe die Beleuchtung im Schuppen gedämpft – alles ist in rotes Licht getaucht, wie in einem U-Boot.

Ihre Beine ermüden, ihr Körper sinkt unter die Wasseroberfläche. Vier Minuten und dreißig Sekunden. Je länger sie im Wasser ist, desto desorientierter wird sie, bis es irgendwann zu spät ist. Panik ermüdet.

Doch dann, gerade eben, ohne jede Vorwarnung, nahm sie ihr letztes bisschen Kraft zusammen, scharrte an den Seiten des Messbechers und konnte sich tatsächlich mit einer Klaue am Becherrand einhalten. Im nächsten Moment war sie draußen, hockte auf dem Tisch und starrte mich triumphierend an. Zu viel Wasser im Messbecher.

Ich packe Kirsten und schleudere sie in die Dunkelheit.

78

Obwohl ich zu spät zu meinem Date komme, freut sich Jar, mich zu sehen. Wir haben uns im Park verabredet, auf einer Bank, abgeschieden von allen anderen. Ganz allein. Ich habe mein Gesicht mit Wasser gewaschen, das ich vorhin zurückbehalten habe (mein Wärter dreht den Haupthahn ab, wenn er verschwindet, darum stinkt es aus dem Waschbecken – und aus dem Klo), und ich trage die Sachen, die ich vor ein paar Monaten bekommen habe: die Haremshose und ein Fleece. Meine Haare kann ich nicht bürsten, die wurden abrasiert.

Heute Abend will ich nur reden, ohne Alkohol und ohne Ablenkung, was kein Problem sein wird. Ich will Jar ein paar Dinge erzählen und mir so darüber klar werden, was tatsächlich passiert ist.

»Ich habe diesen Brief nicht geschrieben«, beginne ich, ganz auf sicherem Boden. Denn dass ich diese E-Mail nicht geschrieben habe, weiß ich genau. Mein Wärter hat sie mir im Lauf der Jahre bei zahllosen Gelegenheiten gezeigt und mir erklärt, dass ich sie im Entwurfsordner in Amys Computer gelassen hätte. Jar nimmt meine Hand in seine, die so viel größer ist als meine. Und gepflegter – was nicht viel heißt. Ich drehe den silbernen Ring an seinem Daumen.

»Trotzdem hätte ich merken müssen, wie durcheinander du warst«, höre ich ihn sagen. »Aber du hast nie was gesagt.«

»Es war nicht leicht nach Dads Tod.« Ich habe mich daran gewöhnt, mich reden zu hören, trotzdem überrascht es mich, wie *emotional ich klinge. Ich hätte gedacht, ich hätte jedes Gefühl aus meinem Leben getilgt.*

»Du bist spazieren gegangen«, sagt Jar. »Um zwei Uhr morgens. Warum?«

»Ich wollte den Kopf freibekommen. Ich habe ganz sicher eine Nachricht im Zimmer gelassen, dass ich kurz weggegangen bin. Handgeschrieben.«

»Aber keinen Abschiedsbrief?«

»Ich will nicht sterben. Mehr weiß ich nicht.«

Ich sehe mich in der Zelle um, und die Tränen kommen. Ich kann unmöglich sagen, ob Jar sich noch um mich sorgt, ob er überhaupt glaubt, dass ich noch am Leben bin. Und dann denke ich an sein ironisches, leicht sarkastisches Lächeln, seinen gemächlichen irischen Singsang, die intelligenten Augen.

»Ich glaube, dass du zum Pier gegangen bist, dass du dort aufs Geländer gestiegen bist und dass du ernsthaft darüber nachgedacht hast, während du ins dunkle Wasser gestarrt hast«, sagt er.

»Aber ich bin nicht gesprungen.«

»Was hat dich abgehalten?«

Ich denke wieder daran, was laut meinem Tagebuch danach passierte. Ich habe es wieder und wieder gelesen, ich weiß nicht mehr wie oft. Es ist von Anfang bis Ende ausgedruckt – anders als jetzt verwendete ich damals einen Laptop. Ich erinnere mich an das Retreat in der Nähe von Hereford, an Sejal und Dr. Lance. Bei Karen bin ich mir inzwischen nicht mehr so sicher. Gab es am St Matthew's eine Beraterin, die so hieß? Die Medikamente haben meine Erinnerung zerfasert – so viele verschiedene Pillen ...

»Wie lange wirst du noch nach mir suchen?«, frage ich. Wir hatten viel, viel mehr gemeinsam als das, was im Tagebuch steht, das weiß ich genau. Es ist, als hätte jemand große Brocken meiner Zeit mit Jar, so kurz sie auch war, aus meiner Vergangenheit herausgebrochen.

»Bis ich alt bin vom Wandern.«

Jar liebt Yeats, las ihn mir oft tief in der Nacht vor, wenn ich in seinen Collegeräumen übernachtete. »Eines Tages treffen wir uns am vereinbarten Ort«, sage ich. »Über den wir gesprochen hatten, als wir betrunken im Eagle saßen, erinnerst du dich? Unser Geheimnis.«

79

Inzwischen ist Jar allein im Büro. Carl ging als Erster, kurz nach Mitternacht, gefolgt von Max, der ihm erlaubt hat, auf dem Sofa im Vorzimmer zu schlafen, falls es zu spät werden sollte. In der Luft liegt der schale Geruch von rotem Curry, und Jar will vor der Morgendämmerung zu Hause sein.

Er sieht auf die Uhr hinter Max' Schreibtisch. Fast ein Uhr. Er fragt sich, ob außer ihm und dem Spanisch sprechenden Putztrupp, den er vorhin ins Gebäude kommen sah, überhaupt noch jemand im Gebäude ist. Die Vorstellung, ganz allein hier oben in diesem Büroturm zu sitzen, gefällt ihm nicht. Max meinte, theoretisch müsste ein Nachtwächter mehrmals pro Nacht eine Runde auf ihrer Etage drehen, aber den hat Jar noch nicht zu Gesicht bekommen.

Während der vergangenen Stunde hat Jar nach weiteren Posts sämtlicher User gesucht, die einen Kommentar zu Max' Artikel verfasst haben. Inzwischen ist er überzeugt, dass der Artikel, vor allem wegen der Parallelen zu Rosas Tagebuch, eine entscheidende Rolle bei der Suche nach Rosa spielt. *Tut mir leid, Jar. Ich glaube, da spielt jemand mit Ihnen.*

Einen weiteren Verweis auf Eutychus hat er nicht gefunden, dafür stößt er immer wieder auf Laika57, der viel intensiver im Darknet gepostet hat, als Carl anfangs dachte. Wenn er nur den richtigen Namen herausfinden könnte. (»Das Zwiebelland ist anonym. Das ist der Witz dabei«, hat Carl ihm vorhin erklärt, als Jar ihn danach gefragt hat.)

Er kehrt wieder zu der verstörenden Folterseite über Guantanamo zurück, die Carl entdeckt hat. Es gibt dort noch mehr Posts von Laika57, unter anderem einen Kommentar mit dem Hinweis, dass das, was die CIA den Gefangenen antat, zum großen Teil auf Experimente in den Sechzigerjahren zurückzuführen ist, sowie einen weiteren Kommentar über Vivisektionen. (»Im Darknet kannst du nicht einfach aufs Geratewohl suchen, da musst du schon wissen, wo du nachschauen musst.« Noch etwas, was Carl ihm mitgegeben hat, bevor er heimging.) Und dann findet Jar ein von Laika57 gepostetes Video.

Der größte Teil des Materials, das Jar heute Abend zu sehen bekommen hat, stammt von Gefängnisangestellten. Auf den ersten Blick sieht dieses Video aus, als wäre es in Guantanamo aufgenommen worden, aber irgendwas daran ist anders.

Jar schluckt. Die Qualität lässt zu wünschen übrig, trotzdem kann man, als die Kamera zurückgeht, einen menschlichen Körper ausmachen, der waagerecht in einer Art Zwangsjacke oder Hängematte in leuchtendem Orange unter der Decke hängt. Die Arme und Beine baumeln durch Löcher in der Apparatur nach unten, und an einem Fuß ist ein Elektrokabel angebracht. Ein weiteres Kabel verschwindet zwischen den Beinen.

Das Gesicht kann er nicht erkennen, es wird von einer Art schwarzen Maske verdeckt sowie einem gestickten Gitter, das den Mund überzieht. Nur die Augen sind zu sehen.

Jar schlägt die Hand vor den Mund, als der Körper sich schlagartig zusammenkrümmt und der Kopf wie eine Flipperkugel zwischen zwei Druckplatten hin- und herschlägt, die links und rechts neben dem Gesicht angebracht sind. Um den Hals wurde eine Art Joch gelegt, das mit den beiden Platten verbunden ist.

»Jessas«, sagt Jar, als wäre der Stromstoß gerade durch seinen eigenen Körper gefahren.

Er hält das Video an und sucht nach den Kommentaren, die nicht ohne Weiteres sichtbar sind. Nachdem er sie lokalisiert hat, findet er einen Post von Laika57, in dem steht, die CIA hätte zwei Psychologen 81 Millionen Dollar dafür bezahlt, dass sie die Folter hochkarätiger Insassen in Guantanamo beaufsichtigen.

Jar lässt das Video wieder laufen und zuckt bei einem zweiten Stromschlag zusammen. Das Video ist ohne Ton, trotzdem kann er förmlich die Schreie hören. Wieder hält er das Video an und sieht sich in dem leeren Büro um – er weiß selbst nicht genau warum –, bevor er sich über den Bildschirm beugt, um mehr zu erkennen. Im Standbild ist der Kopf des Folteropfers eingefroren. Jar starrt wie hypnotisiert auf das Bild.

Er studiert die Augen und lässt den Blick dann am Rumpf des Körpers entlang zu den Beinen und den Wadenmuskeln wandern. Das Opfer ist weiblich, ganz ohne Frage.

Er drückt auf Play. Ein dritter Schlag fährt durch den Körper. Jar stoppt das Video erneut, und diesmal ist der hin- und herschlagende Kopf deutlich zu sehen. Es kann unmöglich sie sein. Trotzdem bleibt sein Blick an den Augen der Frau hängen. Sie sieht nicht wie Rosa aus, und wozu sollte man Rosa auch nach Guantanamo bringen?

Er zieht das Video ein Stück zurück und friert das Bild des Frauengesichts ein. Noch einmal studiert er es eingehend, dann steht er auf und dreht eine Runde durch das Büro, wobei er sich an den Gedanken zu klammern versucht, dass es nicht Rosa sein kann. Er kehrt an den Bildschirm zurück. Ihr Gesicht ist verzerrt, verschwommen, der Blick hinter der Maske ganz falsch: viel zu leblos. Doch als Jar den Kopf zur Seite dreht, sieht er unwillkürlich die Frau auf den Klippen in Cornwall vor sich.

Er setzt sich, schließt die Augen und öffnet sie wieder. Er sieht schon Gespenster. Aus einem anderen Winkel hat die

Frau gar nichts mit Rosa gemein. Dann beginnt Jar, sich methodisch durch sämtliche Kommentare zu arbeiten – es sind mehr, als er ursprünglich dachte. Die Foltertrolle sind in Massen aus ihren Höhlen gekrochen. Und dann entdeckt er es, ein paar Worte kurz unter dem Anfang des Threads:

Gute Arbeit, Laika57 – bisher das beste Video.

Jar wiederholt flüsternd die Worte und bemerkt im selben Moment einen weiteren Thread unter dem Kommentar.

Psychochem: Schreibst du noch an deinem Roman? Wann kommt er raus?

Laika57: Literatur ist nicht so einfach. Habe ein Journal geschrieben – bin nicht sicher, ob es je veröffentlicht wird.

Psychochem: Und hier veröffentlichen?

Laika57: War zu offenherzig bei meinen Seligman-Experimenten – haha. Verglichen damit ist Knausgård zugeknöpft.

Jars Mund wird trocken. Mit zitternden Händen googelt er »Laika« im normalen Web. Laika, eine streunende Straßenhündin aus Moskau, umkreise als erstes Tier die Erde, nachdem sie 1957 mit dem *Sputnik 2* in den Orbit geschossen wurde. »Muttnik«, wie das Tier damals von der amerikanischen Presse getauft wurde, starb nach vier Erdumkreisungen an Überhitzung. Rosa hat Jar mal erzählt, dass Martin seine zwei Beagles nach russischen Hunden taufte, die man ins All geschossen hatte.

Martin. Verbirgt sich Rosas Onkel hinter Laika57?

Jar klickt zurück zu Max' Artikel, versucht möglichst ruhig zu atmen und findet schließlich den Kommentar von Laika57, in dem Rosas Verschwinden mit dem Plot eines Spionagethrillers verglichen wird. Was ist mit den unzähligen Malen, in denen Jar Amy und Martin seine Theorien über Rosas Verschwinden gemailt hat? Martin hatte sich regelmäßig darüber lustig gemacht und Jar als paranoiden Verschwörungstheoretiker verspottet. Wie kommt er dann dazu, einen Artikel im

Darknet zu kommentieren, in dem angedeutet wird, dass Rosa von einem Geheimdienst rekrutiert worden sein könnte?

Und wie kommt er dazu, Videos zu posten, in denen in Guantanamo eine Frau misshandelt wird?

Inzwischen halten wir es für möglich, dass Martin Foltervideos verbreitet. Jar sollte Schluss machen, Miles Cato anrufen und ihm erzählen, was er gefunden hat. Falls Cato tatsächlich gegen Martin ermittelt, ist dieses Video der Beweis, nach dem er sucht. Aber was hat Jar da eigentlich genau gefunden? Was ist, wenn auf diesem Video Rosa zu sehen ist?

Wieder sagt er sich, dass es nicht sie sein kann. Martin interessiert sich aus rein beruflichen Gründen für die Seite: Als bekennender Spionagethriller-Fan, der für die Pharmaindustrie gearbeitet hat, will er nur Ähnlichkeiten zwischen den Foltertechniken der CIA und Tierexperimenten aus den Sechzigerjahren aufzeigen. Jar verlässt Max' Artikel und sucht nach weiteren Posts von Laika57, nach irgendwas, das Martins Unschuld beweist. Auf der Indexseite der Website entdeckt er einen Thread über ein einigermaßen unverfängliches Thema – die Quellen für George Smiley. So eine Gelegenheit, mit seinem Wissen prahlen zu können, würde Martin nie und nimmer verschenken.

Und tatsächlich ist Laika57 in voller Fahrt:

Bingham oder Green? Alles in allem hat Smiley mehr von John Bingham, dem 7. Baron Clanmorris, Le Carrés Mitarbeiter beim MI5 und Autorenkollegen.

Jar blinzelt. John Bingham lautete der Name, unter dem der Wagen in Cornwall angemietet wurde.

80

Cromer, 2012

Es spricht einiges für den Tail-Suspension-Test, schon allein seine Kosteneffizienz und Schlichtheit. Mit einem Klebeband werden Mäuse weit weg von allen Objekten, die sie zum Festklammern oder zur Flucht nutzen könnten, an ihrem Schwanz aufgehängt. Während ich dies schreibe, baumelt Rosa vor mir, sicher befestigt an der Unterseite des Regals über meinem Schreibtisch. Allerdings ist der Schuppen nicht ideal für diese Art von Experimenten.

In den letzten Monaten ist mir klar geworden, dass ich nicht einfach aufgeben kann, was ich im Labor getan habe, bevor ich gefeuert wurde; ich kann meine Leidenschaft nicht abdrehen wie einen Wasserhahn. Die Forschung war dreißig Jahre lang mein Leben, und ich stand kurz vor einem Durchbruch: ein Antidepressivum einer neuen Generation zu entwickeln, das innerhalb weniger Tage wirkt statt erst nach Wochen, bei Patienten unterschiedlicher Prägung und mit begrenzten Nebenwirkungen. Nachdem ich meine Forschung nicht offiziell weiterführen darf, muss ich einen Weg finden, wie ich sie inoffiziell betreiben und so die Arbeit abschließen kann.

Ende der Neunzigerjahre unterhielten wir ein Außenlabor. Heute Nachmittag bin ich vorbeigefahren, um es mir anzusehen, mit dem Fahrrad brauchte ich eine Stunde dorthin. Es befindet sich auf der abgelegenen Seite von Holt, und zwar in einer umgebauten Nissenhütte auf einem stillgelegten Flugplatz aus dem Zweiten Weltkrieg. Davon gibt es hier viele: Im Krieg bildeten die flachen Weiten des nördlichen Norfolk einen einzigen riesigen Flugplatz für die Flying Fortresses und Wellington-Bomber. Dieser spezielle Platz wurde in den Sechzigerjahren geschlossen und danach zum Teil als Geflügelfarm verwendet, aber auch diese Farm musste später zumachen, nur lange Reihen von niedrigen, leerstehenden Gebäuden blieben zurück. In den Neunzigerjahren wurden einige davon für ein paar Jahre von hiesigen Unternehmen genutzt – so auch von uns –, aber inzwischen sind alle verfallen.

Ich hatte die Anlage in der Zwischenzeit völlig vergessen und stellte erfreut fest, dass sich dort kaum etwas verändert hat. In die noch aus Kriegszeiten stammende Hütte, die am Rand des Flugplatzes unter einer Gruppe von Kiefern steht, wurde bei einem Umbau eine Reihe von Dachfenstern eingelassen, um mehr Licht ins Innere zu lassen. Ich schaute durch ein zerbrochenes Fenster – eines der ursprünglichen in den Ziegelmauern an beiden Enden des Baus. Außer leeren Räumen, abblätternder Wandfarbe und mehreren kaputten Stühlen war drinnen nicht viel zu sehen. Nichts, was darauf hingedeutet hätte, dass sich dort ein Labor befinden könnte, und das ist wohl auch der Grund, warum die Aktivisten nie etwas von unserer Außenstelle geahnt haben. Das eigentliche Labor befand sich unter dem Bau, vor neugierigen Blicken geschützt, in einem umgestalteten Luftschutzbunker.

Ich gehörte zu jener Handvoll Menschen, die nicht nur von der Anlage wussten, sondern auch, was wir dort taten. Im Erdgeschoss wurden Verwaltungsarbeiten erledigt – eine gute Tarnung, falls jemand zufällig vorbeikam (ein Teil des Flugplatzes wurde gelegentlich von landwirtschaftlichen Sprühflugzeugen benutzt) –, aber im Keller gab es ein voll ausgestattetes, wenn auch eher kleines Labor, in das man nur über eine kurze Eisentreppe unter einer Bodenklappe gelangte, über der wiederum ein Aktenschrank stand.

Dass wir zu solchen Maßnahmen gezwungen waren, nur um Tierversuche (meist an Hunden) durchzuführen, macht deutlich, welche Paranoia in jenen Jahren herrschte. Aber so war das damals eben.

An diesem Nachmittag bin ich zwar durch das kaputte Fenster ins Gebäude gelangt, aber die Luke war durch ein schweres Vorhängeschloss gesichert, sodass ich keinen Zugang zum Untergeschoss hatte. Ich habe vor, morgen auf meiner täglichen Radtour wieder dort vorbeizufahren (dieser Tage wundert sich A, wenn ich nicht mindestens drei Stunden unterwegs bin), und diesmal werde ich einen Bolzenschneider in meinen Rucksack packen. Mit etwas Glück ist noch etwas von der Ausstattung im Labor geblieben – ich weiß noch, dass wir damals recht überstürzt abgezogen sind.

Rosa hängt inzwischen seit sechs Minuten unter dem Regal, die standardisierte Dauer für einen Tail Suspension Test. Eigentlich ist das unwürdig: Sie sollte in einem richtigen Labor sein. Anfangs hat ihr Körper gezappelt und gekämpft, aber jetzt hängt sie völlig reglos da, entweder, weil sie klugerweise mit ihrer Kraft haushalten will oder weil sie in ihrer Verzweiflung erschlafft ist, das ist Ansichtssache.

Wir wissen nur, dass Antidepressiva die Dauer der Immobilität verringern, was den Test zu einem weiteren praktischen Verfahren für das erste Screening macht. Allerdings kann man Tiere nur beschränkt einsetzen. Dass sich in einer Maus nur eine beschränkte Bandbreite von psychischen Problemen nachmodellieren lässt, versteht sich von selbst: Komplexe bipolare oder schizophrene Störungen beim Menschen sind etwas ganz anderes als jener »Zustand der Verzweiflung«, den ein Nagetier in einem Becher voller Wasser empfindet.

Es war Protagoras, der gesagt hat: »Der Mensch ist das Maß

aller Dinge.« Womit er nicht unrecht hat. Leider waren klinische Versuche mit Antidepressiva an Menschen lange sehr umstritten. Die Wirksamkeit eines Medikaments zeigt sich am besten an schwer depressiven Patienten, doch die werden selten für Experimente rekrutiert. Stattdessen werden die Versuche an Personen im milden bis mäßigen Stadium der Erkrankung durchgeführt. Und weil bei depressiven Patienten zudem relativ starke Placebo-Reaktionen auftreten, wird die Effizienz der Behandlung teilweise negiert. Das Ergebnis? Die Pharmaindustrie hat die Forschung an Antidepressiva zum großen Teil eingestellt.

Ich habe in meinem Kündigungsschreiben Protagoras zitiert, aber das obere Management wollte davon nichts wissen, selbst wenn ein Umdenken im Bereich der Humanexperimente die einzige Möglichkeit wäre, die Antidepressiva-Branche zu retten.

Ich stehe immer noch zu der grundlegenden Annahme, dass chronischer Stress eine Schlüsselkomponente bei einem Großteil der Depressionen darstellt. Und wenn man, wie ich, ein Antidepressivum der nächsten Generation validieren möchte, an dem man fast sein ganzes Berufsleben gearbeitet hat und das mit ziemlicher Sicherheit das Leben von Millionen Depressionskranken von Grund auf verändern wird, dann müssen statt Nagetieren menschliche Patienten in extreme Stresssituationen gebracht werden, und zwar bevor man ihnen die zu testenden Medikamente verabreicht. Die Pharmaindustrie hat sich in Guantanamo eine einzigartige Gelegenheit entgehen lassen. Das wird mir nicht passieren.

Rosas Augen haben sich geschlossen.

81

Er passierte so schnell: der Fehler.

Er war erst ein paar Minuten in meiner Zelle, gerade lang genug, um meine Ketten aufzuschließen und mir die Medikamente zu verabreichen, die er mir jedes Mal gibt, bevor die Sitzung beginnt, als sein Handy klingelte. Ich konnte nicht verstehen, was der Anrufer sagte, aber es machte ihn wütend. Extrem wütend.

Im nächsten Moment ging er hinaus, knallte die Tür zu, aber ich hörte kein Vorhängeschloss, kein Scharren und Klicken. Sonst verschließt er die Zellentür und schleift dann etwas davor. Aber heute nicht. Und er hatte auch vergessen, mich festzuketten.

Ich wartete fünf Minuten – 300 Sekunden –, bevor ich mich rührte. Er hat mich schon öfter auf die Probe gestellt. Als er das letzte Mal verschwand und mich unangekettet zurückließ, blieb die Tür offen. Nach zwei Stunden saß ich immer noch auf dem Boden. Ich hatte keinen Fluchtwillen – nicht mal im Ansatz. Als er zurückkam, gratulierte er mir, gab mir frisch zubereitetes Essen – Reis mit Hühnchen – und erklärte mir, dass ich ein Vorbild für andere Gefangene sei, eine Ehre für die Wissenschaft: »ein Paradebeispiel für erlernte Hilflosigkeit«.

Heute aber ist irgendwas anders. Ich weiß es. Er wollte mich nicht so zurücklassen. Ich habe die Sachen angezogen, die er mir vor ein paar Monaten hiergelassen hat und die ich mir für diesen Moment aufgespart habe: die Haremshose und das Fleece.

Er hat einen Fehler gemacht. Eine andere Erklärung gibt es nicht. Jetzt muss ich schnell sein.

82

»Amy, ich bin's. Jar. Habe ich dich aufgeweckt?«

»Ich habe deine Nachricht bekommen. Ich war sowieso auf.«

Es ist drei Uhr morgens, und Jar hat genau das gehofft. Sie hatte ihm irgendwann erzählt, dass sie oft nachts wachliegt, wenn die Wirkung der Pillen nachlässt oder sie heimlich damit ausgesetzt hat. Jar sitzt immer noch in Max' Büro. Er hat ihr vor ein paar Minuten eine Nachricht geschickt, ob sie noch wach sei und ob sie telefonieren könnten. Sie hatte ihm sofort geantwortet, dass er in zehn Minuten anrufen solle.

»Ist Martin in der Nähe?«

»Der ist oben und schläft.«

Sie klingt abwesend und so, als wäre es für sie ganz normal, mitten in der Nacht angerufen zu werden. Sechs Tage sind vergangen, seit Jar sie im Greenwich Park getroffen hat, als sie so schlecht aussah. Er holt tief Luft, fragt sich, wo er anfangen und wie viel er ihr erzählen soll. Er muss irgendwie an das Journal kommen, das Martin in dem Kommentar unter dem Foltervideo erwähnt hat, jenes Tagebuch, in dem er »zu offenherzig« über seine Seligman-Experimente spricht.

»Du musst etwas für mich tun«, sagt Jar.

»Ist bei dir alles okay? Wo hast du gesteckt? Du klingst ...«

»Es geht mir gut. Ich war weg.« Das ist nicht der Zeitpunkt, um ihr von seinem Treffen mit Rosa zu erzählen. Er kann nicht abschätzen, wie sie reagieren wird. »Warst du jemals in Martins Schuppen?«

»Seinem Schuppen? Nein, wieso?«

»Du musst für mich reingehen.«

»Er lässt niemanden hinein.«

»Ist der Schuppen abgeschlossen?«

»Selbstverständlich.«

»Weißt du, wo der Schlüssel ist?«

»Er versteckt ihn in einem Krug auf dem Küchenschrank, aber ich ...«

»Du musst für mich da reingehen.«

Amy verstummt. Jar kann sie atmen hören.

»Amy?«

»Was ist denn, Jar?«

Er fragt sich, ob sie tief im Herzen den gleichen Verdacht hegt wie er, ohne ihn je bewusst zur Kenntnis zu nehmen.

»Du musst etwas für mich suchen.«

»Das kann ich nicht. Er wird toben, wenn er etwas bemerkt.«

»Er schläft.«

»Geht es dabei um Rosa?« Allmählich klingt Amy wacher, findet Jar. Seine schlimmsten Befürchtungen behält er lieber für sich, jedenfalls vorerst.

Zwei Minuten später berichtet Amy, dass sie unten im Garten ist und vor der Tür zum Schuppen steht.

»Worum geht es denn, Jar?«

»Bitte, schließ einfach die Tür auf.«

»Du machst mir Angst.«

Jar hat selbst Angst. Die Canary Wharf ist nachts praktisch menschenleer. Er hört sie am Vorhängeschloss hantieren, stellt sich vor, wie ihre Hände zittern, wie sie zu erkennen versucht, was sie da in der Dunkelheit tut, und wie sie immer wieder zum Haus zurückblickt, ob Martin sich vielleicht rührt.

»Ist doch merkwürdig, dass ich noch nie hier drin war, oder?«

»Der Schuppen eines Mannes ist seine Burg«, sagt Jar. Und vielleicht sein Kerker, denkt er. »Aber ja, es ist merkwürdig.«

»Und wonach suche ich?«

Jar versucht sich die Szene auszumalen. Er weiß, dass er sich auf den Computer konzentrieren und Amy dazu bringen sollte, nach Martins Journal zu suchen, aber seine Gedanken sind zu sehr im Fluss. Vielleicht gibt es einen Keller unter dem Schuppen oder eine versteckte Kammer mit betonierten Wänden. Einen Raum, in dem Martin seine Filme macht und wo …

»Sag mir, was du siehst«, sagt er.

»Ein paar Gartenstühle, sein Krocketset.«

»Gibt es nur diesen einen Raum?«

»Hinten gibt es noch einen zweiten.«

»Wie viele Schlüssel sind an dem Ring?«

»Zwei.«

»Schließ die zweite Tür auf.«

Jar wartet ab, hört ein Vorhängeschloss aufspringen.

»Bist du drin?«

»Hier drin ist so ein komisches rotes Licht.«

»Was siehst du sonst?«

»Einen Schreibtisch, einen Computer, mehrere Monitore. Die sind für die Überwachungskameras. Die Kameras haben mich bestimmt gefilmt, als ich hier runtergegangen bin, Jar. Draußen am Schuppen hängt eine, und noch eine hinten am Haus, bei der Hintertür.«

»Er wird sich die Bänder nur ansehen, falls er den Verdacht hat, dass jemand hier eingebrochen ist.« Jar blufft, aber ihm fällt nichts anderes ein, um sie zu beruhigen. Normalerweise werden Bänder von Überwachungskameras nach einigen Tagen automatisch gelöscht, oder? Wenn es keinen Vorfall gab.

»Lass mich ins Haus zurückgehen, Jar. Ich sollte hier nicht sein.«

»Sag mir, was du sonst noch siehst. Gibt es eine Tür oder vielleicht eine Falltür?« Er weiß, eigentlich sollte sie den Computer durchforsten, aber er kann nicht anders.

»Es muss hier irgendwo einen Weinkeller geben, das hat er mal erwähnt, als ich seinen ganzen guten Bordeaux ausgetrunken hatte. Ich kann eine Luke im Boden sehen.«

Jars Herz rast, während er sich die Szene vorstellt. Rosa, in ein finsteres Gelass gesperrt, zutiefst verschüchtert, wahnsinnig vor Angst.

»Kannst du sie anheben?«

»Ein Karton mit Akten steht halb darauf.«

»Probier es bitte.«

Er hört, wie Amy das Handy beiseitelegt, den Karton verschiebt, und dann wird es still.

»Amy?« Hat sie Rosa gefunden?

»Martin ist aufgewacht.« Amy flüstert jetzt.

»Kann er dich vom Haus aus sehen? Gibt es ein Fenster?«

»Nein. Nicht in diesem Raum, aber ich sehe ihn auf dem Bildschirm. Am Treppenabsatz hängt eine Kamera.«

»Was macht er?«

»Er kommt die Treppe herunter. Er bringt mich um, Jar, wenn er mich hier draußen erwischt. Du kennst Martin nicht.«

»Du musst die Luke anheben«, sagt Jar. »Die Tür zum Weinkeller. Sag mir, was du siehst.«

Wieder wird es still.

»Ich hebe sie jetzt hoch.«

Jar schließt die Augen. »Und was siehst du?«

»Nur ein paar hölzerne Weinkisten. Viele Weinkisten. Wonach suchen wir überhaupt, Jar?«

Martin ist ihr Onkel, beschwichtigt sich Jar. Und John Bingham ist kein so ungewöhnlicher Name.

»Und sonst ist wirklich nichts da unten?«

Er würde sie nicht hier, nicht so nahe beim Haus gefangen halten.

»Nichts. Ganz sicher. Ich will hier raus, Jar. Jetzt ist er unten. In der Küche.«

»Schließ ab und geh spazieren, weg vom Schuppen. Du konntest nicht schlafen und bist darum einfach ein bisschen rausgegangen.«

»Okay.« Jar hat Amy noch nie so verängstigt erlebt. »Jetzt geht er wieder nach oben – in *sein* Schlafzimmer. Wir schlafen getrennt.«

Jar seufzt erleichtert auf, und im selben Moment fällt ihm der Computer ein. »Da wäre noch was. Ist der Computer eingeschaltet?«

Pause. »Ich glaube, er ist im Schlafmodus.«

»Kannst du ihn einschalten?«

»Jar, ich will wieder ins Haus.«

»Bitte?«

Stille. Er hört, wie Amy ein Schluchzen unterdrückt.

»Du machst das ganz wunderbar. Ist es ein Mac?«, fragt Jar.

»Ja.«

»Vielleicht brauchst du ein Passwort.«

»Ich sehe schon den Desktop. Ich glaube, er musste schnell weg. Der Schreibtisch ist ein einziges Chaos.«

»Kannst du nach dem Wort ›Journal‹ suchen?«

»Ich bin nicht gut mit Computern.«

Jar ermahnt sich, nicht so ungeduldig zu sein, und erklärt ihr, wie sie vorgehen muss. Amy geht ein immenses Risiko für ihn ein. Für Rosa. »Du bist besser, als du glaubst. Gibt es eine Datei namens ›Journal‹?«

»Da wird nichts angezeigt.«

»Versuch es mit ›Tagebuch‹.«

»Nichts.«

Jar war klar, dass es nicht so einfach würde. Er versucht sich Schlüsselbegriffe oder -wendungen zu überlegen, die Martin in seinem Journal verwendet haben könnte. Ob er auch über Jars Besuche in Cromer geschrieben hat, wenn er tatsächlich alles aufgezeichnet hat?

»Such mal nach ›Peyote‹.« Er hört Amy tippen.

»Da tauchen haufenweise Dateien auf – was ist ein Peyote?«

»Ein getrockneter Kaktus. Probier ›Jar + Peyote‹.« Jar muss an das Gespräch denken, das er mit Martin übers Schreiben, Drogen und die Beat Generation geführt hat.

»Es gibt genau eine Datei, die beide Worte enthält«, sagt Amy. »Ein Word-Dokument mit dem Titel ›Min Kamp‹.«

»Das ist es«, sagt Jar, der den Titel von Knausgårds autobiografischem Roman wiedererkennt und sich noch gut an Martins Interesse daran erinnert. Sehr ambitiös.

»Soll ich es öffnen?«

»Das wird nicht so einfach gehen.« Jar nimmt an, dass Martin das Journal verschlüsselt hat. Carl oder vielleicht Anton, sollte er je wieder auftauchen, müssten es für ihn dekodieren können.

»Jar, ich glaube, es ist schon geöffnet und auf dem Bildschirm.«

»Wie kommst du darauf?« Jars Handflächen werden feucht. Wenn das Dokument geöffnet ist, brauchen sie es nicht zu entschlüsseln.

»Es ist unten am Bildschirmrand eingeblendet, aber ich kann es vergrößern.«

»Sei vorsichtig.« Anscheinend hat Martin heute Abend an seinem Journal geschrieben und es nicht geschlossen. Jar will nicht, dass Amy irgendetwas daran ändert, dass sie eine Spur ihres Besuchs hinterlässt – oder auch nur einen Blick daraufwirft.

»Er hat über Strelka geschrieben, meinen wunderschönen Hund«, sagt Amy. »Und ihren Todestag.«

»Lies es nicht, Amy, bitte«, beschwört Jar sie so ruhig wie möglich. »Bitte hör mir jetzt ganz genau zu.«

Er lässt Amy erst Firefox starten und dann ihren Mailaccount öffnen (Martins Mailaccount ist in Chrome geöffnet).

Anschließend erklärt er ihr, wie sie den gesamten Inhalt von Martins Journal in eine Nachricht an ihn kopiert, bevor sie noch eine textfreie Stelle kopiert, um ihre Spuren zu verwischen und das Journal aus dem Zwischenspeicher zu entfernen.

»Vergiss nicht, dich abzumelden. Das ist wichtig«, sagt Jar, nachdem ihre Mail in seinem Posteingang gelandet ist.

»Okay.«

»Jetzt schließt du Firefox, verkleinerst das Word-Fenster wieder und versetzt den Computer zum Schluss wieder in den Schlafmodus.«

»Erledigt.«

»Danke, Amy.«

»Wozu brauchst du das Journal überhaupt, Jar?«

Jar holt tief Luft. Ihm ist klar, dass er Amy wenigstens eine Erklärung schuldet. »Ich habe Rosa gesehen. Ich habe sie vor vier Tagen in Cornwall getroffen.«

83

North Norfolk, 2012

Inzwischen bin ich seit einer Woche täglich hier gewesen, und endlich ist das Labor einsatzbereit. Der Bolzenschneider machte kurzen Prozess mit dem alten Vorhängeschloss an der Bodenluke, und ich habe ein neues angebracht, das schwerer zu knacken sein sollte. Außerdem habe ich das eingeschlagene Fenster zugenagelt, die Angeln verschraubt, sodass sie sich nicht öffnen lassen, und auch an der Eingangstür ein neues Schloss angebracht.

Das Labor ist in relativ gutem Zustand, wenn man bedenkt, dass es über zehn Jahre nicht in Gebrauch war. Zwar schält sich an manchen Stellen die weiße Wandfarbe ab, aber der zentrale Experimentbereich, umgeben von Arbeitstischen und mit einem Operationstisch in der Mitte, existiert noch immer. Etwas abseits liegt ein Obduktionsraum, und im hinteren Teil gibt es einen kleinen Verbrennungsofen, ein Waschbecken und eine Toilette.

Strom gibt es nicht – der wurde bestimmt schon vor Jahren abgestellt, doch dafür ein Lichtrohr, das ein gespenstisch bleiches Licht verbreitet. Wir brauchten es, um manche Tiere mit dem Tageslicht zu synchronisieren. Und die Belüftung ist besser als zu jenen Zeiten, in denen der Bau als Luftschutzraum diente – in die Decke wurden Lüftungsschlitze eingebaut. Damit war gewährleistet, dass die Tiere nicht erstickten.

Ich habe im Zentralbereich eine Videokamera installiert, denn im Darknet zeigen meine Kollegen großes Interesse am Thema erlernte Hilflosigkeit, wobei oft angedeutet wird, dass damit die Verhörtechniken in Guantanamo gerechtfertigt wurden. Gestern habe ich angekündigt, dass ich hoffe, in Kürze eine Variante jener Originalexperimente nachbilden zu können, die Martin Seligman 1967 an der University of Pennsylvania mit Hunden durchführte. Einige wenige Auserwählte werden die Versuche über einen Livestream verfolgen können, wenn auch nur in niedriger Auflösung. Es gibt hier zwar kein WLAN, aber dafür ein 3G-Mobilsignal. Das Darknet stillt noch exzentrischere Präferenzen als das Surface-Web: Tierversuche aus den Sechzigerjahren in Kombination mit den erweiterten Verhörtechniken der CIA, und dazu ein leichter Anflug von BDSM. Ein Paradebeispiel für den »Long Tail«.

Das Folgende habe ich heute auf einem der sicheren Tor-Foren gepostet, denen ich mittlerweile vertraue:

Von erlernter Hilflosigkeit spricht man, wenn Tiere – oder Menschen – angesichts schmerzhafter oder unangenehmer Stimuli in Passivität verfallen. Nachdem sie zu dem Schluss gekommen sind, dass sie keine Kontrolle über ihre Umgebung ausüben, fehlt ihnen jeder Wunsch oder Anreiz, sich dem Stimulus zu entziehen. Wegen unangebrachter »ethischer« Einwände wurden die Experimente, die erstmals in den Sechzigerjahren von Martin Seligman durchgeführt wurden, in den letzten Jahren nicht fortgesetzt, obwohl sie sich bei Medikamentenversuchen für neue Antidepressiva als durchaus effizient erwiesen haben.

Nicht viel später antwortete mir ein ehemaliger Kollege – ein Labortechniker, von dem ich länger nichts gehört hatte. Er wurde genau wie ich »freigestellt«, aus ähnlich fadenscheinigen Gründen. Und er hat sich ebenfalls dem Radfahren verschrieben, sodass wir vereinbarten, uns einmal zu treffen und eine gemeinsame Tour zu unternehmen. Wir beide führten damals im Zentrallabor unsere eigenen Experimente in erlernter Hilflosigkeit durch, wobei wir Seligmans Hunde-Experimente auf Nager und andere Tiere übertrugen, und verlagerten, als die Aktivisten uns das Leben schwerzumachen begannen, die kniffligeren Arbeiten aus Norwich in die Anlage hier draußen.

Es ist seltsam, wieder hier zu sein, aber gleichzeitig hat es etwas von einer Heimkehr. Alte Angewohnheiten sind schwer abzulegen. Die täglichen Sicherheitsvorkehrungen, die ich treffe, um nicht gesehen zu werden, wenn ich den Flugplatz betrete – ich schließe mein Fahrrad im Wald an und gehe von dort aus zu Fuß auf einem überwucherten Pfad, der südlich an dem Gelände entlangführt –, unterscheiden sich nur wenig von den Maßnahmen, die wir uns alle damals im Labor angewöhnt hatten (täglich wechselnde Arbeitswege, Hintertüren, vorgetäuschte Pendelfahrten). Und falls A wegen meiner langen Abwesenheit Misstrauen schöpft, dann zeigt sie es nicht.

Jetzt fehlt mir nur noch ein Tier, an dem ich meine Experimente durchführen kann.

84

Die Beine berstend vor Adrenalin, steht Jar von Max' Schreibtisch auf, tritt ans Fenster und starrt auf die Dockland-Bürotürme gegenüber. Bald dämmert der Morgen, aber noch ist es nicht so weit: Die Nacht erscheint ihm dunkler als je zuvor.

Während der letzten halben Stunde hat er Martins Journal gelesen: die frühen knappen Abrisse über den »Ich-Erzähler auf Steroid«, dann über seinen eigenen Besuch, bei dem sie über George Smiley, Peyote und Beatniks plauderten, die alkoholgeschwängerte Unterhaltung mit Kirsten, und jetzt über das Labor draußen im ländlichen Norfolk sowie die als ausgedehnte Radtouren kaschierten Exkursionen dorthin.

Ob es Amy auch gerade liest? Hat sie ihren Gesendet-Ordner angeklickt und die Mail geöffnet? Martins wegwerfende Bemerkung über die Benzos, die er ihr seit zwanzig Jahren verschreibt, geht Jar nicht aus dem Kopf: *Es hat die Sache im Schlafzimmer vereinfacht.* Was hat er Amy angetan? Und ist es womöglich gefährlich für sie, mit ihm allein zu sein? Jar ist klar, dass er die Polizei oder zumindest den Sozialdienst anrufen sollte, aber der Drang, erst alles aufzuklären, ist übermächtig.

Er will gerade einen weiteren Eintrag lesen, als er draußen im Gang ein Klappen hört, als würde eine Tür geschlossen. Er nimmt an, dass es der Putztrupp ist, aber etwas an dem Geräusch, der irgendwie energische Klang, lässt ihn aufstehen und zur Tür gehen. Wahrscheinlich ist er nur übermüdet, denkt er.

Er tritt in den leeren Korridor. Nachdem er ein paar Sekunden gelauscht hat, dreht er sich um und will wieder in Max' Büro verschwinden, doch in diesem Moment schwingt die Doppeltür am anderen Ende des Ganges auf, und zwei Putzkräfte schieben ein Wägelchen mit Wischmopps und Eimern herein. Es ist ein spanisch aussehendes Paar, ein Mann und eine Frau in den Vierzigern.

Jar lächelt die beiden erleichtert an, während sie auf ihn zukommen, doch beide wirken angespannt und vermeiden jeden Blickkontakt. Vielleicht sind sie überrascht, dass noch jemand hier ist, oder sie haben die Order, nicht mit den Menschen zu kommunizieren, die hier arbeiten. Carl bezeichnet so was als »Betriebsapartheid«. (Er und Carl ließen oft Notizzettel an ihren Schreibtischen zurück, auf denen sie die Reinigungskräfte einluden, sich an den diversen Werbegeschenken zu bedienen, die im Lauf des Tages im Büro eingetrudelt waren.)

Jar weiß nicht, ob er eine gute Nacht oder einen guten Morgen wünschen soll, und entscheidet sich zuletzt für ein »Alles okay so weit?« Er bekommt keinerlei Reaktion, nicht einmal ein Lächeln. Beide beschleunigen, als sie an ihm vorbeigehen, und der Mann blickt zuerst zurück auf die Doppeltür, dann auf Jar.

Jar zögert kurz und blickt noch einmal im Korridor auf und ab, dann kehrt er in Max' Büro zurück und schließt die Tür hinter sich ab.

85

Cromer, 2012

A wurde ganz still, als ich es ihr erzählte, und bat mich dann, ihr genau zu schildern, wie es passiert ist, warum ich nur mit einem Hund zurückgekehrt war. Das Warum behielt ich für mich, das Wie hingegen war einfach zu schildern.

In den ersten Wochen, nachdem ich meinen Job verloren hatte, unternahmen A und ich immer einen gemeinsamen Morgenspaziergang; wir hofften beide auf Besserung, einen »Neuanfang«, so als würde sich alles, was in unserer Ehe nicht stimmt, in Wohlgefallen auflösen, nur weil ich plötzlich den ganzen Tag zu Hause war. Doch es sollte nicht sein.

Darum ging ich heute nach dem Frühstück allein mit Belka und Strelka los. Die Hunde habe ich nicht von meinen Kollegen als Abschiedsgeschenk bekommen, wie Rosa gern scherzte (wie der Vater, so die Tochter), obwohl wir bei unseren Experimenten tatsächlich oft Beagles verwendeten. Mehrere Wochen, bevor ich von meiner Entlassung erfuhr, hatten A und ich die beiden Hündinnen aus einem Tierheim in Norwich geholt. Eine weitere trügerische Morgendämmerung. Ich taufte sie nach zwei Hunden, die 1960 mit der russischen *Sputnik 5* ins All geschossen wurden, zusammen mit vierzig Mäusen, zwei Ratten und einem Kaninchen. Belka gehörte mir, Strelka gehörte A. Jedenfalls empfanden wir es bald so.

Mein Spazierweg ist immer derselbe: die Straße hinab zur

Flusswiese, dann am Fluss entlang, über die Gleise und auf der anderen Seite zurück zum Haus. Gute zwanzig Minuten bei straffem Tempo. An diesem Morgen begann Strelka schon beim ersten Schritt an ihrer Leine zu zerren. A hat sie verhätschelt und nicht so erzogen, wie es notwendig gewesen wäre. Ich konnte die Hunde immer erst von der Leine lassen, wenn wir auf der kleinen Fußgängerbrücke den Fluss überquert hatten, doch danach ließ ich sie frei auf der Wiese neben den Eisenbahngleisen laufen. Dort ist der gesamte Bereich eingezäunt.

Außer heute. Jemand hatte das Tor vor dem Fußgängerübergang über die Gleise offen gelassen. Ich sollte noch erwähnen, dass auf der anderen Seite eine schmalere Wiese liegt, auf der oft Hasen spielen. Strelka sah die Hasen vor mir und rannte am Zaun entlang, um endlich hinüberzukommen. Belka zeigte sich weniger interessiert, sondern zog enge Kreise um mich herum, während ich den Weg entlangging.

Ich sah das offene Tor, noch bevor ich den Zug hörte, und mir war klar, dass mir noch genug Zeit blieb, um die Hundepfeife herauszuziehen, die ich in die Tasche meiner Ölzeugjacke gesteckt hatte. Meine Hand fand die Pfeife, doch ich hielt sie fest umschlossen in der Faust und schaute einfach zu.

Strelka kam dem Tor immer näher, war kaum noch fünf Meter davon entfernt und versuchte mit aller Macht die Hasen zu erreichen. Hätte ich in diesem Moment in die Pfeife geblasen, hätte das Signal über ihren Instinkt gesiegt, und sie wäre zu mir zurückgekehrt.

Die Pfeife blieb in meiner Tasche, während Strelka durch das Tor schoss. Obwohl sie den näher kommenden Zug sah, rannte sie den niedrigen Bahndamm hinauf und auf das Gleis, wo sie der sichere Tod erwartete. Natürlich war das kein Suizid, lediglich ein gesunder Appetit auf Hasenfleisch, dennoch hätte ein Leben gerettet werden können. Ich sah nicht weg.

Stattdessen stand ich einfach da, gebannt durch die Konsequenzen meiner Untätigkeit, während Strelkas Körper von der Lokomotive rückwärts in die Luft geschleudert wurde, wieder auf dem Gleis landete und unter den Rädern verschwand.

Der Zugführer strafte mich mit einem anklagenden Blick, während der Zug seinen Weg fortsetzte. Belka wurde ganz still an meiner Seite. Vielleicht hatte ihre Schwester einen für mich unhörbaren Laut von sich gegeben: Angst in einem höheren Dezibelbereich, als ihn das menschliche Ohr wahrnehmen kann. Ich hörte nichts im Moment des Aufpralls, nur einen dumpfen Schlag.

Es hätte nichts gebracht, den toten Hund zum Haus zurückzubringen. Genauso wenig erzählte ich A, dass Strelkas blutige, klumpige Überreste auf dem Gleisbett verstreut lagen.

86

Jar liest immer noch. Er kann nicht aufhören. Amy liebte Strelka. Wie ein Kind, hat Rosa gesagt, das ist ihm im Gedächtnis geblieben. Wenn sie herausfindet, was damals wirklich passiert ist, wird sie ihn verlassen. Vielleicht hat sie das schon probiert. Er fragt sich, ob er sie gleich jetzt anrufen sollte, um sicherzustellen, dass sie das Journal liest, und um mit ihr zu besprechen, ob die Polizei informiert werden sollte. Jemandem Benzos einzuflößen fällt mit Sicherheit unter häusliche Gewalt.

Ein neuerliches Geräusch im Gang reißt ihn aus seinen Gedanken. Ist das Reinigungspärchen zurückgekehrt? Jar sieht auf seine Uhr. Es ist halb vier Uhr morgens. Max hat behauptet, dass es mit Einsetzen der Morgendämmerung lebendiger im Haus werden würde: Frühaufsteher, die Aktien in Hongkong und im Fernen Osten handeln.

Er wendet sich wieder dem Bildschirm zu und denkt an Amy, Rosa, Strelka, doch dann hört er ein zweites Geräusch wie einen erstickten Schrei und schluckt schwer. Er versucht zu ignorieren, was er gerade gehört hat, aber das kann er nicht. Es war zu menschlich.

Draußen im Gang sieht Jar nach links und rechts. Das Journal hat ihn verstört, seine Paranoia verstärkt. Das Geräusch hat er sich nur eingebildet, redet er sich ein, doch das Bild der beiden Reinigungskräfte, die vor einer Stunde ohne ein Lächeln und mit gesenktem Blick nicht schnell genug aus seinem Stockwerk kommen konnten, geht ihm nicht aus dem Kopf.

Er geht zur Schwingtür und stößt sie auf. Nichts. Der Lift steht stumm in Habtachtstellung und erwartet den morgendlichen Ansturm. Und dann entdeckt er eine Schirmmütze am Boden, sie liegt gleich beim Notausgang, neben einem verlassenen Stuhl. Er geht hinüber und hebt sie auf. Die Innenseite ist noch warm, das Futter am Hinterkopf aufgerissen. Jar sieht sich noch mal um und schiebt dann die schwere Brandschutztür auf.

»Hallo?« Seine Stimme hallt durch das Treppenhaus. Stille. Er lässt die Tür zufallen und versucht die feuchte Wärme der Mütze zu ignorieren, während er sie auf dem Stuhl ablegt. Der Nachtwächter wird gleich zurückkommen und sie holen, sagt sich Jar, während er in Max' Büro zurückkehrt und erneut die Tür hinter sich abschließt. Seine Hände zittern.

87

North Norfolk, 2013

Die Hündin hängt frei unter der Labordecke, in einer gummibeschichteten Leinenmatte, genau wie von Seligman 1967 angeordnet, und ihre Gliedmaßen hängen durch vier Löcher in der Matte nach unten. Ich konnte nicht alle originalen Details replizieren, aber doch so viele, dass die Versuchsanordnung als vergleichbar gelten kann. Als Schockquelle dienen eine Autobatterie mit zwölf Volt Ausgangsspannung und ein parallel geschalteter Spannungsteiler. Der Strom wird durch Messingplattenelektroden (mit handelsüblicher Kontaktpaste bestrichen) geleitet, von denen eine am hinteren Fußballen befestigt wurde. Die Makroschockstärke beträgt 20 Milliampere, basierend auf einem Hautwiderstand von 1000 Ohm.

Der Kopf wird durch einen genieteten schwarzen Beißschutz gesichert und, wieder exakt wie von Seligman beschrieben, zwischen zwei Druckplatten gehalten, die durch ein Joch über dem Hals verbunden sind. Sie kann in der Hoffnung, den Stromfluss zu unterbrechen, den Kopf gegen diese Platten drücken, allerdings besteht keine kausale Verbindung zwischen dem Druck auf eine der Platten und der Unterbrechung des Stromflusses.

Der einzige Unterschied zu Seligmans Versuchsaufbau besteht darin, dass ich die Halterung aus einem Material gefertigt habe, das farblich an die Overalls von inhaftierten Schwerkriminellen angelehnt ist: Guantanamo-Orange.

Ich habe gerade noch einmal kontrolliert, dass die Videoaufnahme läuft, und sehe im Geist die Kollegen in aller Welt vor mir, die in diesem Moment zusehen: außer Dienst gestellte Wissenschaftler, Psychologen der CIA, eventuell der eine oder andere Terrorist.

Seligmans Theorie besagt, dass Hunde, die solcherart in ein Geschirr gespannt einer Serie von nicht zu vermeidenden elektrischen Schlägen ausgesetzt werden und dabei keinerlei Kontrolle über diese Elektroschocks ausüben, auch später den Schmerz nicht zu vermeiden suchen, wenn sie in eine andersgeartete Situation transferiert werden. Mit der andersgearteten Situation ist eine sogenannte, aus zwei abgetrennten Hälften bestehende »Shuttlebox« gemeint, in der sie ihrer Pein leicht entgehen könnten. Im Originalexperiment wurde eine Kontrollgruppe von Hunden ebenfalls in das Geschirr gespannt, konnte aber die Elektroschocks stoppen, indem sie mit dem Kopf gegen eine der Druckplatten stießen. Im Gegensatz zu der ersten Gruppe, die das Gefühl hatte, keinerlei Kontrolle über ihre Umgebung auszuüben, vermied diese zweite Gruppe den Schmerz so weit wie möglich, nachdem sie in die Shuttlebox transferiert wurde.

Der Versuch, den ich zurzeit durchführe, ist daher nur der erste Teil des Experiments. Später wird sie ungefesselt in eine Shuttlebox gesetzt, wo sie weitere Stromschläge erhält (verabreicht über ein Metallgitter im Boden), aber ungehindert in ein angeschlossenes Abteil wechseln kann, um ihnen zu entgehen. Falls Seligman recht hat, wird sie *nicht* in den schmerzfreien Bereich wechseln, sondern wimmernd in einem Zustand erlernter Hilflosigkeit verharren.

Ihr Körper verkrampfte sich mit eindrucksvoller Wucht, als ihn der erste Elektroschock durchfuhr.

Beim zweiten Schock, stark genug, um unkontrollierbare Muskelkontraktionen auszulösen, zappelte der ganze Körper wie ein Fisch auf dem Trockenen, sodass ich mir Sorgen um das Geschirr zu machen begann und die Befestigung an der Decke überprüfte. Sie schlug währenddessen mit dem Kopf gegen die Platten und gab ein hohes Jaulen von sich.

Über die automatische Relaisschaltung wurde bei dem Versuch eine Serie von Elektroschocks mit einer Gesamtdauer von insgesamt 226 Sekunden verabreicht, wobei die Elektroschocks stetig an Stärke abnahmen.

Wir müssen jetzt 24 Stunden abwarten, bevor wir sie in die Shuttlebox transferieren, um festzustellen, wie sie auf weitere Schmerzen reagiert. Wird sie zu entkommen versuchen? Oder hat das Unvermögen, in der Halterung den Elektroschocks zu entgehen – die Unfähigkeit, ihre Umgebung zu kontrollieren – sie in den Zustand erlernter Hilflosigkeit versetzt?

88

Jar wischt sich mit dem Handrücken das Erbrochene vom Mund und krümmt sich im nächsten Moment noch einmal zusammen, die Hände um den Mülleimer in Max' Büro geklammert. Er sollte Max anrufen, ihm erzählen, was er gerade gelesen hat. In ein paar Minuten, denkt er. Erst muss er ein paar Schritte gehen, frische Luft schnappen, den Kopf klar bekommen.

Die Hündin hängt frei unter der Labordecke.

Er verschwindet auf den Korridor und geht auf die Reihe von Aufzügen zu. Gerade als er die Schwingtür erreicht, schrillt der Feueralarm los. Nur ein frühmorgendlicher Testlauf, versucht er sich zu beruhigen. Das Geräusch lässt ihn viel heftiger zusammenzucken, als es sollte. Seine Nerven sind nicht bis zum Zerreißen gespannt, sie liegen in Fetzen. Eine ganz und gar nicht beruhigende Stimme vom Band ermahnt alle im Gebäude, den Büroturm über die Treppen zu verlassen.

Er spielt mit dem Gedanken, in Max' Büro zurückzukehren, die Tür zu verriegeln und den Alarm zu ignorieren (schließlich weiß niemand, dass er hier ist), doch er muss raus, er braucht Abstand zu Martins Journal.

Die Aufzüge sind außer Betrieb. Jar geht zum Notausgang und wirft dabei einen kurzen Blick auf die Schirmmütze, die immer noch auf dem Stuhl liegt. Er versucht, nicht an den Besitzer zu denken, nicht zu überlegen, wohin der Nachtwächter wohl verschwunden sein mag.

Beim zweiten Schock, stark genug, um unkontrollierbare Muskelkontraktionen auszulösen …

Martin hat einen Hund gequält, versucht Jar sich vergeblich einzureden, während er die Tür aufdrückt. Vielleicht hat er sich die Geschichte nur ausgedacht, und Strelka starb gar nicht auf den Gleisen? Diesmal ist es nicht mehr so still im Treppenhaus. Laute Abzugsventilatoren rumoren tief unter ihm und halten das Treppenhaus belüftet. Er lauscht nach Schritten. Außer ihm verlässt niemand das Gebäude. Er sieht nach oben. Auf dem Treppenabsatz über ihm liegt zusammengesunken der Nachtwächter in der Ecke.

Jar nähert sich dem reglosen Körper und unterdrückt dabei die erneut aufsteigende Übelkeit, so gut es geht. Der Nachtwächter hat die Augen geschlossen, und auf seiner Stirn bildet sich gerade ein blauer Fleck. Jar fühlt nach dem Puls, kann ihn zu seiner Erleichterung ertasten und ist noch erleichterter, als der Nachtwächter leise zu stöhnen beginnt. Jar weiß, er sollte die Polizei rufen, aber sein Instinkt, aus dem Gebäude zu gelangen, dem Alarm zu entfliehen, ist überwältigend.

»Keine Angst, das wird schon wieder«, sagt Jar halb zu sich selbst, halb zur Beruhigung des Nachtwächters, und beginnt den langen Abstieg über zwanzig Stockwerke bis ins Erdgeschoss. Ohne es zu wollen, wird er dabei immer schneller und nimmt bald zwei Stufen auf einmal. Nach drei Stockwerken muss er Luft holen und bleibt stehen. Über dem Brausen der Ventilatoren sind Schritte zu hören. Jemand ist über ihm auf der Treppe.

Jar geht weiter und bemüht sich dabei, ein gleichmäßiges Tempo beizubehalten. Wenn er schneller wird, könnte er auf den unnatürlich steilen Stufen stolpern. Er sieht auf und entdeckt zwei Stockwerke höher eine vertraute große Gestalt. Ist es der Mann, der in Paddington Station in seinen Zug steigen wollte, derselbe, der Rosa von den Klippen in Cornwall entführt hat?

Jessas. Jar rennt weiter abwärts, nimmt jetzt drei Stufen auf einmal und wird zu schnell, um sich auf den Beinen zu halten. Er stolpert, landet schmerzhaft und wird vom Schwung seines Sturzes bis zum nächsten Treppenabsatz geschleudert.

Als er zur Ruhe kommt, bleibt er wie betäubt liegen und versucht herauszufinden, wo es am schlimmsten schmerzt. Blut sammelt sich unter seiner Wange auf dem Betonboden. Er denkt an den Nachtwächter, die warme Schirmmütze. Jemand kommt die Treppe herunter und bleibt über ihm stehen. Jar schließt die Augen, schickt erstmals seit vielen Jahren ein Stoßgebet zum Himmel und wartet darauf, dass sein Leben an ihm vorüberzieht. Doch er sieht immer nur Rosa auf der Klippe stehen.

Dann hört er das Klicken einer Waffe, die entsichert wird – banal, existenziell –, und greift blitzschnell nach den Beinen des Mannes und schlingt die Arme um die Waden. Der Mann strauchelt, fällt und zieht Jar mit sich nach unten. Ineinander verschlungen rollen sie mehrere Stufen abwärts, dann kann sich Jar von seinem Gegner lösen. Er beobachtet, wie der Körper des Mannes zusammenklappt und ein paar Stufen weiterrollt, bevor er unnatürlich verdreht liegen bleibt. Auf einer Stufe zwischen ihnen liegt die Waffe, es ist dieselbe, in die er in Cornwall geblickt hat.

Jar hat keine Ahnung von Waffen, trotzdem hebt er sie auf, arretiert den Sicherungshebel und lässt sie in der Tasche seiner Wildlederjacke verschwinden. Einen Moment stellt er sich vor, wie er mehrere Schüsse auf die zusammengesunkene Gestalt unter ihm abgibt. Das hätte er schon auf der Klippe tun sollen, er hätte dem Mann die Waffe abnehmen und verhindern sollen, dass Rosa entführt wurde. Stattdessen dreht er sich um und rennt los.

»Mein Gott, sind Sie immer noch im Büro?« Max klingt verschlafen.

»Mich wollte gerade jemand umbringen«, keucht Jar, und seine Stimme bebt dabei.

»Was ist? Ich kann Sie kaum verstehen.«

»Ich dachte, ich müsste sterben, Max. In dem Büroturm. Der Mann, der Rosa entführt hat, er hat mich durchs Treppenhaus gejagt, wollte mich umbringen.«

»Wo sind Sie jetzt?«

»Unten im Turm, gleich bei der Dockland Light Railway.«

»Und außer Gefahr?«

»Ich bin mir nicht sicher.« Jar wischt sich Blut vom Mund und sieht sich um. Es wird langsam hell. Er hat sich bei dem Sturz blaue Flecken und Platzwunden zugezogen, mehr nicht.

»Sie müssen mir ganz genau erzählen, was passiert ist«, sagt Max ruhig.

Max ist panische, verwirrte Anrufe mitten in der Nacht gewohnt, denkt Jar. Es ist sein Job, besonnen zu reagieren, den Anrufer zu beruhigen, den Kollateralschaden einzuschätzen.

»Als er anfing, von einer ›Hündin‹ zu sprechen«, fährt Jar fort. »Da war mir alles klar.«

»Was klar?«

»Er hatte unter dem Namen John Bingham ein Auto gemietet. Für seinen Kumpel, den Typ, der mich gerade umbringen wollte. Den Lulatsch.«

»Wer denn, Jar? Sie müssen schon deutlicher werden.«

»Rosa wurde weder von der Polizei entführt noch von irgendwelchen Schlapphüten, und sie wurde auch nicht nach Guantanamo verschleppt. Martin hält sie gefangen.«

»Martin?« Es bleibt lange still. »Ihr *Onkel* Martin?«

»Ihr Onkel Martin.«

89

North Norfolk, 2013

Seligman war sehr präzise bei der Beschreibung der Versuchsanordnung für die zweite Hälfte seines Experiments im Jahr
1967, dem »Flucht-Vermeidungstraining«, und ich habe seine
Vorgaben trotz der begrenzten Ressourcen hier draußen so
exakt wie möglich nachzubilden versucht.

In Seligmans Experiment hatten jene Hunde, die in Teil eins
des Experiments ihre Umgebung kontrollieren konnten – die
Elektroschocks setzten aus, sobald sie den Kopf gegen die
Druckplatten pressten –, im zweiten Teil schnell gelernt, die
Barriere zwischen den zwei Bereichen der Shuttlebox zu über-
springen. Jene Hunde hingegen, die im ersten Teil keinerlei
Kontrolle über ihre Umgebung ausüben konnten – bei ihnen
hatte ein Druck auf die Platte keinerlei Auswirkungen auf die
Elektroschocks –, unternahmen in der Shuttlebox kaum oder
keine Anstrengungen, den Elektroschocks zu entkommen
(fünfundsiebzig Prozent dieser Hunde verharrten volle fünfzig
Sekunden auf dem stromführenden Gitter, auf dem schmerz-
hafte Stromschläge ihren Körper durchliefen).

Dies war der zehnte und letzte Durchgang – Seligman bestand darauf, dass der Test zehnmal durchgeführt werden
muss –, und die Resultate blieben exakt gleich.

Die Lichter gingen aus, und ich zählte die Sekunden ab, bis
die Stromschläge einsetzten. Sobald der Strom eingeschaltet

wurde, begann sie am ganzen Körper zu zittern und ein tiefes Knurren auszustoßen, das an Intensität zunahm. Sie machte keine Anstalten, aufzustehen und über die Abtrennung in die rettende stromfreie Box zu entkommen. Stattdessen kauerte sie nur da und starrte mich mit ihrem Hundeblick an, ein Paradebeispiel für erlernte Hilflosigkeit.

Sie sieht mich jetzt immer noch an, zusammengesackt in der Ecke der linken Box kauernd.

90

»Können wir die Einzelheiten später besprechen?«, fragt Max. »Bis ich die Kinder abgesetzt habe?«

»Natürlich, Verzeihung.« Jar schaut in den Rückspiegel des Land Rovers und auf Max' zwei kleine Kinder, die mit ihren Schultaschen und Lunchtüten auf dem Rücksitz herumzappeln.

»Die nächste Generation sollte zwar unbedingt erfahren, was im Namen der westlichen Demokratie in Guantanamo verbrochen wurde, aber vielleicht warten wir damit noch ab, bis sie ein bisschen älter sind. Zehn vielleicht.«

Jar ringt sich ein halbes Lächeln ab und verfolgt schweigend, wie Max vor der Grundschule in Dulwich anhält. Zuvor hatte Max darauf bestanden, zur Canary Wharf zu fahren und ihn abzuholen, obwohl es erst halb fünf morgens war. Jar hatte ein paar Stunden auf dem Sofa geschlafen, zur großen Freude von Max' Kindern, die mit großen Augen hinter der Wohnzimmertür hervorgespäht hatten, als er sich wieder rührte.

»Wie heißt du?«, hatte das Mädchen gefragt.

»Jar«, hatte er geantwortet und gleichzeitig geschätzt, dass die beiden etwa sechs Jahre alt und zweieiige Zwillinge waren.

»Jar«, hatte das Mädchen gesagt, »was ist mit deinem Kopf passiert?«

»Das ist aber ein komischer Name«, hatte der Junge bemerkt, bevor Jar Gelegenheit gehabt hatte zu erklären, warum er zum zweiten Mal innerhalb von zwei Wochen einen Kopfverband trug, den diesmal Max' Frau angebracht hatte.

»Meine Freunde nennen mich Jam«, sagte er.

»Daddy, der komische Mann heißt Jam-Jar«, hatten sie frohlockt und waren in die Küche gerannt.

Jar hatte gegen die Tränen angekämpft und sich gleichzeitig gewünscht, er könnte die Zeit an einen Punkt zurückdrehen, an dem sein Leben noch einfach gewesen war.

Jetzt überschwemmt ihn kalte Angst, als die Kinder aus dem Land Rover klettern und zum Schultor laufen. Es war falsch, mit Max zur Schule zu fahren und dadurch die Kinder in Gefahr zu bringen. Der Mann im Treppenhaus war bewusstlos gewesen, aber er hatte noch geatmet.

»Entschuldige, ich hätte nicht anrufen und erst recht nicht zu euch nach Hause kommen sollen«, sagt er und sieht die Straße auf und ab.

»Warum in aller Welt nicht?«

»Vielleicht ist er mir zu euch gefolgt.«

»Ich dachte, du hättest ihn halb tot liegen lassen«, sagt Max, während er den Land Rover anlässt. Seit gestern Nacht sind sie so was wie Freunde.

»Stimmt auch.«

»Ich mache mir mehr Sorgen wegen der Polizei. Der gesamte Turm wird videoüberwacht.«

»Im Treppenhaus habe ich keine Kameras gesehen.«

»Vielleicht sind da keine.« Max verstummt kurz und wartet auf eine Lücke im Verkehr. »Es wäre nicht das erste Mal, dass sich jemand bei einer Feuerübung verletzt. Als das Gebäude das letzte Mal evakuiert wurde, hat sich ein Angestellter aus dem Büro nebenan den Knöchel gebrochen. Manche Menschen geraten in Panik, wenn sie die Treppe nehmen müssen – das Gedränge, der Lärm der Ventilatoren.«

Zwanzig Minuten später haben sie Carl von seinem Haus in Greenwich abgeholt und sind auf dem Weg über die A2 zur M25, einmal rund um London und dann Richtung Norden nach Cromer. Jar hatte Carl gleich nach Max angerufen und ihn gefragt, ob er sich heute krankmelden könnte – diesmal schien keine lustige Ausrede angebracht.

Die Atmosphäre ist angespannt; langsam wird ihnen bewusst, was sie im Begriff sind zu tun, wohin sie fahren. Jar kann immer noch nicht glauben, was er gestern Abend gesehen und gelesen hat, oder dass ihn ein Mann das Treppenhaus hinuntergejagt hat. Inzwischen ist er überzeugt, dass es derselbe Mann war, der auch zum Gurnard's Head kam, um Rosa zurückzuholen – vielleicht der Exkollege aus dem Labor, den Martin in seinem Journal erwähnt hat? Der schlaksige Begleiter auf den Radtouren?

Jar fragt sich, ob Carl auf dem Rücksitz schläft, während er selbst zusammenfasst, was alles dazu geführt hat, dass sie zu dritt an einem regnerischen Mittwochmorgen nach Cromer fahren.

»Es ist eine Art Journal«, beginnt er. »Martin führt es im Rahmen eines kreativen Schreibkurses, bei dem er sich angemeldet hat, quasi als Fingerübung, bevor er sich an seinen Roman setzt.«

»Also könnten das alles auch Hirnfürze sein«, macht sich Carl bemerkbar.

»Möglich. Wegen seines früheren Jobs ist sein Haus die reinste Festung. Kameras in jedem Raum. Er schreibt, er hätte seine Gäste dabei beobachtet, wie sie sich im Gästezimmer ausgezogen haben.«

»Ein Spanner«, sagt Max. »Ein Perverser alter Schule, aber kein Psychopath.«

»Er hat Rosa beim Baden zugeschaut«, sagt Jar.

»Das tut mir leid.«

»Und er hat in seinem Schreibschuppen weiterhin Tierversuche durchgeführt. Mäuse in Behältern voller Wasser ertränkt oder sie mit Heftpflaster kopfüber an ihrem Schwanz aufgehängt. Und er hat ihnen Frauennamen gegeben: Gleich mehrere hießen Rosa.«

Im Wagen wird es still, nur das hypnotisierende Klatschen der Scheibenwischer ist zu hören. Jar blickt in den Seitenspiegel.

»Aber erst bei seinem letzten Versuch habe ich begriffen, was dort tatsächlich abläuft. Dabei beschrieb Martin, wie er ein berühmtes Experiment aus den Sechzigerjahren nachstellte, bei dem ein Hund in einer Hängematte fixiert und Stromschlägen ausgesetzt wird. Nur war die ›Hündin‹, von der er schrieb, kein Tier.« Er muss tief Luft holen, bevor er fortfährt. »Sondern Rosa.«

»Wie kannst du dir so sicher sein?«, fragt Max.

»Es war dasselbe Experiment wie in einem weiteren Video, auf das ich gestoßen war, nachdem ihr beide schon weg wart.« Er dreht sich zu Carl um. »Mit einer Frau, und in Guantanamo, wie ich zuerst dachte.«

»Was willst du uns damit sagen, Bro?«, fragt Carl. »Dass Martin für die Yanks gearbeitet hat? Dass er Rosa in Gitmo gefoltert hat?«

Carl sollte sich manchmal selbst reden hören, denkt Jar.

»Vor zwei Wochen hat Amy mir Rosas Tagebuch übergeben. Jedenfalls dachte ich, dass Rosa es geschrieben hätte. Zum Teil hat sie das sicherlich auch. Die Passagen, in denen sie unsere gemeinsame Zeit in Cambridge beschreibt. Aber bei einem von Rosas Besuchen in Cromer hatte Martin Zugriff auf Rosas Computer. Als sie bei ihnen nicht ins WLAN kam, stieß er dabei auf ihr Tagebuch und mailte sich selbst eine Kopie. Er beschreibt das in seinem Journal.«

»Das möglicherweise von Anfang bis Ende erfunden ist«, wendet Carl ein.

Jar geht nicht darauf ein. »Martin liest also Rosas Tagebuch, liest von ihrer Zeit mit mir, wie wir uns kennenlernten, wie schwer sie sich tat, über den Tod ihres Vaters hinwegzukommen. Ihr Tutor am College ...«

»Dr. Lance?«, fragt Max.

Jar nickt. »Dr. Lance merkte, wie unglücklich sie war. Er schlug ihr vor, ein Wochenende in einem Retreat in Herefordshire zu verbringen. Vielleicht schlug er ihr sogar vor, mit dem College auszusetzen und nach einem Jahr zurückzukommen, wenn sie sich wieder stärker fühlte. Aber eine Collegeberaterin gab es nicht.«

»Und was ist mit Karen?«, fragt Max. »Rosa hat mehrmals über sie geschrieben.«

»Genau wie Martin in seinem eigenen Journal. Er lässt sich darin auch über ihr merkwürdiges Luftholen aus, bevor sie etwas sagt. Nur dass er nicht über Karen schreibt, sondern über eine alte Studienfreundin von Amy, eine amerikanische Psychologin namens Kirsten, die sich inzwischen in England niedergelassen hat.«

»Die heiße Kirsten aus der Harley Street«, mischt sich Carl ein.

»Amy hatte wegen meiner Trauerhalluzinationen Angst um mich und bat ihre Freundin Kirsten, mir zu helfen. Und weil Kirsten wusste, dass ich nicht so ohne Weiteres zu ihr kommen würde, hat sie sich an dich gewandt, um so an mich heranzukommen.«

»Mir hat sie erzählt, sie würde ihren Patienten Jungle vorspielen wollen«, unterbricht Carl ihn erneut. »Sie hat mich total verarscht.«

»Amy hatte die besten Absichten. Als ich Kirsten traf, dachte ich, sie sei in Wahrheit Karen, Rosas alte Collegeberaterin, die ebenfalls nach Rosa suchte. Aber Karen hat nie existiert. Martin hat sie erfunden. Als stets hoffnungsvoller Romancier hat er die Figur der Karen erschaffen und sie Kirsten nachmodelliert, nachdem sie bei Amy zu Besuch war. Er skizziert ihre Figur als Schreibübung in seinem Journal – mit kurzem Luftholen, blonden Haaren, hohen Wangenknochen – nichts, womit man den Booker Prize gewinnen würde.«

»Aber warum wird ›Kirsten‹ in Rosas Tagebuch zu ›Karen‹?«, fragt Max.

»Martin wollte schon immer einen Roman schreiben, schon als er in Cambridge kurz davor war, Englisch zu studieren. Sein erster Versuch war ein Fehlschlag – ich weiß, wie sich das anfühlt. Dann bekommt er Rosas Tagebuch in die Finger und hat eine Idee. Er beginnt es auszuschmücken – ergänzt hier und da etwas, fügt eigene Figuren ein, denkt sich Dinge aus. Das erklärt, warum du nie eine Beraterin in St Matthew's finden konntest, und schon gar keine Amerikanerin namens Karen.«

»Martin borgt sich also Rosas Tagebuch aus, um seinen großen Roman darauf aufzubauen«, sagt Max. »Das erklärt aber nicht, warum er Videos postet, in denen sie von den Amerikanern gefoltert wird.«

»Das tut er nicht.« Jar macht eine Pause und wirft wieder einen Blick in den Seitenspiegel. Ein weißer Transit folgt ihnen schon eine ganze Weile. Er tastet nach der Pistole in seiner Jackentasche und weißt nicht recht, ob das kalte Metall ihn eher beruhigt oder nervös macht. Er hat Max und Carl noch nichts von der Waffe erzählt.

»In den letzten Wochen mit mir war Rosa depressiver, als mir bewusst war, das habe ich mittlerweile begriffen. Sie schrieb in ihrem Tagebuch darüber. Ich weiß nicht, wie viel Martin davon abgeändert hat, aber wie man es auch dreht und wendet, ich habe unterschätzt, wie sehr sie um ihren Vater trauerte.«

Aber nicht massiv, hofft Jar. Martin hat ihrem Tagebuch vielleicht manches hinzugefügt, aber Jar ist überzeugt, dass er auch vieles gestrichen und dabei jeden Verweis darauf getilgt hat, wie tief die Liebe ging, die Jar und Rosa verband.

»Martin vermutete das«, fährt Jar fort. »Er wusste, dass sie zumindest ab und zu Suizidgedanken hatte, und so folgte er ihr, als sie in jener Nacht aus dem Haus schlich und zum Pier ging.«

»Mir will immer noch nicht in den Kopf, warum«, sagt Max.

»Er sah Rosa als einmalige Chance – für seinen Roman und seine Experimente, für ihn als Autor und Wissenschaftler. In seinem Journal geht es dauernd darum, wie notwendig es sei, Antidepressiva an Menschen – Menschen unter Stress – zu testen, und wie sehr es ihn frustriert, dass irgendwelche gesetzlichen Vorschriften das verhindern. Guantanamo war wie geschaffen für ungenehmigte klinische Versuche. Jetzt hatte er die Möglichkeit, seine Versuche unter ähnlichen Bedingungen durchzuführen und endlich all die wirkungsvollen Antidepressiva zu testen, an denen er gearbeitet hatte. Und dafür hat er sich einen ganz besonderen Ort gesucht, ein aufgelassenes Tierversuchslabor, das seiner ehemaligen Firma in Norwich gehörte. Dort haben sie damals die wirklich schlimmen Tierversuche durchgeführt, abgeschirmt von den neugierigen Blicken der Tierschützer.«

»O Gott, Jar. Und über all das schreibt er in seinem Journal?«, fragt Carl von hinten.

»Nicht immer, zumindest nicht ausdrücklich.«

Jar verstummt, deutet auffordernd auf die Wasserflasche neben Carl und nimmt einen Schluck. Sein Mund ist trocken.

»Nachdem er Rosa überredet hat, vom Geländer des Piers herunterzusteigen, geht er mit ihr zu seinem Wagen, ohne dass sie dabei von der kaputten Überwachungskamera auf dem Pier oder der Kamera unter dem Hotel aufgenommen werden. Er sediert Rosa – kein Problem bei seinem früheren Job – und ruft dann anonym bei der Rettungsstelle an, bevor er sie in sein Labor auf dem ehemaligen Flugplatz fährt, wo sie die nächsten fünf Jahre verbringt.«

»Mein Gott«, flüstert Carl.

»Und dort beginnt er an ihr herumzuexperimentieren. Mit ihr all jene Dinge anzustellen, die er in seiner Arbeit nie mit Menschen machen durfte. Darum hat er sie entführt. Außerdem liefert sie ihm Stoff für den Roman, den er schon immer schreiben wollte. Er beginnt ihr Tagebuch mit den Charakterstudien auszuschmücken, die er in seinem Journal verewigt hat. Ein Jahr später stößt er auf deine Story im Darknet, und die liefert ihm seinen Plot. Wir wissen, dass er den Artikel gelesen hat – er hat ihn als Laika57 kommentiert. Rosa hat sich nicht umgebracht, sie wurde nicht von den Amerikanern entführt, die ihr eine neue Identität verschafft haben, und es gibt wahrscheinlich auch kein geheimes Programm namens Eutychus – ein Name, den er in den Kommentaren unter deinem Artikel fand. Wie geschaffen für jemanden, der Spionagethriller liebt. Er verarbeitet auch andere Details aus deiner Story im Tagebuch.«

»Wie das mit dem SAS«, bestätigt Max. »Und Todd. Die Teile, die ich mir ausgedacht habe.«

»Über die Jahre füttert er Rosa mit all diesen Details und lässt sie Tag für Tag das abgeänderte Tagebuch lesen, bis sie schließlich zu glauben beginnt, was darinsteht. Jedenfalls hat sie etwas in der Richtung gesagt, als wir uns auf den Klippen in Cornwall trafen. Auch das war eins von Martins Psycho-Experimenten – und es lieferte einem von Glaubwürdigkeit und Seriosität besessenen Möchtegern-Schriftsteller ein wertvolles Feedback. Auch hier haben wir den Wissenschaftler und Autor. Sie glaubt also tatsächlich, dass sie in Herefordshire für das Eutychus-Programm rekrutiert wurde und jetzt von der CIA auf einem US-Luftwaffenstützpunkt gefangen gehalten wird. Aber das wird sie nicht, sie ist irgendwo in Norfolk auf einem verlassenen Flugplatz aus dem Zweiten Weltkrieg eingesperrt und wird von ihrem eigenen Onkel misshandelt.«

Jar verstummt. Alle warten schweigend darauf, dass er weiterspricht. Der Lieferwagen ist immer noch hinter ihnen und scheint den Abstand verkürzt zu haben.

»Eines Tages gelingt es ihr tatsächlich zu fliehen – es war der Tag, an dem Amy beim Computerservice anrief, weil sie Hilfe bei ihrem Laptop brauchte. Martin kocht vor Wut, zermartert sich den Kopf, was der Mann finden könnte und ob er vielleicht auf die Foltervideos stößt. Die meisten sind auf seinen Festplatten unten im Schuppen, aber hat er vielleicht welche auf dem Laptop vergessen, den er Amy überlassen hat? Hat er sie gründlich gelöscht oder womöglich Spuren hinterlassen? Er gerät in Panik, macht Fehler. Rosa sieht ihre Chance gekommen, bricht aus dem Labor aus und flieht über die Felder Norfolks.«

»Und kurz darauf siehst du sie an der Paddington Station«, sagt Carl.

»Nur glaube ich nicht, dass es wirklich Rosa ist. Ich halte sie im Nachhinein für eine weitere Trauerhalluzination. Doch dann treffe ich sie schließlich, am Gurnard's Head in Cornwall. Sie ist nicht mehr sie selbst. Natürlich nicht.«

»Fünf Jahre, in denen Martin sie für seine Experimente missbraucht hat«, sagt Max. »In denen sie glaubte, dass die Amerikaner sie bestrafen, weil sie versucht hat, aus einem erfundenen Geheimprogramm namens Eutychus auszusteigen.«

»Und sie wird wieder geschnappt«, fährt Jar fort. »Nicht vom Geheimdienst, sondern von Martin – er mietet unter dem Namen John Bingham einen Wagen an. Wie bezeichnend für ihn: der Name des Mannes, auf dem Le Carrés George Smiley beruht. Und er bekommt Hilfe von einem Hünen, der seine Perversionen teilt – ein alter Laborkollege, mit dem er Radtouren unternimmt. Ich weiß, ich hätte ihn daran hindern müssen, sie wegzubringen, ich hätte mich ihm am Gurnard's Head in den Weg stellen sollen. Aber er hatte eine Waffe, und wir konnten nirgendwohin fliehen.«

»War das derselbe Typ, der im Starbucks gegenüber unserer Redaktion saß?«, fragt Carl.

Jar nickt. »Und der mich in Cornwall mit einer Pistole niedergeschlagen hat und der mich in einem Treppenhaus an der Canary Wharf umbringen wollte. Da bin ich ganz sicher.« Jar schluckt schwer, bevor er zögernd weiterspricht. »Ausgerechnet ich habe Martin geholfen, Rosa wieder aufzuspüren, ich habe ihn zum Gurnard's Head geführt.« Seine Stimme bricht, und er muss mehrmals tief durchatmen, bevor er weiterreden kann. »Als sie geflohen war, wusste Martin genau, was er tun musste: Er hatte einen Notfallplan ausgearbeitet, falls sie ihm je entkommen sollte. Er rechnete sich aus, dass sie an einen ganz bestimmten Ort flüchten würde – sie hatte in ihrem Tagebuch geschrieben, dass sie dorthin gehen würde, ›wenn die Welt irgendwann aus ihrer Achse kippt‹. Nur dass sie Martin nie erzählt hatte, wo genau dieser Ort lag. Ich hingegen wusste es. Und Martin wusste, dass ich es wusste. Also lässt er mir ihr Tagebuch zukommen, die von ihm ausgeschmückte Version, indem er es Amy übergibt, damit sie es an mich weiterleitet. Er legt mir – mir, dem paranoiden Verschwörungstheoretiker – die Annahme nahe, dass Rosa aus einem geheimen Spionageprogramm geflohen ist. Ich bin leichte Beute, weil ich selbst nach so vielen Jahren nicht akzeptieren will, dass sie gestorben sein soll und nur zu gern glaube, sie sei noch am Leben. Er schickt mir Mails, in denen er sich als Rosa ausgibt. Sammelt sogar auf konspirativen Spionageseiten im Darknet Material zusammen und bastelt daraus ein Pseudogeheimdokument: ›Geheimhaltungsstufe 3, nur für UK-Gebrauch‹. Er weiß, dass Rosa sich auf den Weg zu unserem geheimen Treffpunkt machen wird und dass ich ihn dorthin führen werde. Was ich prompt tue.«

Die Tränen nehmen Jar die Worte.

»Martin hat sie also die ganze Zeit gefangen gehalten«, stellt Carl leise fest.

Max räuspert sich, was er sagen will, kostet ihn sichtlich Mühe. »Man sagt, dass das Opfer seinen Entführer oft kennt.«

»Und jetzt hat er sie zurück in sein Labor gebracht.« Jar zwingt sich, entschlossen zu klingen. »Und wir müssen sie finden.«

Eine Sekunde später werden alle drei nach vorn geschleudert.

»Jesus Christus«, sagt Max, der den Land Rover nur mit Mühe in der Spur halten kann. »Freunde von dir?«, fragt er und schaut in den Rückspiegel.

Carl und Jar drehen sich beide um. Der weiße Lieferwagen, den Jar vorhin bemerkt hat, hängt so dicht hinter ihrer Stoßstange, dass sie den Fahrer sehen können. Jar erkennt den Mann wieder, den er bewusstlos im Treppenhaus zurückgelassen hat. Er starrt geradeaus und rammt mit ausdrucksloser Miene den Lieferwagen ein zweites Mal gegen das Heck des Land Rovers.

»Niemand fickt einen Defender«, presst Max kurzatmig hervor.

»Ist er das?«, fragt Carl.

»Das ist er«, bestätigt Jar und sieht Max an, voller Angst, was er jetzt unternehmen wird. Eine Stunde früher, und die Kinder hätten noch im Auto gesessen.

»Festhalten«, sagt Max und steigt im selben Moment auf die Bremse.

Ein Quietschen, begleitet von dem Gestank nach verbranntem Gummi, dann läuft alles wie in Zeitlupe ab, so kommt es Jar jedenfalls vor, bevor der Lieferwagen mit einem ohrenbetäubenden Knall auf das Heck des Land Rovers trifft. Jar schwirrt der Kopf, aber er schafft es, sich umzudrehen. Die Windschutzscheibe des Lieferwagens ist geplatzt, und der Kopf des Fahrers hat sich durch ein Gitterwerk von zerbrochenem Glas gedrückt. Bevor irgendwer auch nur ein Wort sagen kann, hat Max schon wieder Gas gegeben, während der Lieferwagen inmitten eines Hupkonzerts zum Stehen kommt.

91

Diesmal muss er mir eine stärkere Dosis verabreicht haben als sonst, weil ich mich nur mit Mühe an die letzten paar Tage erinnern kann. Sie haben mich gefunden, unten in Cornwall, und jetzt bin ich wieder hier. So viel weiß ich. Und ich werde bestraft, so wie in den ersten Jahren. Sie behandeln mich wie ein Tier. Aber diesmal weiß ich, dass ich ganz allein bin. Als ich flüchten konnte, waren nirgendwo andere Gefangene zu sehen. Stattdessen landete ich in einem menschenleeren Büro mit einem Kassettenrecorder neben der Falltür, die nach unten zu meiner »Zelle« führt. Ich drückte auf Play, und die Schreie setzten ein. Ein tiefes Stöhnen, gefolgt von Schlägen gegen Gitterstäbe. Sechs Schlägen.

Ich erinnere mich an strahlenden Sonnenschein, einen Flugplatz, flache Äcker, über die ich lief, und einen Campingplatz, auf dem ich ein blumengemustertes Zelt, einen Rucksack und Geld stehlen konnte. Ich rannte auf und davon, wie ein Wolfskind. Ich kann mich nicht mehr erinnern, wie ich nach London kam, aber von dort aus fuhr ich mit dem Zug nach Cornwall und anschließend mit dem Bus zum Gurnard's Head, wo Jar und ich uns treffen wollten, falls die Welt irgendwann aus ihrer Achse kippt.

Und da war er auch. Mein wunderschöner Jar.

Wenigstens glaube ich, dass er es war.

92

Cromer, 2013

Jeder Suizid ist eine Vergeudung. Die Menschen sollten ihre Körper stattdessen der Wissenschaft spenden. Wir könnten so viel damit bewirken.

Ich werde dieses Journal abschließen. Es hat seinen Zweck erfüllt. Ich habe eine Stimme gefunden und endlich auch meine Hauptfigur, eine lebende, atmende Gestalt, deren Vergangenheit ich ausbeuten und deren Zukunft ich nach Belieben formen kann. Bevor ich es beende, sollte ich allerdings die Nacht beschreiben, in der Rosa verschwand, ein Ereignis, das einem Autoren so viele narrative Möglichkeiten eröffnet.

Wir hatten uns an diesem Abend gestritten, Rosa und ich. Anfangs ging es um Depressionen, die Vorzüge einer Therapie gegenüber SSRIs, doch dann rutschte die Diskussion in einen verbalen Generationenkonflikt ab. Ich bezeichnete es als Reality-TV-Offenheit versus würdevolle Zurückhaltung, als Gequatsche versus steife Oberlippe.

Weil A meinte, ich solle mich bei Rosa entschuldigen, ging ich hoch in ihr Zimmer, wo ich neben ihrem Laptop eine handschriftliche Nachricht fand. Sie hatte sich auf einen Spaziergang in den Ort begeben – um den Kopf freizubekommen. Ein paar Minuten später ging ich wieder nach unten und erzählte es A. Sie bettelte mich an, Rosa zu suchen, ihr ins Dunkel zu folgen. Ich nahm den Wagen, denn ich war mir sicher, dass sie zum Pier gehen würde. Sie hatte in ihrem Tagebuch beschrieben, wie sie einmal mit dem Gedanken gespielt hatte, sich von dort ins Meer zu stürzen.

Als ich sie fand, am äußersten Ende des Piers neben dem Bootshaus der Seenotrettung, stand sie auf dem Geländer in der Brise. Ein Frühlingswind schäumte die See unter uns auf. Mir war klar, dass die Überwachungskameras sie entlang ihres Weges an der Seepromenade aufgenommen haben mussten. Aber die Kamera auf dem Pier selbst war außer Betrieb.

Eine Weile stand ich nur da, beobachtete sie und den Wind, der mit ihren Haaren spielte.

Ich bin nicht sicher, ob sie ernsthaft daran dachte zu springen, aber es gab drei Möglichkeiten, was als Nächstes hätte passieren können. Sie hätte ihre Zweifel überwinden und sich in die Dunkelheit stürzen können, wo unberechenbare Strömungen, die sich wie Seeschlangen um die Pfeiler des Piers winden, ihren Körper fortgetragen hätten. Sie hätte im Rahmen eines Eutychus getauften Geheimprogramms in tiefer Nacht vom Pier entführt werden und nach ihrem vorgetäuschten Tod eine neue Identität annehmen können. Oder sie hätte sich umdrehen und im Schatten einen Mann stehen sehen können, der sie beobachtete und nur auf den geeigneten Moment wartete.

Falls Letzteres eingetreten wäre, hätte der Mann das Gespräch mit einer schlichten faustischen Frage eröffnet: »Wenn ein Mensch einen anderen vor dem sicheren Tod bewahrt, gehört ihm dann dessen Seele?« Sie hätte nicht begriffen, wie er das meinte. Und sie hätte nicht protestiert, wenn er ihre kalten Finger von dem Metallgeländer gelöst hätte, während Tränen über ihr verwirrtes, verängstigtes Gesicht liefen. Sie wäre einfach nur dankbar gewesen, am Leben bleiben zu dürfen.

Langsam wären sie über den Pier zum Auto zurückgegangen, wobei sie ganz bewusst den Aufnahmebereich der Kamera unter dem Hotel de Paris meiden würden, das ihre Ankunft aufgezeichnet hatte. Sie hätten weiter geplaudert, bis sie aufgehört hätte zu zittern, und dann wären sie losgefahren, sie halb verschlafen, gewärmt von einem Tee aus einer Thermoskanne, der über einen leicht ungewohnten Beigeschmack verfügte. Kurz darauf hätte er nur kurz angehalten, um von einem Münztelefon aus jemanden anzurufen. A, hätte sie angenommen.

Was also hat sie getan? Welchem dieser drei Erzählstränge ist sie gefolgt?

Die Zeit ist gekommen, mich endlich an meinen Roman zu setzen. Inzwischen weiß ich, dass ich im Tagebuchformat schreiben werde. Mir schwebt sogar schon eine Eröffnung vor: etwas über Kondensstreifen im Himmel über Fenland.

93

Wann mir klar wurde, dass er es ist? Im zweiten Jahr, vielleicht auch im dritten. Als er endlich anfing, mit mir zu reden. Anfangs trug er immer eine schwarze Skimütze und dirigierte mich ohne ein Wort mit einem elektrischen Viehtreiber. Hinter dem Spalt in der Sturmhaube hatten seine Lippen trotz der Stoppeln etwas Feminines. Ich stand unter so starken Medikamenten, dass es mir wahrscheinlich egal gewesen wäre, selbst wenn ich ihn erkannt hätte. Dad hatte es gewusst, von der ersten Begegnung an. Nur Jar war ihm gegenüber blind gewesen. Amy tut mir so leid. Musste sie genauso leiden wie ich?

Er lässt nicht zu, dass ich ihn Martin nenne. Er ist mein »Wärter«. Aber wenn ich mich stark fühle, spreche ich ihn als Martin an, und das macht ihn jedes Mal rasend vor Wut. Er entzieht mir das Essen, dreht die Regler auf, zwingt Pillen in meinen Schlund, bis sich meine Finger in zappelnde Maden verwandeln und die Wände mich erdrücken, sodass ich keine Luft mehr bekomme.

Aber ich werde sein Spiel nicht mitspielen.

94

Es ist schon länger her, seit Jar das letzte Mal bei Amy zu Besuch war, doch er erinnert sich noch gut genug, um zu wissen, dass er Max von der Seepromenade aus auf die Hall Street lotsen muss. Nach einer Meile fahren sie durch eine Eisenbahnunterführung, und er bittet Max, das Tempo zu drosseln. Noch ein Stück weiter schwenkt die Straße nach links, und Jar lässt Max noch einmal abbremsen. Wenn er sich richtig erinnert, steht das Haus irgendwo rechts oben von ihnen. Und dann sieht er es am Ende einer langen Auffahrt, es liegt von der Straße zurückversetzt und ist teilweise von Bäumen verdeckt.

»Fahr vorbei«, sagt Jar. »Lass uns hier in der Nähe parken, dann kann ich zu Fuß zurückgehen.«

Laut Plan wird Jar Max und Carl anrufen, sobald er sich überzeugt hat, dass Amy allein zu Hause ist. Martin sollte, glaubt man seinem Journal, um diese Uhrzeit wie jeden Tag mit dem Rennrad unterwegs sein. Jar wird an der Haustür läuten, und für den unwahrscheinlichen Fall, dass ihm Martin öffnet, hat er eine Erklärung parat: Er sei gekommen, um sich zu verabschieden, er will ins Ausland gehen und sein Leben wiederaufnehmen, weil er jetzt, nachdem er Rosas Tagebuch gelesen hat, diesen Abschnitt seines Lebens endlich abschließen kann und sich mit ihrem Tod abgefunden hat.

»Es ist ziemlich weit zum Pier«, sagt Max, als er den Wagen in angemessener Entfernung anhält. Er klingt müde, findet Jar, nach der dreistündigen Fahrt von London hierher.

»Zwanzig Minuten, vielleicht eine halbe Stunde.« Jar versucht sich nicht vorzustellen, wie Rosa sich in jener Nacht allein im Dunkeln auf den Weg machte und Martin ihr wenig später im Wagen folgte. Der größte Teil der Strecke verfügt über einen Gehweg, aber nicht auf der ersten Viertelmeile. »Ich rufe dann an«, sagt er, als er aus dem Land Rover steigt.

»Vielleicht will Martin dir ans Leder«, sagt Max. »So wie sein Freund.«

»Er ist nicht da – er ist bestimmt beim Radfahren.«

»Ich denke, ich sollte mitkommen, Bro«, mischt Carl sich ein. »Nur für alle Fälle.«

»Ich rufe euch an.«

Fünf Minuten später klopft Jar an die Haustür.

»Wer ist da?«, ruft eine Stimme, nachdem Jar hören konnte, wie eine Kette vorgelegt wurde. Es ist Amy.

»Ich bin's, Jar.«

Die Tür öffnet sich einen Spaltbreit, immer noch mit eingehakter Kette, und Jar lächelt Amy an. Sie sieht furchtbar aus, noch schlimmer, als er sie je erlebt hat: umschattete Augen, düsteres Make-up und ein trauriges, halb leeres Lächeln, das ihr misslingt.

»Ist Martin da?«, fragt er.

Sie schüttelt den Kopf. »Radfahren.« Ihre Stimme klingt verloren, verträumt.

»Kann ich reinkommen?«

Amy hakt die Türkette wieder aus und lässt Jar ins Haus. Als sie hinter ihnen die Tür schließt, fällt Jar auf, dass ihre Fingerkuppen schwarz sind.

»Ich hab's gelesen, nachdem ich es dir geschickt habe.«

Jar nickt stumm, unschlüssig, wie viel er ihr erzählen soll, während er gleichzeitig zu überschlagen versucht, was sie damit alles über den Mann erfahren hat, mit dem sie seit zwanzig Jahren ein Haus – ihr Leben – teilt: die Kameras im Gästezimmer, das Labor auf dem Flugplatz, die Versuche in erlernter Hilflosigkeit. Wenigstens hat sie das Video nicht gesehen und argwöhnt vielleicht nicht, dass die festgeschnallte »Hündin« in Wahrheit Rosa ist.

»Sag mir, dass er sich das nur ausgedacht hat«, sagt sie und geht ihm voran in die Küche. Jar folgt ihr. Es ist noch nicht mal später Nachmittag, aber auf der Küchentheke steht eine offene Wodkaflasche und daneben ein halb leeres Glas. Auf dem Tisch liegen Kohleskizzen – kreuzgerippte, aggressive Bilder – und auf dem Boden zusammengeknüllte Zeichenbögen.

»Hast du alles gelesen?«, fragt Jar und wirft noch einen Blick auf die Zeichnungen.

»Natürlich.« Sie sieht ihn an. »Er hat sie damals springen lassen, stimmt's? Unten am Pier.«

Sie hat sich von den kruden Taschenspielertricks im Journal täuschen lassen, denkt Jar, und sich entschlossen, lieber dem falschen Erzählstrang zu folgen. Er fragt sich, wie viele Pillen sie genommen hat. Ihre Stimme klingt schwach, ihre Sätze driften ab. »Meine Strelka hat er auch sterben lassen.«

»Über das Journal können wir uns später unterhalten«, antwortet er stattdessen.

»Kirsten wusste Bescheid«, fährt Amy fort. »Sie hatte den Verdacht, dass er im Gästezimmer Kameras angebracht hat.«

»Martin schreibt über ein altes Labor auf einem stillgelegten Flugplatz«, fällt Jar ihr ins Wort. Amys Zustand macht ihm Sorgen. »Wir müssen es finden. Ich glaube, dass er jeden Tag mit dem Rad dorthin fährt. Weißt du, wo es liegt?«

Amy überlegt, richtet den plötzlich halbwegs klaren Blick auf Jar. »Vielleicht schon.«

»Und wo?«

»Ich bin eine Strava-Witwe, Jar. Er ist jeden Tag drei Stunden mit dem Rad unterwegs. Wenn er zurückkommt, verschwindet er in seinen Schuppen und lädt die Strecke und seine Zeiten herunter. Der Flugplatz ist bestimmt auf dem Computer zu finden.«

Jar tippt bereits Carls Nummer ein. »Danke, Amy.«

Max hält mit Jar vor dem Schuppen Wache, in der Hand einen Bolzenschneider, den sie nebenan im Gartenschuppen gefunden haben. Sie haben die beiden Vorhängeschlösser geknackt, jetzt steht die Tür offen. Carl ist im Hinterzimmer und bearbeitet den Computer, assistiert von Amy, die – aufgeputscht durch das allgemeine Jagdfieber – wieder zum Leben erwacht ist.

»Hast du schon was gefunden?«, ruft Jar.

»Noch eine Minute«, antwortet Carl. »Er hat hier drin jede Menge Security.«

Jar schaut kurz ins Hinterzimmer, aber der Anblick der Monitore, des Schreibtischs, von Martins Computer und der Pflasterrolle neben dem Briefbeschwerer macht ihn nervös, erweckt Martins Journal zum Leben. Er muss die Nerven behalten für das, was sie schlimmstenfalls erwartet. Außerdem ist es finster im Raum, selbst bei offener Tür, denn drinnen brennt nur eine rote Glühbirne.

»Wir sind drin«, sagt Carl. »Jetzt müssen wir nur rausfinden, wohin er geradelt ist. Die Mitglieder auf Strava vergleichen gern ihre Zeiten für einzelne Routen und Streckenabschnitte.«

Jar wirft Max einen Blick zu, kehrt in den Schuppen zurück und lässt Max draußen stehen. Er macht sich Sorgen, dass Martin jeden Moment zurückkehren könnte.

»Sieht aus, als würde er seit Jahren jeden Tag dieselbe Route fahren«, sagt Carl, der die Daten durchgeht.

»Wo liegt der Flugplatz?«

»Auf der anderen Seite von Holt, genau hier.« Amy deutet auf einen Punkt auf dem Bildschirm. »Ich weiß, wo er ist.«

»Fünfundfünfzig Minuten und vierzig Sekunden bei einer

Durchschnittsgeschwindigkeit von sechzehn Meilen pro Stunde«, ergänzt Carl. »Er fährt jeden Tag um dieselbe Zeit von hier los: Punkt eins – wie ein Uhrwerk …«

»… und kommt um vier zurück«, beendet Amy den Satz.

Jar sieht auf seine Uhr. »Er ist also noch dort.«

»Ich zeige euch, wie ihr am schnellsten hinkommt«, sagt Amy.

95

Ich bin so an das fahle, diffuse Licht hier unten gewöhnt, dass ich im ersten Moment dachte, ein Blitz hätte eingeschlagen, als heute die Glühbirne an der Decke aufflammte. Aber das Licht blieb an, gelb und künstlich und grell, und es hat mir einen Plan in meinen Geist gebrannt. Jetzt weiß ich, was ich zu tun habe.

Das Licht erinnerte mich an unsere Zeit in Pakistan. »Dim-dum« – so nannte es unser Koch immer, wenn der Strom schwach und ungleichmäßig lief. Dann wurden wir eines Tages an einen Privatgenerator angeschlossen, der Strom floss auf einmal in voller Stärke, sodass sämtliche Glühbirnen im Haus explodierten wie Knallfrösche.

Ich ging zur Zellentür, denn meine Ketten sind gerade so lang, dass ich an den Lichtschalter komme. Ich schaltete das Licht aus und wieder an und starrte in die Glühbirne. Strom.

Jemand hat den Strom wieder eingeschaltet.

»Kannst du dich an damals erinnern, als du im Garten das nackte Kabel angefasst hast?« Ich drehe mich um und sehe hinter mir Dad stehen, der prüfend die Steckdose in der Wand begutachtet. Er war ein fähiger Heimwerker. »Wären wir damals schon an den Generator angeschlossen gewesen, wärest du gestorben«, fährt er fort. »Spannung, Stromstärke, Widerstand, weißt du noch?«

Ich weiß nur noch, dass Dad mir damals die Wirkung des Stroms zu erklären versuchte (ich war erst fünf), aber besonders erinnere ich mich an den Gärtner, der mir hinterher ein Glas Zitronenwasser brachte. Dim-dum hatte mir das Leben gerettet.

Ich schaltete das Zellenlicht wieder aus, denn mein Plan stand schon fest.

»Klingt, als hättest du Glück gehabt, dass du damals überlebt hast.« Jar tritt aus dem Schatten und stellt sich zu Dad.

Ich habe mir immer gewünscht, dass sich die beiden kennenlernen.

Sie wirken beide vollkommen entspannt und lehnen mit verschränkten Armen nebeneinander an der Wand. Die beiden Männer, die ich mehr als alles auf der Welt liebe.

»Danke, Babe«, flüstere ich, »dass du nach Cornwall gekommen bist und dass du jetzt hier bist.«

»Dein Dad ist ein guter Mann«, sagt Jar.

»Ein echter Charmeur, der da.« Dad nickt zu Jar hin. »Deine Mutter hätte ihn gemocht.«

Endlich glücklich, schloss ich die Augen und öffnete sie gleich darauf wieder. Sie waren verschwunden, aber das Licht lässt sich immer noch einschalten.

96

Jar, Max, Amy und Carl sitzen schweigend im Auto und blicken über die weite Fläche des stillgelegten Flugplatzes inmitten der knallgelben Rapsfelder und hohen Kiefern. Amy hat ihnen einen Schleichweg gezeigt, und auf der Fahrt hat ihr Jar so sanft wie möglich beigebracht, dass Martin auf dem Flugplatz möglicherweise Rosa gefangen hält. Er wollte nicht ins Detail gehen, aber sie wirkte nicht überrascht. Martins Journal hat den Boden bereitet, selbst wenn darin nie ausdrücklich von Rosas Entführung und Folter geschrieben wurde. Jar erwähnt auch Kirsten; ihm sei bewusst, dass Amy nur sein Bestes wollte.

Max hat den Land Rover am Ende eines Weges geparkt, abseits der früheren Rollbahn und neben einer langen Reihe leerstehender Geflügelställe. Das Schild »Privateigentum: Betreten für Unbefugte verboten« haben sie ignoriert und dabei die alte Schranke umfahren, an der früher alle Autos anhalten mussten, bis die Reifen mit antiseptischem Spray gesäubert waren. Jar fragt sich, was wohl zuerst hier war: die Geflügel-Intensivzucht oder die geheimen Tierversuchslabore.

»Sieht aus wie in Bergen-Belsen«, sagt Max und nickt zu den Geflügelställen hin. Jar hatte denselben Gedanken: geduckte, graue Bauten mit Getreidesilos an beiden Enden, die finsteren Schornsteinen gleichen.

»Laut Strava müsste das Labor da drüben sein.« Carl deutet auf eine Gruppe von Fichten am anderen Ende des Flugplatzes, über eine halbe Meile entfernt.

»In seinem Journal schreibt er, dass er sein Rad immer am südlichen Rand des Geländes stehen lässt«, sagt Amy leise, aber mit kräftiger Stimme. »Wenn wir das Rad finden …«

Jar stockt, plötzlich wird ihm wirklich bewusst, worauf sie sich da eingelassen haben. Was sollen sie tun, wenn sie das Fahrrad finden? Martin zur Rede stellen? Er tastet nach der Pistole in seiner Jackentasche. Er hat noch nie eine Waffe abgefeuert. Es wäre viel einfacher, Cato anzurufen, aber jetzt ist nicht der Zeitpunkt dafür. Er hat fünf Jahre auf so einen Augenblick gewartet und wird nicht zulassen, dass sich ihm jemand in den Weg stellt. Er weiß auch, dass er im tiefsten Dunkel seiner Seele Martin gegenübertreten will, ohne dass irgendwelche Behörden dabei sind.

»Sollten wir nicht deinen Freund bei der Polizei anrufen?«, fragt Max, als hätte er Jars Gedanken gelesen. »Und das ihnen überlassen?«

»Danach«, sagt Jar. »Wir rufen ihn danach an.«

✳ ✳ ✳

»Du siehst heute so hilflos aus.« Er lächelt.

Ich schaue an meinem nackten Körper herab auf die Ketten um meine wundgescheuerten Knöchel und Handgelenke und konzentriere mich so gut wie möglich auf den Plan.

»Ein Bild der Hilflosigkeit«, sagt er, nimmt mein Kinn zwischen seine Finger und dreht meinen Kopf hin und her. Ein paar Mal habe ich ihm dabei ins Gesicht gespuckt, aber heute nicht. Heute werde ich alles tun, was er von mir verlangt.

Er hat oft über »erlernte Hilflosigkeit« referiert und behauptet, sie sei der Schlüssel, mit dem sich die neurobiologischen Prozesse während einer klinischen Depression dekodieren ließen. »Abgespanntheit, Abhängigkeit, Angst« – auch darüber lässt er sich gern aus.

Wenn ich überzeugt bin, dass ich nicht beeinflussen kann, was er mit mir anstellt, während ich in dem Geschirr liege, werde ich irgendwann auch überzeugt sein, dass ich keinerlei Einfluss auf irgendeinen traumatischen Aspekt in meinem Leben oder meiner Umwelt mehr habe. Aber ich kann sehr wohl Einfluss ausüben, und zwar seit ich das Licht entdeckt habe, seit Jar und Dad sich hier unten begegnet sind. Sie haben mir Kraft gegeben und mir einen Weg nach draußen gezeigt.

✳ ✳ ✳

Max bremst ab, als Amy das Rad ihres Mannes entdeckt, das halb versteckt unter den Bäumen auf der abgelegenen Südseite des Flugplatzes steht. Der Fleck könnte nicht abgeschiedener sein, denkt Jar, von der Hauptstraße aus ist nichts zu sehen. Das nächste bewohnte Haus steht in dem Weiler jenseits des Flugplatzes und ist über eine Meile entfernt.

»Hier muss irgendwo in der Nähe eine Nissenhütte sein. Wir sollten den Wagen hier stehen lassen«, sagt er und wendet sich dann an Amy. »Wenn du mich fragst, solltest du lieber hier warten.«

»Ruf die Polizei an«, sagt Amy. »Bitte.«

»Das werden wir, versprochen.« Jar schließt sie in die Arme. »Sobald wir ihn gefunden haben.

Zu dritt klettern sie aus dem Land Rover, schließen so leise wie möglich die Türen und lassen Amy allein zurück. Sie hat ein Handy und wird Jar im Notfall anrufen. Max trägt den Bolzenschneider, mit dem sie schon die Tür an Martins Schuppen geknackt haben. Wenn Jar recht hat, werden sie ihn auch hier brauchen. Gebäude befinden sich hier nicht, doch jenseits der Bäume, unter denen das Fahrrad versteckt wurde, ist ein alter Betonstreifen zu erkennen. Jar gibt den anderen ein Zeichen, abzuwarten und zu lauschen. Das einzige Geräusch ist das Rauschen des Windes in den Kiefern: sausend, rastlos.

Jar geht zum Fahrrad, sieht sich um und versucht auszumachen, ob das Unterholz niedergetreten wurde. Eine weiße Gesichtsmaske, die verloren unter einigen Brombeerranken liegt, sticht ihm ins Auge.

»Ich glaube, das da drüben ist ein Haus«, sagt Max und deutet auf den Rand des Geländes. »Mit grünem Dach.«

Jar folgt dem Finger und kann anfangs nichts erkennen, doch dann macht er weit hinten und zum Teil von Bäumen verborgen die unverkennbare Silhouette einer Nissenhütte aus.

Sie gehen darauf zu, immer dicht an den Bäumen entlang, Jar voraus, gefolgt von Max, dem man die Anstrengung hörbar anmerkt, und Carl, der völlig verstummt ist. Eine Sekunde später springen alle zur Seite, als neben ihnen laut keckernd ein Fasan aufsteigt.

»Jesus«, sagt Carl. »Ich hasse das Land.«

Der Vogel hat auch Jar erschreckt, aber er überspielt das so gut wie möglich. Max hat recht, denkt er. Sie hätten Cato anrufen sollen. Konzentrier dich auf das, was vor dir liegt, ermahnt er sich. Rosa ist inzwischen weniger als hundert Meter von ihnen entfernt und am Leben, so hofft er bei Gott, obwohl natürlich die Möglichkeit besteht, dass sie zu spät kommen.

* * *

Es ist der Augenblick, auf den wir beide gewartet haben: Jetzt wird er meine Arm- und Beinfesseln lösen. Strahlend vor Stolz baut er sich vor mir auf, den Schlüssel in der Hand.

»Für jene von uns, die sich für erlernte Hilflosigkeit interessieren«, sagt er und bückt sich, um meine Fußfesseln aufzuschließen, »ist das Verschwinden jedes Fluchtimpulses ein Zeichen des Erfolgs, ein Beweis für die Richtigkeit von Seligmans Theorie.«

Er richtet sich wieder auf, direkt vor meinem nackten Körper, befreit meine Handgelenke und lässt die Kette dann wie ein abgelegtes Kleidungsstück auf den Boden fallen. »Kannst du dir vorstellen, was für ein triumphales Gefühl es gewesen sein muss, als die Hunde beim ersten Versuch einfach stehen blieben, während der Strom durch ihren Körper lief? Sie hätten sich durch einen Sprung den Schmerzen entziehen können, aber sie haben es einfach unterlassen. Sie hatten die Hoffnung aufgegeben, sie glaubten, sie hätten keinerlei Einfluss auf ihre Umgebung. Die Hunde hatten eine Depression!«

Er lacht, nachdem er die letzten Worte ausgesprochen hat, dann ohrfeigt er mich mit aller Kraft und sucht in meinen Augen nach einer Reaktion. Ich starre ins Nichts und versuche das Brennen in meinen Wangen auszublenden.

»Braves Mädchen«, flüstert er.

»Halt die Flügel zusammen«, sagt Dad, der auf einmal hinter ihm steht. Jar ist auch da. Ich kann den Schmetterling sehen, der auf einer Segelhülle in der Sonne sitzt.

Wir waren schon mehrmals so weit, oft sogar. In den Anfangszeiten hatte Martin recht damit, wenn er mich nach oben brachte, mir die offene Tür, die freie Landschaft dahinter zeigte: Ich hatte wirklich nicht das Bedürfnis zu entkommen. Heute ist das anders. Zum ersten Mal seit meiner Flucht nach Cornwall hat er mir die Ketten abgenommen, heute will er beweisen, dass er mich wieder unter Kontrolle hat, dass er wieder auf Kurs mit seinen Experimenten ist. Die Schmerzen, die er mir in der vergangenen Woche zugefügt und mit denen er mich für meinen Fluchtversuch bestraft hat, waren die schlimmsten, die ich je erlebt habe, aber er kann mich nicht brechen, nicht solange Jar und Dad hier sind.

»Du weißt, was du zu tun hast«, sagt er und nickt zu dem Tisch hin, auf den er die Autobatterie und Elektroden gelegt hat.

Um meine Unterwerfung zu demonstrieren, die Rückkehr in den Zustand erlernter Hilflosigkeit, soll ich die Instrumente für meine Folter selbst vorbereiten. Ich habe halb damit gerechnet – er hat das schon öfter von mir verlangt. Ich gehe zum Tisch, während er die Halterung mit der Matte überprüft und dazu an der Kette ruckt. Ich habe nicht viel Zeit. Schnell ziehe ich die Drähte von der

Autobatterie ab und schiebe sie in die beiden Löcher der Steckdose an der Wand. Wenn er nicht zufällig in diesem Moment hergesehen hat, kann er unmöglich merken, was ich getan habe. Nachdem er das Lichtrohr abgedeckt hat und der Raum – wie es ihm bei diesen Gelegenheiten gefällt – nur von Kerzen erhellt ist, wird es ziemlich dunkel.

Die anderen Enden der Kabel in beiden Händen, kehre ich zu dem Geschirr zurück und lege beide auf dem kleinen Tisch ab, den er immer darunter abstellt. Ich achte sorgfältig darauf, dass sich die Elektroden weder gegenseitig noch meine Haut berühren. Gleich wird er mich auffordern, in das Geschirr zu klettern und die Elektroden an meinem Körper zu befestigen – wo genau, hängt von seiner Laune ab. Ich befürchte für heute das Schlimmste. Erst muss ich allerdings die Leiterpaste auftragen. Es ist ein festgelegter Ablauf, den wir beide kennen. Er nimmt die Büchse mit der Paste und mustert mich ausgiebig, während er den Deckel aufdreht. Ahnt er, dass etwas nicht stimmt? Dass diesmal der Strom in den Elektroden stark genug ist, mich zu töten?

»Spannung, Stromstärke, Widerstand, weißt du noch?«, fragt Dad.

»Ich habe das nie kapiert«, murmelt Jar leise.

Ich sehe auf, aber sie sind beide verschwunden. Ich bin jetzt auf mich allein gestellt, und ich weiß, was ich zu tun habe.

✳ ✳ ✳

Erst schleichen sie hinter der Nissenhütte vorbei und spähen durch ein Fenster in ein ganz offensichtlich verlassenes Büro. Es sind keine Kameras zu sehen, nichts deutet darauf hin, dass das Gebäude nicht seit Jahren leersteht. Während sie schweigend dastehen – und wonach lauschen? Rosas Schreien? –, sieht Jar ein paar Schritte vom Gebäude entfernt etwas im Gebüsch liegen. Es ist eine alte Autobatterie. Dann entdeckt er noch eine und noch eine, insgesamt liegen dort mindestens zehn Stück. Sie sind auf dem Fahrrad schwer zu transportieren, deshalb hat Martin sie einfach hier entsorgt – wozu sie zurückschleppen, nachdem sie ihren Zweck erfüllt haben? Jar wird plötzlich wütend. Er spürt Carls Hand auf seiner Schulter.

»Gehen wir's an«, sagt Carl.

* * *

Ich sage mir, dass ich es für all die Tiere tue, die er gequält hat, aber ich weiß, dass ich es für mich tue, für Dad, für Amy, für Jar.

»Leg die Maske an«, sagt er. »Du hast die Maske vergessen.«

Er reicht mir den ledernen Gesichtsschutz mit dem zugesteppten Mund, den ich bei so vielen Gelegenheiten getragen habe, in dessen schwarzes Leder ich so oft zu beißen versucht habe, um den Schmerz zu lindern.

Ich schwinge in der Halterung herum, meine Arme und Beine sind frei beweglich, während ich die Maske mit den Bändern hinter meinem Kopf befestige.

»Kann ich behilflich sein?«, fragt er, als wollte er mir in den Mantel helfen.

Ich schüttle den Kopf. Die Maske sitzt. Jetzt muss ich nur noch nach den Elektroden unter mir greifen. Normalerweise wartet er nur ab, bis ich sie in den Händen halte, dann stößt er den Tisch mit dem Fuß weg, als wäre es der Hocker unter einer Henkersschlinge, und ich bringe die Elektroden an, damit er die Autobatterie einschalten kann.

»Bereit?«, fragt er.

Ich nicke wieder und atme mühsam durch die Maske. Mein Herz schlägt wie verrückt. Der Moment ist gekommen. Ich höre mich selbst beten.

»Die Batterie ist ganz neu, frisch geladen«, sagte er. »Das sollte ordentlich kribbeln.«

* * *

Die Haupttür der Nissenhütte ist abgeschlossen, genau wie Jar vermutet hat, doch vorn liegt ein Holzstapel zusammen mit einigen alten Ackergeräten, und Max und Carl kommen bereits mit einem großen Holzstamm angelaufen. Jar nimmt Max das eine Ende ab, dann schwingen er und Carl den Klotz einmal zurück und lassen ihn direkt neben dem Schloss auf die Tür prallen. Der Krach hallt über den ganzen Flugplatz. Jetzt gibt es kein Zurück mehr. Immer wieder schwingen sie den Stamm vor und zurück, bis der Bereich rund um das Schloss endlich zersplittert und Max die Tür mit einem Tritt öffnen kann.

»Der Eingang müsste unter einem Aktenschrank versteckt sein«, sagt Jar, als sie nach dem Eingang zum Keller suchen. Im ganzen Raum stehen verstreut mehr als fünf Aktenschränke, manche mit offenen Türen, andere geschlossen.

»Da drüben«, sagt Carl. Zu dritt laufen sie zu einem Schrank in der Ecke gegenüber. Die Schrankfächer sind alle geschlossen, und dahinter ist im grauen Linoleum eine Bodenplatte mit eingelassenem Ring zu erkennen. Seitlich davon ist der Boden zerkratzt, weil der Schrank immer vor- und zurückgeschoben wurde.

Ohne zu zögern, bückt sich Jar und hebt den Ring in der Platte an. Er zieht mit beiden Händen und klappt die Platte mit Carls Hilfe zurück.

Zu allererst schlägt ihnen der Gestank entgegen: eine widerliche Mischung aus Exkrementen, muffiger Luft und noch etwas, das Jar an Krankenhäuser erinnert. Oder ist es der Geruch im Leichenschauhaus, als er damals mit Dad Abschied von Mamó nahm?

Max zieht ein getüpfeltes Taschentuch aus der Tasche und drückt es sich auf den Mund. Carl dreht sich um, läuft zur Tür und beginnt zu würgen. Jar presst die Hand auf Mund und Nase und klappt die Platte vollends zur Seite. Unten ist es zwar finster, aber er kann die oberste Sprosse einer Eisenleiter erkennen.

»Ich gehe runter«, sagt er.

»Nimm das«, sagt Max und reicht ihm das Taschentuch.

Jar nimmt es, dreht sich um und tastet mit dem Fuß nach der Leiter.

»Sag Carl, er soll nach Martin Ausschau halten«, sagt er. Kein Mensch würde aus eigenem Antrieb in dieses Loch steigen, denkt er, nicht bei diesem Gestank. Vielleicht ist Martin ausgeflogen. Um frische Luft zu schnappen? Frische Milch zu holen? Jar kann nicht mehr klar denken, sein Herz hämmert, seine klammen Hände krallen sich um die Eisensprossen. Ob Rosa in der ersten Nacht diese Leiter heruntergeklettert ist? Oder stand sie so unter Drogen, dass Martin sie nach unten tragen musste, falls er sie nicht einfach hinunterfallen ließ wie einen Sack Kartoffeln?

✳ ✳ ✳

Die Kabel in beiden Händen, schließe ich die Augen und öffne sie dann wieder. Ich kann das nicht tun. Ich kann es einfach nicht.

Dad hat sich wieder in den Raum geschlichen wie ein Vater, der zu spät zu einer Schulaufführung kommt. Er sieht mich aufmunternd an, in seinem Gesicht zeigt sich das Du-schaffst-das-Lächeln, das er mir auch zuwarf, als ich mit hochgereckten Armen auf dem Schwebebalken stand und ein Rad schlagen sollte. Dann erscheint auch Jar, mit demselben Lächeln, das er mir schenkte, als damals im Restaurant meine Kreditkarte nicht akzeptiert wurde. »Die anderen Gäste haben genug Geld in der Trinkgeldkasse gelassen, dass ich das übernehmen kann«, sagte er. Dafür habe ich dich geliebt, Jar.

»Ich bin so weit«, sage ich, und sofort tritt er vor, um den Tisch wegzustoßen, damit mein Körper frei im Raum hängt, wenn er sich zu winden und zu verkrampfen beginnt.

»Ein Ende an deinen Fuß, das andere an die Zunge«, flüstert er. Ich rieche süßlichen Alkohol in seinem Atem und sehe die Schweißperlen auf seiner Haut.

Ich sehe zu Dad, der sich mit einem Nicken abwendet. Jar nickt ebenfalls.

Und dann drücke ich ihm beide Elektroden gegen den Kopf, eine gegen jede Schläfe, mit all meiner Kraft, bis sein Körper unter mir zusammenbricht.

* * *

Am Fuß der Leiter bleibt Jar stehen und sieht sich in der Dunkelheit um. Sein Handy dient ihm als Taschenlampe. Er hält sich das Taschentuch vor die Nase, möchte sich übergeben, aber er zwingt sich zu schlucken. Wo ist Rosa? Ist sie hier? Oder wird das Labor nur für Tiere genutzt? *Die Hündin hängt frei unter der Labordecke, in einer gummibeschichteten Leinenmatte ... Stattdessen kauerte sie nur da und starrte mich mit ihrem Hundeblick an ...*

Das Erste, was Jar sieht, ist ein unter der Decke hängendes orangefarbenes Traggestell. Es ist leer und hängt schlaff in der Luft, nur zwei daran hängende Elektrokabel verlieren sich in der Dunkelheit. Hier wurde das Video aufgenommen, begreift Jar. Er dreht sich weg und würgt in sein Taschentuch.

»Alles okay da unten?«, ruft Max herunter, doch Jar hört ihn kaum. Er wedelt mit dem Handylicht und hofft, dass das als Antwort genügt.

»Rosa?« Er wischt sich den Mund ab. Seine Stimme ist schwach. »Rosa, ich bin's, Jar. Wo bist du?« Er tritt an das Gestell, überzeugt sich, dass es leer ist.

»Rosa?«, ruft er, diesmal energischer.

Er geht an dem Gestell vorbei in einen Nebenraum, wo es eine Toilette und ein Waschbecken gibt, und schwenkt in der winzigen Kammer das Handylicht von einem Objekt zum nächsten: ein gläserner Messbecher, eine Autobatterie, Elektroden, zwei große zusammengeschraubte Holzkisten, die wie kleine Käfige aussehen, und ein Stapel von etwas, das wie Lampenschirme aussieht. Ein trichterförmiger Schutzkragen, wie man sie Hunden um den Hals legt, damit sie sich nicht kratzen können, denkt er. Er leuchtet mit der Lampe auf das Regal darüber. Eine Reihe Dosen: Hundefutter. Darunter, auf einer Arbeitsplatte, eine geöffnete Dose mit Löffel darin.

Und dann hört er ein Geräusch, ein winziges Schaben. Er senkt den Lichtstrahl auf den Boden. Dort, unter dem Waschbecken, kauert splitternackt, die Arme um die Beine geschlungen, Rosa, zitternd, aber lebendig.

»Wo ist er?«, haucht sie, während Jar sich bückt, um sie in die Arme zu nehmen.

»Es ist alles okay.« Jar muss unwillkürlich schluchzen, so erschrickt er über ihre eiskalte Haut. »Nimm meine Jacke.«

»Er ist hier, Jar.«

»Es ist vorbei«, sagt Jar, ohne auf sie zu hören, weil er damit beschäftigt ist, sie auf die Füße zu ziehen und ihr seine Wildlederjacke umzulegen, genau wie damals am Ufer des Cam. Er kann kaum glauben, dass sie dieselbe Frau ist. Ihr Kopf ist kahlgeschoren, die eine Gesichtshälfte blutunterlaufen und angeschwollen, ihr Körper nur noch Haut und Knochen. »Wir müssen dich hier rausbringen.«

Er wird nie wieder zulassen, dass man sie ihm wegnimmt, denkt er, während er sie fester an sich drückt, als er je jemanden gedrückt hat. Aber dann kühlt auch seine Haut aus, lässt ihn ihr Schweigen frösteln. *Er ist hier.*

»Ich hab's versucht«, flüstert Rosa.

Jar spürt die Kette um seinen Hals, noch bevor er Martin hört. Seine Hände schießen hoch zu den schweren Kettengliedern, versuchen verzweifelt den Druck zu lindern, während er von Rosa weg in die Mitte des Raumes gezerrt wird und seine Beine dabei zappeln, als gäben sie einen Cancan des Grauens zum Besten. Er kann sich selbst keuchen hören, als wäre er jemand anderes.

»Ich hasse Happyends, du nicht auch?« Martins Mund ist direkt an Jars Ohr.

»Meine Jacke«, kann Jar noch krächzen, doch Rosa ist wieder auf den Boden gesunken und kauert sich ängstlich – oder hilflos? – zusammen. Sie sieht zu ihm auf. Jar starrt mit herausquellenden Augen auf die Jackentasche, doch er bringt kein weiteres Wort heraus. Er will nicht, dass sie ihn sterben sieht, aber sie versteht ihn einfach nicht. Seine Energie versiegt bereits, die Kette drückt unerbittlich auf seine Luftröhre, und er verliert allmählich das Bewusstsein.

»Ich habe ihre Seele gerettet«, sagt Martin. Jar registriert einen Geruch wie von angesengtem Fleisch. Er schließt die Augen. Es tut nichts mehr zur Sache. Das Leben verlässt ihn. Wo bleibt Max? Oder Carl? Haben sie ihn nicht gehört? »Darum gehört die Kleine jetzt mir.«

Mit letzter Kraft nimmt Jar eine Hand von der Kette und rammt den Ellbogen nach hinten. Martin krümmt sich zusammen und lockert seinen Griff für einen kurzen Moment, in dem Jar sich befreien kann. Ohne auf die Schmerzen an seinem Hals zu achten, stolpert er zu Rosa hinüber, entreißt ihr die Jacke und zieht die Pistole aus der Tasche.

»Das würdest du nicht wagen«, sagt Martin und sieht in die Waffe, die Jar auf ihn gerichtet hat. »Das könntest du gar nicht.«

»Erschieß ihn!«, schreit Rosa und rappelt sich hinter ihm auf.

Jar wirft ihr einen kurzen Blick zu und legt den Sicherungshebel um. Er braucht keinen Zuspruch. Ihm genügt Martins wilder Blick, die todbringende Unberechenbarkeit, die von ihm ausstrahlt. Martins Hose ist blutfleckig, und an seinen beiden Schläfen bluten frische Brandwunden. Er ist kaum zu verfehlen.

»Fünf Jahre hast du sie hier unten eingesperrt.« Jar packt die

Waffe mit beiden Händen, um nicht so zu zittern. Sein Hals steht in Flammen. »Fünf beschissene Jahre«, wiederholt er lauter.

»Wie die Zeit verfliegt«, schmunzelt Martin.

»Sie dachte, sie könnte dir – ihrem eigenen Onkel! – vertrauen.« Warum sagt Jar all das? Alle drei wissen, welche Verbrechen Martin begangen hat, doch es ist, als müsste Jar sie noch einmal aufzählen, ein letztes Plädoyer halten, bevor er den Abzug drücken kann. Oder hat Martin recht, und er ist gar nicht dazu in der Lage? »Sie dachte, du wolltest sie retten, als sie auf dem Pier stand. Stattdessen …«

»Alles in Ordnung da unten?« Es ist Max. Jar sieht zur Treppe. Max hätte ihn schon längst erschossen.

»Jar!«, schreit Rosa auf.

Jar sieht, wie Martin auf ihn zustürmt. Er drückt ab und hört nur ein leeres Klicken. Instinktiv packt er die Waffe am Lauf und schwingt den Griff mit aller Kraft in Martins Gesicht, wobei er unwillkürlich daran denkt, wie er – mit derselben Waffe – auf den Klippen in Cornwall gefällt wurde. Der Schlag lässt Martin tatsächlich taumeln. Jar packt ihn im Nacken, zieht seinen Kopf nach oben und rammt ihn dann mit einer Brutalität, die er sich nie zugetraut hätte, gegen sein hochgezogenes Knie. Martin bricht zusammen.

»Ruf die Bullen, Carl!«, brüllt Max die Luke hoch, dann kehrt er zu Martins reglosem Körper zurück und hält darüber Wache.

Schwer keuchend sieht Jar von Martin zu Rosa, die zusammengesunken an der Wand kauert und die Jacke umklammert hält. Er bückt sich und hilft ihr auf. Sie schlottert am ganzen Körper. Er hält sie fest, versucht sie zu beruhigen, sich zu beruhigen, und lässt seine Stirn gegen ihre sinken.

»Diesmal ist es wirklich vorbei«, flüstert er. »Ehrenwort.«

97

»Sie hätten mich anrufen sollen.« Miles Cato steht draußen vor der Nissenhütte.

»Ich dachte, das hätte ich gerade getan«, erwidert Jar.

»Bevor Sie hierhergefahren sind. Sobald Sie Martins Journal gelesen haben. Hier wurde ein Schwerverbrechen begangen – und jetzt ist alles übersät mit Ihren Fingerabdrücken.«

»Es war was Persönliches«, sagt Jar und lässt den Blick über die zahllosen Einsatzfahrzeuge wandern, die inzwischen eingetroffen sind: vier Polizeiwagen, zwei Krankenwagen, ein Feuerwehrfahrzeug mit Eisenschneidern und Hebevorrichtung und der Polizeihubschrauber, in dem Cato aus London angeflogen gekommen ist, nicht zu vergessen die zwei Streifenwagen an der Zufahrtsstraße, die inzwischen abgesperrt wurde. Überall flattert das gestreifte Tatort-Absperrband im Wind, das zwischen den Bäumen gespannt wurde.

»Sie wird wieder, das wissen Sie doch«, sagt Cato.

»Vielleicht körperlich.«

Jar ist gerade aus dem Krankenwagen geklettert, in dem Rosa versorgt wird. Die Sanitäter haben sie gesäubert, in ein Nachthemd gesteckt und werden sie in Kürze ins Norfolk and Norwich University Hospital bringen, aber nicht ohne Jar. Er hat darauf bestanden, sie bei jedem Schritt zu begleiten, und lässt sie gerade zum ersten Mal seit ihrer Entdeckung für einen kurzen Augenblick allein.

Carl und Max sind auch noch da, machen ihre Aussagen

und sind ihm eine Stütze. Martin wurde verhaftet und nach Norwich auf die Polizeiwache gebracht. Noch kennt niemand das ganze Ausmaß der Geschichte, niemand weiß, was genau passiert ist, bevor die drei Männer eintrafen. Jar nimmt an, dass Rosa eine günstige Gelegenheit genutzt hat und Martin einen fast tödlichen elektrischen Schlag versetzen konnte, der es ihr ermöglichte, aus dem Gestell zu klettern. Was die Waffe angeht, hat Cato bestätigt, dass es sich dabei um eine Attrappe handelt, was für Jar kein großer Trost ist. Ein Grund mehr, weswegen er Martins Kollegen auf den Klippen in Cornwall hätte attackieren sollen.

»Ich gehe wieder zu ihr rein.« Jar deutet auf den Krankenwagen. »Sie wollen sie jetzt ins Krankenhaus fahren.«

»Wir werden mit ihr reden müssen, wenn sie wieder bei Kräften ist«, sagt Cato. »Es sind noch viele Fragen offen. Wie Sie sicherlich verstehen.«

»Wie Sie meinen.« Jar stellt sich Catos Blick und denkt an ihre allererste Begegnung. Er traut ihm immer noch nicht.

98

Cornwall, 2017

Das hier wird nicht lang dauern. Im Moment strengt mich alles noch sehr an, und den Großteil des Tages verschlafe ich. Es war Jars Idee, dass ich wieder Tagebuch schreiben soll – meine eigenen Worte, in Freiheit niedergeschrieben –, und es gibt mir ein gutes Gefühl, ist so etwas wie der erste Schritt, mein Leben, meine Vergangenheit wieder in Besitz zu nehmen. Jar hat auch vorgeschlagen, mit mir hierherzufahren, an den Ort, an den Dad mich immer gebracht hat: ein Refugium, selbst wenn ich das letzte Mal zu seiner Beerdigung hier war. Jeden Tag gehe ich mit Jar hoch nach Paul, um Mums und Dads Grab zu besuchen. Es ist ein langer Weg (2700 Sekunden), aber ich sage mir, dass er Körper und Geist guttut.

Ein Monat ist vergangen, seit Jar mich gefunden hat. Die ersten Tage war ich im Krankenhaus, danach brachte er mich hierher. Jeden Tag besucht mich eine Therapeutin aus Truro, mit der ich zwei, manchmal auch drei Stunden spreche, je nachdem, wie stark ich mich fühle. Sie zeigt mir Bilder meiner »Zelle«, Fotos von Martin mit und ohne Sturmhaube, und ich lese ihr Auszüge aus meinem »Gefängnistagebuch« vor, die kurzen Passagen, die ich auf irgendwelche Papierfetzen schrieb. Sie hat vorgeschlagen, ich solle auch die letzten Stunden meiner Gefangenschaft, in denen ich Martin einen Elektroschock versetzte, aufschreiben. Wenn ich mir die Ereignisse ins Gedächtnis rufen kann, wird es mir helfen, endgültig mit ihnen abzuschließen, sagt sie.

Amy tut mir so furchtbar leid. Eines Tages in nicht allzu ferner Zukunft wird sie hoffentlich die Kraft haben, mich zu besuchen. Ich habe ihr einen Brief geschrieben, dass sie sich keine Vorwürfe machen soll.

Die helle Sonne bleibt ein Problem. Ich trage im Freien grundsätzlich eine große Sonnenbrille, was zugleich eine gute Tarnung ist. Manchmal setze ich außerdem eine Perücke auf – einer der Vorteile von kurzen Haaren. Was mir passiert ist, wie ich überlebt habe – die Öffentlichkeit interessiert sich immer noch brennend dafür.

Eines allerdings weiß ich – dass ich wieder aufs College gehen möchte. Mein Studium abschließen. Dr. Lance hat mir geschrieben und mir versichert, dass mir ein Studienplatz ohne zeitliche Begrenzung freigehalten wird. Ich muss nur noch Jar überreden, mit nach Cambridge zu kommen, dort seinen Doktor zu machen oder was weiß ich. Er hat sich einverstanden erklärt, weiterhin zu Kirsten zu gehen, und seine Schreibblockade hat sich endlich gelöst. Er sagt, er hätte immer zu viel Angst gehabt, sich bei anderen Autoren zu bedienen, aber jetzt macht ihm das weniger Schwierigkeiten, darum will er eine Idee stehlen, die schon jemand anderem gestohlen wurde, bevor er sie verwenden konnte. Wie du mir, so ich dir.

Ich hoffe, er bleibt immer an meiner Seite.

99

Jar hält Rosa fest im Arm. Es ist ihr erster echter Kuss, seit er sie vor zwei Monaten in Norfolk gefunden hat. Sie liegen auf dem Bett oben in dem alten Fischnetzspeicher ihrer Eltern in Mousehole und hören hinter dem großen Doppelfenster die See rauschen. Auf dem Dach eines Nachbarn haben sich kreischende Möwen versammelt.

»Schon okay«, sagt Jar und streicht ihr über das langsam nachwachsende Haar. Eine Träne rollt über ihre Wange. »Sollen wir runtergehen an die Hafenmauer?« Sie schirmt die Augen vor dem Licht ab und lächelt ihn an. Jar reckt sich zum Nachttisch und reicht ihr die Sonnenbrille.

Sie ziehen sich an und nehmen zwei Teebecher mit aufgedrucktem Union Jack mit: Earl Grey für sie, Barry's Gold für ihn. So früh sind die Geschäfte am Hafen noch nicht geöffnet. Sie haben viel Zeit auf dieser ganz besonderen Bank auf der Hafenmauer verbracht, sich leise unterhalten und dabei die Scherben ihres Lebens so gut wie möglich wieder zusammengefügt, Sekunde für Sekunde, Stunde für Stunde, Tag für Tag. Wenn der tägliche Spaziergang nach Paul Rosa nicht zu sehr mitgenommen hat, steigen sie auf den Raginnis Hill hinter dem Dorf und wandern dann den Küstenweg entlang. Noch sind sie nicht über den Posten der Küstenwache hinausgekommen, aber sie hoffen, es in den kommenden Monaten bis nach Lamorna zu schaffen. Jar ist zufrieden mit den Fortschritten, die sie macht. Die Therapiestunden helfen, außerdem führt sie inzwischen wieder Tagebuch, trotzdem liegt noch ein langer Weg vor ihnen.

An diesem Morgen allerdings spazieren sie nur bis zu ihrer Bank auf der Hafenmauer, legen die kalten Hände um die heißen Teebecher und beobachten, wie ein Makrelenfischer sein Boot durch die schmale Hafeneinfahrt steuert. Er hebt grüßend eine salzige Hand.

Jar kommt es so vor, als würden viele Menschen in diesen abgelegenen Teil des Landes kommen, um Heilung zu finden. Das Dorf lässt Rosa in Ruhe, trotz des fünfseitigen Artikels in einer Sonntagszeitung, der weltweites Medieninteresse geweckt hat. Rosa gab genau ein Interview, und zwar Max, der ihre Geschichte von Anfang an erzählt hat. Der Rest der Weltpresse hat (vorerst) akzeptiert, dass sie sich nicht weiter äußern wird.

Es war nicht ganz der Spionageknüller, den Max immer hatte schreiben wollen, dennoch schaffte es die Redaktion zu Jars und Max' großer Erheiterung, den Begriff »SAS« in der Schlagzeile unterzubringen.

Max hat sie hier schon mehrmals besucht, erst um Rosa für seinen Artikel zu interviewen – einfühlsam und bedächtig, über drei Tage hinweg, in denen er sich mit seinem Füller in Langschrift Notizen zu ihren Antworten machte – und dann auf einem Kurzurlaub mit seiner Familie, in dem er und seine Frau regelmäßig herüberkamen, um nach Rosa zu sehen. Jar spielte mit ihren Zwillingen auf dem schmalen Strand unter dem Parkplatz French Cricket. Max hat sich entschlossen, seine PR-Firma in der Canary Wharf zu schließen, und arbeitet wieder als Journalist. »Die Banker werden ihre Lügen wieder selbst verbreiten müssen.«

Carl war auch schon da und hat auf dem Sofa im Erdgeschoss übernachtet. Er brachte gute Neuigkeiten aus der Redaktion. Jar kann seinen alten Job zurückhaben, allerdings unter zwei Bedingungen: Er darf nicht mehr zu spät kommen, und wenn doch, dann zumindest ohne absurde Ausrede. Anton ist ebenfalls wieder aufgetaucht. Wie sich herausstellte, hat ihm ein Mädchen Probleme gemacht, nicht Rosas Tagebuch, das er inzwischen komplett entschlüsselt und Jar zugeschickt hat. Carl hat sogar Skateboard-Unterricht bei ihm genommen und behauptet, den *Pop Shove-it* inzwischen zu beherrschen.

Catos Besuch verlief entschieden förmlicher. Nachdem er mit beiden eine offizielle Zeugenvernehmung durchgeführt hatte, übernachtete er in Mousehole im Old Coastguard Hotel und lud dort Jar abends auf ein Pint Proper Job ein, über dem er ihn inoffiziell auf den neuesten Stand brachte. Nach einer halben Stunde fand Jar ihn beinahe sympathisch.

Catos Ermittlungen zufolge, die immer noch andauerten, hatte man Martin in Huntingdon wegen übertrieben grausamer Tierversuche entlassen. Den nächsten Job in Norwich verlor er aus ähnlichen Gründen, allerdings hatte sich seine Grausamkeit dort in einem ungenehmigten ersten Menschenversuch gezeigt, bei dem er ein neues Antidepressivum für seine Firma getestet hatte. Ein Laborassistent war zusammen mit ihm gefeuert worden – es handelte sich um den Mann, der Rosa in Cornwall entführt und Jar in der Canary Wharf verfolgt hatte. Er war Martins Radbegleiter und außerdem sein Komplize, half Rosa gefangen zu halten und assistierte bei Martins Experimenten. Am Tag von Martins Festnahme hatte die Polizei ihn bewusstlos, mit dem Kopf in der Windschutzscheibe, aus seinem Ford Transit gezogen.

Cato bestätigte auch, dass Martins ehemalige Firma plante, das Außenlabor auf dem Flugplatz wieder in Betrieb zu nehmen, und es darum wieder ans Stromnetz angeschlossen hatte. Mit anderen Worten: Man hätte Rosa auf jeden Fall bald gefunden. Für Jar war das kein großer Trost. Genauso wenig wie Catos Weigerung, ihm mehr über die andauernden Ermittlungen zu verraten, unter welchen Umständen Rosa vor fünf Jahren entführt worden war.

Nur Amy hat Rosa noch nicht besucht. Eine Last senkt sich auf Jars Brust, sobald er an den Brief denkt, der sie Anfang dieser Woche erreicht und ihre sonnige Ecke in Cornwall verdüstert hat. Schon sehr bald, vielleicht in wenigen Minuten, wird er wissen, ob Rosa und er ein neues Leben beginnen können.

»An manchen Tagen will ich wissen, was genau passiert ist.« Rosa steht von der Bank auf und geht an der Hafenmauer entlang. »An anderen Tagen, so wie heute, will ich überhaupt nichts wissen. Dann würde ich meine Vergangenheit am liebsten an ein fremdes Leben anheften, einfach einen fremden Namen auf mein Tagebuch schreiben.«

»Martin hat viel von dem, was du geschrieben hast, abgeändert«, wiederholt Jar, was er ihr schon oft erklärt hat.

»Das weiß ich.«

Sie haben die Tagebucheinträge einzeln ausgedruckt, gemeinsam durchgelesen und mit einem grünen Marker alles hervorgehoben, woran Rosa sich tatsächlich erinnert und wobei sie sich darauf konzentriert haben, was sie beide als wahr bestätigen können. Martins zahlreiche Ergänzungen haben sie hingegen mit einem roten Stift markiert: von der erfundenen Beraterin namens Karen bis hin zu Rosas Unterschrift unter der Verschwiegenheitserklärung in Hereford, und noch viel mehr dazwischen. Jar war fasziniert, als Rosa bestätigte, dass ihr Vater tatsächlich den KCMG verliehen bekommen hatte – sie muss den Orden noch irgendwo haben. Sie kann sich sogar an die private Zeremonie in St Paul's Cathedral erinnern – oder glaubt es zumindest. War er ein Spion? *Nein, er war viel wichtiger als das.*

»Ich kann mir gut vorstellen, dass Martin manches auch sehr heruntergespielt hat – das, was zwischen uns war«, behauptet

Jar mit einem optimistischen Lächeln. Er hat schon zuvor angedeutet, dass Martin im Tagebuch ihre Beziehung abgeändert
haben könnte, um zu versuchen, ihre Gefühle füreinander ab-
zuschwächen.

»Du weißt, dass ich nie so mit dir Schluss machen würde«,
sagt sie und hakt sich bei ihm ein. Er hofft, dass sie recht hat:
Nur dieser Glaube hat ihm in den letzten fünf Jahren Kraft
gegeben.

Sie sind am Ende der Hafenmauer angekommen und beobachten, wie ein zweites kleines Boot, mit Makrelen beladen,
die schmale Lücke vor ihnen passiert.

Jar musste sich erst mit dem Gedanken anfreunden, dass
Martin den angeblichen Abschiedsbrief geschrieben und ihn
dann in dem Entwurfsordner auf dem Laptop in ihrem Zimmer gelassen hat. Er hat zu lange geglaubt, dass er Rosas Worte
auswendig gelernt hat: *Ich wünschte nur, ich müsste dich nicht
zurücklassen, Babe, du warst die erste wahre Liebe meines Lebens
und die letzte.* Es war das eingefügte ›Babe‹, von dem Jar sich
täuschen ließ. Er kommt sich so dumm vor. Martin, der pas-
sionierte Schreiber, hatte gelernt, fremde Stimmen nachzu-
ahmen.

Von Martin stammte auch der stumme Anruf von Rosas
altem Handy (das die Polizei inzwischen in Martins Schuppen
gefunden hat), und er hat von diesem Handy aus zudem jene
Mails geschickt, die angeblich von Rosa stammten, während
Jar in Cornwall nach ihr suchte. Außerdem hatte er sich in Jars
Mailaccount in der Redaktion gehackt. Während der letzten
Monate in seiner alten Firma, als Martin bei seiner Arbeit die
Grenzen des Erlaubten an Versuchen mit Menschen weit
überdehnte und die Ergebnisse deswegen anonym online posten musste, wurde er recht geschickt darin, falsche IP-Adressen
zu generieren.

Jar zu überwachen (in London und später in Cornwall),

überließ er allerdings anderen. Cato zufolge hat Martins Labortechniker-Freund früher als Gerichtsbote gearbeitet und beherrschte aus dieser Zeit einige Tricks.

Jar sieht auf die Uhr. Es ist so weit.

100

Lieber Jar,

ich hoffe, ihr beide leidet nicht zu sehr unter dem ganzen Presse-
rummel und Rosa findet die beste Erholung, die unter diesen Umständen möglich ist.

Bitte entschuldige, dass ich noch nicht nach Cornwall gekommen bin, um euch beide zu besuchen, und auch nicht auf Rosas
süßen Brief geantwortet habe. Ich hätte nicht gedacht, dass ich so
viel Zeit brauche, um zu verarbeiten, was passiert ist. Ich will kein
Mitleid – Rosa ist hier das einzige wahre Opfer –, doch ich ersticke
fast an meiner Schuld. Ich kann nur sagen, dass ich nicht wirklich
in dieser Welt gelebt habe, so wie ich es auch der Polizei erklärt
habe. Der Arzt meint, ich hätte Glück gehabt, dass ich an den
Dosierungen, die Martin mir gab, nicht gestorben bin. Mir war
nicht klar, dass die »Schlaftabletten« in Wahrheit starke – und ille-
gale – Benzodiazepine waren. Ich hatte mich schon gefragt, warum sich mein Zustand so wenig änderte, obwohl ich doch die
weniger starken Benzos eingeschränkt hatte. Meine Sinne waren
abgestumpft, milde gesagt – ich war »emotional anästhesiert«,
wie es mein Hausarzt ausgedrückt hat. (Er war zutiefst bestürzt, als
ihm aufging, dass er das Benzodiazepin, das Martin mir verabreicht
hat, nicht bemerkt hat.) Trotz alledem hätte ich etwas ahnen, mehr
hinterfragen, Martin zur Rede stellen sollen.

Eines Tages in naher Zukunft werde ich hoffentlich stark genug
sein, um zu euch nach Cornwall zu kommen, mit Rosa den Küstenweg entlangzuwandern und all die Wege wieder abzugehen,

die ich mit Jim ging, als Rosa noch ein kleines Mädchen war. Bis dahin bin ich damit beschäftigt, das Haus auszuräumen. Ich kann hier nicht länger leben. Nicht nur wegen Martins Hinterlassenschaften, auch weil die Polizei von oben bis unten alles durchwühlt hat, sogar meine Unterwäscheschublade.

Eines allerdings haben sie übersehen, und das habe ich dir beigelegt, denn du wirst besser wissen als ich, was damit zu tun ist. Es ist ein Schreiben, das ich gefunden habe, als ich Martins Bücher im Wohnzimmer aussortierte. Es steckte in einer Ausgabe von *Der Spion, der aus der Kälte kam,* einem seiner Lieblingsbücher. Ich weiß nicht, wer es geschickt hat und ob es überhaupt echt ist. Seit fünf Jahren scheint Martin mehr oder weniger in einer Fantasiewelt gelebt zu haben. Aber ich halte das Schreiben für wichtig.

Es wurde in Langley, Virginia, abgestempelt, wo die CIA-Zentrale ihren Sitz hat, wie selbst ich weiß. Es ist weder an Martin adressiert noch unterschrieben, trotzdem ist es ein persönlicher Dankesbrief dafür, dass er sein Expertenwissen für den Krieg gegen den Terror zur Verfügung gestellt hat, so viel ist klar ersichtlich.

Ich entsinne mich, dass er tatsächlich zu mehreren Anlässen nach Amerika reiste, und theoretisch müsste das in den Jahren direkt nach den schrecklichen Ereignissen von 2001 gewesen sein, aber mein Gedächtnis war noch nie gut. Falls es irgendwem hilft, könnte ich versuchen, das herauszufinden, seinen alten Pass ausgraben, die Visastempel kontrollieren. Allerdings weiß ich nicht, wo er ihn aufbewahrt hat.

Ich hoffe, das hat die Dinge nicht zusätzlich verkompliziert. In meinem Kopf herrscht ein solches Chaos, dass ich einfach nicht sagen kann, welche Bedeutung das Schreiben hat oder ob es überhaupt eine hat.

Natürlich habe ich den Artikel deines Freundes gelesen, auch wenn es schmerzlich für mich war, und ich habe auch alle Nachrichtensendungen über Rosa gesehen. Ich erkenne den Mann nicht wieder, den ich vor über zwanzig Jahren als Studentin geheiratet habe und der mir versprach, meine Angstzustände zu heilen, und ich kann immer noch nicht verstehen, wie er so unaussprechlich grausam zu meiner Nichte sein konnte. Zu allem Unglück lassen mir die Reporter keine Ruhe, aber immerhin ist das Haus gut gesichert. Eine leise Ironie.

Vernichte den Brief an Martin, wenn du willst – du kannst alles tun, was euch das Leben einfacher macht. Du hattest genau wie ich immer das Gefühl, dass Rosa noch am Leben ist, aber recht behalten zu haben, ist keine Befriedigung. Die Scham und Fassungslosigkeit, dass der Mann, den ich einst liebte, etwas Derartiges getan hat, werden mich bis an mein Lebensende begleiten.

Meine ganze Liebe euch beiden

Amy

101

Um genau fünf nach neun Uhr morgens bemerkt Jar den schwarzen Wagen. Sie sind wieder auf der Hafenmauer, mit zwei frischen Bechern Tee und einer zusätzlichen Strickjacke für Rosa – seit ihrer Gefangenschaft friert sie viel schneller. Der Wagen kommt langsam ins Dorf gerollt und schiebt sich um die scharfe Rechtskurve auf die schmale Straße vor dem kleinen Supermarkt. Dann verschwindet er und taucht gleich darauf an der Einfahrt zu dem Parkplatz unter ihnen auf.

»Definitiv keiner von hier«, sagt Rosa gleichmütig. In den letzten Wochen haben sie zum Zeitvertreib geraten, ob die Menschen Alteingesessene, Zugezogene, Touristen oder Journalisten sind. Schwer zu erraten ist das nicht, trotzdem lagen sie manchmal falsch. Heute allerdings nicht.

Der Wagen hält an. Der Fahrer bleibt eine Weile sitzen – Jar weiß, dass er die Nacht durchgefahren ist – und steigt dann aus. Er schaut zu ihnen auf, sieht sie auf ihrer Lieblingsbank auf der Hafenmauer sitzen. Er hebt nicht die Hand wie der Fischer, aber er nickt irgendwie grüßend in ihre Richtung.

»Kennst du ihn?«, fragt Rosa.

»Noch nicht.«

»Will er mit mir reden?« Rosa schiebt Halt suchend die Hand in seine Armbeuge. »Du weißt, dass ich mit keinem reden will.«

»Warum gehst du nicht zum Haus zurück?« Jar drückt aufmunternd ihren Arm. Eine Hand auf das Autodach gelegt, spricht der Mann in sein Handy und sieht sich dabei um wie ein Späher, der versucht, sich am Stand der Sonne zu orientieren.

»Ist irgendwas passiert?«, fragt Rosa.

»Alles in Ordnung. Er will sich nur unterhalten. Mit mir.«

»Danke, dass Sie Cato das Schreiben geschickt haben«, sagt der Mann, nachdem er sich neben Jar auf die Bank gesetzt hat. Er ist Anfang dreißig, Asiat und trägt ein Baumwollhemd und Chinos. »Er hat es an uns weitergeleitet.«

»Es ist eine Fälschung, stimmt's?« Jar ist anzuhören, wie sehr er das hofft. »Genau wie das andere Dokument.«

Jar weiß, dass nichts auf der Welt ausschließlich schwarz oder weiß ist. Dieser Mann wäre nicht die ganze Strecke von London nach Cornwall gefahren, wenn das Schreiben nur eine Fälschung wäre.

»Ganz ehrlich, das wissen wir noch nicht.«

»Bestimmt ist es eine.«

Seit der maschinengeschriebene Brief aus Langley zusammen mit Amys Brief eintraf, hat Jar sich damit getröstet, dass er bestimmt eine Fälschung ist, dass er Martins Wahnvorstellungen entsprungen sein muss. Aber als der Mann, der jetzt neben ihm sitzt, gestern Nacht anrief und Jar, ohne seinen Namen zu nennen, erklärte, dass er heute um acht Uhr hier sein würde, überrollten ihn die alten Ängste. Bis zum Morgengrauen hielten sie ihn wach.

»Ihnen ist klar, dass ich nichts dazu sagen kann«, sagt der Mann.

»Warum sind Sie dann hergekommen?«

Jar versucht sich die genauen Worte des Schreibens ins Gedächtnis zu rufen, die unterschwellige Andeutung, dass Martin irgendwie in Kontakt mit der CIA stand.

»Wir müssen mit Rosa sprechen.«

»Dazu ist sie noch nicht bereit.«

»Sie hatte keine Probleme, mit Ihrem Journalistenfreund zu sprechen. Und mit Cato.«

Stimmt, denkt Jar. Rosa hat mit beiden Männern ganz offen gesprochen, trotzdem will er nicht, dass sie vom Geheimdienst befragt wird. Ihre Aussage ist weder relevant noch notwendig. Max hatte in seinem Artikel den MI6 erwähnt – neben Herefordshire und der Zentrale des SAS –, aber nur in Zusammenhang mit Martins pervertierten Spionagefantasien. Auf die Weise wollte er erklären, wie es so weit kommen konnte, dass ein mit Tierversuchen befasster Wissenschaftler über fünf Jahre hinweg seine Nichte einkerkerte und sie glauben ließ, sie sei in Cambridge von der CIA angeworben worden und werde nun – mit Folter im Guantanamo-Stil – bestraft, weil sie aus einem Geheimprogramm zu fliehen versucht hätte. (Max hatte den Begriff Eutychus absichtlich vermieden – er wollte, wie er meinte, nicht gleich sein ganzes Pulver verschießen, falls im Darknet irgendwann noch mehr Hinweise auftauchen sollten.)

»Wir haben – außer diesem Brief – keine Hinweise darauf, dass Martin je für die CIA gearbeitet oder Verbindung zu ihr gehabt hat.«

»Und wenn doch?«

»Dann hätten Rosas Entführung und ihre fünfjährige Gefangenschaft weitreichende Konsequenzen.«

»Konsequenzen welcher Art?«

»Dann wäre das Ganze kein Fall für die Polizei, sondern für die Geheimdienste.«

»Weil Martin eventuell für die CIA gearbeitet haben könnte oder auch nicht, bei der man eventuell irgendwann ein nicht existierendes Geheimprogramm durchgeführt haben könnte oder auch nicht?«

Jar gefällt es, wie unglaubwürdig dieses Szenario klingt. So ganz anders als um vier Uhr morgens.

»Kann sich Rosa an noch mehr aus ihrer Gefangenschaft erinnern?«, fragt der Mann.

»Die vielen Änderungen in ihrem Tagebuch haben dazu geführt, dass sie vieles durcheinanderbringt. Das und die Großhandelsmengen an Pharmaka, die Martin an ihr getestet hat.«

»Wir interessieren uns vor allem für die Jahre kurz nach ihrer Entführung in Cromer.«

Jar schüttelt ungläubig den Kopf. »Martin war Wissenschaftler. Ein geisteskranker Pharmakologe, der die Wahnvorstellung hatte, in Guantanamo zu arbeiten. Mehr nicht.«

»Genau das möchten wir klarstellen.«

»Selbstverständlich hat er sich gewünscht, er würde für die CIA arbeiten. Die ganzen Folterungen in Guantanamo – genau sein Ding. Aber das hat er nicht. Er arbeitete für eine Forschungsfirma in Norwich – bis er wegen verbotener klinischer Versuche an Menschen gefeuert wurde.«

»Nach dem elften September wandten sich die Regierungen im Krieg gegen den Terror an die unwahrscheinlichsten Leute. Ein Wissenschaftler aus einer großen Pharmafirma, der sich mit erlernter Hilflosigkeit beschäftigt, hätte möglicherweise in ihr Raster gepasst.«

Jar studiert die alten Steine in der Hafenmauer unter seinen Füßen und versucht aus ihrer Langlebigkeit und der Widerstandsfähigkeit, mit der sie Jahrhunderten voller Stürme und Brecher getrotzt haben, Trost zu schöpfen.

»Würden Sie eines für mich tun?«, fährt der Mann fort.

Jar sieht über den Hafen zum Dorf hin. Rosa steht inzwischen hinter dem großen Doppelfenster oben im Fischnetzspeicher und schaut zu ihnen auf der Hafenmauer herunter. Der Mann folgt seinem Blick. Beide sehen schweigend zu ihr auf.

»Ihr Vater war ein guter Mann – wir vermissen ihn alle.« Er macht eine Pause. »Rufen Sie mich an, wenn sie sich zu erinnern beginnt, was wirklich passiert ist.«

Er reicht Jar eine weiße Karte mit nichts als einer Mobilnummer darauf.

»Rosa wurde fünf Jahre lang in einem Kellerloch auf einem stillgelegten Flugplatz in Norfolk gefangen gehalten«, erklärt Jar leise. »Sie wurde von einem Onkel eingesperrt, der sie hasste, der alle Frauen hasste, und zwar noch mehr, als er Tiere hasste.«

»Ich hoffe, dass Sie recht haben, Jar. Ich hoffe es für uns alle.«

Jar schaut zu, wie der Mann zu seinem Wagen zurückgeht, den Motor anlässt und wieder losfährt, diesmal den Raginnis Hill hinauf. Als er außer Sicht ist, blickt Jar wieder zum Fenster im Fischnetzspeicher hoch. Rosa steht immer noch dahinter und schaut hinaus aufs Meer. Jar schließt die Augen, atmet die frische Seeluft ein und öffnet die Augen wieder.

Was versteckt sich alles in deinem schönen, geschundenen Kopf?, fragt er sich. Welche dunklen Geheimnisse hütest du, ohne es zu wissen?

Sie hebt die Hand und winkt ihm aus der Ferne zu.

Danksagung

Die Figur des Martin ist natürlich frei erfunden. Gott sei Dank weiß ich von niemandem, der seine Ansicht geteilt hätte, dass sich »die Pharmaindustrie in Guantanamo eine einzigartige Möglichkeit« entgehen ließ, allerdings offenbarte der Folterbericht des US Senate Intelligence Committees, welche verstörende Rolle Psychologen bei den Verhaftungs- und Verhörprogrammen der CIA gespielt haben. Um Martins kranke und pervertierte Bemühungen, Antidepressiva einer neuen Generation zu entwickeln, nachvollziehen zu können, las ich eine Reihe von Originalstudien zu frühen, inzwischen umstrittenen Experimenten an Nagern und Hunden sowie aktuellere Studien über Stress, Depression, erlernte Hilflosigkeit und klinische Menschenversuche:

Dr. Curt P. Richter, »On the Phenomenon of Sudden Death in Animals and Man« (Psychosomatic Medicine, 1957)

Martin E. Seligman und Steven F. Maier, »Failure to Escape Traumatic Shock« (Journal of Experimental Psychology, May 1967)

R.D. Porsolt, M. Le Pichon und M. Jalfre, »Depression: A New Animal Model Sensitive to Antidepressant Treatments« (Nature, 1977)

Lucien Steru, Raymond Chermat, Bernard Thierry und Pierre Simon, »The Tail Suspension Test: A New Method for Screening Antidepressants in Mice« (Psychopharmacology, 1985)

Jason S. Snyder, Amélie Soumier, Michelle Brewer, James Pickel und Heather A. Cameron, »Adult Hippocampal Neurogenesis Buffers Stress Responses and Depressive Behaviour« (Nature, 2011)

Professor Florian Holsboer, »Redesigning Antidepressant Drug Discovery« (Dialogues in Clinical Neuroscience, 2014)

Das Darknet stellt den Novizen naturgegeben vor eine Reihe von furchterregenden Herausforderungen, und ein Buch war unverzichtbar, um diesen Roman zu schreiben – Jamie Bartletts »The Dark Net. Unterwegs in den dunklen Kanälen der digitalen Unterwelt« (Plassen Verlag 2015). Seine Sendung »Psychedelic Science« (2016) auf BBC Radio 4 war ebenfalls unschätzbar wertvoll.

Außerdem danke ich: Will Francis, Rebecca Folland und Kirbi Kim bei meiner Literaturagentur Janklow & Nesbit; Laura Palmer, Lucy Ridout und dem Team bei Head of Zeus in London; Liz Stein, Jena Karmali und dem Team von MIRA in New York; Wiebke Rossa bei der Verlagsgruppe Random House in München; Jon Cassir von C.A.A.; J.P. Sheerin; Giles Whittell; Nic Farah und Nadine Kettaneh; Louisa Goldsmith; The Gurnard's Head bei Zennor; Mark Hatwood von der Harbour Gallery, Portscatho; Len Heath; Discover Ireland (@gotoireland-GB); Adrian Gallop; Nick K.; Stewart und Dinah McIennan; Polly Miller von der Gallery Norfolk, Cromer; Dr. Raj Persaud; Andrea Stock; dem Lullaby Trust; Mike und Sarah Jackson für die Nutzung der »Top Hut«; und vor allem Felix, Maya und Jago, die mir mit ihrer Unterstützung und Lebensfreude durchzuhalten halfen; sowie natürlich Hilary, der Liebe meines Lebens, der dieses Buch gewidmet ist. Ohne ihren Humor, ihre Klugheit, Geduld und Liebe wäre dieses Buch nie geschrieben worden.